Zum Buch:

Die Dunkelheit eines sternenklaren Winterabends überzog das malerische Städtchen. Die Weihnachtssänger versammelten sich um die Stufen des Marktkreuzes auf dem Marktplatz und begannen mit ihren letzten Liedern. Magie und Frost erfüllten die Luft. Es duftete nach Zimt und Gewürzen, Tannengrün und Glühwein. An dem großen Weihnachtsbaum, der neben dem Kreuz stand, leuchteten die Lichter, und auch an allen Geschäften und Buden mit ihren weihnachtlichen Dekorationen.

Lucy stand still da und war stolz. Ein warmes Lächeln breitete sich über ihrem Gesicht aus und sie blickte zu *Feuer und Flamme* hinauf. Papa wäre sicher stolz auf sie. Für sie war wirklich ein Traum in Erfüllung gegangen. Diese Erkenntnis richtete sie auf. Und das Feuer in ihr, das kleine Unternehmen weiter voranzutreiben, brannte so heiß wie das Feuer in ihrem Pizzaofen.

Zur Autorin:

Caroline Roberts lebt mit ihrem Mann in Northumberland im Norden Englands und ist der Überzeugung, dass jeder für seine Träume kämpfen sollte. Sie liebt es, emotionale Geschichten über Liebe, Verlust, Verrat und Familie zu schreiben, die zeigen, wie kompliziert, aber trotzdem wunderschön die Liebe sein kann. Die Sandstrände, Schlösser und grünen Hügel inspirieren sie zu ihren Geschichten.

Caroline Roberts

DER WUNDERBARE FOODTRUCK IM SCHNEE

Roman

Aus dem Englischen von
Martina Takacs

HarperCollins

Die Originalausgabe erschien 2022 unter dem Titel
Mistletoe and Mulled Wine at the Christmas Campervan
bei One More Chapter, London.

1. Auflage 2023

Deutsche Erstausgabe

Umschlagabbildung von www.buerosued.de
unter Verwendung von Shutterstock
Gesetzt aus der Minion Pro
von GGP Media GmbH, Pößneck
Druck und Bindung von ScandBook
Printed in Litauen
ISBN 978-3-365-00465-4
www.harpercollins.de

Klimaneutral
Druckprodukt
ClimatePartner.com/15109-2009-1001

FSC
www.fsc.org
MIX
Papier | Fördert gute Waldnutzung
FSC® C021394

Für Harry und Rowan

1. Kapitel

Lucy und Jack sangen aus vollem Hals »Ruby«, während sie an diesem Herbstabend im Vintage-Camper über die Küstenstraßen schaukelten.

Nach Jacks plötzlichem Einfall – »Komm, lass uns zum Strand fahren!« – hatten sie sich nach einem gemütlichen Abendessen mit Fisch und Chips im örtlichen Pub spontan auf den Weg gemacht. Lucy hatte sich von Jacks Abenteuerlust anstecken lassen. Bei dem Gedanken daran, dass es heute Abend an einem Sandstrand in Northumberland verdammt kühl werden könnte, bekam sie nun aber leichte Zweifel.

»Ähm, meinst du wirklich, wir sollten das machen?«, fragte sie, als sie ihr Lied beendet hatten. »Du weißt schon, es ist Oktober, nach zehn Uhr abends … *und* stockfinster?« Sie war plötzlich unsicher. So leicht fiel es ihr eben doch nicht, ihr Schneckenhaus der Vernunft abzustreifen. Schließlich hatte sie es ihr Leben lang mit sich herumgetragen.

»Hey, keine Sorge, wir haben Vollmond, jede Menge Licht … Und schau dir diese stille, schöne Nacht an, Luce.« Jack grinste sie vom Fahrersitz aus an. »Jetzt gibt's kein Zurück mehr.«

Er lenkte den tiefroten, chiantifarbenen VW-Bus von der

Straße auf einen unbefestigten Parkplatz bei den Dünen. Wenig überraschend waren sie die Einzigen dort. Als sie in die kühle Nachtluft hinaustraten, nahm Jack Lucy bei der Hand und führte sie über den Weg zwischen Büscheln von wogendem Strandhafer. Ihre Augen gewöhnten sich langsam an die Dunkelheit, und tatsächlich, der Mond war fast voll, schimmerte blass-silbern und glänzte wie das Innere einer Muschel.

Als sie das Ende der Dünen erreichten, die im Halbdunkel den Blick auf einen bogenförmigen Sandstrand freigaben, war das Rauschen der Wellen zu hören, die sich am Ufer brachen.

»Also, kommst du mit rein?« Jack war schon dabei, Turnschuhe und Socken auszuziehen.

»Machst du Witze? Ich dachte, wir gehen spazieren …?« Ein Hauch von Panik schwang in Lucys Stimme mit. Sie und Jack waren jetzt seit drei Monaten ein Paar, und er war wirklich toll – aber auch ganz schön verrückt!

»Ein Spaziergang, ein Bad … Was immer du willst …« Ein verwegenes Grinsen huschte über sein Gesicht.

Zog er sie auf? Sie wusste noch immer nicht genau, wann er scherzte.

»… ich bin dabei«, fuhr er fort.

»Das Meer ist doch eiskalt.«

»Ach was, gar nicht so schlimm. Gerade zu dieser Jahreszeit ist das Wasser wärmer als die Luft.«

»Wenn du das sagst, Herr Oberschlau.« Lucy gab vor, beleidigt zu sein, aber ihre Lippen verzogen sich zu einem Lächeln.

»Also«, er zog eine Augenbraue hoch, »kommst du nun mit?«

»Ähm … ich plansche ein bisschen, aber nur bis zu den Knöcheln. Mehr ist nicht drin.«

Was zum Teufel redete sie denn da? Wie war bitte aus einem Strandspaziergang ein Bad im kalten Wasser geworden?!

Also gut, Stiefel und Socken ausziehen, und ja, die Jeans auch, die sollte ja nicht nass werden. Himmel, der Sand war eisig! Sie mochte gar nicht daran denken, wie kalt das Wasser erst war.

Und schon waren sie unterwegs und hinterließen zwei Reihen Fußabdrücke, die zum Meer hinunterführten. Jack umfasste Lucys Hand warm mit seiner. Alles im Halbdunkel des Oktobermondes.

Heiliger Strohsack! Sie waren im Wasser, bevor Lucy darüber nachdenken konnte … und ja, es war f-f-frostig!

»Wahey!«, rief Jack.

»Ahhh …!«, kreischte Lucy. Eisige Tropfen spritzten an ihren Schienbeinen hoch, und die Strömung wirbelte um ihre Knöchel. Das war so verrückt. Jack Anderson war total verrückt. Aber eines musste sie zugeben: Sie hatte sich lange – sehr lange – nicht mehr so lebendig gefühlt.

»Los, komm. Spring auf. Wir gehen ein bisschen tiefer rein.«

Was hatte er jetzt wieder vor?

»Ich nehm dich huckepack. Komm schon. Es macht mir nichts aus. Ich geh auch nicht zu weit rein, versprochen.«

Also kletterte sie auf seinen Rücken und legte die Arme fest um seine Schultern. »Du bist verrückt, aber so was von.« Trotzdem musste sie kichern.

Jack ging plötzlich in die Knie, nur ein klein wenig, um die nächste Welle abzufangen, und sie schrie auf. Das kalte Wasser spritzte an ihren Beinen hoch und benetzte ihre Oberschenkel. »Hey, es reicht. Wenn du weiter reingehst, krieg ich noch eine Lungenentzündung.«

Sie hätte sich eigentlich fürchten müssen, hier draußen im trüben nächtlichen Wasser. Doch Jack unter sich zu spüren, stark und stabil, war berauschend. Er richtete sich wieder auf, und es blieb nur ein Wellenschlag um ihre baumelnden Füße zurück. Dann schaffte er es, sie so zu drehen, dass sie einander zugewandt waren, Brust an Brust, wobei Lucy sich immer noch an ihn klammerte. Er zog sie noch fester an sich und presste seine Lippen, salzig und frisch, auf ihre. Der Geschmack von Pommes frites und ein Kuss, der so tief und zärtlich war, dass er ihren ganzen Körper zum Glühen brachte, trotz der Kälte.

Als Jack sie ein paar Minuten später wieder am Sandstrand absetzte, war Lucy sich nicht ganz sicher, ob das kalte Wasser oder er ihr den Atem raubte.

2. KAPITEL

Die goldgelben Strahlen der Oktobersonne fielen durch den Spalt zwischen den Vorhängen ins Cottage. Jack kam langsam zu sich, noch in einem glücklich-schläfrigen Nebel. Lucy lag neben ihm, das herrliche kastanienbraune Haar wie ein Fächer auf dem weißen Baumwollkissen ausgebreitet. Ihr blumig-frischer Duft strich über das Bettzeug, und ihr warmer Körper war an ihn geschmiegt. Jack fuhr mit einer Fingerspitze sanft über ihren leicht gebräunten Unterarm, der auf seiner Brust ruhte. Er wollte sie nicht wecken – noch nicht. Das Liebesspiel der letzten Nacht war ihm noch zärtlich in Erinnerung.

Er nahm einen tiefen, langen Atemzug. Genau so konnte ein Sonntagmorgen im Bett aussehen. Und doch war das alles so neu für ihn, dieses Zusammensein, dass es sich zerbrechlich und kostbar anfühlte.

Er hätte nie gedacht, dass es so sein könnte. Es war so viel mehr als die kurzen Liebesabenteuer oder die Partynacht-Eroberungen. Okay, zugegebenermaßen machte ihm dieser ganze Beziehungskram immer noch Angst. Aber das hier … Er schaute auf Lucy hinunter, ihre geschlossenen Augenlider mit den langen, dunklen Wimpern, und merkte, dass sein Herz trotz seiner Angst jubilierte. Er fühlte sich zu ihr hingezogen, war fasziniert von ihr. Ja, okay, die Stimme in seinem Kopf mischte sich da ein (und verdammt, er war sich nicht sicher, ob sie ihn warnte oder ihm Beifall zollte), und er musste zugeben, dass er auf dem besten Weg war, sich in sie zu verlieben, und zwar ganz gewaltig.

Er küsste Lucy sanft auf den Kopf, ihr Haar fühlte sich weich unter seinen Lippen an und kitzelte. Dabei fiel sein Blick auf eine seltsame stufenartige Vorrichtung, die sich neben der shabby-schicken Kommode auf seiner Seite des Doppelbetts befand und aus drei mit Teppich ausgelegten Stufen bestand. Hmm, das sah nicht wie ein Trainings-Stepboard aus. Die Dinger waren normalerweise aus Hartplastik und hatten eine ganz andere Form. Das hier machte eher den Eindruck, ein Hilfsmittel zu sein, wie eine alte Dame es brauchen könnte, um ins Bett zu steigen. Und, na ja, Lucy war jedenfalls letzte Nacht – und auch in den Nächten zuvor – mit ihm ins Bett gesprungen, ganz ohne Probleme. Was zum Teufel war das?

Noch während er darüber nachdachte, wachte Lucy mit einem leisen Seufzer auf und streckte sich genüsslich.

»Hey, guten Morgen, Schlafmütze.« Er lächelte.

»Hi, du.« Ihre tiefbraunen Augen suchten seinen Blick, und wie jedes Mal traf es ihn mitten ins Herz.

Er beugte sich vor, um sie sanft auf die Wange zu küssen, was alle möglichen Gefühle und »morgendlichen Körperreaktionen« hervorrief. Wow, wie schaffte sie es nur, gleichzeitig so süß und so verdammt sexy auszusehen?

Vielleicht war es ein Glück, dass die Treppe seinen Blick wieder ablenkte. »Luce …? Was ist das für ein Ding?«

»Was?«

»Das komische Treppenteil da drüben?«

»Ach das. Das ist für Daisy.«

Daisy war Lucys Hund, eine Dackeldame mit Charakter, die gerade in ihrem Bettchen in der Küche lag und zweifellos bereits auf ihr Frühstück wartete.

»Für Daisy?« Das verwirrte ihn noch mehr.

»Ja klar, sie braucht es, um zu mir ins Bett zu kommen.«

»Im Ernst? Du hast eine Felltreppe für deinen Dackel?«

»Ja«, antwortete Lucy ganz sachlich, »weil Dackel nämlich nicht viel springen sollten. Sie haben einen sehr empfindlichen Rücken wegen ihrer kurzen Beine.«

»O-kay. Schläft sie also meistens hier?«

»Früher hat sie das, ja, als du noch nicht so oft hier warst.«

»Na, das würde mich ganz schön aus dem Konzept bringen, so ein Dackel mittendrin.« Er lachte.

Und wie als Kommentar darauf, dass sie sich dort oben ohne sie unterhielten, driftete ein klägliches Winseln zu ihnen herauf.

»Kein Wunder, dass sie mich anschaut, als hätte ich sie beleidigt.«

»Stimmt. Du hast sie ja auch wirklich tödlich beleidigt, indem du dich in mein Bett und mein Leben geschlichen hast.«

»Oho, das ist gefährlich. Aber die Phase, dass sie nach meinen Knöcheln schnappt, ist hoffentlich vorbei.«

Die kleine Hündin hatte Jack von Beginn an nicht leiden können, als sie sich das erste Mal begegneten, aber immerhin war sie seitdem sehr viel zutraulicher geworden. »Also, meinst du, ein oder zwei Hundekekse würden sie so lange besänftigen, dass ich uns Kaffee kochen kann?«

»Hmm, vielleicht, aber … ein Stück knuspriger Schinken oder ein Würstchen wäre sicher noch besser – von dem Bacon-

Sandwich, das du mir doch sicher auch machst.« Lucy lachte. Sie spekulierte auf ein herzhaftes Frühstück aus der Pfanne.

»Hey, werden Sie bitte nicht größenwahnsinnig, Madam.« Jack kam näher und grinste verschmitzt. »Das Angebot galt nur für die Tour zur Kaffeemaschine.« Er kitzelte sie an den Rippen. »Und das hier ist dein Haus, also solltest eigentlich du mich bedienen, finde ich.«

»Stopp, stopp«, rief Lucy und kicherte. »Okay, ich ergebe mich. Kaffee reicht.«

Er wich zurück, immer noch lächelnd. »Schon gut, ich mache die Sandwiches. Jetzt, wo du es sagst, habe ich doch Appetit. Ist noch Speck im Kühlschrank? Und gibt's Brot?«

»Ein paar Scheiben Schinken sind noch da, aber bei dem Brot bin ich mir nicht so sicher. Das ist vielleicht nicht mehr ganz frisch.«

»Jetzt muss ich auch noch zum Dorfladen, um frisches Brot zu holen. Meine Güte, du wirst ja immer anspruchsvoller.«

Lucy wusste, dass er scherzte, und ließ sich mit einem Grinsen auf die weichen Kissen zurücksinken.

»Na gut, dann sorge ich wohl besser dafür, dieser Dame ihren gewohnten Lebensstil zu bieten. Und wenn ich schon mal dabei bin, kann ich mich auch gleich dem Höllenhündchen Daisy stellen.«

Jack sprang aus dem Bett. Ihm machte es offensichtlich nicht im Geringsten etwas aus, nackt vor seiner Freundin zu stehen, als er nach seinen hingeworfenen Sachen griff, dem T-Shirt und den Boxershorts vom Vorabend. Schließlich war er gerade mal Ende zwanzig und hatte einen straffen, sonnengebräunten Körper, zumal der Sommer gerade erst vorbei war.

*

Wow, Lucy nahm den Anblick dieses herrlich durchtrainierten, männlichen Körpers in sich auf und staunte erneut, dass Jack wirklich hier war. Ja, er war in ihrem Bett und in ihrem Leben. Nach all den schmerzhaften Höhen und Tiefen, die sie in den letzten Jahren durchgemacht hatte. Wie schön war es, morgens neben diesem Mann aufzuwachen, ihn neben sich zu haben, und gerade letzte Nacht so besonders nah … Huh, ihre Haut kribbelte schon bei der bloßen Erinnerung daran.

Es war fast zu schön, um wahr zu sein. Und doch war es so. Sie waren ein Paar geworden, zumindest für den Moment. Jack war hier in ihrem Bett, in ihrem Kopf … stand gerade jetzt genau neben ihr und schenkte ihr sein typisches breites Grinsen. Und das war tatsächlich auch alles, was er an sich trug, ha! Mit seinen blonden Stirnfransen und den etwas zu langen Haaren im struwweligen Surferlook strahlte er Strandatmosphäre aus, selbstbewusst und fröhlich. Sie sah zu, wie er sich anzog und dann Richtung Küche verschwand, um ihr Frühstück zu machen. Mit einem zufriedenen Lächeln lehnte sie sich gegen die dicken Kissen. Wenn sie hätte schnurren können, hätte sie genau das jetzt getan.

*

»Hallo, ähm, Dais.« Jack hatte gelernt (auf die harte Tour, mit Wadenschnappen), dass die beste Methode, Dackel Daisy morgens zu begrüßen, darin bestand, ihr erst seine Anwesenheit mitzuteilen, bevor er die Küchentür öffnete und eintrat. Wahrscheinlich wollte Daisy nur ihr Frauchen beschützen, aber Jack war sich sicher, dass auch ein Hauch – oder wohl eher eine große Portion – Eifersucht im Spiel war. Kein Wunder, wenn man an das Treppchen am Bett dachte. Er hatte sie regelrecht verjagt von ihrem gemütlichen Schlafplatz neben der süßen Lucy! Sobald er die Tür einen Spaltbreit geöffnet hatte, ertönte lautes Gekläff.

»Hi, ich bin's doch nur. Ist schon gut. Hey«, beschwichtigte er. Der Black-and-Tan-Kurzhaardackel beäugte ihn immer noch misstrauisch. Dabei war er jetzt schon mindestens ein Dutzend Male über Nacht hier gewesen. »Hey, meinst du nicht, wir sollten langsam lernen, ein bisschen besser miteinander klarzukommen, junge Dame?« Sie kamen sich zwar Schritt für Schritt und Pfote für Pfote näher, aber die Fortschritte in den letzten Monaten hatten sich doch sehr hingezogen. »Dann hole ich mal dein Essen, okay?« Als er sich dem Schrank näherte, in dem ihr Hundefutter aufbewahrt wurde, hörte das Bellen auf. Manche Dinge waren es eben doch wert, dass man sich zurückhielt. Aber sie hob ihre lange Schnauze und fixierte Jack noch einmal mit einem stählernen Blick aus ihren großen braunen Augen, als wollte sie ihm sagen, dass er nicht mit dem Herzen ihres Frauchens spielen solle.

»Das werde ich nicht, versprochen«, sagte er laut. *Was war das denn? Sprach er gerade mit einem Hund?!*

Verflixt, diese beiden hatten es ihm wirklich angetan. Und wie es aussah, konnte er verdammt wenig dagegen tun. Am besten sollte er wohl nachgeben und geschehen lassen, was da kam. Er würde den Hund füttern und frisches Brot holen, vielleicht auch ein paar Croissants. Er lächelte und krauste dann leicht die Stirn. Eigentlich wurde es gerade viel zu häuslich für einen Typen wie ihn. Er spürte, wie ein unliebsames Unbehagen in ihm aufstieg. Hatte er sich zu weit vorgewagt?

3. KAPITEL

Ein herrlicher, wenn auch etwas kühler Oktobermorgen begrüßte Jack, als er aus der Tür von Lucys Reihenhäuschen – gebaut aus den für die Gegend typischen Feldsteinen – trat. Eine salzig-frische Meeresbrise umwehte ihn, und auf halber Strecke die Straße hinunter sah er die zinngrauen Farbtöne der Nordsee durch eine Lücke zwischen den Häusern auf der anderen Straßenseite.

Das Küstendorf Embleton lag eine Meile landeinwärts, hinter den Dünen, die sich an der lang gestreckten Bucht mit goldenem Sand entlangzogen. Es war ein typisches Dorf für Northumberland, mit traditionellen Häusern und Cottages, einer Grundschule, zwei Pubs, Hotel, Golfplatz, Dorfladen und Café, ein kleiner und freundlicher Ort, in dem Lucy erst letztes Jahr ihr Zuhause gefunden hatte. Das war, wie er erfahren hatte, nachdem ihre letzte Beziehung sehr unschön in die Brüche gegangen war. Es schien eine tolle kleine Gemeinde zu sein. Und jetzt, ein paar Monate nach Beginn ihrer Beziehung, stellte Jack fest, dass es sich auch für ihn langsam wie ein Zuhause anfühlte. Das war ein sehr seltsames und noch unbekanntes Terrain für ihn. Er hatte in seinem Leben noch nie eine längere Liebesbeziehung gehabt – zumindest nicht mehr seit einer frühen und sehr niedlichen Teenagerschwärmerei. Er war viel zu sehr damit beschäftigt gewesen, sich nicht an eine Person oder gar an einen Ort zu binden. Nach einem Monat oder höchstens zwei – na ja, meistens nach ein oder zwei Nächten, wenn er ganz ehrlich war – hatte er die Flucht ergriffen und sein Singleleben weiter genossen. Bis Lucy zu Beginn des Sommers wie ein Blitzschlag in sein Leben getreten war. Sie zu treffen hatte ihm vor Augen geführt, wie leer und hohl dieses Leben geworden war.

Pfeifend schlenderte er die Straße entlang, grüßte gut gelaunt einen alten Mann, der mit einem freundlichen Lächeln seine Schiebermütze lüftete. Offensichtlich hatte er gerade seine Morgenzeitung geholt. Der Laden war nicht weit entfernt, nur um die Ecke in der nächsten Straße.

Er passierte einen Mann mittleren Alters, der mit seinem Hund auf dem schmalen, gepflasterten Gehweg entlanglief, freundlich grüßte und ihm einen »Wunderschönen Morgen« wünschte. Der Labrador neben ihm beschnüffelte interessiert Jacks Knöchel. Vielleicht roch er dort »Eau de Dackel«? Jack hoffte inständig, dass der kleine Teufelshund nicht am Abend zuvor aus Rache auf seine Turnschuhe gepinkelt hatte, die er immer in der kleinen Diele des Cottages abstellte.

»Guten Morgen«, antwortete Jack und lächelte.

Und es war genau das: ein guter Morgen. Die Sonne schien, das Leben war schön … und kostbar … und konnte einem so schnell genommen werden, wenn man es am wenigsten erwartete. Wahrscheinlich war er sich mehr darüber bewusst als die meisten anderen Menschen, nach der Sache, die seinem Bruder und damit seiner Familie widerfahren war … Jeder einzelne Moment war kostbar.

Jack konzentrierte sich wieder auf die Gegenwart. Er sollte heute eigentlich positiv gestimmt sein. Es war nicht der Moment, um sich der Vergangenheit hinzugeben. So ein herrlicher Herbsttag, und in einem Cottage nahe am Meer wartete eine wunderbare Frau auf ihn. Er musste nichts weiter tun, als frisches Brot zu kaufen und ein paar leckere Bacon-Sandwiches zuzubereiten. Danach könnten sie einen Spaziergang machen. Er könnte ihre Hand halten, ihre Lippen küssen. Er hatte ein Leben, das er leben konnte. Ein schöner Tag lag vor ihm.

*

Als sie so im Bett lag, allein, wurde Lucys Glücksgefühl von einem seltsamen Unbehagen überschattet, einer Art Trauer. Sie hatte sich rettungslos in Jack verliebt, das stand außer Frage. Und sie verstanden sich wirklich gut. Er brachte sie zum Lächeln, ja zum Lachen, und sogar ihr Selbstvertrauen schien gewachsen zu sein, seit sie mit ihm zusammen war. Es machte sie glücklich, dass ihr Leben durch ihn einen Hauch von Abenteuer und Spaß bekommen hatte, etwas, was sie so lange vermisst hatte. Mit ihm lernte sie, den Moment zu genießen.

Aber … Warum musste es nur immer ein verdammtes »Aber« geben? Jack war vor vielen Jahren kurz mit ihrer besten Freundin Becky zusammen gewesen, und hatte sie betrogen. Es hatte Becky das Herz gebrochen und ihren Stolz verletzt. Natürlich war das alles lange her. Lucy hatte versucht, ihrer Freundin klarzumachen, dass Jack heute ein anderer Mensch war – er hatte zugegeben, in seiner Jugend ein Aufreißer gewesen zu sein. Er hatte Becky sogar eine Nachricht geschickt, um sich für damals zu entschuldigen und reinen Tisch zu machen, aber Becky wollte davon nichts hören. Zu Lucys Leidwesen lag ihre Freundschaft mit Becky seit einigen Wochen auf Eis, was für sie eine Katastrophe bedeutete. Sie waren einander immer so nahe gewesen, schon als kleine Mädchen in der Schule. Es machte sie so unglücklich, und Becky mit Sicherheit auch, aber Lucy musste ihrer Beziehung zu Jack eine Chance geben, das wusste sie. Sie musste ihn besser kennenlernen, um sicher sein zu können, dass ihr Instinkt sie nicht trog, und um Becky irgendwie die Wahrheit über den Mann vor Augen zu führen, in den sie sich verliebt hatte.

Ihre Auseinandersetzung von tags zuvor spukte ihr immer wieder durch den Kopf.

»Hey, wie geht's?«, hatte sie Becky gefragt, die Finger fest ums Telefon gekrallt.

»Gut«, hatte Becky kühl geantwortet, was sich eigentlich überhaupt nicht »gut« anhörte. »Und du bist also immer noch mit ihm zusammen?«, war Becky dann direkt auf den Punkt gekommen.

Natürlich hatte sie nicht fragen müssen, wen sie meinte.

»Ja.«

Daraufhin hatte Becky frustriert aufgestöhnt und erst richtig losgelegt. »Du bist verrückt, Luce. Warum hörst du nur nicht auf mich? Begreifst du es denn nicht? Er ist *toxisch*!« Nach einer kurzen Pause hatte sie dann noch nachgeschoben: »Komm bloß nicht zu mir gerannt, wenn es in die Hose geht.«

Lucy hatte geschwankt und nicht gewusst, wie sie darauf reagieren sollte. Sie fühlte sich wie das Schweinchen in der Mitte bei dem Kinderspiel und wollte keinen von beiden verlieren. Verdammt, ob es wirklich so weit kommen konnte? Dass es nur darum ginge, entweder ihn oder sie zu verlieren? »Also, bis bald. Mach's gut, Becky«, hatte sie schließlich gemurmelt und sich verabschiedet. Mit zitternden Fingern und schwerem Herzen hatte sie das Gespräch beendet.

Ihr war bewusst, dass Becky sich zum Teil wirklich um sie sorgte und verhindern wollte, dass sie so verletzt wurde wie sie selbst. Aber zum größten Teil wurzelte die Frustration ihrer Freundin in ihrer eigenen Erfahrung damals. Jack hatte sie zu einer Zeit betrogen, als Beckys Eltern kurz vor der Trennung gestanden hatten. Das hatte sicher etwas damit zu tun, warum es sie dermaßen hart getroffen hatte. Die große Frage war nun, ob Becky endlich darüber hinwegkommen würde. Und ob ihre Freundschaft überlebte.

Lucy klammerte sich an die Hoffnung, dass es gelingen würde, und sie war entschlossen, alles dafür zu tun. Trotzdem wusste sie eines ganz sicher: Sie konnte Jack jetzt nicht einfach fallen lassen, denn dafür bedeutete er ihr zu viel. Mit einem langen Seufzer ließ sie sich in die Kissen zurücksinken, die von Jacks nach Salz und Zitrusfrüchten duftendem Eau de Cologne erfüllt waren. Sie musste abwarten und akzeptieren, dass sie nicht alles kontrollieren konnte.

Tja, im Moment war es wohl das Beste, erst mal aufzustehen, schnell zu duschen und sich für das Frühstück mit den Bacon-Sandwiches fertig zu machen, das Jack bald zubereiten würde. Es war ungewohnt für sie, so lange im Bett zu bleiben, aber in den letzten Wochen war in ihrem Leben einfach so viel los gewesen. Nachdem sie sich mit ihrem erst im Frühjahr gegründeten Pizzaservice im Laufe des Jahres endlich etabliert hatte, bekam sie jetzt jede Menge neue Aufträge. Bisher hatte sie nicht gewagt, auch nur einen davon abzulehnen. Unter dem Namen *Feuer und Flamme* düste sie daher mit ihrem taubengrau gestrichenen, umgebauten Vintage-Pferdeanhänger im Schlepptau die Küste entlang und durch das Landesinnere von Northumberland und ackerte wie ein Pferd.

Zuvor hatte Lucy ein paar turbulente Jahre erlebt und es erst nach einer geplatzten Verlobung gewagt, sich ihrem Traum zu stellen, aus ihrer Komfortzone und der festen Bahn ihres Lebens auszubrechen und diesen Traum zu verwirklichen. Sie hatte auf ihr Herz gehört und war ihrer Leidenschaft für das Kochen gefolgt, inspiriert durch ihren wunderbaren italienischen Großvater – von allen »Papa« genannt –, der leider nicht mehr lebte. Ihre Familie, ihre Freunde, ja, auch Becky, hatten sie unterstützt und ihr den Rücken gestärkt, wenn ihr manchmal alles eine Nummer zu groß vorkam. Auf keinen Fall wollte sie das alles jetzt aufs Spiel setzen – weder ihr Geschäft noch ihre Freundschaft, noch ihre Beziehung zu Jack. Eigentlich müsste sie doch überglücklich sein, dass sie so viel erreicht hatte. Warum nur kam ihr plötzlich alles vor wie ein Kartenhaus?

Schon bald wehte der Duft von brutzelndem Speck die Treppe herauf und lockte Lucy nach unten, wo Jack mit der Bratpfanne hantierte und intensiver Kaffeeduft ihr entgegenschlug. Diese Aussicht hätte das Herz jeder Essen liebenden, warmblütigen Frau erfreut.

»Oh, das ist so gut. Danke.« Es war wunderbar, so verwöhnt zu werden. In ganzen sechs Jahren hatte ihr Ex Liam es genau einmal geschafft, Frühstück für sie zu machen. (Das war, als seine Eltern bei ihnen übernachtet hatten, weshalb die Mühe eher ihnen gegolten hatte als Lucy.) Jack hingegen stand nun zum vierten Mal innerhalb von vier Wochen morgens in der Küche! Es wurde regelrecht familiär bei ihnen. Ein Glücksgefühl überrollte Lucy, sie trat zu ihm und umarmte von hinten seine straffe Taille.

»Hey, du, sei vorsichtig!« Jack schwang bedrohlich die Kochzange und grinste. »Ich hab hier heiße Sachen.«

»Hmm, als ob ich das nicht wüsste.« Lucy dachte an die letzte Nacht und kicherte schelmisch.

Jack lachte schallend und widmete sich dann wieder der Pfanne. »Also wirklich, benimm dich.«

»Muss ich das?«

»Nein, auf keinen Fall. Je unanständiger, desto besser.« Sein Grinsen wurde breiter.

Lucy liebte das alberne Geplänkel zwischen ihnen. Jacks Sinn für Humor war ansteckend. Er war wie eine frische Meeresbrise. Eine Erfrischung nach dem allzu vernünftigen, seriösen (sprich: verdammt langweiligen) Liam.

Bald darauf servierte Jack das Frühstück, und zu zweit saßen sie auf den Hockern an der Küchentheke und ließen sich ihre Sandwiches aus fluffigem Brot vom Dorfladen schmecken, mit starkem Kaffee und frischem Orangensaft dazu. Dackeldame Daisy saß auf dem Boden bei ihnen und wartete aufmerksam darauf, jeden Krümel, der womöglich in ihre Nähe kam, schnell zu vertilgen.

Die Herbstsonne schien durch die vier quadratischen Scheiben des Küchenfensters, als sie aßen, und sie beschlossen, den frischen, sonnigen Morgen zu einem Spaziergang am Strand zu nutzen. So räumten sie Tassen und Teller in die Spüle und zogen ihre Sneaker an. Daisy saß bereits schwanzwedelnd in der Diele, begierig darauf, sie zu begleiten.

Von Lucys Häuschen bis zum Strand war es etwa eine Meile – vorbei am Golfplatz und über den gewundenen Pfad bis zum Rand der Dünen. Als sie Hand in Hand mit Jack über den blassgoldenen Sand schlenderte und Daisy fröhlich herumhuschte und Haken um die salzigen Pfützen schlug, die die weichende Flut hinterlassen hatte, erfüllte Lucy ein warmes Gefühl von Zufriedenheit.

Bis auf die Sache mit Becky war ihr Leben ziemlich perfekt. Lucy liebte ihr gemütliches Cottage an der Küste, in das sie vor einem Jahr eingezogen war. Nach dem Verkauf des Neubaus, in dem sie mit Liam gewohnt hatte. Die Trennung war vermutlich schon längst überfällig gewesen, aber erst durch seine Affäre ins Rollen gebracht worden. Wie eine Bombe war sie in das ohnehin schon beschädigte Gebäude ihrer Beziehung eingeschlagen. Für Lucy war es dennoch verdammt verletzend gewesen. Doch dass Jack nun an ihrer Seite war, dass er bei ihr übernachtete und ihr strandnahes Leben teilte, dass sie mit ihm über persönliche und geschäftliche Dinge sprechen konnte, ihn berühren, küssen und mit ihm schlafen … Es war schwer, das in Worte zu fassen. Aber irgendwie brachte es ihr Leben zum Leuchten. Es fühlte sich so viel erfüllter und fröhlicher an.

Die Bucht war an diesem Morgen besonders schön – der sichelförmige Bogen aus goldenem Sand und die fernen Klippen, die sich im Hintergrund zu den Ruinen von Dunstanburgh Castle erhoben. Obwohl das Blau des Himmels herbstlich gedämpft war und sich weißgraue Wolken am Horizont zu sammeln begannen, lugte immer noch die Sonne hervor und warf ein silbrig goldenes Licht auf die Wellenkämme, die ans Ufer rollten. Sie unterhielten sich, während sie spazieren gingen. Die Brise war lebensbejahend, frisch und belebend und strich durch Lucys dunkles Haar, das offen herabfiel. Der kalte Wind ließ sie näher zusammenrücken, um sich gegenseitig zu wärmen. Sie genossen die Berührung, die Zweisamkeit, ihre ineinander verschränkten Hände.

Trotzdem – nach dem gestrigen Telefonat mit Becky erfüllte Lucy noch immer eine nagende Sorge, die das Glück trübte … eine dunkle Wolke an dem ansonsten hellen, hoffnungsvollen Himmel. Lucy wurde stiller.

»Ist alles okay?« Jack verlangsamte seinen Schritt, um sich ihr zuzuwenden.

»Ja klar, alles gut.« Sie wollte den Moment nicht verderben, Jack nicht mit ihrem Kummer darüber belasten, dass sie sich mit ihrer besten Freundin verkracht hatte.

»Sicher? Du wirkst ein bisschen niedergeschlagen, Luce.«

»Ach nein, mir geht es gut.«

»Also, wenn du über irgendetwas reden willst …«

Sie spürte, wie Jack ihre Hand drückte, aber das hier war eine Sache zwischen ihr und Becky. Es war nicht nötig, Jack da mit reinzuziehen. Sie musste schon in der Lage sein, das selbst zu regeln.

Als sie über die Bucht blickte und das rhythmische Rauschen des Meeres hörte, die unendlichen Gezeiten, wollte sie den Moment auf keinen Fall verderben.

»Danke, Jack, das ist wirklich lieb von dir.«

Diese neue Beziehung fühlte sich alles andere als »toxisch« an, wie Becky es genannt hatte. So sehr *konnte* sie sich nicht irren. Aber sie waren immer ein Team gewesen, sie und Becky. Sie hatten das Schlimmste gemeinsam durchgestanden, dieselben Schlachten geschlagen. Doch jetzt schien es, als stünden sie auf entgegengesetzten Seiten.

Aber bitte, behauptete irgendwer, das Leben wäre einfach? Wann war bei ihr jemals alles zugleich reibungslos verlaufen? Immerhin hatte sie ihre Familie, ihre Freunde – mit einem kleinen Becky-Ausfall, mehr nicht – und noch dazu die wunderbare Unterstützung ihrer neuen Dorfgemeinschaft. Menschen, die ihr früher in schweren Zeiten beigestanden hatten, und all diejenigen, die ihr jetzt bei ihrem Neustart halfen.

Hmm, vielleicht war es an der Zeit, ihnen allen einmal richtig zu danken. Die Frage war nur, wie? Sie konnte sich weder eine große Feier leisten, noch sie alle zum Essen ausführen. Es waren ziemlich viele … Und sie war immer noch dabei, mit ihrem neuen Geschäft Fuß zu fassen. Alle ihre Ersparnisse waren dort hineingeflossen – und in die Anzahlung für ihr Haus. Aber so ein Treffen könnte auch helfen, Becky wieder näherzukommen. Sie und Jack könnten die Gelegenheit nutzen, um einander zwanglos in einer größeren Runde zu begegnen; um einander *jetzt* richtig kennenzulernen, statt an der Vergangenheit festzuhalten. Ja, ein Denkanstoß war die Idee allemal.

Als sie weiter an der Küste entlanggingen und Daisy zu ihren Füßen herumhüpfte, erzählte Lucy Jack davon. »Weißt du was – jetzt, wo es in meinem Leben gerade so gut läuft, finde ich, ist es höchste Zeit, dass ich mich bei allen bedanke, die mir in den letzten Jahren geholfen haben. Den Menschen, die während der miesen Trennung für mich da waren, und allen, die mich dabei unterstützt haben, *Feuer und Flamme* auf die Beine zu stellen.«

»Yeah, das klingt nach einer guten Idee. Und woran denkst du da? Eine Art Party?«

»Ja, vielleicht … aber das Cottage ist winzig. Ich könnte gar nicht alle unterbringen. Und auszugehen würde eine Stange Geld kosten – obwohl ich gern alle einladen würde, aber ich sollte mein Pizzageschäft wohl nicht dadurch in den Ruin führen, dass ich es mit der Feier zu seiner Existenz übertreibe und meine letzten Ersparnisse dafür ausgebe.«

»Stimmt.«

»Na ja, ich denke mal weiter darüber nach. Vielleicht fällt mir etwas in kleinerem Maßstab ein.«

Sie hatten inzwischen umgedreht und gingen zurück über den feuchten Sand, an dem sich kleine, schäumende Wellen brachen.

»Was steht diese Woche für dich an?«, fragte Jack.

»Ziemlich wenig, ehrlich gesagt. Abgesehen von meinem Marktstand in Alnwick am Donnerstag herrscht völlige Flaute, was etwas beunruhigend ist.«

Nach dem Ansturm am Ende des Sommers war der Pizzawagen in den nächsten Wochen merklich weniger gebucht.

»Ja, zu dieser Jahreszeit ist das so. Wenn der Herbst kommt und das Wetter umschlägt, ist die Außengastronomie für Geburtstagsfeiern und Ähnliches nicht mehr die erste Wahl. Aber ich würde mir keine Sorgen machen. Ich habe das schon ein paarmal erlebt, und im November geht es wieder aufwärts, wenn es mit den Weihnachtsmärkten und festlichen Veranstaltungen losgeht.«

»Ach, das ist gut zu wissen. Und immerhin habe ich auch noch eine Buchung für diese Hochzeit in drei Wochen.«

»Wo wir uns treffen.« Jack grinste.

»Das ist super.« Lucy mochte es, wenn sie auf derselben Veranstaltung waren. So machten die Buchungen umso mehr Spaß, und sie musste sich selbst gegenüber zugeben (nicht ihm, wohlgemerkt – kein Grund, Jacks Ego noch zusätzlich zu pushen), dass es ihr gefiel, ihn als Barkeeper in seinem Camper in Aktion zu sehen. Schließlich hatten sie sich so kennengelernt. Und es war gut zu wissen, dass sie etwas Unterstützung hatte, wenn es eng wurde. Sie wusste, dass er bei solchen Gelegenheiten immer da war, um ihr im Hintergrund den Rücken freizuhalten.

Als die Dünen endeten, gingen sie über den Sandweg weiter, der in Gras überging, und liefen dann bald wieder die urige Küstenstraße hinauf bis zu Lucys Steincottage, wo der Pferdeanhänger auf der einen Seite ihres Grundstücks geparkt stand.

»Jetzt weiß ich! Na klar!«

»*Was* weißt du?«, fragte Jack verwirrt.

Beim Anblick des hübsch in Taubengrau gestrichenen alten Anhängers mit der Aufschrift *Feuer und Flamme – Holzofenpizza, wie von Papa gemacht!* hatte Lucy eine Idee. Pizza für alle … genau hier serviert. Und wenn sie neben ihren Freunden und ihrer Familie auch noch Leute aus der Dorfgemeinschaft einlud, würde sich hoffentlich niemand darüber beschweren, dass in ihrer Straße ein kleines Fest stattfand. Das bedeutete zwar eine Menge Arbeit, aber – hey-ho – das war es wert.

»Na, ich kann die Party doch hier veranstalten. Das Wetter ist immer noch okay, auch wenn es etwas kühler wird. Aber wenn wir uns alle ein bisschen wärmer einpacken, geht es schon. Pizza und Prosecco!« Sie war es gewohnt, Pizzen im Dutzend zuzubereiten. Und sie konnte auch ein paar Salate und Knoblauchbrote dazu reichen … In Gedanken war sie schon ganz im Partymodus.

»Jetzt wird es interessant! Und wenn du einen schneidigen Prosecco-Kellner mit einem sehr charismatischen Camper suchst, dann … hast du ihn gefunden.« Jack grinste. Er war bereits selbst ganz begeistert.

»Kriege ich denn einen Rabatt?« Lucy lächelte ihn herausfordernd an.

»Hmm, eventuell gibt es da ein paar Klauseln, die damit verbunden wären …« Jack bemühte sich, ernst zu wirken, aber ein niedliches Lächeln zuckte um seine Mundwinkel.

»Ha, ob es da um Zahlung in Naturalien geht?«

»So was in der Art ...« Der großspurige Barmann Jack war wieder da, aber er hatte ein lustiges Funkeln in den Augen.

Sie lachten beide.

»Okay, du hast den Job.« Lucy grinste. Gegen diese Art der Zahlung hatte sie nicht das Geringste einzuwenden, im Gegenteil, es wäre eine reine Freude. »Vielen Dank, Jack.«

»Mache ich sehr gern.«

Lucy zog eine Augenbraue hoch.

»Nein, wirklich, so eine Party, das ist eine coole Idee, ich bin dabei«, ergänzte Jack.

Lucy sah es schon vor sich, den Pferdeanhänger mit seinen hübschen Lichterketten, und Ruby, Jacks roten, ausgebauten VW-T2-Camper mit der hochgeklappten Luke und den kugelförmigen Deko-Glühbirnen, die fast so hell leuchteten wie Jacks Lächeln. Ihre kleine Straße wäre voller Leben, voller Menschen, die miteinander plauderten und lachten. Was für ein schönes, persönliches Dankeschön das wäre.

Eine Pizza-und-Prosecco-Party sollte es also sein. Lucy konnte es kaum erwarten, ein Datum festzulegen und die Einladungen zu verschicken. Sie lächelte und seufzte kurz, denn alles, was ihr dann noch fehlte, war, dass ihre beste Freundin auch kommen würde.

4. KAPITEL

Als die Einladungen geschrieben und Karten und Nachrichten an Freunde und Familie verschickt waren, wartete Lucy gespannt auf eine Zusage oder womöglich sogar eine längere Nachricht von Becky. Aber zwei Tage später war noch immer nichts gekommen, und sie wurde langsam unruhig.

Sie schickte eine weitere SMS:

Hey Becks, geht's dir gut? Hoffe, du kommst am 23. zu meiner Dankesfeier. Es würde mir sehr viel bedeuten …

Nun, Gott hilft denen, die sich selbst helfen, das sagte ihre Mutter immer, und hier hatte sie ihr Bestes gegeben. Allerdings fühlte es sich so an, als würde sie bei ihrer sturen Freundin gerade auf Granit beißen.

Diese Woche stand auch der Buchclubabend im Driftwood-Café an. Dieses wunderbare Kaffeekränzchen fand einmal im Monat mit sechs bis zwölf Leuten statt, je nachdem, wer an dem Tag kommen konnte. Man traf sich nach Feierabend in der hübschen Teestube in der Straße gleich bei Lucy um die Ecke. Ob Becky wohl kommen würde? Sie war schon ein paar Mal mit Lucy dort gewesen. Schade, dass all die schönen Dinge, die sie gern zusammen unternahmen, durch diesen dummen Streit verdorben wurden.

Lucy scrollte durch ihr Telefon und schrieb eine weitere locker-flockige Nachricht:

Und vergiss nicht, dass diese Woche Buchclub ist. Hast du Die Mitternachtsbibliothek schon gelesen? Ich fand's toll. Wäre schön, dich dort zu sehen. x

Vielleicht ging das mit der Party einen Schritt zu weit, aber etwas ganz Normales zu tun, das nichts mit ihrem Freund zu tun hatte, war vielleicht genau das, was sie beide brauchten, um alles wieder ins Lot zu bringen. Lucy merkte, dass sie sich auf das gemütliche Büchertreffen freute. Diese Abende munterten sie immer richtig auf. Jeden Monat lernte sie die Mitglieder der Gruppe ein bisschen besser kennen und fühlte sich zunehmend zur Dorfgemeinschaft gehörig, die nun ihr Zuhause war.

Auch das Buch dieses Monats hatte ihr gut gefallen, und sie brannte darauf, die Meinung der anderen dazu zu hören. Lesen war für sie schon immer ein Vergnügen gewesen und eine Möglichkeit, sich dem Alltag zu entziehen. Und weiß Gott, genau das hatte sie in den vergangenen zwei Jahren auch bitter nötig gehabt, als ihr Leben in vielerlei Hinsicht schmerzhaft aus den Fugen geraten war.

*

Das Glöckchengebimmel, das beim Öffnen der weißen Holztür erklang, wärmte jedes Mal Lucys Herz. Es klang wie »Willkommen im Driftwood-Café«.

»Hallo!«, rief Lucy, und ein fröhlicher Chor aus »Hi«- und »Hallo«-Rufen ertönte als Antwort.

Mehrere Mitglieder des Buchclubs waren bereits um den großen runden Tisch in der Mitte des Cafés versammelt. Lucy entdeckte Glynis, Paul und Sarah. Cathy stieß oft etwas später dazu, weil sie erst herüberkommen konnte, wenn sie ihren Dorfladen geschlossen hatte. Hm, keine Spur von Becky – und eine Antwort auf ihre Nachricht von vor ein paar Tagen hatte sie auch nicht bekommen. Louise, die Café-Besitzerin, eilte mit einem Tablett voller Leckereien auf sie zu. Alle schauten auf und lächelten noch breiter in der Erwartung, was heute Abend wohl für Backwaren angeboten würden. Louise war bekannt dafür, dass sie die saftigsten und leckersten Kuchen in der ganzen Grafschaft backte – also, zumindest konnte sie mit den Besten mithalten.

Auf dem Tablett befanden sich heute Abend jede Menge orangefarbene Cupcakes mit Spinnweben, gruseligen Augäpfeln und Fledermäusen aus Fondant sowie in Schokolade getauchte süße Flapjacks.

»Nichts Saures, nur Süßes hier bei uns«, verkündete Louise und grinste. »Ich weiß, es ist ein bisschen früh, denn immerhin haben wir noch eine Woche bis Halloween, aber ich konnte nicht widerstehen.«

»Oh, die sehen toll aus.« Sarah strahlte.

»Schokoladen-Cupcakes mit einem Zuckerguss mit Orangengeschmack«, erklärte Louise.

»Ganz wunderbar«, kommentierte Paul und griff nach vorn, um einen zu nehmen. »Entschuldige, ich weiß, dass die Damen zuerst dran sein sollten, aber ich kann nicht anders.«

Die Gruppe gluckste.

»Sie ist eine Hexe, ganz ohne Zweifel«, sagte Cathy frech, die gerade durch die Tür gestürmt kam und sich einen Stuhl zurechtrückte. »Sie zieht uns mit ihrem zauberhaften Gebäck in ihren Bann. 'n Abend, allerseits!«

»Hi, Cathy. Glaubt ihr bitte kein Wort. Ihr kommt ja jeden Monat freiwillig hierher. Ich habe keinen Grund, euch mit einem Zauber zu belegen.«

»Das liegt daran, dass wir uns bei dir so willkommen fühlen«, sagte Glynis.

»Ach was, das liegt an den Kuchen«, sagte Paul und kicherte.

»Frechheit!« Lou tat so, als ob sie ihn schlagen wollte. »Oh, und einen Karotten-Ingwer-Kuchen gibt es auch noch. Abby schneidet ihn gerade auf und kocht eine Kanne Tee für uns. Bist du schon bei ›Kessel brodelt, Feuer zischt‹ angelangt, Abs?«, rief sie nach hinten, um auf die Neckerei einzugehen.

»Pass auf, gleich hört ihr sie unheimlich kichern.« Cathy lachte.

Abby, Lucys Aushilfe im Pizzawagen, arbeitete auch als Kellnerin im Dorfcafé. Genau genommen hatte Lucy sie nach anfänglichen Personalproblemen von Louise abgeworben (in gegenseitigem Einvernehmen, weil sie ihre Arbeitsstunden erhöhen wollte), um gelegentlich am Wochenende und an einzelnen Abendveranstaltungen Unterstützung zu haben. Und die Achtzehnjährige hatte sich als unschätzbare Hilfe erwiesen. Sie arbeitete sehr professionell, war freundlich und fleißig.

»Tut mir leid, dass ich zu spät bin«, rief nun Helen, die durch die klingelnde Tür hereingeplatzt kam. »Ich musste auf meine Mum warten, damit sie auf die Kinder aufpasst. Sie sagte, der Verkehr auf der A1 war die Hölle.«

»Kein Problem, Schätzchen. Wir haben sowieso noch nicht angefangen«, sagte Lou.

Abby trat mit einem Tablett mit Karottenkuchen und einer riesigen Kanne Tee sowie einer Auswahl an gepunkteten und geblümten Vintage-Tassen an den Tisch. Anscheinend war nun alles vorbereitet.

»Nun denn, ich schätze, wir sind so weit. Also, Zeit für einen Buchtalk.«

»Oh, hast du eigentlich etwas von Becky gehört?«, wagte Lucy nun doch noch nachzufragen.

»Oh ja, sie hat mir vor etwa einer Stunde mitgeteilt, dass sie heute Abend auf der Arbeit noch was zu erledigen hat. Sie muss wohl länger bleiben«, antwortete Louise.

In dem Moment ertönte ein kleines Vibrationssignal aus Lucys Tasche. Diskret holte sie ihr Handy heraus und warf einen kurzen Blick darauf.

Schaff's leider nicht zum Buchclub. Muss länger arbeiten. Komme gerade zu nichts. Bis bald. B

Wenigstens hatte sie ihr eine Nachricht geschickt, aber Lucy war doch enttäuscht, denn es klang zu sehr nach einer Ausrede.

»Und, habt ihr alle *Die Mitternachtsbibliothek* gelesen? Irgendwelche Kommentare?«

Louises Stimme brachte Lucy zurück ins Hier und Jetzt.

»Ich fand's klasse«, begann Abby. »Das Buch bringt einen wirklich ins Nachdenken. Es kommen ebenso viele Fragen auf, wie beantwortet werden, mit all diesen Lebensalternativen.«

»Ja«, meldete sich Helen zu Wort, »das sagt einem, dass man aufhören soll, sich mit Reuegedanken herumzuplagen, und stattdessen einfach weiterleben soll.«

»Ich glaube, der Autor wollte zeigen, dass nicht alles im Leben perfekt sein kann«, fügte Lucy hinzu, »dass all die Sorgen, die wir haben – die Was-wäre-wenn-Fragen, das Bedauern – eigentlich ziemlich sinnlos sind. Es geht darum, sich für das Leben an sich zu entscheiden und mutig genug zu sein, es zu leben, mit allen Fehlern, weil es *nie* perfekt sein wird. Mir gefiel es.« Das Buch hatte Lucy so sehr berührt, dass sie sogar ein paar Tränen für die Protagonistin Nora Seed und ihre einsame Reise vergossen hatte.

»Ich mochte daran, dass es so chaotisch zuging wie im richtigen Leben, dass es insgesamt aber auch positiv war«, fügte Cathy hinzu.

Lucy biss in einen saftigen, orangefarbenen Cupcake. *Köstlich.*

»Es war eine wirklich clevere Idee«, fügte die sechzigjährige Glynis hinzu, »und so wunderschön geschrieben.«

»Ja, die Idee ist wirklich cool«, stimmte Abby zu. »All die verschiedenen Entscheidungen, die man trifft, so durchzuspielen. Manchmal kann es einem ganz schön Angst machen, wenn man sich fragt, ob man das Richtige tut.«

»Das Leben ist einfach verdammt kompliziert«, fügte Helen hinzu, »wie wir ja alle wissen.« Die schwierige Scheidung, die sie kürzlich hinter sich gebracht hatte, war offensichtlich noch immer ziemlich präsent.

»Es war eine kurzweilige Lektüre, auf die man sich leicht einlassen konnte«, erklärte Paul. »Obwohl ich fand, dass es ein bisschen wie diese Murmeltiertag-Geschichten war. Ziemlich gut, aber nicht meine übliche Lektüre.«

»Schon klar, du bist ja auch süchtig nach Liebesromanen«, zog Cathy ihn auf.

»Hey, in letzter Zeit hab ich sogar ein bisschen in die Krimiecke hineingeschnuppert«, konterte Paul.

»Oh, tatsächlich?« Louise lachte.

»Also ich fand es einzigartig. Es geht um Entscheidungen, um Reue, und darum, das Leben anzunehmen«, fügte Glynis hinzu.

»Danke, Glynis, das umreißt es perfekt«, sagte Louise. »Mir hat es auch gefallen. Es hat mich zum Nachdenken gebracht. Möchte noch jemand Kuchen?«

»Ich glaube, ich würde es bereuen, wenn ich nichts von dem Karotten-Ingwer-Kuchen esse«, sagte Sarah.

»Und ich bereue es vermutlich, ein Stück gegessen zu haben, wenn ich das nächste Mal auf der Waage stehe«, kommentierte Helen. »Aber was soll's, der Kuchen ist ja zum Essen da. Dann gehe ich halt morgens beim Hundespaziergang eine Meile extra.«

»Bei der Größe der Stücke musst du womöglich den ganzen Strand entlangjoggen.« Sarah grinste.

Und schon wandte man sich dem Dorf- und Familienleben zu und unterhielt sich über die bevorstehenden Halloween-Aktivitäten derjenigen, die Kinder hatten. Lucy nahm sich vor, ein paar Süßigkeiten für die Süßes-oder-Saures-Kinder zu kaufen und einen Kürbis zum Schnitzen zu besorgen. Schon wurde über Rezepte für Kürbissuppe geredet und darüber, ob es sich überhaupt lohnte, eine zu kochen, bei dem bisschen Kürbisfleisch, das aus den großen orangenen Dingern herauskam. Und dann schwelgten alle in der Köstlichkeit von Driftwoods göttlichen Toffee-Flapjacks.

Der nächste Buchclub, so kündigte Louise an, sollte ein »Weihnachtsspecial« werden, da er auf Ende November fiel. Sie sollten ihre Lieblingslektüre für die Weihnachtszeit mitbringen und vorstellen. Einige Mitglieder des Clubs boten an, selbst gebackenen Christmas Cake, Mince Pies und ihre besten Festtagskuchen mitzubringen, um die ohnehin in der Zeit schon über die Maßen eingespannte Lou und ihr Team zu entlasten.

»Oh, das hört sich gut an, danke schön«, sagte Louise und sah richtig gerührt aus. »Obwohl – ich werde der Versuchung wohl nicht widerstehen können, selbst etwas Festliches zu zaubern. Ihr kennt mich ja. Aber das wäre wunderbar, und ich freue mich schon darauf.«

»Klingt perfekt.«

»Genial.«

Es war ein wunderbarer Abend gewesen, und viel zu schnell befand sich Lucy wieder auf dem kurzen Weg nach Hause. Ihr Atem dampfte in der dunklen, frostigen Nachtluft, ihr Bauch war angenehm gefüllt und ihr Kopf schwirrte noch immer von der *Mitternachtsbibliothek* und all den Fragen, die der Roman über das Leben aufgeworfen hatte – über Freundschaft, Reue und noch mehr …

Sie hoffte inständig, dass sie ihre Entscheidung, mit Jack zusammenzubleiben, nicht bereuen würde. Sie wollte unbedingt die Chance haben, ihn besser kennenzulernen. Und aus tiefstem Herzen hoffte sie, dass sie ihre Freundschaft mit Becky zurückgewinnen würde. Instinktiv drückte sie die Daumen in ihren Wollhandschuhen.

*

Einladung zu
Lucys »Pizza und Prosecco«-Party
Mit Feuer und Flamme und dem Cocktail-Camper
Cove Cottage, Embleton
Samstag, den 23. Oktober
Beginn: 18 Uhr
Ich hoffe, du bist dabei!
Bitte um Rückmeldung

*

5. KAPITEL

Die Gäste würden in fünf – oh ja, fünf! – Minuten kommen.

Den ganzen Nachmittag über hatte sie Wimpel aufgehängt, Lichterketten verteilt, Pizzateig geknetet und Tomatensoße gerührt, und alles zu Rockklassikern aus den 80ern, dank Jacks iPhone. *Living on a Prayer* von Bon Jovi gehörte auch dazu, und dabei hatten sie beide Luftgitarre gespielt, begleitet von einem Glas Prosecco – nur ein Glas, denn es sollte noch eine lange Nacht werden. In der letzten Stunde hatte sich der Himmel mit grauen Wolken zugezogen, aber zum Glück schien es ein lauer Oktoberabend zu werden. Man konnte nur hoffen, dass es trocken blieb.

Auch einige Dorfbewohner hatten geholfen: Cathys Mann (vom Dorfladen) hatte eine große Leiter mitgebracht und eine Lichterkette mit Glühbirnen vom Dachvorsprung des Cottages bis zum Dach des Pferdetransporters gespannt. Helen und ihre beiden Kinder hatten am Nachmittag zwei selbst geschnitzte Kürbisse vorbeigebracht, um ein bisschen Herbststimmung in die Veranstaltung zu bringen. Lucy gab beiden einen Ehrenplatz. Einen stellte sie auf die Pizzatheke und den anderen an die Eingangstür ihres Hauses, zur Begrüßung aller Neuankömmlinge.

Teelichter waren überall verteilt und bereit, angezündet zu werden, sobald die Dämmerung einsetzte.

Da Lucy keine Nachbarn beleidigen wollte, hatte sie eine kleine handgeschriebene Einladung in jeden Briefkasten in ihrer Straße geworfen. Es wäre immerhin eine Möglichkeit, die Leute kennenzulernen! Sie hatte auch einige andere Anwohner eingeladen, die sie seit ihrem Einzug kennengelernt hatte, darunter natürlich alle vom Buchclub. Es war nicht nur eine freundliche Geste, sondern sie hoffte, damit auch Beschwerden wegen des Lärms vorzubeugen. Lucy wollte niemanden verärgern, und da ihr Haus so klein war und das Essen und die Getränke aus dem Pizzawagen und dem Camper draußen serviert werden würden, musste die Veranstaltung zwangsläufig auf die Straße ausufern.

Der Pizzaofen war mit Holzscheiten beladen und wurde ordentlich angefeuert, während die Flaschen mit Prosecco, lokalem Bier und italienischem Lagerbier in den Kühlschränken von Ruby, dem Camper, abkühlten. Weitere Getränkevorräte ruhten auf Eis in Plastik-Pferdetrögen. Diese Idee und gleichzeitig die Leihgabe kamen von Sarah aus dem Buchclub, die nicht nur gern las, sondern auch zwei Ponys hatte. Einfach genial.

Lucy hatte Blumensträußchen in Marmeladengläsern und Windlichter aus buntem Glas auf den Klapptischen verteilt. Weiße Nelken aus dem Dorfladen hatte sie mit kleinen blassrosa Rosen kombiniert, die sie von dem üppigen Kletterrosenbusch hatte, der in ihrem Garten noch die letzten Herbstblüten hervorbrachte.

»So, Ruby wäre dann fertig. Bist du auch bereit?«, rief Jack von seinem Parkplatz neben dem Cottage. Er stand in dem umgebauten Barbereich des glänzend polierten chiantiroten

VW T2 Westfalia-Campers, der sein ganzer Stolz war. Auf dem verchromten Tresen waren zwei Tabletts mit Flötengläsern aufgereiht, in denen jeweils eine Portion Limoncello darauf wartete, mit gekühltem Prosecco zu einem Limoncello-Fizz-Cocktail aufgefüllt zu werden. Mit dem italienischen Touch wäre es garantiert ein brillanter Auftakt für das Fest.

»Ich denke schon.« Lucy lächelte, was ihre Anspannung jedoch nicht verbergen konnte. Sie wünschte sich so sehr, dass alles gut ging. Es war ihre Chance, *Feuer und Flamme* ihrer Nachbarschaft, ihrer Familie und ihren Freunden vorzustellen und sich bei allen zu bedanken. Sie wollte unbedingt, dass ihre Gäste einen richtig schönen Abend hatten, und sie wusste, dass ihre Pizza und die Bewirtung tipptopp sein mussten.

»Du schaffst das schon«, versicherte Jack, als er ihre Nervosität bemerkte. »Denk dran, heute Abend sind nur Freunde hier.«

»Ja, das ist wahr.« Tatsächlich half das, die Sache ins rechte Licht zu rücken. »Und danke für all deine Hilfe.«

Ein Hupen ertönte von der Straße her, als ein dunkelblauer Kleinbus um die Ecke kam, und kündigte die ersten Besucher an. Es war Lucys Bruder Olly mit seiner Partnerin Alice und dem kleinen Freddie. Sobald ihr Neffe aus dem Kindersitz befreit war, machte er eine extrem ernste Miene, weil er sich darauf konzentrierte, eine Schachtel Pralinen als Dankeschön an Tante Lucy zu überbringen.

»Oh, danke, Freddie.« Lucy ging hin, um ihn zu umarmen. »Die sehen aber lecker aus.«

»Freddie auch eins?« Er schaute mit einem spitzbübischen Lächeln zu ihr auf.

»Es ist ein Geschenk, Freddie. Das ist nicht deins«, mahnte ihn sein Daddy.

»Oje, es ist aber zu verlockend, wenn du so viel Schokolade tragen musst.« Lucy musste grinsen. »Klar doch. Wir machen sie gleich auf und teilen sie mit allen, ja?«

Freddie strahlte und nickte.

»Und bald gibt es auch jede Menge leckere Pizza«, fügte Lucy hinzu.

Daisy trabte heran, um ihren kleinen Lieblingskumpel zu begrüßen. Sie trug einen niedlichen orangefarbenen Pulli, der ihr eigentlich das Aussehen eines Kürbisses verleihen sollte, doch ihr langer, schlanker Dackelkörper ließ sie eher wie eine orangene Zucchini aussehen. Na ja, man tat halt sein Bestes, um der Jahreszeit entsprechend gekleidet zu sein.

»Daisy!« Freddie freute sich genauso über das Wiedersehen wie der Hund, und es wurde viel geleckt und umarmt.

Nur zwei Minuten später kam Lucys Mutter Sofia, die die zwanzig Meilen aus ihrer Heimatstadt Rothbury hergefahren war und Lucys Großmutter »Nonna« mitbrachte. Nonna hatte angeboten, etwas Kuchen beizusteuern, und stieg stolz mit ihrem Lieblings-Familienkuchen aus, einer großen Schokoladenmousse-Torte nach italienischer Art, wunderschön verziert mit Erdbeeren, Himbeeren und Schokokringeln. Ein Prunkstück von einem Kuchen. Das würde bei den Gästen später garantiert super ankommen.

»Oh, vielen Dank, Nonna. Der sieht ja göttlich aus.« Lucy nahm die mit Kakao und Sahne gefüllte Köstlichkeit von ihrer Großmutter entgegen.

»Gern geschehen, mein Schatz. Im Auto ist noch eine. Ich habe gehört, dass du viele Leute erwartest, und … Oh, sieht das hübsch hier aus.«

Es war das erste Mal, dass die alte Dame Lucys Pizzastand im

Pferdeanhänger in Betrieb sah. Die Lichterketten funkelten einladend an der Luke, die Wimpel mit der italienischen Flagge waren aufgehängt und eine Auswahl an leckeren Pizzabelägen war auf dem Holzregal im Inneren aufgereiht. Auf der Arbeitsplatte standen zwei umfunktionierte Kilodosen von »San Marzano«-Tomaten, in denen sich nun in rot karierte Servietten eingewickeltes Besteck befand, ein großer Topf mit frischem Basilikum und natürlich die alte und sehr geschätzte Pfeffermühle ihres Großvaters »Papa« aus seiner Zeit im Restaurant.

Eine winzige Träne kullerte Nonna über die Wange. »Oh, Lucy, das sieht so wunderbar aus, Schatz. Papa wäre so stolz auf dich gewesen.«

Papa war vor zehn Jahren gestorben und hatte eine große Lücke in ihren Herzen und ihrem Leben hinterlassen. Lucys Mutter Sofia stand neben Nonna und Lucy und nickte, mit einem wehmütigen Lächeln auf den Lippen. Da kamen sie nun also zusammen – drei Generationen, alle einst mit demselben schönen dunklen Haar, wie es Lucy in langen, glänzenden Wellen über den Rücken fiel. Nonnas war inzwischen weiß und kurz geschnitten, und Sofias hatte die Farbe von Pfeffer und Salz und war schulterlang. Alle drei Frauen konnten hart arbeiten, waren manchmal ziemlich resolut und immer äußerst loyal.

»Ja, Papa wäre sehr stolz gewesen … und so glücklich, das zu sehen«, fügte Sofia hinzu. »Das hast du gut gemacht, Lucy, dass du das hier auf die Beine gestellt und durchgezogen hast. Es sieht fabelhaft aus.«

Lucy spürte, wie sich ihre Nerven beruhigten, und ihr wurde warm ums Herz.

»Hallo zusammen! Möchte jemand ein Glas Prosecco oder einen Limoncello-Fizz-Cocktail? Oder vielleicht ein Glas

Limetten-Soda zum Anstoßen?«, fragte ein lächelnder, aber ungewöhnlich nervös wirkender Jack, der mit einem Tablett frisch eingeschenkter Köstlichkeiten zu ihnen trat. Er war für den Anlass schick gekleidet, trug eine beigefarbene Chinohose, einen schwarzen Rollkragenpullover und seine Cocktail-Camper-Schürze mit Logo.

»Oh ja, bitte, junger Mann.« Nonna war sofort für einen Limoncello-Fizz zu haben. »Früher habe ich das Zeug so geliebt.« Sie trank einen kleinen Schluck. »Ah, Limoncello, das erinnert mich sofort an früher, als er nach dem Essen serviert wurde … in kleinen Gläsern. Mondlicht über der Bucht von Sorrento. Magische Erinnerungen …« Die alte Dame hielt einen Moment lang inne, seufzte und schien sich dann zu sammeln. »Oh, und Sie, junger Mann, müssen Jack sein, von dem ich schon so viel gehört habe, oder?«

Lucy, die neben ihnen stand, spürte, wie sie errötete. Jetzt war es also so weit. Jack lernte die Familie kennen, oder zumindest ihre Mutter und Nonna. (Olly hatte Jack bereits kennengelernt, als er ihr im Sommer bei einer Veranstaltung geholfen hatte.) Das war ein weiterer Grund für ihre Anspannung heute Abend.

»Ja, genau … freut mich sehr, Sie kennenzulernen.« Jack klang ein wenig verlegen.

»Jack, das ist meine Großmutter Nonna und das hier meine Mutter Sofia«, stellte Lucy vor.

»Wie schön, Sie kennenzulernen, ich wünsche Ihnen einen wunderschönen Abend.« Er sah aus, als wollte er gleich wieder weglaufen und sei erleichtert, dass gerade einige neue Gäste ankamen.

»Ich freue mich auch, Sie endlich kennenzulernen«, sagte Nonna und schenkte ihm ein warmes Lächeln, allerdings begleitet von einem prüfenden Blick, der ihn dazu brachte, zu bleiben, wo er war. Nonna nickte verständnisvoll in Lucys Richtung. Ihrer Meinung nach war es längst überfällig, Lucys neuen Freund zu inspizieren.

Nachdem alle einander vorgestellt waren, konnte Lucy ein wenig aufatmen. Sie unterhielten sich noch eine Weile höflich mit Olly und seiner Familie und sprachen über das Wetter, Lucys Unternehmen und darüber, wie schön der Pferdetransporter nach dem Umbau aussah. Da es noch viel zu tun gab, entschuldigte Lucy sich bald, um ihre Knoblauchpizzabrötchen zuzubereiten. Auch Jack schien erleichtert, als er wieder auf vertrautes Terrain zurückkehren und seine Cocktails servieren konnte.

Ein paar Minuten später erwischte er Lucy beim Foodtruck und verdrehte die Augen. »Oh Mann, ich hatte mir gar nicht klargemacht, dass ja heute Abend deine ganze Familie hier ist.« Es hörte sich wie ein Scherz an, aber sein Stirnrunzeln verriet eine gewisse Unruhe. Bei all den Partyvorbereitungen war sie nicht darauf gekommen, ihn vorzuwarnen, dass ihre Mutter und Großmutter sowie die Familie ihres Bruders da sein würden. In Wahrheit war es ihr nicht einmal in den Sinn gekommen, dass eine »Warnung« nötig sein könnte. Ihre Familie war so ein essenzieller Teil ihres Lebens.

Lucy hatte keine Zeit, sich darüber Gedanken zu machen, denn alte und neue Freunde trafen in Grüppchen ein und es wurde viel gelacht und geplaudert. Natürlich kannten sich fast alle Dorfbewohner untereinander und machten sich bald auch mit Lucys Familie und Freunden bekannt. Je mehr Menschen zusammenkamen, desto mehr Geschenke in Form von Prosecco, Northumbrian Ales, Kuchen, Gebäck und Blumen wurden überreicht, und sie wurde immer wieder umarmt.

Lucy ließ sich ein Glas Limoncello-Fizz schmecken und verließ ihren Pizzastand für eine Weile, um sich unter die eintreffenden Gäste zu mischen. Sie klammerte sich an die Hoffnung, dass Becky ihren Schmerz begraben und sich auch zu ihnen gesellen würde. Es war erst früh am Abend, also noch viel Zeit, dass ihre Freundin sich blicken lassen konnte. Lucy verstand, dass es für Becky schwer wäre, sie und Jack in der Öffentlichkeit als Paar zu sehen, aber es war doch mittlerweile an der Zeit, die Vergangenheit loszulassen, oder? Und Zeit für sie alle, nach vorn zu sehen.

Sie zog die Schürze wieder an und huschte zurück in den Transporter, um die nächste Fuhre Pizza zu belegen. Währenddessen beobachtete sie, wie Jack sich durch die wachsende Menge arbeitete und mit ruhiger Hand weiteren Prosecco ausschenkte, wobei er mit den Gästen plauderte. Er ging voll in seiner Rolle als Barkeeper auf, während sie sich von einer großen Gruppe immer noch ein bisschen eingeschüchtert fühlte.

Dann sah sie, wie Jack eine Weile bei Nonna stehen blieb und ihr auch noch einen Limoncello holte. Jack stand da und nickte erst mal freundlich, woraufhin ihre Großmutter ihr ernstes Gesicht aufsetzte. Lucy hatte den Eindruck, dass Nonna ihn auf Herz und Nieren überprüfte. Sie konnte sich vorstellen, wie ihre Großmutter den armen Jack in die Mangel nahm. Er schaute in ihre Richtung, runzelte die Stirn und zwinkerte ihr dann aus seiner Verhörposition zu. Sie hoffte inständig, dass Nonna es ihm nicht zu schwer machte, und wand sich bei dem Gedanken daran innerlich. Nonna war dafür bekannt, dass sie kein Blatt vor den Mund nahm.

*

»Also, junger Mann?« Nonna blickte Jack mit ihren grauen Augen prüfend an. »Sie werden sich doch hoffentlich so um unsere kleine Lucia kümmern, wie sie es verdient hat?«

Jack verlagerte sein Gewicht auf beide Füße. *Oh mein Gott.* Er machte sich darauf gefasst, dass die alte Dame nun mit so etwas wie *Haben Sie ehrenvolle Absichten?* nachhaken würde. Das Gespräch wirkte wie ein Verhör im viktorianischen Zeitalter.

»Lucy hat nämlich eine harte Zeit hinter sich«, fuhr Nonna fort, »und sie braucht nicht noch jemanden, der sie ausnutzt und enttäuscht. Nicht so was wie diese Laus von Liam …« Sie schüttelte traurig den Kopf.

Jack war sich nicht ganz sicher, wie er darauf reagieren sollte. »Also, na ja …«, murmelte er. Natürlich hatte er nicht vor, Lucy wehzutun, aber was genau wollte ihre Großmutter für ein Versprechen von ihm? Schließlich steckte ihre Beziehung noch in den Anfängen.

»Tja, das ist das Problem mit euch jungen Männern von heute. Kein Rückgrat … und ihr wollt euch zu nichts verpflichten.«

Verdammt, war sie eine Art Gedankenleserin?

»Hm.« Er hatte plötzlich irgendwie die Sprache verloren, ganz zu schweigen von seinem üblichen charmanten Geplänkel.

»*Dünnbrettbohrer.*« Nonna testete das Wort, als würde sie es nicht oft benutzen, und nickte dann, als wäre sie damit zufrieden.

Jack spürte, wie seine Wangen rot wurden. »Ich … Lucy bedeutet mir sehr viel«, sagte er, um aus der Situation herauszukommen. Er versuchte, Worte zu finden, die er wirklich meinte und die gleichzeitig die Meinung der alten Dame über ihn verbessern könnten.

Nonna schenkte ihm ein kleines, leicht skeptisches Lächeln und taxierte ihn dann abwägend. »Nun, wir werden sehen. Wir wollen nur das Beste für Lucy, das ist alles.« Ihr Tonfall wurde sanfter.

Zu Jacks Erleichterung näherte sich jemand und nahm einen Cocktail von seinem Tablett, woraufhin sich Nonna zu Lucys Bruder umwandte. Der kleine Freddie nahm ihre Hand und führte sie weg, um ihr die »gruuu-selig« geschnitzten Kürbisse zu zeigen.

*

Kurze Zeit später traf noch mehr Familie ein: Lucys Vater mit seiner Partnerin Jo. Lucy freute sich. Es war schön, dass er gekommen war, denn er war nicht begeistert gewesen, als sie ihren sicheren Job in der Buchhaltung aufgegeben hatte, und immer noch nicht überzeugt von ihrem Pizza-Business.

Er nahm sich ein Stück frisch gebackene Pizza Margherita und biss hinein. »Hmm, oh, die ist richtig gut.«

»Natürlich ist sie das, tu nicht so überrascht«, antwortete Lucy und grinste. »Sie ist ganz nach Papas Art gemacht.«

Die Miene ihres Vaters wurde weicher. Er hatte Papa und Nonna schon immer sehr gern gehabt. »Es läuft also gut mit dem Unternehmen? Du bist erfolgreich damit?«

»Nun, ich gebe mein Bestes, und, na ja, es deckt die Kosten. Die Buchungen nehmen immer mehr zu. Ich fange definitiv an, mir einen Namen zu machen.«

»Ja, ich habe den Clip in der Regionalzeitung gesehen … und der Pferdetransporter sieht toll aus, so fertig lackiert und ausgebaut. Ich wünsche dir ganz viel Erfolg damit.« Er hob seine Bierflasche, um anzustoßen.

»Danke, Dad. Das bedeutet mir viel.«

»Ja, Liebes, und ich hoffe, dass du damit richtig durchstartest«, mischte sich Jo ein. Sie lächelte. »Er sieht toll aus, der Pizza-Foodtruck, wirklich einzigartig.«

»Danke.« Ihre Unterstützung, auch wenn sie ein wenig spät kam, machte Lucy unbeschreiblich glücklich.

»Hey, ich will nur das Beste für dich, Luce. Wie jeder Vater.«

Sie nickte und war plötzlich sehr gerührt. »Okay, ihr beiden, dann mache ich mal weiter. Ich habe mich um eine Party zu kümmern, muss noch mehr Pizza backen und so …«

Als die Dämmerung hereinbrach, funkelten die Lichterketten von *Feuer und Flamme* und Rubys goldene Glühbirnen wie festliche Sterne vor dem dunklen Grau und den verblassenden Orangetönen des Oktoberabends. Aus dem Lautsprecher, den Lucy draußen aufgestellt hatte, klang Musik: ein angenehmer Mix aus aktuellem Pop und ein bisschen Softrock aus den 80ern. Sie schürte die rot glühenden Holzscheite im Steinofen, um eine weitere Ladung Pizza zu backen. Und als sie hinausschaute und ihre Freunde, die Dorfbewohner und ihre Familie sah, alle zusammen an dem Ort, der jetzt ihr Zuhause war, als sie ihr Geplapper und ihr Lachen hörte, die spielenden Kinder sah – ach ja, und Helen und Sarah vom Buchclub, die sich gerade zur Musik wiegten –, erfüllte es sie mit reinem Glück.

*

Jack schaute von Rubys Theke hinüber, wo er gerade dabei war, weitere Cocktails einzuschenken. Sie kamen anscheinend gut an. Es war schon ein bisschen viel gewesen, die Großfamilie so geballt zu treffen, sogar Lucys Vater, mit dem er nun gar nicht gerechnet hatte. Aber er musste zugeben, dass es schön war,

Lucy so glücklich zu sehen. Ihre dunkelbraunen Augen funkelten und sie strahlte, als noch mehr Gäste ankamen. Wie viele Leute hatte sie eigentlich eingeladen? Zum Glück hatte Ruby – alias *The Cocktail Camper* – jede Menge Prosecco an Bord, den er Lucy für diesen Abend geschenkt hatte. Er bezweifelte, dass er selbst überhaupt so viele Freunde hatte. Es sah so aus, als wäre das halbe Dorf hier versammelt.

Ach ja … deswegen! Lucy hatte ja wirklich das halbe Dorf mit eingeladen. Er erinnerte sich, dass sie gesagt hatte, sie würde die Einladungen in die Hausbriefkästen werfen. Das war sicher eine gute Möglichkeit, um ihre neuen Nachbarn kennenzulernen und sich gleichzeitig bei allen zu bedanken, die ihr bei der Gründung von *Feuer und Flamme* geholfen hatten.

Jack war so stolz auf sie. Dass sie ihren festen Job aufgegeben und den Sprung ins Ungewisse gewagt hatte … und zum Glück direkt in seine eigene Welt der mobilen Gastronomie hinein. Hätte sie diesen Schritt nicht getan, wären sie sich wahrscheinlich nie begegnet. Aber jetzt war diese umwerfende Frau plötzlich mit ihm zusammen. Allerdings hatte ihm ihre Großmutter vorhin ordentlich auf den Zahn gefühlt. Nonnas Worte klangen noch immer in seinen Ohren und setzten sich in seiner Seele fest. Er hoffte nur, dass er ihren hohen Erwartungen gerecht werden konnte.

*

»Brauchst du Hilfe, Chefin?« Abby trat mit einem strahlenden Lächeln vor Lucy, ein Prosecco-Glas in der Hand. »Ich helfe wie immer gerne.«

»Ach, du bist doch nicht zum Arbeiten hier, Abby. Heute

Abend geht es darum, dass ich mich bei euch bedanke. Und außerdem – bestimmt kommt Callum doch auch, oder? Da willst du doch sicher nicht den ganzen Abend mit Pizzabacken beschäftigt sein.«

Callum war Abbys neuer Freund. Die beiden hatten sich auf einer Veranstaltung kennengelernt, bei der Lucy im Sommer mit ihrem Anhänger gestanden hatte. Eine lustige Begegnung, weil Callum als die untere Hälfte einer Kuh verkleidet gewesen war. Seitdem lief es sehr gut mit ihnen beiden.

»Ja, er kommt gleich, aber das ist kein Problem. Es sind ein paar meiner Kumpels aus dem Dorf hier, die er kennt.«

»Du sollst aber die Party genießen.«

»Na, das tue ich doch! Aber du kannst nicht alles allein machen, Lucy. Du sollst doch auch ein bisschen Spaß haben. Ich genieße es jedenfalls genauso, wenn ich hier im Foodtruck eine Weile Pizzaböden belege, solange ich ein Glas Fizz und dich an meiner Seite habe. Ich kann Cal später noch treffen. Schließlich werden wir hier bis in die frühen Morgenstunden tanzen und trinken.«

»Sicher?« Lucy hatte so viel vorbereitet, wie sie konnte, doch die Pizzaböden mussten noch von Hand belegt werden, bevor sie zum Backen in den Holzofen konnten. Sie arbeitete zügig, aber sie hatte auch eine immer größer werdende Schar zu füttern.

»Na klar. Los, gib mir eine Schürze. Wir können von hier aus die Leute beobachten und ein bisschen Tratsch aufschnappen.«

»Ach, Abby, du bist die Beste, vielen Dank.«

»Übrigens, meine kleine Schwester Freya ist auch hier. Wenn der nächste Schwung Pizza fertig ist, können wir sie zum Verteilen einspannen. Sie weiß schon Bescheid, dass das ihre Aufgabe ist.«

»Großartig, danke.«

»Ja, sie hofft auf einen Job als Kellnerin, da kann sie hier schon mal ein bisschen üben.« Abby grinste. »Also, Team Pizza ist startklar!«

In dem Moment kam Olly, der sie gehört hatte, an den Tresen. »Hey, ich will auch eine Schürze. Vergiss nicht, dass ich dein Pizza-Topper Nr. 1 bin.«

»Er hat mir *ein*mal geholfen, Abby.« Lucy verdrehte die Augen und lachte.

»Ja, und du hast gesagt, ich wäre ein super Soßenverteiler.«

»Hey, ich habe dir nur Honig ums Maul geschmiert, um dich für den Abend bei der Stange zu halten, Brüderchen.«

»Aha, jetzt kommt es ans Licht. Aber wie auch immer, lass mich helfen, ich habe nämlich einen Hintergedanken.«

»Der da wäre?«

»Ich bin kurz vorm Verhungern. Alice hat mir jeglichen Snack verwehrt, bevor wir losgefahren sind, also wird das mein Abendessen. Ich baue auf dich, Schwesterherz.«

Lucy grinste. So scherzten sie wieder wie ein eingespieltes Team. Dieses Geschwister-Pingpong mit Worten vollführten sie schon, seit sie sprechen konnten.

»Okay, stell dich neben Abby. Wir brauchen noch mehr Knoblauchpizzen, Leute. Die Teigkugeln können schon flach gezogen werden, und ein großer Pott mit Kräuter-Knoblauchbutter steht bereit. Gib noch einen Spritzer Olivenöl drüber, und danach streuen wir frisch gehackte Petersilie und Rosmarin obendrauf.«

Mit ihren Helfern an der Belagstation und dem auf Temperatur gebrachten Ofen konnte der Pizza-Party-Zauber losgehen.

*

Wenig später sah Lucy, dass Nonna sich anscheinend gut mit Glynis vom Driftwood-Buchclub unterhielt. Sie standen nur wenige Meter vom Pizzaofen entfernt und erfreuten sich zweifellos an der Wärme, die er ausstrahlte. Die Falten in ihren Gesichtern verrieten, dass sie beide schon reich an Lebensjahren und Erfahrung waren.

Lucy bekam ein paar Gesprächsfetzen mit, die von der Abendbrise herüberwehten, auch eine Erwähnung von »Papa«, wobei Nonna auf das Schild an der Seite des Foodtrucks zeigte. Höchstwahrscheinlich erzählte sie Glynis die englisch-italienische Restaurant-Geschichte von Papas Familie und wie sie ihn vor vielen Jahren in einem Lokal am Hafen von Newcastle kennengelernt hatte.

Dann hörte man Nonna laut und deutlich sagen: »Oh ja, er war ein echter italienischer Hengst, mein Antonio.«

Abby schaute mit großen Augen und einem breiten Grinsen von der Theke auf, wohingegen Olly einen Hustenanfall bekam. Ein paar der Gäste in der Nähe drehten sich um und starrten die alte Dame amüsiert an.

»Ach du meine Güte«, murmelte Lucy. *Das war eindeutig zu viel Info.* Sie spürte, wie ihr die Röte in die Wangen stieg, und diesmal nicht wegen der Hitze des Pizzaofens. Nonna hatte definitiv zu viel von Jacks Limoncello-Fizz getrunken.

Glynis hingegen schien von der Bemerkung absolut unbeeindruckt und kicherte nur kurz. »Du Glückspilz!«

*

Das Fest ging weiter. Freunde und Familie unterhielten sich, tanzten auf dem kleinen Vorplatz vor dem Haus, aßen köstliche

Speisen und schlürften ihre Cocktails. Doch je später es wurde, umso mehr hielt Lucy Ausschau nach Becky. Es war schon nach neun Uhr und sie war immer noch nicht da. Die Hoffnung, dass sie noch auftauchen würde, schwand von Minute zu Minute.

Als es auf zehn Uhr zuging und einige Gäste den fröhlichen Spaziergang oder die Taxifahrt nach Hause antraten und Nonna mit Lucys Mom davonfuhr (die fröhlich aus dem Autofenster winkte), musste Lucy wehmütig einsehen, dass Becky nicht mehr kommen würde.

Sie hatte nicht einmal eine Nachricht geschickt, kein »Sorry, schaffe es heute nicht«, keine Erklärung in letzter Minute, dass etwas dazwischengekommen war. Das Einzige, bei dem etwas dazwischengekommen war, war offenbar ihre Freundschaft. Ein Gefühl von Trauer durchfuhr Lucy. Sie konnte es nicht begreifen, denn das passte überhaupt nicht zu Becky.

Es musste mehr dahinterstecken. Und Lucy war fest entschlossen, herauszufinden, was es war.

Sie schickte eine spontane SMS:

Schade, dass du es nicht zur Party geschafft hast.
Hoffe, bei dir ist alles in Ordnung? L x

Sie musste es versuchen …

*

»Na, das ist doch gut gelaufen, oder?«

Es war schon nach Mitternacht und nur Jack und Lucy waren noch da und räumten auf.

»Ja … wirklich gut.«

Ein winziger Hauch von Enttäuschung schwang in Lucys Tonfall mit.

»Du musst müde sein. Hör zu, wir können morgen früh weiter aufräumen. Ich packe nur noch die Gläser in die Kisten und verfrachte sie in Ruby. Morgen bringe ich sie zu Matt, da können sie in den Geschirrspüler, wie ich es normalerweise nach Veranstaltungen mache. Die brauchen wir nicht zu spülen.«

»Bist du sicher?«

»Absolut. Es war ein langer Tag. Hey, ist es okay, wenn ich bleibe?«

»Ja, natürlich, das hatte ich sowieso gehofft.«

»Na ja, ich habe nicht viel getrunken, also könnte ich schon noch fahren. Ich habe ja die ganze Zeit nur serviert.«

»Bitte, bleib. Ich möchte es gern.« Lucy war müde, aber sie wollte ihn in ihrer Nähe haben. Irgendwie fühlte sie sich nach dem Trubel der Party ein wenig labil. Vielleicht war sie nach dem langen, hektischen Tag einfach übermüdet, auch wenn es grandios gelaufen war.

»Deine Freundin ist also nicht da gewesen?«, fragte Jack, der ihre Stimmung richtig deutete.

Lucy war erstaunt, wie gut sie miteinander harmonierten.

»Nein, aber bestimmt kann ich morgen mit ihr sprechen und herausfinden, was los ist.«

Jack hörte mit dem Aufräumen auf, stellte das Glas ab, das er in der Hand hielt, und nahm sanft ihre Hand. »Hör zu, es tut mir leid, wenn es etwas mit mir zu tun hat, damit, wie ich damals war … Ich hätte nie gewollt, dass du Schwierigkeiten durch mich bekommst.«

»Ach, schon okay, es kann eigentlich nicht sein, dass es immer noch um dich geht. Das ist alles Jahre her. Sie ist zwar stur, aber ganz ehrlich, da muss noch mehr dahinterstecken. Ich müsste sie nur dazu bringen, sich ein bisschen zu öffnen.«

»Ich hoffe, es klärt sich bald. Also, wie wär's, wenn ich uns einen Schlummertrunk zubereite? Worauf hättest du Lust? Espresso-Martini? Baileys auf Eis?«

»Hmmm … Einfach eine Tasse Tee wäre perfekt.«

»Hah, du klingst ja wie Nonna.«

»Von wegen, Nonna würde immer noch im Limoncello-Fizz schwelgen, wenn sie nur den Hauch einer Chance hätte.«

»Oh, da hast du wahrscheinlich recht. Hast du gesehen, dass ich bei Nonna zum Appell antreten musste?« Er zog eine Grimasse.

»Ja, das dachte ich mir schon«, sagte Lucy zerknirscht. »Ich hab ihren ernsten Blick gesehen. Den kenne ich noch von damals, wenn ich als Kind mal ungezogen war.«

»Echt, das war schon etwas peinlich. Aber es ist klar, dass du ihr wichtig bist, Luce. Und …«, fügte er hinzu, holte tief Luft und sah ihr direkt in die Augen, »mir übrigens auch.«

Lucy spürte, wie sie dahinschmolz.

»Komm, setzen wir uns noch ein bisschen«, sagte er sanft. »Es ist eine traumhafte Nacht.«

Lucy schaute auf. In ihrem Bemühen, eine gute Gastgeberin zu sein, hatte sie gar nicht bemerkt, dass die Sterne hervorgekommen waren und direkt über ihnen glitzerten, zusammen mit einer leuchtenden Mondsichel.

»Ich glaube, ich genehmige mir einen Schluck Whisky, und dir bringe ich die gewünschte Tasse Tee.«

Daisy gab ein kleines Bellen von sich.

»Okay, du darfst vermutlich auch nicht leer ausgehen … also, einen Hundekeks für dich?«

Daisy wedelte fröhlich mit ihrer dünnen schwarzen Rute.

»Alles klar. Setz dich, und ich hole dir die Decke, die du vorhin rausgelegt hast. Dann können wir es uns auf der kleinen Bank gemütlich machen.«

»Na, wenn das nicht ein Schlummertrunk nach meinem Geschmack ist.« Lucy lächelte.

Sie saßen unter dem Sternenhimmel und unterhielten sich, Lucy mit dem Kopf an Jacks Schulter gelehnt und Daisy bei ihnen unter die Decke gekuschelt, bis Lucy langsam einschlief.

Jack blickte auf ihre glänzenden dunklen Haarwellen hinab. »Hey, Zeit fürs Bett, Schlafmütze.«

Als er keine Antwort bekam, nahm er sie behutsam in die Arme, stand auf und trug sie hinein und die Treppe hinauf. Daisy kam hinter ihm her gehüpft. Lucy bewegte sich kaum, während er ihr vorsichtig Schuhe und Jeans auszog und sie zudeckte. Ohne nachzudenken zog er die kleine Treppe für den Dackel ans Bett. Als ihm klar wurde, was er tat, murmelte er vor sich hin: »Nicht zu fassen, dass ich das für dich tue, du kleiner Höllenhund.«

Er zog sich aus und schlüpfte selbst unter die frische weiße Decke, um den herrlich warmen, blumigen (wenn auch leicht pizzagefärbten) Duft seiner wunderbaren neuen Freundin einzuatmen. Daisy drehte sich ein paar Mal im Kreis, bevor sie sich niederließ, stieß einen zufriedenen Seufzer aus, und so machten sie es sich gemeinsam für die Nacht gemütlich.

Lucy regte sich kurz. »Hmm, schade, dass Becky nicht da war.« Die Worte schwebten zusammen mit ihrer Enttäuschung in der Luft. Das war das Einzige, was sich an dem Fest für sie falsch angefühlt hatte. Und es hatte ihr Glück überschattet.

Jack strich ihr sanft übers Haar und gab ihr einen zärtlichen Kuss auf die Stirn. »Das wird schon wieder, irgendwie.«

Lucy schloss die Augen. Natürlich hatte er recht. Eigentlich klang es ganz einfach, wenn man es so betrachtete.

Aber während sie einschlummerte, drängte der Gedanke sich wieder vor: Was, wenn es nicht wieder wurde?

6. Kapitel

Der nächste Morgen war hell und frisch, und Lucy saß im Vorgarten des Cottages, eingemummelt in einen gemütlichen Strickpullover mit Zopfmuster, Jeans und Boots, mit einer heißen Tasse Tee in der Hand. Eine leere Prosecco-Flasche lugte aus dem Blumenbeet hervor, ein Indiz für die Party gestern Abend, und Jack war inzwischen in seine Wohnung zurückgekehrt. Sie atmete tief durch, holte ihr Handy heraus, scrollte zu Beckys Namen und wählte. Es klingelte, und dann klingelte es weiter. Keine Antwort. Die monotone Stimme vom Anrufbeantworter des Mobilfunkanbieters meldete sich. *Oh.*

Hatte Becky es wohl klingeln hören? War sie gerade beschäftigt? War sie entschlossen, nicht mit ihr zu sprechen? Lucy seufzte. Beckys Sturheit hatte sie im Laufe der Jahre zur Genüge kennengelernt, sie war ein Teil von ihr. Weil sie eine Kämpfernatur war, die für alles eintrat, woran sie glaubte. Sie hatte sich schon oft für Lucy eingesetzt – auf dem Spielplatz, in Nachtclubs und indem sie ihr aus ihrer Verzweiflung herausgeholfen hatte, als ihr Ex, Liam, ihr so übel mitgespielt hatte. Es war eine Eigenschaft, die sie normalerweise an Becky liebte – aber jetzt war diese Waffe gegen sie gerichtet.

*

Lucy schürzte die Lippen und wählte erneut, fest entschlossen, nicht aufzugeben. Es klingelte einmal, zweimal, dreimal. Sie hielt den Atem an und überlegte, ob sie es lieber später noch mal versuchen sollte, als beim vierten Klingeln ein Klicken zu hören war.

»Hallo.« Beckys Stimme am anderen Ende der Leitung klang kühl, aber wenigstens ging sie ran.

»Hey-y, Becks.«, Lucy war so erleichtert, dass ihr ihre Stimme ein wenig entglitt. »Wie geht es dir?«

»Ja, ganz gut. Und dir?«, fragte Becky zurückhaltend. Lucy hatte das Gefühl, sich auf dünnem Eis zu bewegen. Ein falscher Schritt und … »Sag mir bitte nicht, dass du immer noch mit ihm zusammen bist.« Und schon waren sie wieder beim Knackpunkt. Aber, okay, umso besser, fand Lucy. Es gab Dinge, die mussten gesagt werden, und es galt, ehrlich zueinander zu sein.

»Ja, das bin ich. Aber, Becks, bitte hör mir zu …«

»Okay, du hast eine Minute Zeit, um dich zu rechtfertigen, warum du dich mit diesem betrügerischen kleinen Mistkerl abgibst, obwohl du weißt, dass man ihm nicht vertrauen kann. Dir ist klar, wie sehr er mich verletzt hat.«

Die ganze Bitterkeit war immer noch da, obwohl Jacks und Beckys flüchtige »Romanze«, wenn man es denn so nennen wollte, schon über neun Jahre her war. Doch Becky war der verdammte sprichwörtliche Elefant, der nie vergaß und schon gar nicht verzieh. Aber da musste einfach noch mehr dahinterstecken.

»Wirklich, er hat sich verändert, Becks. Jack ist nicht mehr der Typ, den du damals kanntest. Sein Bruder war gerade gestorben, und sein ganzes Leben geriet aus den Fugen. Das war eine schwere Zeit für ihn …«

»Luce, das hast du mir alles schon erzählt«, unterbrach Becky sie. »Das ist nichts Neues. Nur ändern sich Kerle wie Jack Anderson nie. Sie benutzen Menschen, sind Spieler und locken mit ihrem Charme sogar die Vögel von den Bäumen. Ich kann nicht tatenlos zusehen, wie das passiert. Ich kann nicht zusehen, wie du noch einmal verletzt wirst. Und ich kann nicht glauben, dass ausgerechnet *du* so verdammt naiv bist.«

»Gib ihm einfach eine Chance. Gib *uns* eine Chance, Becks, bitte.« Lucy hielt inne und spürte, wie sich ihre Kehle vor Beklemmung zusammenzog. »Er bedeutet mir sehr viel.«

»Ha, also schafft er es, auch dich hinters Licht zu führen. Lucy, du verlangst, dass ich es ignoriere und nichts sage. Wenn du mir nicht glaubst, kann ich nicht so tun, als wäre alles in Ordnung zwischen uns. Denn das ist es nicht.«

»Okay, können wir uns wenigstens auf einen Kaffee treffen und darüber reden, so wie wir es immer getan haben, wenn es ein Problem gab?«, flehte Lucy.

»Ruf mich einfach an, wenn du zur Vernunft gekommen bist und ihn fallen gelassen hast, okay? Dann werde ich für dich da sein.« Becky klang stahlhart entschlossen.

»Becky …«, war alles, was Lucy sagen konnte, während sie spürte, wie ihr Herz einen Sturzflug machte. Sie konnte Jack nicht verlassen, weil alles, was sie fühlte, dafür sprach, dass er das Beste war, was ihr seit langer Zeit widerfahren war. Dass das, was sie bereits hatten, etwas Besonderes war. Sie *musste* ihm – *ihnen beiden* – diese Chance geben. »Ich kann ihn nicht aufgeben, nicht jetzt.«

Eine oder zwei Sekunden vergingen in unangenehmer Stille. »Ich muss los. Tschüss, Luce. Pass auf dich auf.«

»Tschüss …« Lucys Stimme erstarb, in bitterer Enttäuschung. Ihr fiel nichts ein, was sie noch hätte sagen können.

Sie starrte ins Leere, und die Ziegelsteine der Gartenmauer verschwammen vor ihren Augen. Sie schniefte. Daisy trottete herbei, rieb ihr glattes, schwarzbraunes Fell an Lucys Knöcheln und schaute mit ihren tiefbraunen Augen zu ihr auf, als wollte sie sie trösten. Lucy hob den kleinen Hund sachte auf ihren Schoß.

»Oh, Daisy. Was nun? Was soll ich nur machen?«

Gerade als es so aussah, als hätte sie eine Liebe gefunden, die wirklich etwas wert war, zahlte sie dafür mit einer Freundschaft. Sie war hin- und hergerissen. Sie wollte Jack auf keinen Fall aufgeben, aber, so ging es ihr durch den Kopf, könnte in dem, was Becky sagte, wohl doch ein Körnchen Wahrheit stecken? War Jack der Typ Mann, der sie fallen ließ?

*

Feiert mit uns das
Herbst-Food-Festival in Warkton-by-the-Sea
Samstag, 30. Oktober
Beginn 12 Uhr
Exzellentes Essen, Kunsthandwerk, Live-Musik
Ein Spaß für die ganze Familie!
Eintritt frei

*

7. KAPITEL

Sosehr ihre gescheiterte Freundschaft sie auch schmerzte, wusste Lucy doch, dass sie weiterhin mit ihrem neuen Pizza-Business und ihrem Leben vorankommen musste. Die folgende Woche verging wie im Flug, und es waren nur noch zwei Tage bis zum Herbst-Food-Festival in Warkton-by-the-Sea – einem Event an der Küste von Northumberland. Da es ihr erstes Jahr mit dem Foodtruck war, war es für sie eine neue Veranstaltung und eine neue Erfahrung. Sie fühlte eine Mischung aus Vorfreude und ein wenig Angst – Angst davor, es irgendwie zu vermasseln, nicht genug Vorräte dabeizuhaben oder etwas in der Art. Schon vor einer Weile hatte Jack ihr erzählt, dass die Veranstaltung gut besucht sei und er mit seinem Cocktail-Camper dabei wäre. Auch deshalb bekam sie ein bisschen Lampenfieber.

Doch einen Schritt nach dem anderen. Erst einmal musste sie genug Teig für hundert Pizzaböden herstellen, und das mit dem speziellen 00-Mehl, wie es ihr Papa immer verwendet hatte, und dann brauchte der Teig ein paar Tage, um aufzugehen. Hoffentlich würde diese Menge genug Pizzen für den ganzen Tag ergeben. Bei solchen Veranstaltungen war das immer schwer abzuschätzen. Sie konnte es sich nicht leisten, viel zu verschwenden, aber sie wollte auch nicht zu wenig haben. Da die Veranstaltung an einem Samstag stattfand und die Wettervorhersage gut war, hoffte sie, dass viel los sein würde.

Organisation war das A und O. Sie musste entscheiden, auf welche Belagsorten sie sich konzentrieren wollte, und dann die frischen Zutaten besorgen. Am beliebtesten waren ihre Pizza Margherita mit Mini-Mozzarella-Kugeln, außerdem eine Pizza mit einer würzigen italienischen Nduja-Wurst, eine mit regionalem Ziegenkäse und Rucola und die mit Schinken und Pilzen aus Northumberland. Hmm, vielleicht würde auch etwas mit Garnelen gut passen, überlegte sie, schließlich war es ein Küstenfest. Vielleicht Garnelen aus lokalem Fang mit Paprika und Oliven – Northumberland mit einem mediterranen Einschlag. Sie würde auch ein paar Knoblauchbrotpizzen machen, denn ihre Spezialität mit geschmolzenem Mozzarella, Knoblauch und frischem Rosmarin war ein echter Renner.

Lucy summte, während im Hintergrund das Radio lief, und maß Mehl, Salz, Hefe und Wasser ab. Sie hatte in einen Industrie-Mixer investiert, den sie im Gästezimmer aufbewahrte, wenn er nicht in Betrieb war, weil er in ihrer kleinen Küche zu viel Platz einnahm. Schon bald knetete sie den Teig nach dem Rezept, das Papa ihr vor vielen Jahren verraten hatte, als sie noch ein kleines Mädchen gewesen war. Sie rollte ihn zu großen Kugeln, bevor sie ihn gehen ließ. Auch wenn die Bezeichnung Papa eigentlich ein anderes Wort für Daddy und nicht für Granddad war, hatten alle in der Familie ihren Großvater nur so genannt. Er war zwar schon seit einigen Jahren tot, aber sie musste immer noch lächeln, wenn sie an ihn dachte. Lucy hatte die köstlichen Pizzamahlzeiten in ihrer Kindheit geliebt, wenn sie damals mit ihrem Bruder Olly am alten Holztisch ihrer Großeltern gesessen und die leckersten Pizzastücke aller Zeiten gegessen hatte. Wie sehr wünschte sie sich, Papa hätte miterlebt, wie sie diesen neuen Weg einschlug und ihren Traum verwirklichte, inspiriert von seiner Liebe zu gutem Essen, besten Zutaten und seiner Familie. Dieses starke Band der Liebe, das in seinen Kochkünsten immer durchschien.

Während Lucy noch mehr Teigkugeln knetete und rollte, dachte sie an Nonna und all die Jahre, die ihre Großmutter seitdem allein verbracht hatte. Wie sehr musste sie ihn vermissen. Sie hatten eine so glückliche Ehe geführt. Klar hatten sie sich auch gezankt, aber immer auf eine gut gelaunte Weise. Nonna hatte mit dem Geschirrtuch nach Papa geschlagen, wenn seine Sticheleien ihr zu viel wurden. Sie waren ein Team, das war sogar für Lucy als kleines Mädchen offensichtlich gewesen.

Aber man wusste nie, wohin das Leben einen führte und welche Wendungen ein Weg nahm; und jeder Weg war anders. Wenn man diesen besonderen Menschen für sich gefunden hatte, konnte man ihn nicht gehen lassen … nicht bis er einem genommen wurde, wie Papa oder wie Jacks Bruder Daniel. Es blieb dabei, sie würde Jack nicht aufgeben, egal was Becky dachte. Niemand hatte behauptet, dass es einfach sei, sich zu verlieben, und sie wusste nicht, wie sich ihre Reise als Paar entwickeln würde, schließlich standen sie erst am Anfang. Aber sie wusste, dass es sich unbedingt lohnte, dafür zu kämpfen.

*

Am Samstagmorgen klingelte Lucys Handywecker um 6 Uhr. Draußen war es noch dunkel, aber sie sprang aus dem Bett, bereit, die letzten Vorbereitungen zu treffen: Sie schnitt die Zutaten für die Beläge klein, packte die Kühltaschen und die Holzscheite für den Ofen ein und belud den Pferdeanhänger.

Drei Stunden gingen wie im Flug vorbei, und so fuhren sie und Abby, Lucys zuverlässige Aushilfe, bald über die Landstraßen, die sich die Küste hinunterschlängelten, bis zum Dorf Warkton, *Feuer und Flamme* natürlich im Schlepptau.

»Bereit für die Knete, Boss?«, fragte Abby.

»Oha, für solche Wortwitze ist es definitiv noch zu früh, Abs, aber eigentlich schon, ja, absolut!«

Ein Gefühl der Erwartung und Lebendigkeit erfüllte Lucy, als vor ihnen die alten Steinhäuser der malerischen Hauptstraße auftauchten, die zum Hafen und zum Meer hinunterführte. Im Zickzack gespannte Wimpel in Gelb und Rot – die Farben der Northumberland-Flagge – flatterten über ihnen in der Brise des Spätherbstes, während sie die gepflasterte Straße hinunterfuhren.

Als sie am kleinen Hafen vorbeikamen, konnte Lucy sehen, dass bereits mehrere Stände aufgebaut wurden. Sie fuhren auf die Wiese, die zum Hauptfestplatz auserkoren war. Dort herrschte reges Treiben. Es gab Foodtrucks aller Art, manche von Hofläden, es wurden Würstchen und Pasteten angeboten, daneben gab es Kaffeestände, Pudding, Eis und Käse aus der örtlichen Molkerei, eine Bäckerei und sogar einen sehr verführerisch aussehenden Schokoladenstand (hmm!). Und da waren sie: Der leuchtend tiefrote VW-Bus Ruby und Jack, der ihnen zur Begrüßung zuwinkte.

Als sie auf den Platz am oberen Ende der Wiese fuhren, der ihnen von einem Ordner in Warnweste angezeigt wurde, war die Aussicht auf den Hafen und die Bucht atemberaubend. Der Tag war bewölkt, aber das hob die Farbmischung des Meeres aus Schiefergrau, Grün und Blau nur noch mehr hervor. Der Hafen unter ihnen war klein und rechteckig, und nur ein paar Fischerboote dümpelten im Schutz der alten Mauern.

Früher hatte es hier eine blühende Fischereigemeinde gegeben, durch die Warkton-by-the-Sea als eine der Bücklingshauptstädte Englands bekannt geworden war. Vor über hundert Jahren hatte es in der Nordsee nur so von Heringen gewimmelt. Zu bestimmten Zeiten des Jahres hatte das kleine Dorf die schottischen Fischerfrauen freundlich aufgenommen, und zwanzig oder mehr Boote waren täglich hinausgefahren, um ihren Fang hereinzuholen. Der Seegang konnte manchmal gefährlich sein. Jetzt aber schaukelte und rollte das Wasser jenseits der steinernen Begrenzung des Hafens nur ruhig auf und ab. Der eine oder andere Seevogel schaukelte fröhlich auf der Dünung.

Heute gab es zwar keine Bücklinge, aber immerhin standen Pizzen auf der Speisekarte. Es war eine Kunst, sie im Holzofen zuzubereiten und es war auch, bei hoffentlich vielen Bestellungen auf einmal, sehr zeitaufwendig. Bei großen Veranstaltungen und Festivals wie diesem hatte Lucy nicht viel Gelegenheit, mit ihren Kunden zu plaudern, während sie arbeitete, denn wenn sie den Ofen aus den Augen ließ, verbrannten die Pizzen allzu schnell. Aber Abby war ein echter Glücksfall. Die junge Frau hatte sich nach wenigen Monaten Aushilfstätigkeit bei *Feuer und Flamme* super eingearbeitet. Sie konnte gut plaudern, Bestellungen entgegennehmen und sogar die leckeren Beläge mit der richtigen Menge Tomatensoße und Käse zubereiten. Die beiden arbeiteten hervorragend zusammen.

Lucy feuerte den Ofen an und überließ es Abby, auf den Foodtruck zu achten, während sie sich auf die Suche nach zwei Bechern Kaffee machte, der sie in Schwung bringen würde. Bei der Gelegenheit wollte sie auch Jack kurz Hallo sagen, bevor es zu hektisch wurde. Obwohl es erst Ende Oktober war, herrschte bereits eine weihnachtliche Stimmung auf dem Platz, als sie an den verschiedenen Ständen vorbeischlenderte. Bei einem wehten rote, silberne und goldene Lametta-Stränge in der Meeresbrise und reflektierten hübsch das Licht. Auch die Kunsthandwerkerstände verbreiteten eine weihnachtliche Atmosphäre, mit vielen Geschenken, niedlichem Holzspielzeug, Christbaumkugeln, wunderschönen Karten und sogar Santa-Strümpfen mit aufgenähten Weihnachtsmotiven.

Lucy beschloss, *Feuer und Flamme* auch einen Hauch von festlicher Magie zu verleihen, und kaufte silbernes Lametta, das sie um die Servierluke drapieren wollte. Zu dieser Jahreszeit, wenn es am Herbsthimmel immer früher dunkel wurde, konnte jeder ein bisschen Vorfreude auf Glanz, Heimeligkeit und Festlichkeit gebrauchen.

Im Schein der Glühbirnen, die das Innere seines Campers erleuchteten, stand Jack hinter der verchromten Arbeitsplatte von Ruby und schenkte Lucy ein warmes Lächeln, während er seine Gläser, Spirituosen und Cocktailshaker bereitstellte. Oh, wie sie sich schon auf einige gemütliche Nächte mit diesem umwerfenden Mann in den kommenden Wochen freute. Wie mochte es sich wohl anfühlen, ein Weihnachten, an dem sie wieder in einer Beziehung war?

Herrje, die letzten Weihnachtsfeste, die sie mit ihrem Ex Liam verbracht hatte, waren ziemlich grässlich gewesen. Beide hatten sie so getan, als wäre alles in Ordnung. Als könnten Parfüm und Geschenke den Mangel an Nähe wettmachen. Hätte sie nur hingesehen, so wären ihr die Risse bereits aufgefallen. Der Verlobungsring, den sie getragen hatte, und das Haus, das sie immer noch gemeinsam bewohnt hatten, waren das Einzige gewesen, was sie noch zusammengehalten hatte.

Und die Weihnachtsfeste früher, als Mum und Dad noch zusammen waren … Die kribbelnde Aufregung in ihrer Kindheit. Die Vorfreude auf den Adventskalender. Schulaufführungen und Festtage. Das Auspacken der Geschenke am Weihnachtsmorgen. Der ganze Zauber der Feiertage.

Später war Mum dann auf sich allein gestellt gewesen. Es musste jetzt über siebzehn Jahre her sein. Na ja, alles veränderte sich. Das Leben ging weiter, in Wellen, so wie das Meer. Es war in ständigem Fluss, manchmal aufwärts, oft abwärts, zeitweise aufgewühlt. Man konnte nicht immer oben auf der Welle schwimmen. Aber solange die Dinge gut liefen, hier und jetzt, war sie entschlossen, das Leben zu genießen.

»Hey.« Jack strahlte sie an, und seine schieferblauen Augen funkelten.

»Hi, das sieht aber gut aus«, sagte Lucy. Nicht nur die glänzende Ruby war schön hergerichtet, auch Jack sah in seinem weißen Hemd, der Tweedweste und den dunklen Jeans mit der schwarzen Cocktail-Camper-Logoschürze darüber ziemlich elegant aus.

»Danke. Ja, ich habe mich für ›schick mit einem Hauch von Festtagsstimmung‹ entschieden.« Tatsächlich war an beiden Enden der Theke eine Traube aus eleganten, kaffee- und cremefarbenen Christbaumkugeln kunstvoll neben Tannenzweigen und echten Stechpalmenzweigen platziert.

»Bereit für einen arbeitsreichen Tag?«

»Ja, ich hoffe doch.«

»Letztes Jahr war das Food-Festival hier sehr gut besucht. Es scheint sich mittlerweile einen Namen gemacht zu haben, also wird es sicher ein klasse Tag.«

»Ich drücke die Daumen.« Die Geschäfte liefen zwar gut, aber Lucy musste nicht nur Abbys Lohn zusammenbekommen und ihren eigenen Lebensunterhalt finanzieren, sondern auch ihr Gründungsdarlehen noch zurückzahlen. Die Finanzen waren schon seit einiger Zeit angespannt, und sie hatte auch noch die Hypothek für das Haus zu bedienen. »Dann sehe ich mal besser zu, dass ich mit den Vorbereitungen fertig werde. Bis später.«

»Ja, ich auch. Ich freue mich schon auf das Später«, sagte Jack und zwinkerte spitzbübisch.

Lucy musste grinsen. Sie hatten sich seit ein paar Tagen nicht gesehen, und ihr Körper vermisste bereits seine Berührung.

Auf dem Weg zum Kaffeewagen entdeckte Lucy einen fabelhaften Stand voller Schokoladen-Köstlichkeiten: kleine Schachteln und Tütchen, die mit bunten Bändern verschlossen und mit Trüffeln und Fondant gefüllt waren. Ach, das war der Stand der *Kleinen Chocolaterie am Meer*. Sie erkannte die wunderbaren handgemachten Pralinen, die Jack ihr im Sommer gekauft hatte. Lucy konnte nicht widerstehen und ging sich den Stand anschauen.

»Hallo«, grüßte sie die Frau mit dem rostbraunen Haar hinter dem aufgebockten Tisch und schenkte ihr ein warmes Lächeln. »War das dein Pizzawagen, den ich vorhin gesehen habe? Er sieht wunderschön aus – die graue Lackierung gefällt mir. Ist das eigentlich ein Vintage-Modell? Ach so, ich bin übrigens Emma. Ich glaube, ich habe dich hier noch nie gesehen, oder?«

»Hi, Emma. Ich bin Lucy, und nein, ich bin neu hier. Ich habe erst im Mai meinen Pizzaverkauf gestartet.«

»Aha, verstehe, ganz frisch in der Szene.«

»Ich bin eine … Freundin von Jack«, fuhr Lucy fort, »dem Cocktail-Camper-Typen. Oh, und deine Pralinen, die habe ich vor einiger Zeit gegessen. Sie waren phänomenal.«

»Wie schön, danke. Und – wie läuft es bei dir?«

»Toll, ja. Ich fasse langsam Fuß. Der Laden läuft immer besser.«

»Na, das ist doch schön.«

Die Gastronomen, die Lucy bisher kennengelernt hatte, schienen einander eher zu unterstützen als miteinander zu konkurrieren, was ihr sehr gefiel.

»Und bei dir?«, fragte Lucy höflich.

»Es brummt wie noch nie. Ich habe einen Laden mit Café hier im Dorf, und an unseren kleinen mobilen Ständen ist immer eine Menge los. Kann mich also nicht beklagen. Nur darüber, dass der Tag nicht genug Stunden hat.« Sie grinste.

»Das ist ja toll.« Es war schön zu hören, dass es anderen Unternehmen in der Region gut ging, und es gab Lucy Hoffnung für die Zukunft. Es bestärkte sie in der Überzeugung, vor sechs Monaten die richtige Entscheidung getroffen zu haben, als sie ihren festen Job in der Buchhaltung aufgegeben hatte. Natürlich musste diese Überzeugung von einer ordentlichen Portion schwerer Arbeit und einer Prise Entschlossenheit begleitet werden.

»Wenn du noch Buchungen brauchst, hätte ich einen Tipp für eine wunderschöne Veranstaltung nicht weit von hier. Ein Event Anfang Dezember, der Claverham-Castle-Weihnachtsmarkt. Solltest du nicht verpassen.« Sie schenkte Lucy ein breites Lächeln. »Hier, ich schreib dir die Nummer vom Schloss auf.« Schnell scrollte sie durch ihr Handy, schrieb die Nummer auf die Rückseite einer Visitenkarte und reichte sie ihr. »Ruf Ellie an und frag, ob noch ein Platz frei ist. Vielleicht kommst du so eben noch rein.«

»Oh, vielen Dank.«

»Ich würde es nicht zu lange aufschieben. Sie sind schnell ausgebucht. Ach, und erwähne ruhig meinen Namen, wenn du willst. Wir wissen alle noch, wie es ist, ein Neuling zu sein.«

»Oh, das ist so lieb von dir. Danke schön. Und das findet in einem Schloss statt, sagst du? Das klingt ja cool.«

»Ist es auch. Ein wirklich wunderschöner Ort, versteckt in den Hügeln. Und gar nicht mal so weit weg.«

»Claverham Castle«, las sie laut vor. »Ja, ich glaube, das habe ich schon mal gehört, aber ich war noch nie dort. Nun gut, ich sollte mich wohl besser wieder an die Pizzen machen. Abby, meine Aushilfe, wird sich wundern, wo ich abgeblieben bin … und ihr heiß ersehnter Kaffee.«

»Ja, es ist ein bisschen frisch heute Morgen. Es liegt Herbst in der Luft.«

»Und ob, aber was das betrifft, habe ich einen großen Trumpf«, sagte Lucy munter, »der Pizzaofen wärmt mich nämlich immer schön.«

»Du Glückliche!«

»Ich wünsche dir einen schönen Tag, Emma.«

»Ich dir auch, Lucy.«

Voller Elan machte sie sich auf den Weg zum nahe gelegenen Kaffeestand. Wie schön war es doch, so herzlich in diese neu entdeckte Gastro-Gemeinschaft aufgenommen zu werden. Als sie mit ihrem Pizzawagen angefangen hatte, war ihr nicht klar gewesen, dass es da eine ganze große Clique gab, die sie unterstützen würde. Was für eine überaus erfreuliche Überraschung.

*

Nach ein paar hektischen Stunden in der Mittagszeit, in denen die Pizzaproduktion auf Hochtouren gelaufen war, legten Lucy und Abby eine Verschnaufpause ein und erfrischten sich mit einem köstlich-kalten und durstlöschenden Getränk vom Cocktail-Camper. Jack hatte sich einen Weg durch das Gedränge auf dem Food-Festival gebahnt und war herübergekommen, in der Hand zwei geschliffene Gläser, in denen sich jeweils eine dunkelrosa Flüssigkeit befand.

»Wohl denn, meine Damen! Erleben Sie nun mit dem Cranberry Crush die erste Kostprobe meines weihnachtlichen Getränkesortiments. Diese hier sind selbstverständlich alkoholfrei. Ihr werdet wohl noch ein bisschen durchhalten müssen und könnt euch kein Nickerchen oder sonstige Ausfälle erlauben.«

»Oh, sieht das prächtig aus. Ich schätze, es ist genau das, was ich brauche. Ich bin dermaßen ausgedörrt.« Abby nahm dankend ein Glas und trank einen großen Schluck. Dann seufzte sie. »Himmlisch.«

Wie es aussah, testete Jack seine neuen festlichen Mocktails und wollte ihre Meinung hören. Lucy hatte das Gefühl, dass er sich auch ein bisschen um sie kümmern wollte, nachdem er gesehen hatte, wie viel sie die ganze Zeit über zu tun gehabt hatten. Sie ahnte, dass hinter seiner großspurigen Barkeeper-Fassade ein richtig lieber Kerl steckte.

»Lecker. Was ist da drin, also außer dem offensichtlichen Preiselbeersaft?«, fragte Lucy, nachdem sie einen herzhaften Schluck getrunken hatte.

»Also, klar, der Saft, ein Spritzer Limette und Soda über Crushed Ice. Außerdem ein paar frische Preiselbeeren, Blaubeeren und Minze zum Garnieren.«

Sie gab ihm ein Thumbs-up. »Ein bisschen wie ein Cosmopolitan also, ein alkoholfreier festlicher Fizz. Ich mag ihn.« Sie trank noch einen Schluck. »Mmm, sehr sogar.«

Jack grinste. »Der Cocktail-Camper steht zu euren Diensten, meine Damen. Und bitte nicht vergessen, die Kunde zu verbreiten.« Er zwinkerte ihnen zu. »Ich geh wieder an die Arbeit, damit mir keine Kundschaft entgeht.«

»Danke, und viel Glück.«

»Cheers.«

*

Abends, gegen Ende des Festivals, kam Lucy richtig in Weihnachtsstimmung – das ganze Lametta, die funkelnden Lichterketten, die von den verschiedenen Essensständen aus glänzten und leuchteten, die winterlich gewürzten, nach Zimt duftenden Getränke und schließlich die Menschen, die Taschen voller Geschenke trugen. Sie musste an ihre Familie denken … und an ihre Freunde … verflixt, hoffentlich würden sie und Becky bis Weihnachten wieder miteinander reden. Sonst hatten sie oft einen gemeinsamen Shoppingtag eingelegt und mittags ein oder zwei Gläschen zur Feier des Tages getrunken. Und *immer* verbrachten sie einen festlich-lustigen Abend zusammen, bei dem auch ihre gemeinsame Freundin Katie mit dabei war. Das alles war Teil der Tradition, mit der sie doch nicht einfach brechen konnten, oder?

In den letzten Jahren hatte Lucy den ersten Weihnachtstag mit ihrer Mutter und ihrer Nonna in Sofias Haus in Rothbury verbracht. Ein Familienfest, zu dem auch Olly und Alice kamen und letztes Weihnachten auch ein total aufgedrehter Freddie, der seine Pakete hastig aufriss und aufgetürmte

Geschenkpapierhaufen hinterließ, während er sich auf seine neuen Spielsachen stürzte. Nach dem Truthahnessen gab es Mince Pies, wilde Spiele und Gelächter vor der Kulisse des alten künstlichen Tannenbaums. Der hatte schon viele Jahre auf dem Buckel und auch schon bessere Tage gesehen, aber trotzdem ließen sie nie zu, dass Mum ihn beseitigte. Und natürlich durfte auch ein Besuch bei ihrem Vater und seiner Partnerin Jo nicht fehlen, entweder an Heiligabend oder am zweiten Weihnachtsfeiertag, je nachdem, was ihnen besser passte.

Sie schaute zum Cocktail-Camper hinüber, wo Jack den Tag ausklingen ließ, indem er den letzten Krug Glühwein ausschenkte, und sie fragte sich, wie Jacks Weihnachten wohl aussehen würde. Ihr war klar, dass es ein schwerer Tag für seine Familie sein musste. Einen Sohn, einen Bruder auf diese Weise zu verlieren … Wie konnte man da jemals wieder Weihnachten in gleicher Weise genießen? Es hatte ihr das Herz gebrochen, als Jack ihr vom Tod seines Bruders Daniel im Alter von nur zwanzig Jahren erzählt hatte. Ein Student auf einem Fußballplatz, der das Spiel spielte, das beide Brüder liebten, ohne zu wissen, dass er einen gefährlichen Herzfehler hatte, der jahrelang unbemerkt geblieben war. Innerhalb von wenigen Sekunden war er auf grausame Weise aus dem Leben gerissen worden. Aber irgendwie musste Jacks niedergedrückte Familie im Lauf der Jahre einen Weg nach vorn gefunden haben. Sicher war es sehr schwer gewesen.

Sie seufzte und fühlte mit ihnen. So chaotisch ihre eigene Familie nach der Trennung ihrer Eltern auch geworden war, sie schafften es immer, ein fröhliches Weihnachtsfest zu feiern.

*

An diesem Abend, nachdem sie auf dem Festival alles zusammengepackt und Abby nach Hause gebracht hatte, räumte Lucy den Foodtruck auf und putzte ihn, bis sie schließlich gegen acht Uhr mit Daisy und einer dringend benötigten Tasse Tee aufs Sofa sank. Wow, es war ein arbeitsreicher Tag gewesen, der sich noch dazu richtig gelohnt hatte, wenn man sich die prall gefüllte Kasse und die Kartenbelege ansah.

Ein Tock-tock-tock an der Tür ließ Daisy bellend vom Sofa springen. Lucy stand auf und traf im Flur auf Jack, der gerade mit einer Flasche Rotwein zur Tür hereingekommen war, um mit ihr zu Abend zu essen.

»Hey, ist es okay, wenn ich jetzt noch komme?«

Sie schmolz jedes Mal dahin, wenn er sie besuchen kam, egal wie müde sie auch sein mochte. Sein schönes Gesicht, sein sandblondes, leicht gewelltes Haar, die Bartstoppeln am Kinn. Oh, oh, es hatte sie echt erwischt.

»Natürlich. Ich dachte an irgendetwas Einfaches, wenn das für dich okay ist?«

»Klar, ich erwarte nicht, dass du nach so einem Tag noch eine Mahlzeit kochst.«

Bald hatten sie den Wohnzimmertisch mit einer Auswahl an frischen Brötchen vom Bäckereistand, regionalem Käse vom Stand der Molkerei in Doddington und Wurstwaren auf italienische Art aus Northumberland gedeckt und es sich mit einer Flasche Rotwein vor dem offenen Kamin gemütlich gemacht. Daisys Nase zuckte bei den verlockenden, köstlichen Gerüchen, die direkt über ihr schwebten.

Lucy gähnte ausgiebig.

»Müde?« Jack lächelte sie an und strich ihr mit der Hand eine dunkle Haarsträhne aus dem Gesicht.

»Ja. Ich hab mich total ausgepizzat.« Lucys Füße taten vom stundenlangen Stehen am Pizzaofen weh, und ihre Arme schmerzten von der Arbeit mit dem Ofenschieber und dem Ausrollen der Pizzaböden.

»Aber es lief gut, oder? Ich habe heute mit dem Camper einen super Umsatz gemacht. Die Leute konnten von meinen Toffee-Apple-Cocktails gar nicht genug kriegen.«

»Oh, so einen musst du mir auch mal machen. Das hört sich köstlich an.«

»Herbstgold im Glas«, sagte er in seinem Barkeeper-Ton und grinste.

»Hm, lecker!«

»Nun, ich fürchte, du musst dich erst einmal mit diesem Glas Merlot begnügen, denn alle Zutaten befinden sich bei mir zu Hause. Ich habe den Camper leer geräumt.«

»Na, typisch«, sagte sie mit gespielter Entrüstung und lehnte sich dann wieder an ihn. »Aber es war wirklich ein guter Tag. So viele Leute. Mittags war enorm viel los. Abby und ich kamen kaum hinterher.«

»Ja, ein super Spot.«

Sie zeigte ein Thumbs-up. »Und die Kulisse! Sogar ein bisschen weihnachtlich, das fand ich schön. Kaum zu glauben, dass wir schon fast Ende Oktober haben.«

Das Jahr verging wirklich wie im Flug. Mit dem neuen Job und ihrer neuen Beziehung hatte sie so viel zu verarbeiten – und so viel, wofür sie dankbar sein konnte.

»Was macht ihr an Weihnachten, du und deine Eltern?«, fragte Lucy. Die Worte waren heraus, bevor sie richtig darüber nachgedacht hatte.

»Ähm … Normalerweise ist es eine ziemlich ruhige Angelegenheit. Nur wir drei …« Jack lächelte knapp. »Oh, und der größte Truthahn aller Zeiten. Ich glaube, Mum hatte in den letzten zehn Jahren zu viel zu kompensieren. Dad und ich haben uns nicht getraut, etwas zu sagen. Wir haben tagelang kalten Truthahn gegessen, und dann war da noch der Bottich mit der Truthahnsuppe.«

Lucy bedauerte es, die gemütliche Stimmung verdorben zu haben. »Tut mir leid.« Instinktiv rieb sie seinen Handrücken.

»Was denn?«

»Ich hätte wissen müssen, dass Weihnachten für dich und deine Familie nicht einfach ist.«

»Ist schon okay. Wir hatten viel Zeit, uns daran zu gewöhnen.«

»Und hast du dich … jemals daran gewöhnt?« Sie hielt seinen Blick fest.

Seine schieferblauen Augen schienen den Schmerz zu spiegeln. »Nein. Aber ich will ihn, Daniel, auch nicht vergessen. Manchmal ist es gut, über ihn zu reden, sich an ihn zu erinnern. Ich will nicht, dass mein Bruder in Vergessenheit gerät.«

Lucys Herz zog sich zusammen. Allein der Gedanke an ihren eigenen Bruder …

»Ach ja, da gab es dieses eine Weihnachten …«, begann Jack und tauchte in die Erinnerung ein. »Ja, wir waren vermutlich gerade eben im Teenageralter. Mum und Dad waren weggefahren … zum Supermarkt, glaube ich, und wir waren allein zu Hause. Es muss etwa eine Woche vor Weihnachten gewesen sein. Also, uns hat die Neugierde gepackt. Wir kannten nämlich das Versteck für die Weihnachtsgeschenke – oberstes Regal im Schlafzimmerschrank. Wir stellten uns also abwechselnd auf einen Stuhl und stöberten alles durch und fanden ein paar Sachen, die für die Weihnachtsstrümpfe bestimmt waren, die neuen Turnschuhe, die wir uns gewünscht hatten, und die Xbox für uns beide zusammen, auch ein paar Spiele dafür, ein Fußballspiel und das neueste Call of Duty, das wir unbedingt ausprobieren wollten. Wir hatten zwar viel Zeit, aber wir wollten auch nicht zu hoch pokern.«

Lucy kuschelte sich enger an Jack und genoss die Geschichte, während sie sich vorstellte, wie die beiden Jungs Unfug trieben.

»Jedenfalls haben wir alle Spuren beseitigt und den Stuhl wieder zurückgestellt, und Mum und Dad ahnten nichts. Dann kam der Weihnachtsmorgen und das große Auspacken ging los. Xbox, Turnschuhe, Selection-Boxen – eine Selection-Box braucht man immer –, Fußballspiele, Krimskrams … Alles war ausgepackt, nichts lag mehr unter dem Baum, aber Call of Duty war nicht dabei.«

Dan und ich warfen uns verwunderte Blicke zu. Alle bedankten und umarmten sich, und Dan und ich flüsterten miteinander und kamen zu dem Schluss, dass Mom und Dad es bestimmt für später als zusätzliche »Überraschung« aufgehoben hatten. Am Ende des zweiten Weihnachtstages waren wir regelrecht zum Bersten gespannt. Wir trauten uns natürlich nicht, etwas zu sagen, weil wir uns dann verraten hätten. Und obwohl wir nicht mehr an den guten alten Weihnachtsmann glaubten, wollten wir auf keinen Fall unsere zukünftigen Weihnachtsgeschenke gefährden.«

Lucy konnte sich ein Lächeln nicht verkneifen. Auch sie und Olly hatten in ihrer Kindheit einiges angestellt.

»Tja, schließlich mussten wir bis zu meinem Geburtstag Ende Februar warten. Dann kam das Geschenk endlich ans Licht. Es war ganz lustig, weil Mum es anscheinend vergessen und dann wiedergefunden hatte. Und sie hatte keine Ahnung, warum wir so kicherten, als ich das Päckchen öffnete. Ich glaube, ich habe es ihr bis heute nicht erzählt … Ja, das ist der Stoff, aus dem Legenden werden. Vielleicht ist es höchste Zeit, dass ich diese Erinnerung mit ihr teile – dieses Weihnachten. Es würde Mum gefallen.«

»Schon witzig. Ihr beide müsst ganz schön anstrengend gewesen sein.«

»Eigentlich waren wir ziemlich lieb … die meiste Zeit.« Jack grinste frech, dann wurde sein Lächeln ein wenig überschattet.

Lucy fühlte mit ihm. Wenn jemand, den man liebte, so jung starb, musste einen das fürs ganze Leben zeichnen. Alles ins Wanken bringen. Es gab diese ganz andere Seite an Jack, die sie erst noch kennenlernen musste. Das hieß, wenn er sie ließe …

Über den Verlust zu sprechen weckte in ihr das Verlangen nach körperlichem Kontakt. Sie wollte ihm nahe sein. Sie stützte die Füße auf den Couchtisch, von dem alle Häppchen weggegessen waren, und kuschelte sich an ihn. »Ach, ich kann es kaum erwarten, mich auszuruhen und morgen auszuschlafen. Das wird herrlich sein. Es war so ein langer Tag.«

»Ja, ich bin auch ziemlich erledigt. Und bettreif.« Jack kuschelte sich dichter an sie, und sein Oberschenkel lehnte an ihrem – ein erregender Hinweis auf das, was noch kommen sollte.

Hmm, es war Schlafenszeit, aber so müde war sie vielleicht doch noch nicht …

*

Jacks Atem hatte sich auf ein rhythmisches Summen im Schlaf verlangsamt, während Lucy wach in seinen Armen lag und ihr Körper noch immer von seinen Liebkosungen kribbelte. Das mit Jack fühlte sich so schön an, so kraftvoll, und doch machte etwas ihr Angst vor der Tiefe ihrer Gefühle. War es nicht eigentlich zu schön, um wahr zu sein? Mit dem ergreifenden Gespräch vom Vorabend und dem Nachhall von Daniels Tod im Hinterkopf dachte sie darüber nach, wie das Leben sich von einem zum anderen Augenblick ändern konnte.

Ja, sie harmonierten perfekt im Bett, aber ging es für Jack mehr um das Körperliche als um etwas Langfristiges? Eine Reihe Fragen schwirrten in ihrem Kopf herum wie die glitzernden Flocken in einer Schneekugel. Wo würde das Leben sie und Jack hinführen?

8. Kapitel

Zwei Wochen später war Lucy auf dem Rückweg von Alnwick, wo sie den lokalen Metzger und den Hofladen besucht hatte, um Vorräte nachzukaufen. Sie hatte für ihren Marktstand am nächsten Tag alles aufstocken müssen. Zudem war sie aufgeregt und ein bisschen nervös, weil am kommenden Wochenende eine Winterhochzeit anstand. Auf dem Heimweg kam sie an Jacks Dorf vorbei und beschloss, von der Hauptstraße abzubiegen und zu seinem Haus zu fahren, um zu schauen, ob Ruby dort geparkt war. Schließlich wäre es die ideale Gelegenheit, um endlich auch mal bei ihm vorbeizuschauen und Hallo zu sagen.

Jack wohnte bei seinem alten Freund Matt, den Lucy schon ein- oder zweimal getroffen hatte. Er war ein wirklich netter Kerl, der in der Nähe als Tierarzt arbeitete. Sie war sogar schon einmal in seiner Praxis gewesen, als Daisy eine Magenverstimmung gehabt hatte, die nicht abklingen wollte – sehr zu Daisys Missfallen, weil sie gestupst und gepikst worden war und sogar Medikamente hatte nehmen und fasten müssen, also eine sehr unwürdige Prozedur. Jedenfalls war Matt sehr lieb zu ihr und dem Dackel gewesen, und die Medizin hatte auch geholfen.

Als Lucy um die Ecke bog und an der Doppelhausreihe in

Jacks Straße entlangfuhr, stand Ruby tatsächlich vor dem Haus und glänzte in der Morgensonne. Jack hatte sie offensichtlich gründlich gewaschen und poliert, denn er mochte es, wenn sie immer blitzblank und einsatzbereit war. Lucy parkte am Straßenrand, ging beschwingt auf die Haustür zu und klingelte. Sie konnte nur hoffen, dass er hier war, denn selbst wenn Ruby vor dem Haus stand, konnte Jack trotzdem mit dem Fahrrad oder sonst wie sportlich unterwegs sein. Doch als die Tür aufging, stand er da, lässig gekleidet mit knielangen Khaki-Shorts und einem weißen T-Shirt.

»Hey, hat dir noch niemand gesagt, dass es in Northumberland gerade November ist?«

Er zog überrascht die Brauen hoch. »Hallo – und nein, ich lebe in einer tropischen Klimazone, weil Jess gern die Heizung so hochdreht, als wär das hier eine Sauna.« Dann lächelte er. »Schön, dich zu sehen. Ich weiß, es ist schon ein paar Tage her.«

»Ich war gerade in Alnwick und dachte, ich schau mal bei dir vorbei und sag Hallo.«

»Wie schön.«

Dann küsste er sie direkt dort auf der Türschwelle, was sie mit einem prickelnden Schauer überzog, zumal es recht überraschend kam. »Ich hatte schon befürchtet, dass du vielleicht joggen oder Rad fahren bist oder so.«

»Ach, nein, nicht heute. Ich versuche, die liebe Buchhaltung am Computer nachzuholen. Verwaltungskram. Und die nächste Runde Lizenzen für Veranstaltungen muss ich auch noch beantragen. Immer wieder ein Spaß …« Er zog eine Grimasse, als wäre es das Letzte, was er tun wollte. »Was muss, das muss. Kaffee?«

»Nur, wenn ich nicht störe.«

»Passt schon. Ich könnte eine kleine Pause gebrauchen, um mal aus der Monotonie der Excel-Tabellen und der städtischen Verwaltungs-Website rauszukommen.« Er lächelte schief.

»Dann gern einen Kaffee.«

Sie gingen in die Küche, wo Jack offensichtlich gearbeitet hatte. Sein Laptop stand aufgeklappt auf dem Tisch, daneben ein benutzter Kaffeebecher, Block, Stift und Handy.

»Ist Matt nicht zu Hause?«, fragte Lucy. Im Haus schien es sehr ruhig zu sein.

Jack mietete immer noch das Gästezimmer, aber er hatte in letzter Zeit durchklingen lassen, dass es manchmal ein bisschen zu »familiär« wurde, weil Matts Verlobte Jess jetzt öfter im Haus übernachtete als früher. Von wegen, drei sind einer zu viel und so weiter. Wenn die beiden also eine Nacht zusammen verbringen wollten, schlief Jack meist bei Lucy. So hatten beide Paare ihre Privatsphäre und es kam morgens in der Küche zu keinen peinlichen Begegnungen.

»Nein, er ist mit Jess unterwegs. Sie sehen sich Hochzeitslocations an. Der letzte Countdown sozusagen. Na ja, nach einer zweijährigen Vorwarnung. Sie müssen bald buchen, sonst ist nichts Vernünftiges mehr zu kriegen, hat man ihm gesagt.« Jack rollte mit den Augen. »Ich glaube, Matt wäre mit einer Party und ein paar Bier in seinem Rugby-Club zufrieden, aber Jess würde das natürlich nicht reichen, also kann er das vergessen.«

»Ja, stimmt wohl …« Ein seltsamer Schmerz durchzuckte Lucy. Sie war sich nicht einmal sicher, ob es ein Schmerz war oder eher einfach die aufblitzende Erinnerung, die sie unangenehm berührte, als sie sich vorstellte, wie sie selbst im Internet nach Veranstaltungsorten gesucht hatte … in dem Jahr, in dem Liam ihr den Heiratsantrag machte, und in dem Jahr danach und dem Jahr danach … Irgendwie war es nach Liams Ansicht nie der richtige Zeitpunkt gewesen. Er hatte gemeint, sie müssten erst für das gemeinsame Haus, das neue Auto, das neue Sofa, den Auslandsurlaub und die Altersvorsorge sparen. All diese Dinge standen ganz oben auf seiner Liste, anstelle ihrer Beziehung. Das hätte eigentlich Warnung genug für sie sein müssen, aber damals war sie so verdammt naiv gewesen. Egal, das alles war Vergangenheit, zum Glück.

Als Jack sich umdrehte, um den Kessel aufzufüllen, nahm Lucy am Küchentisch Platz. Sie sah sich im Raum um und versuchte, irgendetwas von Jacks Alltag zu erfassen – sie sah weiße Schränke und eine grau melierte Laminat-Arbeitsplatte, praktisch und aufgeräumt, nur eine Tasse auf der Abtropffläche, auf der *Yoda Best Vet* stand, mit einem Bild der Star-Wars-Figur dazu. Offensichtlich gehörte sie Matt. Die Küche verriet nicht viel von Jack und wirkte nicht gerade gemütlich, eher wie eine Basis für die beiden Männer. Der Tisch, an dem Jack gearbeitet hatte, sah da schon etwas persönlicher aus, mit dem Kugelschreiber, dem Notizblock mit ein paar handgeschriebenen Terminen der bevorstehenden Events, die von ein paar künstlerischen Kritzeleien umrandet waren – ein VW-Bus, Wolken, eine gekräuselte Welle, wie es schien, inmitten verschiedener Schnörkel – und seinem iPhone direkt daneben. Dann fiel ihr Blick auf das, was gerade auf dem Bildschirm des Laptops zu sehen war: eine wunderschöne Aussicht auf Berge und blauen Himmel. Zuerst dachte sie, es sei der Bildschirmschoner, denn eine solche Aussicht wäre ein typisches Displaybild für Jack. Aber dann erkannte sie, dass eine Website geöffnet war. Ihr Blick blieb an dem Schriftzug über dem Bild hängen: *Backpacking in Neuseeland – das Abenteuer deines Leben.*

Was?

Jack stand da und löffelte Instantkaffee in Tassen, während Lucys Herz einen Sturzflug machte. Wollte er etwa weg von hier? Wieder eine neue Reise antreten? Sich am anderen Ende der Welt niederlassen? Okay, er war ein Abenteurer, ein Freigeist, das war ein Teil seiner Persönlichkeit und, wie sie zugeben musste, ein Teil dessen, was ihn so einzigartig und attraktiv machte. Sie wusste, dass er früher gern gereist war und mehrere Jahre außerhalb Großbritanniens verbracht hatte. War er nun wieder auf dem Sprung? Und warum hatte er ihr, seiner Freundin, kein Wort gesagt? Die Gedanken wirbelten ihr im Kopf herum wie der Kaffee in der Tasse, die er ihr reichte. Sie wusste nicht, was sie denken, geschweige denn sagen sollte – also sagte sie gar nichts.

Jacks Stimme schob sich in ihr Gedankenchaos. »Ich hoffe, Instantkaffee ist okay? Tut mir leid, der gute ist leider alle.«

»Ähm, ja, klar.« Sie war selbst von ihrem ruhigen Ton überrascht. Sie trank einen Schluck, viel zu früh, und verbrühte sich prompt die Lippe. Verdammt!

Wann wollte er ihr davon erzählen? Ihr Verstand war immer noch im Karussellmodus.

Und sie – sie hatte sich eben erst vorgenommen, ihn besser kennenzulernen. Sie freute sich auf ein gemeinsames Weihnachten, Silvester und so vieles mehr. Und so, wie es aussah, könnten sie dieses Weihnachten vielleicht noch gerade so als Paar erleben, doch was kam dann?

»Was hast du denn in Alnwick gemacht?«

»Ach, nur Zutaten für meinen Markttermin und die Winterhochzeit am kommenden Wochenende besorgt.« Sie schaffte es, die Worte auszusprechen, aber in ihrem Kopf schwirrte es noch immer.

»Ja, das wird bestimmt eine schöne Feier. Ich bin mit Ruby natürlich auch dabei.«

»Ja, das Paar hat sich am Telefon supernett angehört. Es ist Richtung Warkworth, oder? Im Haus der Eltern der Braut. Mit Seeblick, wie es scheint.« Lucy ertappte sich dabei, dass sie weiterredete, nur um ihre wilden Gedanken zu verbergen. »Ich habe es bisher noch nicht gesehen. Die beiden sind zu mir gekommen, um die Buchung zu besprechen und sich den Foodtruck anzuschauen. Es hört sich aber so an, als ob es sehr schön wäre.«

»Es ist fantastisch. So was Hochherrschaftliches mit einem atemberaubenden Blick aufs Meer. Ein echt cooler Ort. Ich war da, als wir die Getränkeoptionen durchgesprochen haben.«

»Das klingt toll.« Sie spürte einen kleinen Anflug von Angst vor dem Ereignis, denn sie wollte unbedingt sicherstellen, dass alles für das Brautpaar gut lief. Eine Hochzeit war nun mal ein ganz besonderer Tag.

Dann sah sie, wie Jacks Blick auf den offenen Computer fiel. Er schloss hastig die Rucksack-Website und klappte nach ein paar schnellen Klicks den Deckel zu. Ohne ein einziges Wort.

Sollte sie ihn gleich wegen Neuseeland fragen, oder zumindest, bevor sie wieder fuhr? Herausfinden, ob etwas dran war? Vielleicht hatte er ja auch nur im Web gesurft. Aber dann hätte sie zugeben müssen, dass sie geschnüffelt hatte. Nicht dass ihre Frage am Ende übergriffig und nach Kontrolle klang. Sie fühlte sich, als hätte ihr jemand in die Magengrube getreten, aber sie hatte keinen Schimmer, wie sie reagieren sollte. Ach je, ob Becky vielleicht doch recht hatte? War Jack, der unstete Wandervogel, gerade dabei, sich davonzumachen?

*

Einladung
zur Winterhochzeit von
Benjamin Hamilton und Sarah Gregory
East Grange, Warkworth, Northumberland
Samstag, 13. November, 13 Uhr
anschließend Empfang

*

9. KAPITEL

Auf Rubys verchromter Arbeitsplatte waren funkelnde Flötengläser im Sonnenlicht aufgereiht, und Jack konzentrierte sich darauf, den klassischen Champagnercocktails das i-Tüpfelchen aufzusetzen: Er fügte den Drinks, die aus Angostura-Bitter, Cognac und einem Zuckerwürfel bestanden, gekühlten Fizz hinzu. Oh ja, Champagner und Cocktails sollten die Winterhochzeit einläuten, wenn Braut und Bräutigam samt Gästen aus dem prächtigen Landhaus strömten, in dem die Zeremonie stattfand.

Der Camper Ruby, der seitlich von der Kieseinfahrt geparkt war, direkt vor dem Eingang des alten Sandsteingebäudes, glänzte mit den Gläsern um die Wette und strahlte in leuchtendem Chiantirot. Die Deko-Glühbirnen leuchteten und ein hübsches Band mit elfenbeinfarbenen Hochzeitswimpeln flatterte leicht an der aufgeklappten Luke in der Nachmittagsbrise. Ein kleiner geschliffener Krug mit frischen elfenbeinfarbenen Rosen und milchig-grünem Eukalyptus stand neben Jacks geliebten silbernen Vintage-Cocktailshakern und vervollständigte den stilvollen Look.

Jack und Lucy freuten sich gleichermaßen, bei dieser Winterhochzeit das Catering zu übernehmen. Die Zeremonie und das traditionelle Hochzeitsessen fanden in der wunderschönen Empfangshalle über der Küste statt, die einen herrlichen Blick auf die Bucht bot. Jack war begeistert gewesen, als man ihn gebeten hatte, den Barbetrieb zu übernehmen. Als die Frage nach Canapés für die Begrüßungscocktails aufgekommen war, hatte er Lucy kontaktiert, und sie hatte die tolle Idee gehabt, den Begrüßungshäppchen einen northumberland-italienischen Touch zu geben.

Jack hatte außerdem vorgeschlagen, für die Hochzeitsparty eine urige Pferdeanhänger-Pizzeria zu mieten, die noch dazu die abendliche Verpflegung ergänzen konnte. Und schon war der Deal perfekt gewesen. Sie waren ein richtig gutes Team geworden.

Jack schaute zu Lucy hinüber, die ihre dunklen Haare zu einem Dutt hochgesteckt hatte und ganz darauf fokussiert war, ihren italienisch inspirierten Canapés den letzten Schliff zu geben. Als sie schließlich aufblickte, schenkte er ihr ein Lächeln und ein Thumbs-up und formte mit den Lippen: »Startbereit?« Sein Herz schlug höher, als sie ihm zulächelte.

An den Sträuchern, die den Garten einrahmten, hingen noch ein paar letzte spätherbstliche Blätter; dahinter erstreckte sich eine grasgrüne Wiese bis hinunter zur Küste. Die Aussicht von der »Bar« aus war überwältigend. Das graugoldene Winterlicht lag über der silberfarbenen Nordsee. Hier war man nah genug, um das Salz in der Luft zu riechen und den Schrei einer Möwe zu hören. Obwohl es etwas kühl war (Jack war froh über seine dicke Tweedjacke unter der Schürze), war es ein atemberaubender Ort. Jack war fest entschlossen, sein Bestes zu geben, um dem Hochzeitspaar und seinen Gästen den ganz besonderen Tag zu bereiten, den sie verdienten. Wie bei jeder Veranstaltung, die er mit dem Cocktail-Camper besuchte, würde er hundert Prozent geben. Er hatte für später noch ein paar besondere Tricks in petto, wie beispielsweise seine Mixologie-Magie mit maßgeschneiderten Cocktails und die lustige »Pimp the Prosecco«-Stunde. Lucy und er hatten sogar geplant, den Abend in eine Pizza-Prosecco-Extravaganza zu verwandeln.

*

Lucy fürchtete sich ein bisschen vor dem Ereignis, aber Jacks breites Grinsen und sein Thumbs-up beruhigten sie ein wenig. Sie schaute auf ihre Uhr. Herrje, nur noch fünf Minuten. Sie hatte noch nie professionell Canapés zubereitet, also war dies eine Premiere, aber als Jack ihr von dem Wunsch des Paares erzählt hatte, war es ihr als eine viel zu gute Gelegenheit erschienen, um sie sich entgehen zu lassen. Allerdings hing womöglich ihr Ruf davon ab – oh, oh.

Noch dazu schwirrten in ihrem Kopf immer noch seine Träume von Neuseeland herum. Oder waren es tatsächlich konkrete Pläne? Die Angst brach wieder über sie herein. Nein, sie musste sich auf das Hier und Jetzt konzentrieren. Alles würde gut werden, sagte sie sich, während sie tief durchatmete. Sie war gut organisiert. Das meiste auf den Platten hatte sie heute Morgen zu Hause vorbereitet und musste nun nur noch ein paar Dinge zusammenfügen, um die Knusprigkeit der Crostini und Bruschetta zu gewährleisten. Sie hatte Basilikum-Tomaten-Bruschetta und knusprige Toastbrote mit Ziegenkäse aus Northumbria und Oliventapenade vorbereitet. Ein Trio mundgerechter Minipizza-Knoblauchbrote stand ebenfalls bereit, um schnell im Holzofen gebacken zu werden. Einige waren traditionell nur mit Knoblauch- und Kräuterbutter, andere auch mit geschmolzenem Mozzarella, und wieder andere hatten noch karamellisierte rote Zwiebeln obendrauf.

Abby war Gott sei Dank auch dabei. Sie würden zu zweit zwischen den Gästen umhergehen und auf kleinen elfenbeinfarbenen Servietten ihre mundgerechten Köstlichkeiten anbieten.

»Die sehen toll aus, Luce«, kommentierte Abby, als sie einen Blick auf die Platten warf.

»Meinst du?« Lucy war immer noch nervös.

»Ja, total. Mir läuft das Wasser im Mund zusammen.«

»Dann sabber sie bloß nicht voll«, scherzte Lucy.

Sie lachten beide, was die Spannung löste.

Und dann flogen die schweren Holztüren des Saals auf und heraus flatterte ein strahlendes Brautpaar, sie in weißer Spitze, er in einem schicken marineblauen Anzug, und ihnen voraus ein ganzer Schwarm Hoffnungen, Versprechen und Träume. Es folgte eine glückliche Schar aus Familie und Freunden, die fröhlich plauderten und Konfetti warfen.

»Oh, sieht die Braut nicht wunderschön aus?«, gurrte Abby. »Ich liebe dieses Kleid.«

»Ja, es ist wunderschön.«

Es war ein elegantes Etuikleid aus elfenbeinfarbenem Satin, das am Bandeau-Ausschnitt mit Strassdetails verziert war. Dazu trug sie eine warme Pelzstola, die ihre Schultern bedeckte. Es sieht sehr nach Audrey Hepburn aus, dachte Lucy bewundernd.

»Und er sieht auch nicht übel aus.« Abby machte Augen angesichts des scharfen dunkelhaarigen Bräutigams.

»Hey, schön geradeaus schauen, der da ist schon vergeben. Und was ist mit deinem schnuckeligen Callum?«

»Was denn, ich genieße nur die Aussicht.« Abby grinste.

»Ich bin mehr als zufrieden mit meinem stattlichen Dorfburschen. Gestern Abend hatten wir übrigens ein Date. Drinks im Dunstanburgh, gefolgt von Fish and Chips.«

»Oh, hört sich gut an. Aber zurück zur eigentlichen Aufgabe. Lass uns loslegen, wir haben zu tun«, tadelte Lucy, aber sie musste auch lächeln. Ja, der Bräutigam war wirklich heiß, das musste man ihm lassen. Doch natürlich kein Vergleich zu dem umwerfenden Barkeeper, der sie zuvor angelächelt hatte.

Nachdem Braut und Bräutigam sowie Familie und Freunde sich einen Champagnercocktail genehmigt hatten, machten sich die beiden Frauen mit den Canapé-Platten auf den Weg zu den Gästen, beide in schwarzem Rock, weißer Bluse (mit Thermounterwäsche drunter) und ihren *Feuer und Flamme*-Schürzen.

»Darf ich Ihnen eine Bruschetta mit Tomaten und Basilikum oder ein Crostini mit Ziegenkäse anbieten?«

»Jemand ein Mini-Knoblauchbrot?«

»Nehmen Sie sich gern etwas.«

Lucy merkte, wie sie in einen richtig vornehmen Ton verfiel. Vielleicht war es der Anlass und der imposante, herrschaftliche Veranstaltungsort, der sie beeindruckte.

Sie sah, wie Jack ihr zuzwinkerte, als sie sich dem Camper näherte. Die Anwesenden schwärmten wie Bienen um die nektargleichen Champagnercocktails herum. Ruby sah mit ihrem Hochzeitsmotto wirklich prächtig aus. Und auch Jack hatte sich ganz schön herausgeputzt: schick gekleidet, die blonden Haare leicht zerzaust, das freche Funkeln in den Augen, wenn er mit den Gästen plauderte, und die Präsentation seiner »Waffen«. Er hatte die Jacke ausgezogen, jetzt, wo er mehr zu tun hatte, und spannte die Muskeln an, während er seine Cocktailkreationen schüttelte. Hmm, wenn sie »Feuer und Flamme« war, dann schien er gerade richtig »aufgerüttelt« zu sein. Sie konnte nicht verhindern, ihn kurz anzustarren, lächelnd, genau wie einige der Gäste. Wie immer bei solchen Veranstaltungen war sie nicht die Einzige, der sein Charme nicht entging.

Zum Glück schienen ihre Häppchen gut anzukommen, denn die Platten leerten sich im Nu, und anerkennende Äußerungen wie »köstlich« und »Mmm« ertönten zwischen den lebhaften Gesprächen.

Da es eine Novemberhochzeit war und die Luft merklich kühl, zogen sich die Gäste bald zum Nachmittagsempfang in die warme Halle mit ihren knisternden Kaminfeuern zurück. Lucy hatte sich schon umgesehen und festgestellt, dass der Saal wunderschön dekoriert war. Die runden Tische waren mit Besteck, Servietten und Gläsern eingedeckt, in der Mitte standen Vasen mit elfenbeinfarbenen Blumen und allerlei Grünzeug, und der Haupttisch war mit tiefgrünen Girlanden aus Tannenzweigen, Eukalyptus und zarten weißen Rosen geschmückt. Angesichts der Anzahl von Kerzen und dem Wein, der zum Ausschenken bereitstand, versprach es hier stilvoll und gemütlich zu werden. Die perfekte Winterhochzeit.

*

Der Tag ging in eine violett gefärbte Abenddämmerung über, und ein weiterer Schwarm von Gästen traf in ihren schicken Kleidern und Anzügen für die Abendveranstaltung ein. Lucy hatte im Pizzaofen Holzscheite nachgelegt und schürte ihn in Erwartung des nächsten Einsatzes. Jack war mittlerweile auch wieder in Aktion und bereitete sich auf sein »Pimp the Prosecco«

vor, was für alle ein großer Spaß werden sollte. Mithilfe von aromatisiertem Gin würden alle möglichen Prosecco-Cocktails gezaubert; Himbeer- und Holunderblüte waren immer sehr beliebt, mit sprudelnden Minibomben und einem Dekor aus essbaren Goldflocken, Früchten, Kräutern und vielem mehr. Die Neuankömmlinge hatten viel Spaß beim Experimentieren mit ihren Getränken, und wieder einmal war richtig viel los bei Ruby. Von ihrem Pizzaposten aus überblickte Lucy das Gelände, das in der Abenddämmerung wie verwandelt wirkte. Glitzernde Lichterketten, die sanft zwischen den Bäumen schaukelten, und zarte Mini-Lichter, die sich durch die Girlanden aus Blättern und Zweigen schlängelten, welche sorgfältig an den Treppengeländern bis zum Portal der Haupthalle angebracht worden waren. Die Gäste tummelten sich in der Halle und einige von ihnen verließen den Saal und wippten im Takt, als die Musik von der Tanzfläche lauter wurde.

Lucy dachte gerade darüber nach, wie schön das alles aussah, als ein junges Paar Arm in Arm aus dem Haus schlenderte, gefolgt von einem Mann, der anscheinend allein unterwegs war. *Oh, zum Teufel* … Das dunkle, kurz geschnittene Haar, der Hals und die kantige Kieferpartie kamen ihr schrecklich bekannt vor. Er trug einen schicken marineblauen Anzug, den sie schon einmal … ja, genau, auf der Weihnachtsfeier im Betrieb an ihm gesehen hatte, kurz bevor …

Eine Schar von Gästen drängte sich an ihm vorbei, dann stand er allein da. Er war auf halbem Weg die Treppe hinunter und ließ den Blick über das Gelände schweifen. Lucy fühlte sich plötzlich unwohl, und ihre Nackenhaare sträubten sich, bis ein verbrannter Geruch ihr in die Nase stieg und sie aus der Erstarrung riss. Scheiße, sie hatte gerade die erste Pizzaladung anbrennen lassen. Wie idiotisch! Sie konnte es sich nicht leisten, ihre Zutaten zu verschwenden.

Verflucht noch mal! Dann verbrannte sie sich am Arm, als sie versuchte, die Pizzen schnell mit dem Schieber herauszuholen, doch es war schon zu spät. Die ersten beiden waren verkohlt und ungenießbar. Sie mussten entsorgt werden, bevor es jemand bemerkte. So viel zur Präsentation ihres exzellenten Essens und zum Aufbau ihres guten Rufs.

»Hey, alles okay bei dir, Luce?« Abby schaute aus der Luke des Pferdeanhängers hervor.

»Ja, ja, alles klar, keine Sorge. Nur eine kleine technische Panne.« *Eine technische Panne namens Ex-Freund, um genau zu sein.*

Was zum Teufel hatte Liam hier zu suchen? Sie fragte sich, woher er Braut und Bräutigam überhaupt kannte. Sie jedenfalls hatte sie nicht gekannt, als sie sich vor ein paar Wochen getroffen hatten, um die Buchung zu besprechen.

Sie spürte, wie es in ihr kribbelte. Es hatte eine Zeit gegeben, in der sie und Liam noch über ihre eigene verdammte Hochzeit gesprochen hatten, diejenige, die nie stattfinden würde. Oh Gott, er kam zu ihr herüber, und sie konnte sich nirgendwo verstecken, außer direkt vor dem heißen Backofen. Wusste er vielleicht schon von ihrem kleinen Unternehmen, ihrem Pizza-Foodtruck? Immerhin war sie auf Facebook zu finden. Wusste er, dass sie hier sein würde? Sie spürte, wie ihr heiß wurde, und das lag sicher nicht nur am Holzfeuer.

Aus den Augenwinkeln verfolgte sie die Schritte ihres Ex. Verdammt, er kam direkt in ihre Richtung. Dann trafen sich ihre Blicke und sie war ihm ausgeliefert wie ein Kaninchen im Scheinwerferlicht.

»Hey, Lucy?« Liams Lächeln wirkte angespannt.

»Hi«, echote sie kraftlos.

All diese Erinnerungen – die guten Zeiten, die schlechten Zeiten, das Kennenlernen, die Trennung … alles kam wieder an die Oberfläche. Sie stand da wie erstarrt.

»Schön, dich zu sehen, Luce.« Sein Lächeln wurde breiter, aber es lag etwas beunruhigend Zynisches in seinem Ton.

Nun, *ihr* kam es nicht besonders schön vor. Kein bisschen, genau genommen. Wie Kinofilm-Clips spulten sich die Bilder vor ihr ab. Eine gemeinsame Freundin hatte ihr die niederschmetternde Nachricht von seiner Zweigleisigkeit mitgeteilt und gesagt: »Wenn es um mich ginge – ich würde es wissen wollen.« Das Hämmern, als das »Zu verkaufen«-Schild an ihrem neuen Haus – der neuen Hoffnung – aufgehängt wurde, als wäre es der letzte Sargnagel an ihrer Verlobung und ihrer gemeinsamen Zukunft.

Zunächst fielen ihr keine Worte ein – außer »Mistkerl«, »Wichser« und »Arschloch«. Sie schaffte es gerade noch, sie zurückzuhalten. Dann erinnerte sie sich daran, dass sie beruflich hier war und dass es schließlich um die Hochzeit von jemandem ging. Ganz sicher wollte sie hier keine Szene machen.

»Nun … ich hatte nicht erwartet, dich hier zu treffen«, war alles, was sie herausbrachte.

»Na ja, ich kenne den Bräutigam, Ben. Ein Arbeitskollege von Arnott & Co.« Das war die Anwaltskanzlei, in der Liam arbeitete und die sich auf Immobiliengeschäfte spezialisiert hatte. »Er kam vor sechs Monaten zu uns. Netter Kerl.«

»Ach so.« Als sie ihn jetzt betrachtete, bemerkte sie, dass Liam ein bisschen älter aussah – ein paar Falten mehr um die Augen, ein paar graue Haare an den Schläfen. Gut sah er aber immer noch aus, er hatte schon immer etwas hergemacht. Plötzlich wurde ihr bewusst, wie heiß und verschwitzt sie war. Bestimmt war sie ganz pink im Gesicht, noch dazu in ihrem nicht ganz so glamourösen, aber praktischen Arbeitsoutfit von *Feuer und Flamme*.

»Und, wie geht es dir, Luce?« Es war schwer, seinen Tonfall zu deuten, während er plauderte. Wollte er nur höfliche Konversation machen oder wollte er es wirklich wissen? »Und wow, wenn ich mir das hier alles ansehe …« Er zeigte in Richtung des Pferdeanhängers. »Eine ziemliche Kehrtwende, die du da hingelegt hast.«

War sein Interesse echt? War da ein Hauch von seinem alten, abwertenden Sarkasmus?

»Na ja, ich habe mich aufgerafft und einen Schritt nach vorn gemacht.« Ihre Stimme klang anfangs etwas gepresst, aber dann sagte sie nachdrücklich: »Das Geschäft läuft gut – sogar sehr gut. Es boomt regelrecht. Ich werde vielleicht expandieren. Bald könnte es eine ganze Kette von *Feuer und Flamme* geben.« Verdammt, wo kam das denn alles her? Wahrscheinlich würde er in den sozialen Medien sehen, dass mit nichts dergleichen zu rechnen war. Aber sie wollte ihn auf keinen Fall in dem Glauben lassen, dass das Leben ohne ihn irgendetwas anderes als verdammt fantastisch war. Und die Schutzmauer wuchs in die Höhe, ganz so, als hätte sie sich ihre dicken Industrieofenhandschuhe ums Herz gelegt.

»Also dann, ich hab gerade ziemlich viel zu tun, ich mach mal besser weiter«, fuhr Lucy fort und hob ihr hölzernes Ofenpaddel, um eine weitere Fuhre Pizzen einzuschieben … oder um ihm damit eins über den Kopf zu ziehen, das hätte in der Tat sehr befriedigend sein können.

»Gut, wir sehen uns sicher später noch, Luce. Ich bin gerade auf der Suche nach meinen Arbeitskollegen«, sagte er, wie als Hinweis darauf, dass er nicht etwa mit einer Partnerin oder Freundin hier war. Aber vielleicht interpretierte sie da auch zu viel hinein.

Ihre Hände bebten ein wenig am Paddel. Sie versuchte, sie ruhig zu halten, und ärgerte sich über sich selbst, weil sie so aufgewühlt war. Aber Liam so aus heiterem Himmel zu treffen, erinnerte sie an die emotionale Achterbahnfahrt am Ende ihrer Beziehung.

Dann starrte er sie direkt und intensiv mit den dunkelgraugrünen Augen an, den Augen, in die sie so oft geschaut hatte. Die, von denen sie geglaubt hatte, sie könne ihrem Blick vertrauen. »Ich habe dich vermisst«, sagte er und seine Worte schwebten in der Luft wie seltsames, nostalgisches Wortkonfetti.

10. KAPITEL

Wer zum Teufel war dieser Typ?

Jack war aufgefallen, dass der große, stämmige Kerl im Designeranzug Lucy seit einer Ewigkeit anstarrte, selbst nachdem er vom Pizzastand weggegangen war.

Irgendetwas an dem Typen kam Jack seltsam vor. Er hatte ein mulmiges Gefühl und wusste nicht recht, warum. Und als er Lucy angesprochen hatte, schien sie – ja, was? – beunruhigt gewesen zu sein? Sich unbehaglich zu fühlen? Jack fiel auf, dass der Typ sich nicht einmal ein Stück Pizza geholt hatte.

Na ja, an der Bar gab es genug zu tun, weil seine Gäste auf »Pimp the Prosecco«-Nachschub warteten. Er sollte sich also ranhalten. Wahrscheinlich machte er gerade aus einer Mücke einen Elefanten. Zweifellos war es eine harmlose Plauderei gewesen. Vielleicht hatte der Typ auch ein bisschen zu viel Bier intus. Immerhin war es eine Hochzeitsparty, und Lucy hatte in der Vergangenheit bewiesen, dass sie gut in der Lage war, auf sich selbst aufzupassen, wenn sie in eine heikle Situation mit Kunden geriet. Aber trotzdem … Er ließ den Blick zurückwandern. Na gut, die Luft war rein. Der Typ redete mit einem anderen Kerl. Jack genehmigte sich etwas Entspannung.

»Eine Minute, die Damen«, sagte er zu den drei Frauen, die ganz vorn in der Schlange standen, und wandte sich ab, um schnell ein paar Gläser an dem kleinen Waschbecken hinter ihm zu spülen. Der Fizz war sehr beliebt.

Jack tat sein Bestes, um mit den Prosecco-Cocktails, G&Ts und Bierflaschen hinterherzukommen, die wie warme Semmeln weggingen. Alle wollten Spaß haben, das Beste aus der Feier machen und die kostenlose Bar ausnutzen, die das Brautpaar und seine Eltern spendiert hatten.

»Also dann.« Er drehte sich wieder zu den Frauen um und zeigte sein strahlendstes Grinsen. Er wusste genau, wie er seine perlweißen Zähne und die blaugrauen Augen besonders funkelnd in Szene setzen konnte. »Darf ich Ihnen noch ein paar von meinen fabelhaften Fizz-Köstlichkeiten anbieten?«

Das Damentrio in den Dreißigern grinste zurück.

»Du kannst mir sicher ein paar *deiner* Köstlichkeiten anbieten«, gab eine Blondine mit falschen Wimpern zurück und lehnte ihre üppige Brust aufreizend gegen die Theke. Die mädchenhaften Frauen, die sich in ihren pastellfarbenen Bodycon-Spitzenkleidern und dem wippenden Kopfputz für den Hochzeitstag zurechtgemacht hatten, kicherten ausgelassen.

Jack blieb unbeeindruckt. Er hatte sich daran gewöhnt, dass beschwipste weibliche Gäste ihn anbaggerten. Das gehörte zur Arbeit an der Bar dazu und blieb in der Regel in einem recht amüsanten Rahmen. »Kann ich dich für einen Lemon-Drizzle-Fizz begeistern? Einen spritzigen Berry-Bramble oder vielleicht einen Bellini-Style-Sprudel, Mango oder Pfirsich? Und dann gibt es hier die Goldflocken, die den Spaß noch ein bisschen funkeln lassen. Macht euch bereit ›to pimp your Proseccos‹, meine Damen.«

»Och, kannst du uns nicht etwas mit dem Shaker machen, Süßer?«, fragte die mit den falschen Wimpern. »Ich muss dich unbedingt mit diesem Cocktail-Ding in Aktion sehen. Vergiss mal ›Pimp the Prosecco‹. Bei den Brustmuskeln geht bestimmt auch ›Pump the Pecs‹, hmm?«

Die Mädchen johlten und sogar Jack musste darüber lachen. Er war froh, dass die Damen sich amüsierten, denn darum ging es schließlich an der Cocktail-Camper-Bar. Also stellte er seine Fähigkeiten als Mixer unter Beweis und mixte ein Trio von Cosmopolitans. In seiner Freizeit trainierte er tatsächlich gern im Fitnessstudio, ging laufen und fuhr Fahrrad, um seine Brustmuskeln, die »Pecs«, in Form zu halten.

»So, meine Damen, bitte sehr. Wohl bekomm's! Hier ist euer Craster Cosmopolitan. Er enthält Northumberland-Wodka, Cranberry und Limette mit meiner speziellen Hagebutten-Garnierung.«

Die Frau mit den falschen Wimpern nahm einen langen, langsamen Schluck. »Mmmm. Das, mein Freund, ist Glückseligkeit. Oh, und die Show war auch nicht übel.« Sie zwinkerte ihm zu und schlenderte auf ihren Stöckelschuhen davon, begleitet von der Prosecco schlürfenden Truppe. Noch eine zufriedene Kundin. Jack tat sein Bestes, um an der Bar alles im Blick zu behalten. Dort stand eine Schlange von Kunden, und alle wollten groß feiern. »Pimp the Prosecco« war noch in vollem Gange, aber irgendwie war er mit der Konzentration und seinem Herzen nicht ganz bei der Sache. Immer wieder passierte es, dass er einen Blick in die Gästeschar warf, um zu sehen, wohin wohl der unheimliche Kerl gegangen war.

Eifersucht? War es das? Weil er sah, wie sich ein Typ an Lucy heranmachte? Aber als er Lucy und ihren Gesichtsausdruck beobachtet hatte, schien es nicht der übliche Austausch zwischen Bedienung und Gast gewesen zu sein. Jacks Beschützerinstinkt schlug über die Stränge. Was war da drüben los gewesen?

Er versuchte, Augenkontakt mit Lucy herzustellen, um zu schauen, ob es ihr gut ging. Aber sie sah nicht in seine Richtung. Was auch immer passiert war, es brachte ihn total aus seinem Cocktailbar-Showman-Rhythmus.

*

Der Abend lief weiter, und Lucy musste sich dazu zwingen, sich wieder auf ihre Arbeit zu konzentrieren. Die Feierlichkeiten endeten mit einem fantastischen Feuerwerk, bei dem der Nachthimmel in Silber, Gold und Rot erstrahlte und die Korken für einen letzten festlichen Champagner knallten. Braut und Bräutigam sahen sehr glücklich aus, wenn auch etwas zerzaust, und bedankten sich erst bei Jack und dann bei Lucy und Abby für das fantastische Catering.

»Es war so ein wunderschöner Tag.« Sarah strahlte dankbar, als sie in ihrem inzwischen leicht zerknitterten Kleid an der Pizzatheke stand. »Vielen Dank, dass ihr das alles für uns so besonders gemacht habt.«

»Ach, dafür sind wir doch da. Sehr gern geschehen.« Lucy war erleichtert und glücklich, dass es ihnen so gut gefallen hatte.

»Und das Essen … eure Pizzen sind einfach klasse«, fügte Ben hinzu und zeigte mit dem Daumen nach oben.

»Das freut mich zu hören«, sagte Lucy glücklich, »und danke, es war mir ein Vergnügen.« *Na ja, abgesehen von dem Erscheinen eines bestimmten Gastes.*

Ihr Dank machte all die harte Arbeit wett, die sie und Abby

investiert hatten. Lucys Vertrauen in ihr kleines Business wuchs mit jeder erfolgreichen Veranstaltung. Ein paar fröhliche Nachzügler irrten noch durch den Garten, während sie aufräumten, und einige torkelten von der Halle aus die Treppe hinunter, während ein Chor aus verschiedenen Abschiedsgrüßen erklang und kleine Lachsalven über das Gelände schallten. Lucy hoffte inständig, dass Liam sich nicht in der Nähe aufhielt. Sie war nicht bereit dafür, ihrem Ex noch einmal über den Weg zu laufen.

*

Jack schaffte es schließlich, Lucy unter einer weißen Lichterkette im Garten abzupassen. »Hey, Luce, alles in Ordnung?«

»Oh, ja, danke, eine tolle Veranstaltung, oder?«

»Sag mal, wer war denn der Typ, mit dem du vorhin gesprochen hast?«, fragte er gerade heraus mit leicht angespannter Stimme. »Er wirkte irgendwie … penetrant. Kanntest du ihn?«

»Ach … nein, das war nichts weiter«, stammelte sie.

»Aha.« Jack zögerte. Hatte er sie angemacht? Ein Anflug von Eifersucht erfasste ihn bei dem Gedanken, dass jemand sich an sie heranmachte. Oder hatte sie ihn doch gekannt – hatten sie etwa eine gemeinsame Vergangenheit? »Okay, ich dachte nur … Er hat dich doch nicht belästigt?«

»Nein, es ist alles in Ordnung, Jack.« Lucy umklammerte ihre Mülltüte und räumte schnell den Tisch weiter ab, als wollte sie das Gespräch rasch beenden.

»Na dann … Hauptsache, bei dir ist alles okay.« Jack schloss zu ihr auf und berührte sanft ihre Schulter.

»*Wirklich*, mir geht es gut«, sagte sie gereizt.

Jack machte einen Schritt nach vorn, um sie zu umarmen, aber da war sie schon weg, marschierte zwischen den mit Abfällen gefüllten Tischen hindurch und verschwand in der Nacht.

*

Als sie wieder im Cove Cottage war, lag Lucy hellwach im Bett mit Daisy an ihrer Seite. Ihre Gedanken überschlugen sich, und alte Verletzungen machten sich nach diesem langen, verwirrenden Tag wieder bemerkbar. Es war, als hätte Liam den Deckel von einem Topf voller Frustration und Gefühl angehoben.

Warum hatte sie Jack belogen, als er sie darauf angesprochen hatte? Warum ein Geheimnis daraus gemacht? Es gab ja nichts zu verbergen. Sie wusste doch, dass zwischen ihr und ihrem Ex alles aus und vorbei war. Trotzdem hatte das Wiedersehen mit ihm eine seltsame Gefühlsmischung in ihr hervorgerufen. Der Schmerz, jemanden zu verlieren, dem man einst so nahe gewesen war, ließ sich nur schwer abschütteln. Das vernünftige, bodenständige Leben, das sie anfangs mit Liam geführt hatte, die Routine, ihr alter Bürojob und ihr schönes Einfamilienhaus … Alles war wieder präsent. Und obgleich jenes Leben nicht das Richtige für sie gewesen war – sie *wusste* das –, stand es im krassen Gegensatz zu der verrückten Spontaneität, die sie oft mit Jack erlebte. Was wäre, wenn er auf einmal seine Sachen packte und auf Abenteuertour ging? Sie streckte die Hand aus und streichelte Daisys glattes Fell, das sie beruhigte.

Warum müssen Beziehungen so kompliziert sein, Dais? Warum können Männer nicht etwas mehr so sein wie Hunde? Entweder sie mögen einen oder nicht … und wenn sie einen mögen, bleiben sie bei einem.

Das Leben hatte sich in den letzten achtzehn Monaten so sehr verändert. Sie ging ihren eigenen Weg, hatte mit *Feuer und Flamme* den Schritt in die Selbstständigkeit gewagt … und Jack getroffen. Und obwohl sie im Moment jede aufregende Minute mit ihrer neuen Liebe genoss – konnte es zwischen ihr und Jack wirklich funktionieren? Sein freier Geist, sein Sinn für Abenteuer waren inspirierend und verlockend … Und ja, er war umwerfend und witzig und sexy und gut aussehend, aber würde er jemals der Typ Mensch sein, der wirklich sesshaft werden könnte? Und – nach Liam – war es das, was sie wollte?

Lucy stieß in der Dunkelheit ihres Zimmers einen leisen Seufzer aus. Es war alles sehr verwirrend.

11. KAPITEL

Zwei Tage später wurde Lucy schon wieder aufgescheucht – mit Jack in der Nähe gab es keine Ruhe für die Gottlosen.

»Komm schon, wir müssen los!«

»Auf keinen Fall! Lass mich. Es ist herrlich gemütlich hier.«

Lucy bekam einen Knuff in die Rippen. Sie lag eingekuschelt in ihrem bequemen Doppelbett und wollte nichts lieber als neben Jack liegen bleiben, nachdem er letzte Nacht bei ihr geschlafen hatte. Nach der Hochzeit und dem Drama mit Liam hatte sie ein paar unruhige Nächte gehabt und sie musste dringend etwas Schlaf nachholen.

»Komm schon, Faulpelz. Ein Nein kann ich nicht akzeptieren. Ich habe gerade rausgeschaut, und dieser Morgen wird herrlich.«

Stille unter der Bettdecke. Es war definitiv irre früh am Morgen.

»Es wird wunderschön da draußen«, machte Jack weiter.

»Es ist so schön hier drinnen.«

»Wir müssen einmal den Wintersonnenaufgang erwischen«, beharrte Jack.

»Nicht nötig.« Lucy spürte, wie Daisy sich noch enger an sie kuschelte.

Daisy? Was zum Teufel macht sie hier oben? Ja, sie schlich sich oft zu Lucy und schlief bei ihr, wenn sie allein war, und natürlich war sie auch im letzten Jahr immer da gewesen, wenn Lucy in den harten, einsamen Monaten nach der Trennung einsam gewesen war. Aber sie war nur ein einziges Mal aufs Bett gekommen, als Jack bei ihr übernachtet hatte, und zwar in der Nacht, in der sie nach ihrer Pizza-Party alle etwas benommen eingeschlafen waren. Und, nun ja, damals war das selbst Lucy ein bisschen zu viel gewesen … ein neuer Liebhaber im Bett und zusätzlich noch ein Dackel.

»Steh auf, Faulpelz«, drängte Jack und klang jetzt frustriert. »Bei dem Tempo verpassen wir den Sonnenaufgang noch.«

»Muss ich denn wirklich?« Sie versuchte, ein müdes Auge nach dem anderen zu öffnen.

»Ja, unbedingt. Du wirst mir später dafür dankbar sein.« Und damit wurde die Decke unsanft weggezogen.

»Hey!« Lucy riss vor Schreck die Augen weit auf.

Auch Daisy war sehr beleidigt und schnaubte, was Lucys Stimmung perfekt wiedergab.

»Keine Zeit zum Duschen, wir machen uns direkt auf zum Strand. Sollte gerade noch so klappen.«

»Okay, okay.« Lucy schwang widerwillig die Beine aus dem Bett. Dann schnappte sie sich frische Unterwäsche, zog die Jeans vom Vortag und einen Fleece-Pulli an. Wie verrückt das war. Sie hatte einen verrückten Freund. Sie lief die Treppe hinunter und folgte Jack, der herumhüpfte wie Tigger – wie konnte man nur um diese Uhrzeit so hellwach sein?

»Müssen wir wirklich *den ganzen* Weg laufen?« Sie war sich bewusst, dass sie sich wie ein pampiger Teenager anhörte, aber die Müdigkeit übermannte sie wieder.

»Ja.« Jack warf einen Blick aus dem Fenster und auf seine Uhr. »Na gut, okay, wir fahren mit Ruby runter und gehen dann von dort aus weiter, okay? Ich nehme an, du hast keine Lust zu joggen?«

Lucy hob nur die Augenbrauen. Eine Antwort war nicht nötig.

»Alles klar, dann können wir los.« Er nahm die Schlüssel des Campers. »Auf geht's.«

Lucy kroch auf die Beifahrerseite und kämpfte gegen ein Gähnen an.

Sie hatten Daisy im Haus zurückgelassen, die immer noch in dem Haufen Bettzeug schlummerte. *Die Glückliche.*

Draußen herrschte ein seltsames Halbdunkel, aber die Wolken, die sich am morgendlichen Novemberhimmel versammelt hatten, glühten wunderschön sanft und stimmungsvoll in goldenen und dunkelrosa Tönen, gemischt mit silbrigem Grau.

Jack parkte Ruby an der Straße zum Golfplatz und sie stiegen aus, um die letzte halbe Meile über den rauen Grasweg des Golfplatzes zu den Dünen zu wandern. Das ungewöhnliche Winterlicht verlieh der Landschaft einen gedämpft goldenen Farbton.

»Wie lange noch?« Lucy kannte den Weg gut, konnte aber nicht umhin, Jack zu necken und sich über ihr eigenes mürrisches Gebaren von zuvor lustig zu machen.

»Nicht mehr lange. Halt dich ran, du lahme Ente«, sagte Jack mit einem schiefen Lächeln. Dann nahm er ihre Hand in seine, um mit ihr zusammen durch die Dünen zu gehen.

Sie erklommen die erste, mit Strandhafergras bewachsene Anhöhe und stiegen in Schlangenlinien eine hohe Düne hinauf, während der Sand unter ihren Füßen wegglitt, und da … direkt vor ihnen, lag mit einem Mal die weitläufige Sandbucht mit der gespenstischen Silhouette von Dunstanburgh Castle dahinter. Und just in dem Moment, als sie ankamen, konnten sie zusehen, wie die Sonne kühn und schön hinter der alten Ruine aufging.

Es war zeitlos und atemberaubend. Ein Hauch von geschmolzenem Gold glühte um den halbkreisförmigen Bogen und dann, bumm, eine runde Scheibe aus hell glühender, bronzener Sonne. Kräftige Rosatöne, dunkle Orangetöne und Mauve schimmerten durch die blauen und grauen Schichten. Die Morgendämmerung war so wunderschön, dass sie einem den Atem nahm.

»Na, habe ich dir nicht gesagt, dass es sich lohnt?«

Lucy nickte und saugte alles in sich auf … die Weite der Bucht, das glitzernde Schwarzgrün der Felsen und Wasserbecken, die Klippen, die sich zu der mystisch aussehenden historischen Steinruine hin erhoben.

Sie musste zugeben, dass es wirklich ein beeindruckender Anblick war. Einer, den sie ohne Jack nicht erlebt hätte.

Er kam noch näher heran, nahm ihren Kopf sanft in seine Hände und gab ihr den schönsten Kuss, den sie je erlebt hatte. Er war sogar noch prickelnder als der unglaubliche Sonnenaufgang.

Sie wollte nur, dass beides nie enden würde. Oh Gott, sie und Jack … Aber konnte sie ihn hier bei sich behalten, wenn seine Seele so frei war, so verdammt abenteuerlustig?

Das alles ließ sich nicht in Worte fassen. Aber vielleicht war das auch gar nicht so wichtig.

Jack, Lucy und Dunstanburgh im Morgengrauen … ein magischer Moment, der für immer in ihrem Herzen bleiben würde.

Nachdem sie zugesehen hatten, wie die Sonne höher stieg und den Himmel mit einer Vielzahl von Farben füllte, die sich auf dem nassen Sand vor ihnen spiegelten, fand Lucy endlich ihre Sprache wieder. »Ja, das Aufstehen hat sich wohl gelohnt.«

Jack grinste nur wissend.

Dieser Mann, der ihr Herz zum Singen brachte – er war wirklich anders als alle anderen, die sie je getroffen hatte. Sie hoffte inständig, dass dies der Anfang von etwas – von ihnen – war und nicht nur ein Tropfen im weiten Ozean. Dass sie noch eine lange Zeit zusammen verbringen würden. Doch warum hörte ihr Herz nicht auf, sie immer wieder zu warnen?

*

Corbridge Weihnachtsbaumfest
& Weihnachtsmarkt
Samstag, 20. November

*

12. KAPITEL

»Sieht das schön aus!«, rief Abby, als sie auf den gepflasterten Marktplatz von Corbridge fuhren.

Handwerks- und Essensstände, Karten, Süßigkeiten, Bücher und Backwaren füllten den Platz. Die Standbetreiber waren mit dem Aufbau schon weit fortgeschritten und hatten nicht an festlicher Dekoration und Lichtern gespart. Eine Augenweide. Entlang der Straße waren jeder Laden und jedes Cottage geschmückt. Sanft funkelnde bunte Lichter und weihnachtlicher Schmuck hingen an den Fenstern und überall.

Es war jetzt Mitte November und es war aufregend, zum ersten Mal mit *Feuer und Flamme* für eine Weihnachtsveranstaltung gebucht zu sein. Natürlich hatten sie auch Weihnachtsdeko dabei, um den Pferdeanhänger zu schmücken. Schon bald glitzerten Lichterketten und Lametta an der Servierluke, und an den oberen Ecken ihrer Pizza-Menütafel hingen glänzende rote Kugeln, sodass der Foodtruck richtig was hermachte. Lucy und Abby trugen sogar Weihnachtspullis. Auf Lucys Pullover, den sie vom Dachboden geholt hatte, war ein lustiges, leuchtend rotes Rotkehlchen abgebildet. Im Jahr zuvor, als sie gerade erst in Embleton gelandet war, hatte sie sich noch ziemlich verloren gefühlt und ihn nicht ein einziges Mal getragen. Über die Festtage fand sie dann Trost bei ihrer Mutter und Nonna in Rothbury, doch hatte ihr nicht wirklich der Sinn danach gestanden, Weihnachten zu feiern. Es war das schlimmste Jahr überhaupt gewesen.

Aber jetzt, elf Monate später, war sie mit ihrem neuen Catering-Unternehmen am Start … und sah sehr weihnachtlich aus. Auf Abbys leuchtend grünem Pulli prangte passenderweise eine Elfe, und Lucy schmunzelte, als sie sich an die Arbeit hinter der Theke machte. Abby ging los, um Kaffee zum Aufwärmen für sie zu organisieren, während Lucy mit den Vorbereitungen des Essens begann. Aufgewärmt von einem Cappuccino waren sie bald damit beschäftigt, die Pizzaböden vorzubereiten.

Als Lucy ein paar Minuten später aufsah, grinste Abby sie schelmisch an. Sie trug ein knallrotes Geweih.

»Ha! Genial!«, prustete Lucy in ihre Tasse. »Wo hast du das denn her?«

»Von dem Stand da drüben, die haben lauter so lustige Sachen.«

»Das will ich auch!« Lucy lächelte, dann hielt sie inne. »Obwohl – vielleicht lieber nicht bei der Arbeit am Ofen, wenn ich so drüber nachdenke. Die fangen am Ende noch Feuer, wenn ich mich hinunterbeuge. Und dann endet mein allererstes Weihnachtsevent damit, dass ich mir die Haare ankokele. Aber vielleicht haben sie ja Mini-Geweihe für Dackel? Wie niedlich wär das denn? Für Daisy würde ich eins nehmen. Haben die wohl so was?«

»Glaube ich nicht, aber auf der anderen Seite wurde gerade ein Stand für Haustiersachen aufgebaut.«

»Oh, da muss ich unbedingt hin, bevor der Markt vorbei ist.«

Daisy, die heute auf dem Rücksitz des Jeeps saß, verdiente zumindest ein neues Weihnachtsoutfit.

Das malerische Städtchen Corbridge hatte sich mit seiner festlichen Dekoration mächtig ins Zeug gelegt. An den alten Steinmauern der vielen Geschäfte und Cottages hatte man echte kleine Weihnachtsbäume angebracht, und überall leuchteten und funkelten Lichter in allen Farben und Größen. Es war ja erst später Vormittag. Wie wunderschön würde die kleine Stadt erst später am Nachmittag aussehen, wenn die Dämmerung einsetzte. Lucy spürte eine erwartungsvolle Aufregung, aber auch einen Hauch von Sorge, weil sie sich viel von dem Tag erhoffte. Schon jetzt tummelten sich einige Einheimische und Besucher, um frühzeitig die besten Geschenke und Leckereien zu ergattern. Ein Paar mittleren Alters in warmen Mänteln und Wollmützen blieb neben dem Foodtruck stehen und studierte die Pizzakarte.

»Hallo. In einer halbe Stunde sind die ersten Pizzen servierfertig«, erklärte Lucy. »Ich muss noch warten, dass der Ofen heiß genug ist.«

»Oh, danke. Wir schauen nur schon mal vorab, für das Mittagessen«, antwortete der Mann munter.

»Die Pizza ist *so* lecker«, fügte Abby hinzu, »ich kann absolut dafür bürgen. Lucys Pizza ist legendär. Sie bereitet sie nach dem Rezept ihres italienischen Großvaters zu, müssen Sie wissen.«

»Das klingt fabelhaft. Ein richtiges Original also«, antwortete die Dame mit der Pudelmütze, die dicht neben dem Mann stand. »Ich freue mich schon darauf, sie zu probieren.«

»Abby, du bist eine Wucht.« Lucy lachte, als das Paar Arm in Arm davonging. »Wer dich hat, braucht keine Werbung.«

Lucy konnte es selbst kaum erwarten, ihre neue Pizza »Turkey and Trimmings« zu servieren, also »Pute mit Pipapo«, bei der es sich um eine Art festliches Experiment handelte. Aber vielleicht hatte sie sogar das Zeug dazu, der neue Pizzatrend für Weihnachten zu werden. Mit leckeren, mundgerechten Truthahnscheiben, Mini-Schweinchen im Schlafrock (das waren Chipolata-Würstchen, mit Bacon umwickelt), kleinen Salbei-Zwiebel-Bällchen, Cheddar und Mozzarella und natürlich, für die, die es mochten, einem Spritzer Preiselbeersoße. Eine Pizza wie ein richtiges Weihnachtsessen. (Nur beim Rosenkohl hatte sie eine Grenze gezogen, weil sie fand, dass das definitiv ein Topping zu viel war.)

Vor ein paar Tagen hatte Lucy in der Küche ihres Hauses an Jack damit experimentiert, und diese Kombination hatte allen anderen die Show gestohlen – all die richtigen Komponenten und der beste Geschmack. Die Pizza hatte auch köstlich ausgesehen, als sie aus dem Ofen kam, und göttlich nach Weihnachtsbraten-Pizza geduftet. Sie war so gespannt darauf zu sehen, wie sie bei den Marktbesuchern ankäme. Ogottogott – das war die Feuerprobe!

Es gab natürlich noch andere leckere Optionen, darunter ihre klassische Margherita mit den süßesten Kirschtomaten und Mini-Mozzarella Kugeln, dann noch eine Kombi aus angebratenem mediterranem Gemüse und Feta oder eine mit würziger italienischer Nduja-Wurst, mit Hühnchen samt Pesto und Rucola sowie eine mit Northumberland-Schinken und Portobello-Pilzen – die ging immer gut. Kurzum: das Pizza-Paradies.

Schon bald glühten die Holzscheite im Ofen und alles war bereit. Ihre erste Bestellung kam … für ein »Turkey and Trimmings Christmas Special«. *Yay!*

Abby bereitete den festlichen Belag so vor, wie Lucy es ihr gezeigt hatte, und dann ging es auf dem großen Paddelschieber in den Holzofen. Fünfundvierzig Sekunden und eine halbe Umdrehung später wurde die Pizza herausgezogen, goldgelb und knusprig und mit schmelzendem Käse auf der Oberseite. Verlockend duftend glitt sie in die Pappschachtel von *Feuer und Flamme*. Das Paar, das sie bestellt hatte, lächelte breit, als es das Glanzstück sah.

»Wow.«

»Sieht toll aus, danke.«

»Preiselbeersoße als krönender Abschluss?«, fragte Abby schmunzelnd.

»Ja, gern. Wenn schon, denn schon.«

Und mit Schwung zog Abby ein paar kunstvolle Preiselbeerlinien im Zickzack darüber. »So, bitte sehr. Guten Appetit, die Herrschaften.«

Lucy hielt den Atem an, als das Paar zur Seite trat, jeder ein Stück nahm und … abbiss.

»Also, wie lautet das Urteil?«, rief Abby fröhlich hinüber.

Ein oder zwei Sekunden standen sie nur da und mampften still vor sich hin, dann grinsten sie breit. »Richtig lecker.« – »Köstlich.«

Puh.

»Ich glaube, dieses Jahr spare ich mir die Mühe, stundenlang einen Truthahnbraten zuzubereiten«, sagte die Frau. »Wir essen lieber ein paar von denen hier.« Sie grinste.

Alle lachten. Als das Paar mit dem Pizzakarton in der Hand wegging, gaben Lucy und Abby ihnen noch ein Thumbs-up und winkten ihnen nach. Dann drehten sie sich zueinander für ein High five.

Je mehr Bestellungen fertig wurden, desto mehr Kunden wurden angelockt, um herauszufinden, woher diese köstlich aussehenden Pizzen stammten. Eine Schlange bildete sich. Die Mittagszeit würde heftig werden, doch Lucy machte es nicht das Geringste aus. Sie arbeitete gern, wenn ihre Kunden zufrieden waren und ihr neues Unternehmen einen Schubs nach vorn bekam. Sie machte sich an die Arbeit und summte »Jingle Bells« dazu.

Der frühe Nachmittag verging wie im Flug. Eine Pizza nach der anderen ging über den Tresen, sodass Lucy unter ihrem Weihnachtspulli richtig ins Schwitzen kam. Gegen halb vier kehrte endlich etwas Ruhe ein, und nachdem sie Daisy für einen kurzen Gassigang aus dem Jeep geholt hatte, ließ sie Abby eine Pause machen. Sie war völlig zufrieden, die nächsten Minuten allein weiter vorzubereiten und zu backen.

Abby kehrte mit mehreren Tüten zurück und sah zufrieden aus. »Du musst dich unbedingt auch mal umsehen, Luce, hier gibt es jede Menge schöner Weihnachtssachen. Schau mal, ich habe einen tollen Schal für meine Mutter und leckere Mince-Pie-Toffees für meine Großeltern. Ich durfte sogar einen Geschmackstest machen. Das Salzkaramell war köstlich, darum hab ich eine kleine Tüte für uns gekauft, für den Heimweg.«

»Oh, wie lieb.« Prompt fing Lucys Magen an zu knurren. In der ganzen Hektik des Pizzabackens hatte sie es nicht geschafft, selbst etwas zu essen. »Es ist gerade ziemlich ruhig, Abs. Da nutze ich die Gelegenheit und seh mich mal um, wenn es für dich okay ist. Höchstens zehn Minuten oder so. Sag einfach allen, die Pizza möchten, dass ich gleich wieder da bin. Behalt nur den Ofen im Auge, mehr brauchst du nicht zu tun. Genieß ruhig die kleine Verschnaufpause, solange du kannst. Ich hab das Gefühl, dass der Abendandrang nur allzu schnell losgehen wird.«

»Alles klar.« Pizzabacken war nun mal eine Kunst, und Abby hatte nichts dagegen, wenn der Ofen Lucys Domäne blieb.

Lucy nahm Daisy mit, und sie schlenderten in das glitzernde Paradies aus Ständen und Läden, als Erstes in Richtung des Haustierstands auf der anderen Straßenseite. Leider gab es dort keine Mini-Geweihe, aber dafür einen wunderschönen rot-weißen Pulli mit Fair-Isle-Muster, der perfekt zu Daisy passte, und dazu noch ein süßes Hundehalstuch mit Stechpalmenmuster, das sie ebenfalls unbedingt kaufen musste.

»Was meinst du, Dais? Könnte das dein Weihnachtslook werden? Gefällt es dir?«

Der Hund wedelte aufgeregt mit dem Schwanz.

»Ich nehme die hier, bitte. Ich bin total in diesen Pullover verliebt.« Lucy übergab der freundlichen Dame hinter dem Tresen die Sachen. Diese trug selbst einen roten Weihnachtspulli mit einem weißen West-Highland-Terrier darauf.

»Eine Frau aus der Gegend strickt sie für uns«, sagte die Händlerin und steckte die Sachen in eine weiße Papiertüte. »Hat Ihr Hund kurzes Fell?« Sie nickte in Richtung von Daisys Leine und reckte sich etwas, um sie besser sehen zu können.

»Ja, ich habe einen Black-and-Tan-Dackel – eine echte Persönlichkeit, stimmt's, Daisy?«

»Sind sie ja alle, oder? Meine Schwester hat auch einen Dackel. Die Kleine ist einfach zu niedlich, aber sie will immer den Ton angeben. Die Kinder lieben sie.«

»Oh ja, Daisy versteht sich auch super mit meinem dreijährigen Neffen.«

Die Frau lächelte. »Einen schönen Tag noch.« Sie wandte sich den nächsten Kunden zu.

»Danke, Ihnen auch.«

Lucy hatte immer noch Hunger und freute sich, als sie einen vertrauten Stand entdeckte: *Carrie's Coffee and Cupcakes* – perfekt. Sie würde hingehen, um kurz Hallo zu sagen und für sich und Abby noch einen Kaffee und einen Snack zu holen.

Sie steuerte direkt auf den frischen Kaffeeduft zu. »Hey, Carrie«, rief sie, »schön, dich zu sehen. Wie läuft's? Viel zu tun?«

Carrie trug einen salbeigrünen grob gestrickten Pullover, Jeans und Doc Martens, ihr Haar war eine Mähne aus dunkelroten Locken. »Hallo, Lucy. Ja, sehr sogar. Das ist immer eine tolle Veranstaltung. Ich komm schon seit Jahren hierher. Ich liebe Weihnachtsmärkte. Diese wunderbare Atmosphäre.«

»Ja, es ist so schön, nicht wahr? Der Markt, das Dorf, einfach alles. Und noch dazu ist das heute mein erster Weihnachtsmarkt mit Foodtruck überhaupt«, gestand Lucy.

»Oh, wie aufregend. Gehen deine Pizzen gut weg? Ich hab deinen Pferdeanhänger vorhin gesehen, aber es war so viel los, dass ich keine Gelegenheit hatte, vorbeizuschauen und Hallo zu sagen. Sorry, Süße.«

Etwas Glitzerndes zog Lucys Aufmerksamkeit auf sich. Zu ihren Füßen wirbelte Lametta im Kreis herum. »Oh, nein ... Daisy!«

Der schelmische Dackel hatte es geschafft, ein Büschel Lametta von wo auch immer mit sich zu ziehen, und knurrte es nun an, wirbelte damit herum und schüttelte es wie eine glitzernde Beute. Carrie schaute von ihrem Stand aus herüber und fing an zu lachen, ebenso wie einige Passanten.

»Ach du meine Güte, da hast du ja richtig was zu tun. Tut mir leid, Dais, aber das muss ich dir wegnehmen, sonst erstickst du noch daran.« Lucy schüttelte schmunzelnd den Kopf über die Streiche ihrer kleinen Hundedame. Sie entdeckte Abby, die ebenfalls kichernd vom Pferdetransporter aus zusah. »Wie bist du denn drauf?«

»Du hast deinen Spaß da unten, wie?«

»Ich glaube, wir sind hier ein bisschen zu sehr in Weihnachtsstimmung geraten«, sagte Lucy und lachte. »Entschuldige, aber ich bringe sie besser wieder zum Jeep, ohne Lametta-Schleier. Bin gleich wieder da. Ich wollte eigentlich nur zwei Kaffee holen.«

»Kein Problem, ich brühe sie schon mal auf. Bis gleich.«

»Du kleines Schlitzohr«, schimpfte Lucy mit der Hündin, die ihr einen engelsgleichen Wer-ich?-Blick zuwarf, als sie zurück zum Auto gingen. Sie sah sich um, weil sie immer noch nicht wusste, woher das zerzauste Büschel gekommen war, aber niemand schien es zu vermissen.

Ein paar Minuten später war sie wieder am Stand. »Also, wo waren wir stehen geblieben?«

Carrie kicherte immer noch über Daisy. »Sie ist eine echte kleine Persönlichkeit.«

»Na, und ob – sich mit einem Lametta-Büschel anzulegen! Aber ich möchte sie nicht missen.« Daisy war bei der Achterbahnfahrt des letzten Jahres Lucys engste Vertraute gewesen, und mit ihren frechen Streichen hatte sie sie immer wieder zum Lächeln gebracht, wenn sie sonst wenig Grund dazu gehabt hatte.

Lucy warf einen Blick auf den Foodtruck, ihren eigenen Foodtruck, und stellte fest, dass sie seit diesem Tiefpunkt eine Menge erreicht hatte. Sie war so dankbar, dass es nun aufwärts ging.

»Außer Kaffee brauche ich noch ein paar Stücke von diesen großartigen Kuchen.« Sie schaute die verschiedenen Sorten durch: Red Velvet, Double Chocolate, Cookies and Cream, Lemon Drizzle …

»Oh, wie geht es eigentlich Jack?«, fragte Carrie mit einem wissenden Lächeln. »Wie ich hörte, seid ihr ein Paar?«

»Hm, ja … wir sind zusammen«, antwortete Lucy und errötete. Sie wusste nicht so recht warum, denn es war ja kein Geheimnis.

»Netter Kerl. Kommt oft auf einen Kaffee und plaudert mit mir, wenn wir bei denselben Veranstaltungen arbeiten. Er erzählt gern von seinen Reisen und Abenteuern. Er war schon an so vielen tollen Orten, dass mir mein Leben direkt ein bisschen langweilig vorkommt. Ich hab mich schon gefragt, wohin er als Nächstes fährt. Er scheint sich einmal im Jahr eine Auszeit zu nehmen und einen neuen Ort zu erkunden.«

Lucy fühlte sich plötzlich unbehaglich. Jack war also dafür bekannt, in der ganzen Welt herumzureisen. Und es klang nicht so, als handelte es sich um eine Rucksackvergangenheit, die vorbei war. Hatte er weitere Pläne? Der geöffnete Laptop und die Neuseeland-Seite tauchten wieder vor ihrem inneren Auge auf.

Warum mussten ihre Liebesbeziehungen immer so aufreibend sein? Liams Affäre … der Gedanke, dass Jack wegfahren würde … zu fremden Ufern aufbrechen … Das alles machte ihr das Herz schwer. Aber sie nahm sich vor zu akzeptieren, was auch immer da käme. Sie würde sich nicht wieder runterziehen lassen. Im letzten Jahr hatte sie ihr Leben von Grund auf umgekrempelt, und es lief perfekt. Genau so würde sie weitermachen, verdammt noch mal.

Sie bestellte zwei Cappuccinos und wählte jeweils einen Cupcake für sich und Abby aus, einen Banoffee mit Toffeeguss und einen Red Velvet mit Zimttopping. Sie entdeckte auch ein paar entzückend aussehende Geschenkboxen: vier Cupcakes mit cremig-weißem Zuckerguss und niedlich geformten Weihnachtsmann-, Rudolph-Rentier-, Schneemann- und Engelsfiguren, die mit hübschen Sternen und Schneeflocken bestreut waren. Wunderschöne weihnachtliche Backkunstwerke. Sie wusste genau, wer sich über die Maßen darüber freuen würde …

»Ich nehme auch eine Schachtel von denen hier. Die sehen köstlich aus.«

Ja, sie würde auf dem Heimweg bei ihrem Bruder Olly und seiner Familie vorbeischauen. Das wäre ein guter Grund, bei ihnen anzuhalten, und das perfekte Dankeschön für die vielen Male, die sie sich um sie und Daisy gekümmert hatten. Auch wenn ihr Liebesleben einem heftigen Seegang ausgesetzt war und ihrer Freundschaft mit Becky der Schiffbruch drohte, war zumindest ihre Familie ein Fels in der Brandung.

*

Die Dunkelheit eines sternenklaren Winterabends überzog das malerische Städtchen. Die Weihnachtssänger versammelten sich um die Stufen des Marktkreuzes auf dem Marktplatz und begannen mit ihren letzten Liedern. Magie und Frost erfüllten die Luft. Es duftete nach Zimt und Gewürzen, Tannengrün und Glühwein. An dem großen Weihnachtsbaum, der neben dem Kreuz stand, leuchteten die Lichter, und auch an allen Geschäften und Buden mit ihren weihnachtlichen Dekorationen.

Der Tag war hektisch, aber sehr schön gewesen. Lucy und Abby packten zusammen, und als Lucy ein Bund Lametta von der Luke nahm, wurde ihr bewusst, dass sie heute schon ziemlich in Festtagsstimmung gewesen war. Es war, als läge ein bisschen Weihnachtszauber in der Luft. Was auch immer kommen mochte, sie war fest entschlossen, dieses Weihnachten zu einem ganz besonderen Fest zu machen.

Als sie neben ihrem Foodtruck stand und die Läden zuklappte, hörte sie, wie sich ein paar Jungs im Teenageralter (die sie kurz zuvor bedient hatte) unterhielten.

»Ey, Kumpel, diese Pizza ist der Hammer.«

Sie hatten die mit Nduja-Wurst und extra Chilis.

»Stimmt. Mega würzig und echt fett belegt. Hab noch nie so 'ne krasse Pizza gegessen.«

Lucy stand still da und war stolz. Ein warmes Lächeln breitete sich auf ihrem Gesicht aus und sie blickte zu *Feuer und Flamme* hinauf. Papa wäre sicher stolz auf sie. Für sie war wirklich ein Traum in Erfüllung gegangen. Diese Erkenntnis richtete sie auf. Und das Feuer in ihr, das kleine Unternehmen weiter voranzutreiben, brannte so heiß wie das Feuer in ihrem Pizzaofen.

13. Kapitel

Lucy gähnte und streckte sich zufrieden, als sie am nächsten Morgen in ihrem gemütlichen Schlafzimmer im Cottage aufwachte. Daisy war auch gleich wach, schnüffelte die Bettdecke ab und drückte zur Begrüßung die Nase in Lucys Hand.

»Morgen, Dais.«

Einmal ablecken war die Antwort, die Lucy bekam. Nach dem langen und anstrengenden Tag auf dem Weihnachtsmarkt fühlte sie sich immer noch ein bisschen erschöpft, aber es war eine Wohltat gewesen, mal wieder richtig auszuschlafen.

Als sie sich in ihrem »Boudoir« im Landhausstil umschaute, mit den weißen Möbeln im Shabby-Chic-Stil, Vorhängen und Kissen in kühlen Leinenfarben wie Blau, Grau und Weiß, wurde Lucy von dem Gefühl durchflutet, dass dies nun ihr Zuhause war, im wahrsten Sinne des Wortes.

»Na, kleine Lady, Frühstück und dann ein Spaziergang am Strand? Wie klingt das?«

Das Wort »Frühstück« wirkte Wunder. Erwartungsvoll wedelte Daisy mit dem Schwanz. Lucy setzte sich im Bett auf, schwang die Beine auf den Boden und hob den kleinen Hund hoch. Im Nu waren sie zusammen unten in der Küche, wo Hundefutter ausgeteilt und Kaffee gekocht wurde.

Der Stapel aus gebutterten Toastscheiben war schnell gegessen (der Teller vom Hund abgeleckt) und die Mäntel angezogen. So machten sie sich auf den Weg.

Der Anhänger stand dort, wo sie ihn gestern Abend neben dem Cottage abgestellt hatte, und Lucy wollte gerade daran vorbeigehen, als sie merkte, dass irgendwas nicht stimmte. Er wirkte so seltsam niedrig …

Lucy ging hinüber, um zu sehen, woran es lag … und da dämmerte es ihr. Oh nein, die Reifen – zumindest die beiden, die sie aus diesem Winkel sehen konnte – waren vollkommen platt. Wie eigenartig! So hatte sie den Anhänger gestern Abend sicherlich nicht nach Hause geschleppt, das hätte sie gemerkt. Sie ging näher heran und hockte sich hin, um die platten Reifen zu untersuchen, während Daisy neugierig an ihrer Seite herumschnupperte. Und ja, nicht nur diese beiden, sondern alle vier Reifen waren platt. Völlig leer. Die Felgen berührten fast den Boden. Oh nein, so würde ihr armer alter Pferdeanhänger jedenfalls nirgendwo hinfahren. *Verdammt!* Sie musste ihn vor ihrem Markttermin in Alnwick in der nächsten Woche in Ordnung bringen.

Irgendetwas aber war hier faul. Wenn sie gestern auf dem Rückweg über Glas oder Schutt gefahren wäre, hätte sie es doch sicher gespürt oder eine Veränderung bemerkt, oder? Zumindest hätte es irgendwie gewackelt oder schlimmer noch, der Anhänger wäre ausgebrochen und vielleicht sogar von der Straße abgekommen. Im ersten Augenblick wollte sie es nicht mal denken … aber möglicherweise war das hier absichtlich geschehen … letzte Nacht.

Ach was, doch nicht hier, in diesem kleinen Dorf, meinem sicheren Hafen, wo alle so freundlich sind!

Sie hockte sich neben einen Reifen, um genauer hinzusehen, und entdeckte einen Nagel, der darin steckte – aha, okay, den hatte sie wohl hineingefahren. Dann sah sie auf der Kiesauffahrt neben dem zweiten Reifen einen weiteren Nagel liegen, der ein kleines Loch in diesem hinterlassen hatte, und der dritte Reifen war aufgeschlitzt. Ihr wurde schlecht. Es war kein Zufall.

Wer machte so etwas? Gelangweilte Jugendliche? Oder jemand, der einen Groll gegen sie hegte? Aber sie konnte sich nicht vorstellen, wer so etwas machen würde. Abgesehen von ihrem Straßenfest lebte sie hier ganz ruhig, und sie hoffte, dass sie im Dorf freundlich und zugänglich rüberkam. Ein Schauer überlief sie. Es war unbegreiflich.

Sollte sie die Polizei benachrichtigen? Oder Jack, um Trost oder einen Ratschlag zu bekommen? Ihre Mutter oder Olly? Aber sie wollte niemanden unnötig beunruhigen. Sie brauchte erst mal Zeit zum Nachdenken und setzte sich einen Moment auf die niedrige Mauer, die ihren Vorgarten umgab, um ihre Gedanken zu ordnen.

Ganz pragmatisch gesehen brauchte sie erst einmal Hilfe, um ihren Foodtruck wieder zum Laufen zu bringen. Schließlich war er ihre Lebensgrundlage. Höchstwahrscheinlich würde sie einen neuen Satz Reifen benötigen – Mist, das bedeutete noch mehr Kosten. Okay, Cathy im Dorfladen hatte immer die besten Ideen auf Lager, also machte sie sich kurzerhand mit Daisy auf den Weg dorthin. Es war zwar nicht ganz der Spaziergang, den sie sich für heute Morgen vorgestellt hatte, aber das musste geklärt werden.

Als sie ankamen, band Lucy Daisy draußen am Hundering an.

Es wartete bereits ein Kunde an der Kasse, also holte sie auch erst mal Milch und Brot und ging dann an die Kasse, um zu bezahlen.

»Hey, Luce, hi.« Cathy lächelte wie immer, und ihr Tonfall war heiter und unbeschwert.

»Hallo, Cathy«, antwortete Lucy und merkte selbst, wie belegt ihre Stimme klang.

»Alles klar bei dir?«

»Ach, eigentlich nicht«, gestand Lucy. »Ich habe gerade eine böse Überraschung erlebt.«

»Oh. Du bist auch blass um die Nase. Komm, setz dich erst mal.« Cathy wies auf den Plastikstuhl in der Nähe der Kasse. Er stand dort, damit sich ältere Kunden bei Bedarf ausruhen und natürlich auch ein wenig plaudern konnten, bevor sie mit ihren Einkäufen nach Hause gingen. »Erzähl. Was ist passiert?«

Lucy nahm Platz und stellte fest, dass sie sich nach der Aufregung tatsächlich etwas schummerig fühlte. »Als ich heute Morgen mit Daisy beim Pferdeanhänger, meinem Foodtruck, vorbeikam … Tja, also, es sieht so aus, als hätte jemand die Reifen kaputt gemacht. Sie sind alle platt. Einer wurde aufgeschlitzt und dann liegen da noch ein paar Nägel. Jetzt zerbreche ich mir den Kopf darüber, ob vielleicht gestern auf dem Heimweg was war. In der Dunkelheit kann man Nägel auf der Straße übersehen, aber so hätte ich es nie geschafft, den Anhänger einzuparken. Ich hätte ihn gar nicht manövrieren können. Das ist ja ein schmaler Platz, der Anhänger wäre nach allen Seiten ausgebrochen. Nein, es muss gestern Nacht direkt dort in der Einfahrt passiert sein.«

»Ach du meine Güte. Wie furchtbar. Du meinst also, es ist Sabotage?«

»Soweit ich das beurteilen kann schon. Ist so etwas hier schon mal passiert?«

»Nein … noch nie«, sagte Cathy sehr entschieden. »Das hat es in unserer kleinen Stadt noch nie gegeben. Und wenn jemand von den Halbwüchsigen mit so etwas anfinge, gäbe es wochenlangen Hausarrest.«

»Tut mir leid, ich wollte nicht andeuten, dass …« Lucy hatte wirklich niemanden beleidigen oder verdächtigen wollen. »Ich bin nur etwas ratlos …«

»Ach, schon gut. Du bist aufgeregt, das sehe ich ja. Aber es ist schon sehr ungewöhnlich. Normalerweise ist das ein sicherer Ort, darum ist es verständlich, dass es dich mitnimmt.«

In dem Moment kam Paul vom Buchclub herein, der offensichtlich den letzten Satz gehört hatte. »Hallo, meine Damen. Ist etwas passiert?« Neuigkeiten machten hier schnell die Runde.

Lucy erklärte das Szenario und war plötzlich den Tränen nah. Durch das Erzählen wurde der Vorfall erst recht real.

»Oh, das tut mir leid, Lucy.« Paul rieb ihr freundlich die Schulter. »Pass auf, wir helfen dir. Mach dir keine Sorgen.«

»Ja«, warf Cathy ein, »erst mal musst du mit Will von der Werkstatt an der Hauptstraße sprechen. Ein netter Kerl. Geh am besten gleich zu ihm und erzähl ihm alles. Er kann dir sicher helfen.«

»Genau, ich war auch bei ihm wegen der Reifenpanne bei meinem Mini. Er hat das im Handumdrehen repariert. Noch dazu viel billiger als die großen Werkstätten in Alnwick, von denen ich mir auch Angebote geholt hatte.«

Also machte sich Lucy mit Daisy, die geduldig draußen gewartet hatte, auf den Weg, nachdem sie noch ein paar Worte gewechselt hatten und sie schließlich Cathy versichern konnte, dass es ihr schon besser ging.

Es waren nur etwa hundert Meter bis zu der altmodischen Werkstatt, die allem Anschein nach in den 70er-Jahren stecken geblieben war. Die zwei großen Türen des Gebäudes, das wie ein Schuppen aussah, standen offen.

»Hallo?«, rief Lucy und entdeckte Will schließlich, als er auf einer Art Holzbrett auf Rollen unter einem Fahrzeug hervorkam, gekleidet in einen ölbefleckten roten Overall und mit einem Schraubenschlüssel in der Hand. Er setzte sich auf und lächelte sie an. »Guten Morgen. Womit kann ich behilflich sein?«

Als sie ihm von ihrem Problem erzählte, schüttelte er den Kopf und stieß einen abfälligen Laut aus.

»Hm, das ist wirklich ungewöhnlich. Wir haben hier nicht oft mit solchen Sachen zu tun. Schon sehr seltsam, dass so was hier passiert.«

Lucy beunruhigte das noch mehr, und sie seufzte.

»Ach, keine Bange, junge Frau. Ich schaue mir das noch diesen Vormittag an, und gleich am Montag bringen wir deinen Anhänger hierher, und er kriegt neue Reifen. Wahrscheinlich werde ich sie bestellen müssen.«

Nachdem er Daisy den Rücken gekrault hatte, plauderte Will noch ein bisschen mit Lucy, versprach ihr, dass er ihr einen fairen Preis machen würde, und sagte, sie bekäme den Kostenvoranschlag, sobald er sich den Schaden angeschaut hätte. Dann machte sich Lucy auf den Heimweg.

Allerdings hatte sie nach dem Schrecken in der Morgenstunde einen ziemlichen Durchhänger. Sie wünschte sich eine Tasse Kaffee zum Durchwärmen und jemanden zum Reden. Wenn sie jetzt nach Hause zum Cottage ging, würde der Anblick des beschädigten Foodtrucks sie nur noch mehr runterziehen, also beschloss sie, lieber zum Driftwood-Café zu gehen.

Sie hatte gesehen, dass der Platz vor dem Fenster frei war und sie und Daisy vielleicht eine Weile dort sitzen und die Welt beobachten konnten.

Wie sich herausstellte, waren die Buschtrommeln bereits bis zu Louise, der Besitzerin des Cafés, durchgedrungen. Sie kam direkt hinter dem Tresen hervor und hinaus zu Lucy und Daisy. »Oh, Liebes, wie schrecklich, was da passiert ist. Setz dich. Ich bringe dir gleich ein heißes Getränk. Was hättest du gern?«

»Oh, ein Kaffee wäre toll, Lou.«

»Natürlich, kommt sofort. Und er geht natürlich aufs Haus.«

»Ach, Lou! Danke schön.« Lucy fühlte sich ein wenig überwältigt von der kleinen, herzlichen Geste.

Nachdem Lou den Kaffee gebracht hatte, setzte sie sich neben Lucy. »So ein Ärger. Und wie geht's dir? Du bist bestimmt am Boden zerstört, oder?«

»Na ja, geht so.« Lucy seufzte und versuchte ihr Bestes, sich zu sammeln. »Ein bisschen aufgewühlt bin ich schon.«

»Und du glaubst wirklich, dass jemand das mit Absicht gemacht hat?«

Lucy nickte.

»Das ist schlimm. Hast du eine Ahnung, wer dahinterstecken könnte?«

»Nein, überhaupt nicht.« Lucy hielt inne und dachte nach. »Vielleicht ist jemand neidisch oder ärgert sich über mein Geschäft? Aber wer sollte das sein?« Die Gastronomen schienen sie eher zu unterstützen und nicht im Mindesten verbittert zu sein. Becky? Niemals. Sie hasste es, dass ihr dieser Gedanke überhaupt kam, aber nein, so gemein wäre sie niemals. Was auch immer zwischen ihnen beiden vorging, sie war sich absolut sicher, dass ihre Freundin ihr oder ihrem Geschäft nicht absichtlich schaden wollte. Jemand aus dem Dorf vielleicht? Nein, wohl kaum. Es war womöglich doch eher eine mutwillige Tat, eher wahllos von jemandem ausgeführt, der sie überhaupt nicht kannte. Hoffentlich ein Einzelfall.

»Meldest du es der Polizei?«, fragte Lou.

»Nein, ich glaube nicht, Lou.«

Welche Chance hätte die Polizei jetzt noch, jemanden zu erwischen?

Niemand war verletzt worden, abgesehen von ihren paar emotionalen Schrammen. Lucy wollte nur, dass ihr Foodtruck wieder mobil wurde und sie weitermachen konnte.

»Na, jedenfalls ist das ganze Dorf jetzt in Nachbarschafts-Alarmbereitschaft. Wenn also noch etwas passieren sollte, sind wir auf jeden Fall vor Ort. Wir werden den Mistkerl erwischen, wenn er es wagt, wiederzukommen, das sage ich dir.«

Lucy sah plötzlich Lou und die Café-Truppe vor sich, wie sie mit Nudelrollen und Kochlöffeln bewaffnet aufmarschierten, und musste lächeln. »Danke.« Es war gut zu wissen, dass das Dorf hinter ihr stand. Dadurch fühlte sie sich wieder ein bisschen sicherer.

Als sie eine Weile später nach Hause zurückkehrte, spürte sie jedoch, wie sich die Wut in ihrem Bauch regte. Wie konnte jemand es wagen, ihr Leben hier im Cottage zu bedrohen! Ganz zu schweigen von all der harten Arbeit, die sie in den Erfolg von *Feuer und Flamme* gesteckt hatte. Das war verdammt ärgerlich, und sie musste zugeben, dass es einen Schatten auf ihre derzeitige Situation warf.

Und trotz der herzlichen und aufrichtigen Unterstützung der Gemeinde begann Lucys neu gefundenes Lebensfundament im Dorf ein wenig zu wackeln.

14. KAPITEL

Am Montagmorgen kam der Abschleppwagen von Will vor dem Cove Cottage an.

Nachdem Lucy Jack angerufen und ihm erzählt hatte, was passiert war, war er sofort gekommen, um ihr beim Abendessen und in der Nacht Gesellschaft zu leisten und dafür zu sorgen, dass sie in Sicherheit war. Sie hatten bis in die frühen Morgenstunden auf ungewöhnliche Geräusche oder Anzeichen von Unruhe geachtet, aber zum Glück war nichts zu hören gewesen. Jack war ziemlich früh aufgebrochen, weil er einen Termin bei der Bank hatte, und Lucy musste ihm versprechen, ihn sofort anzurufen, wenn irgendetwas sie beunruhigte.

Als sie sah, wie ihr Foodtruck auf den Tieflader gehievt wurde, zog sich ihr Herz zusammen. Ja, es waren nur ein paar Reifen beschädigt, die sich relativ leicht ersetzen ließen, aber sie fühlte sich trotzdem verletzt und verstört, weil ihr jemand so etwas angetan hatte.

Sie brauchte eine Freundin, aber die Person, an die sie sich in solchen Momenten normalerweise wandte, sprach gerade nicht mit ihr. Wieder einmal kam ihr der Gedanke, dass diese Distanz zwischen ihr und Becky albern war. So viele Jahre über waren sie beste Freundinnen gewesen, und darum mussten sie diese Sache ein für alle Mal klären. Es war an der Zeit, reinen Tisch zu machen.

Lucy nahm ihr Telefon hervor, um in den sauren Apfel zu beißen. Sie wählte. Der Klingelton ertönte immer wieder und wieder.

Sie seufzte, legte auf und tippte dann hastig eine Nachricht ein.

Ach, Becks, ich fühl mich so mies. Es ist was passiert.

Sie hielt inne und fügte dann hinzu:

Vermisse dich. x

Nachdem sie sich einen Kaffee gemacht hatte, klingelte ihr Handy, endlich. Becky meldete sich zaghaft. »Lucy … h-hi.« Ein Hauch von Besorgnis war in ihrer Stimme zu hören. »Was ist los? Ist alles in Ordnung? Du machst mir Angst.«

»Hi Becks, hey.« Es war eine Erleichterung, endlich die Stimme ihrer Freundin zu hören. »Wie geht es dir?«, fragte sie.

»Ach, ja, ganz gut.« Beckys Ton blieb ziemlich kühl. »Aber was ist mit dir? Was ist los?«

Das war so schwierig am Telefon. Da sie Beckys Gesicht nicht sehen und ihre Körpersprache nicht einschätzen konnte, war Lucy verunsichert. »Ich weiß, dass es in letzter Zeit nicht einfach zwischen uns war«, sagte sie, »aber ich hatte ein paar beschissene Tage, und um ehrlich zu sein, könnte ich ein offenes Ohr gebrauchen. Können wir uns treffen? Ein bisschen reden? Ich hasse es, dass wir uns so voneinander distanziert haben.« Ihre Stimme brach ein wenig und die Kehle wurde ihr eng.

»Dann ist es also passiert?«, fragte Becky.

»Was?«

»Du und Jack … nicht mehr alles so rosig?«

»Becky, es hat nichts mit Jack zu tun. Es geht um etwas anderes.« Lucy spürte Verbitterung in sich aufsteigen. »Jack hat sich großartig verhalten. Er unterstützt mich.« Das war viel mehr, als man von ihrer sogenannten besten Freundin in letzter Zeit sagen konnte.

»Okay, entschuldige.« Beckys Ton wurde weicher.

»Es hat mit meinem Geschäft zu tun, dem Foodtruck, und … Also, können wir uns dann treffen? Ich würde dich gerne sehen und nicht nur ein steifes Gespräch am Telefon führen.«

»Ja, sicher. Wie wäre es mit einem Spaziergang am Strand?«

Das war ein Fortschritt. Ein Funken Hoffnung für Lucy. »Direkt heute Morgen? Du meinst jetzt gleich?«

»Ja, warum nicht?«

»Aber … musst du nicht zur Arbeit?«

»Ach, das ist eine andere Geschichte.«

»Ach so? Na ja, also, dann reden wir gleich … über alles.« Es gab viel aufzuholen, wie es sich anhörte. »Also, Beadnell? Wir könnten uns einen Coffee to go holen und dann zum Strand gehen. Daisy würde das auch gefallen.«

»Das klingt nach einem Plan.«

Lucy stieß mental die Faust in die Luft. Endlich ein Durchbruch zwischen ihnen. Ein kleiner Schritt, aber ein Schritt nach vorn.

*

Graue Wolken türmten sich bedrohlich auf, und vom Meer her wehte ein kalter Wind. In ihren dicken Wintermantel gehüllt, mit Wollmütze und Handschuhen, stieg Lucy aus dem Jeep und suchte den Parkplatz ab, während sie nach hinten ging, um Daisy aus dem Auto zu holen. Noch keine Spur von Becky. Sie ging hinüber zum »Beach Shack«, das am Rand der Dünen lag. Eine heiße Tasse Kaffee war jetzt angesagt und würde vielleicht helfen, ihre Nerven zu beruhigen. Es war das erste Mal seit Wochen, dass sie sich mit ihrer Freundin traf.

Nicht nur der Himmel über ihnen war düster, denn noch immer verdunkelten graue Wolken ihre Freundschaft.

Das »Beach Shack« war ein schrulliger, umgebauter Container, in dem es die leckersten Barista-Kaffees und heißen Schokoladen gab. In der Regel standen auch ein oder zwei verlockende Sorten Kuchen oder Ähnliches zur Auswahl – heute cremig-klebrige Schokoladen-Brownies. Der Sitzbereich befand sich draußen und bestand aus verwitterten Holzbänken. Er war rustikal und perfekt für den Strand. Ideal für sandige Zehen, feuchte Hunde und freundschaftliche (wie sie zumindest hoffte) Gespräche.

»Hallo«, grüßte Lucy das Mädchen hinter dem Tresen. »Ähm …« Sollte sie für Becky mitbestellen? Sie war sich ziemlich sicher, dass ihre Freundin ihren Lieblingscappuccino trinken würde, und sie selbst hatte Lust auf einen Flat White, denn nach einer weiteren unruhigen Nacht war sie mehr als bereit für einen Kaffee.

Gerade als sie bestellt hatte, sah sie Beckys rotes Auto auf den Parkplatz fahren. Erleichterung stieg in ihr hoch, schnell abgelöst von einem Hauch Nervosität.

Sie bezahlte die Getränke und ging zu einer Bank hinüber.

Auch Daisy hatte Becky entdeckt, die auf sie zukam, und wedelte überschwänglich mit dem Schwanz.

»Hey …«

»Hi.« Lucy holte tief Luft. »Alles okay bei dir?«

»Ja. Und was ist mir dir?«

»Ja, auch …«, begann Lucy und hielt dann inne. »Ach Quatsch, nein. Ich hatte ein paar beschissene Tage.«

Es war gleichzeitig merkwürdig und schön, wieder zusammen zu sein. Die salzige Luft schien mit so vielem gefüllt zu sein, was noch gesagt werden musste.

»Was ist passiert, Luce?« Im Tonfall ihrer Freundin lag echte Sorge.

»Jemand hat die Reifen meines Pferdetransporters aufgestochen … irgendwann Samstagnacht. Einer war aufgeschlitzt und in den anderen steckten Nägel. Also ganz gezielt, Becks, absichtlich. Das hat mir einen verdammten Schrecken eingejagt.«

»Oh, Scheiße, das ist ja furchtbar, Luce. Hast du eine Ahnung, wer das war?«

»Nein. Es ist direkt vor meiner Haustür passiert, vor meinem Cottage, in dem ich ein neues Leben angefangen habe. Und der Foodtruck ist doch meine Lebensgrundlage, da habe ich alles reingesteckt. Um ehrlich zu sein, fällt es mir immer noch schwer, das zu begreifen.«

»Kein Wunder. So eine Gemeinheit.«

Lucy trank einen Schluck Kaffee. »Die neuen Reifen kosten mich ein paar Hundert Pfund. Mein letztes Erspartes, genauer gesagt.«

»Das ist echt scheiße … Es tut mir so leid, Luce.«

»Jetzt kann ich nur hoffen, dass es nur ein paar Rowdys waren und ein Einzelfall bleibt.«

»Hoffentlich. Mir wird es ein bisschen kühl, wenn wir hier so sitzen. Sollen wir spazieren gehen?«, fragte Becky.

»Ja, gute Idee.«

Sie gingen den Fußweg hinunter und schlenderten mit ihren Pappbechern in der Hand am Strand entlang. Ab und zu kam ein Hundespaziergänger vorbei, der sie kurz grüßte, und die Hunde beschnupperten sich und wedelten mit dem Schwanz. Trotz des kalten Windes und des wolkenverhangenen graublauen Himmels war die Aussicht atemberaubend. Vor ihnen erstreckte sich ein weitläufiger, heller Strand, über den schimmernde Sandschleier hinwegwehten. Das Meer war schaumig und ungezügelt. Launenhaft anmutende gelbgoldene Farbtöne füllten die Lücken zwischen den rauchig-zinnfarbenen Wolken. Die Szene mutete an wie ein sinnliches Aquarell.

Ihre Schritte patschten durch den feuchten Sand.

»Also seid ihr noch zusammen?«, fragte Becky.

»Ja«, antwortete Lucy nur. Sie hatte gewusst, dass die Frage kommen würde.

»Aha. Und, wie läuft es?«

»Gut.«

»Dann ist er anscheinend immer noch in der Charmeur-Phase.«

»Becky, ich weiß ja, es ist schwer für dich, dass ich eine Beziehung mit Jack habe, aber … na ja, das mit dir und Jack ist doch alles schon so lange her. Ich verstehe nicht, warum du immer noch so verbittert darüber bist.« Es war an der Zeit, die Dinge klar auszusprechen, ohne mit irgendetwas hinter dem Berg zu halten. Das war der einzige Weg, um wieder miteinander ins richtige Gleis zu gelangen.

Becky zog die Stirn kraus: »Es geht nicht um Jack. Das ist so was von Vergangenheit, ganz ehrlich. Es geht mir um *dich*, Lucy. Ich will nicht, dass du wieder verletzt wirst. Du hast dich gerade erst aus Loser Liams Klauen befreit. Du verdienst etwas Besseres – jemanden, der für dich da ist und sich um dich kümmert.«

Lucy seufzte. Ja, das mit Jack war gerade ein bisschen kompliziert, aber trotzdem brachte er ihr Herz zum Singen. »Aber Jack *ist* mein … Er macht mich glücklich, Becky.«

»Aber was ist, wenn er dich satthat, wenn er bereit ist, sich jemand anderem zuzuwenden oder irgendwo anders hingeht?«

Oh, da hatte Becky einen wunden Punkt getroffen. Unweigerlich tauchte Jacks Laptop mit Neuseeland auf dem Bildschirm in ihrem Kopf auf. Becky hatte wirklich ein Talent für so was. Lucy zögerte. Sollte sie es wagen, sich ihr zu öffnen?

Lucy stieß einen Seufzer aus und versuchte, die richtigen Worte zu finden. »Okay, ich weiß noch nicht genau, worauf wir hinsteuern, Jack und ich, aber was ich weiß, ist, dass wir sehr gut miteinander auskommen. Er hat so etwas Fürsorgliches an sich, etwas Sanftes, und ich habe mich in ihn verliebt … sehr sogar.«

Becky rollte dramatisch mit den Augen.

»Lass mich einfach ausreden, okay?« Lucy fasste sich ein Herz. Jetzt, wo sie einmal angefangen hatte, musste sie alles aussprechen. »Er hat eine besondere Seite an sich, die er vor der Welt verbirgt, aber ab und zu bekomme ich sie zu sehen … und sie ist so … wunderbar. *Er* ist so wunderbar, Becks. Und er hat mich dazu gebracht, über mein Leben nachzudenken«, fuhr sie fort. »Mit Liam, na ja … Wir haben die meiste Zeit nur so dahingelebt.« Lucy hielt inne. Sie war sich immer noch nicht ganz sicher, was sie von der Beziehung zu ihrem Ex hielt. Sie holte tief Luft und konzentrierte sich wieder auf Jack. »Mit Jack habe ich das Gefühl, dass ich rennen und Spaß haben kann, und ja, vielleicht stolpern wir irgendwann und fallen hin. Es kann gut sein, dass er sich ans andere Ende der Welt verpisst, das ist mir klar. Aber weißt du was – das Risiko ist es mir wert.«

Jetzt war sie in Fahrt. »Und wenn morgen alles vorbei wäre, wäre ich doch froh, ihn kennengelernt zu haben und dass wir diese Zeit miteinander hatten.« Sie spürte einen Kloß im Hals bei dem Gedanken, dass alles vorbei sein könnte. Dann hielt sie inne und fragte sich, ob es das wohl war – nur eine vorübergehende Phase. Würde das mit ihnen beiden verblassen und schwächer werden?

»Mann, dich hat es aber schwer erwischt.« Becky verzog das Gesicht. »Heilige Scheiße.«

Als sie weitergingen, war es still zwischen ihnen. Lucy hatte ihren Teil gesagt und war selbst überrascht, wie stark ihre Gefühle für Jack waren. Und Becky war zweifellos noch dabei, das alles zu verdauen.

Inzwischen hatten sie den alten Hafen mit seinen Kalköfen und gestapelten Hummerreusen erreicht. Sie hielten an, um sich auf die Mauer zu setzen, mit einer kleinen Lücke zwischen sich, während Daisy sich dicht an ihre Füße kauerte und der Wind und die Wellen gegen die massive steinerne Hafenmauer schlugen. Der salzige Geruch des aufgepeitschten Meeres erfüllte die stürmische Luft, zusammen mit dem eindringlichen Schrei einer Möwe, die mit den Elementen kämpfte.

»Becky, ist alles in Ordnung mit dir? Geht es dir und Darren gut? Und deiner Familie? Du bist so verschlossen … Irgendwie wirkst du verärgert …«

»Ja, ja«, wehrte ihre Freundin die Frage ab, aber es klang nur so dahergesagt. Eigentlich war es gar keine Antwort.

»Becky, hör mal, wie auch immer du zu mir und Jack stehst … Ich bin für dich da. Wenn es irgendetwas gibt …«

»Ja, ja, mir geht's gut.«

Es war so ein »gut«, das sich überhaupt nicht gut anhörte.

»Okay, ich meine, nur damit du das weißt.« Sie konnte nicht mehr tun, als ihre Hilfe als Freundin anzubieten. Und sie würde nicht lockerlassen, sondern es immer wieder tun.

»Trotzdem werde ich weiterhin nur dich sehen, Luce. Glaub nicht, dass wir ab jetzt befreundete Pärchen wären oder so, klar?«

»Ähm, meinetwegen. Okay.« Es war nicht direkt ideal, aber zumindest ein Schritt in die richtige Richtung. Lucy nickte und fühlte einen Hauch von Enttäuschung, aber vielleicht brauchte Becky einfach nur Zeit. »Und warum bist du heute nicht bei der Arbeit?«, fragte sie.

Becky sah ein wenig verlegen aus. »Wir haben im Moment eine Vier-Tage-Woche.« Sie arbeitete im Verkauf und in der Verwaltung eines Maßküchen-Herstellers. »Und …« Ihre Stimme wurde leiser. »Also, es sollen Leute entlassen werden. Wer als Letzter kommt, darf als Erster gehen, so was in der Art, schätze ich. Tja, und ich bin wahrscheinlich eine von denen, die auf der Abschussliste stehen.« Sie versuchte, zuversichtlich zu klingen, aber Lucy durchschaute sie.

»Aber du hast doch erst letztes Jahr dort angefangen.« Langsam wurde ihr klar, wie alles zusammenpasste. Warum Becky sich zurückgezogen hatte. Ihre Verschlossenheit. »Oh, Becky, warum hast du nichts gesagt? Du musst dich schrecklich fühlen.«

»Wie's aussieht, trifft das auf uns beide zu.«

Ohne das Sprungtuch ihrer Freundschaft, auf das sie in letzter Zeit hatten verzichten müssen, waren sie von ihren Problemen umso härter getroffen worden.

»Oh, Becky, du liebst diesen Job und du bist wirklich gut darin. Es tut mir so leid, dass du das Gefühl hattest, du könntest nicht mit mir reden. Dass wir in den letzten Wochen so verdammt weit voneinander entfernt waren.«

»Ach, Luce, mir tut es auch leid.« Becky stieß einen Seufzer aus. »Ich war ja auch ziemlich stur, was Jack betrifft … Aber davon abgesehen – er sollte noch immer besser nichts tun, was dich verletzen könnte, daran hat sich nichts geändert! Na ja … Kann sein, dass ich den Kopf in den Sand gesteckt habe, was den Job angeht. Hab gehofft, dass sich der ganze Schlamassel in Luft auflöst. Aber es sieht alles andere als rosig aus. Vielleicht stehe ich wieder am Anfang und muss mir einen neuen Job suchen, dabei haben wir die Hypothek abzuzahlen, die Rechnungen … Darrens Lohn allein reicht für das alles niemals.«

»Puh, das ist heftig. Ich wünschte, ich könnte dir finanziell helfen, aber ich bin selbst so gut wie pleite, weil ich alles in meinen Pizzawagen gesteckt habe.«

»Das weiß ich doch, und ich würde es auch nicht von dir erwarten. Lass uns einfach von jetzt an wieder füreinander da sein. Ich muss dringend mein Freundschaftsvakuum wieder auffüllen.«

»Ich auch.«

Lucy atmete erleichtert auf, als sie sich gegenseitig umarmten. Dann wurde der Wind stärker und es fing an zu regnen. Daisy zitterte, also nahm Lucy sie auf den Arm und drückte sie an die Brust. »Zeit für den Rückweg, wie?«

»Und ob. Nicht der beste Tag für einen Spaziergang. Wir müssen total bekloppt sein.«

Sie gingen am Strand entlang zurück.

Der Regen wurde stärker und stach ihnen jetzt richtig in die Wangen. »Ich muss sagen, das ist nicht ganz das, was ich mir unter Kaffee und Spaziergang am Strand vorgestellt hatte«, rief Becky über das Tosen des Windes hinweg und zog sich die Kapuze ihres Daunenmantels enger um den Kopf.

Plötzlich öffnete der Himmel seine Schleusen. Die beiden Frauen rannten los, aber bis sie den Parkplatz erreicht hatten, waren sie bis auf die Haut durchnässt. Kalte, nasse Beine, an denen die Jeans klebten, tropfende Haare und ein sehr nasser Dackel.

»Schnell, steig ein!« Lucy gestikulierte zu ihrem Jeep und fummelte am Schlüsselanhänger herum.

»Blöder Mist! Wo kommt das denn bloß her?«

»Wer hatte eigentlich die Idee mit dem verdammten Strandspaziergang?«

Sie sahen sich an, beide klatschnass, und doch grinsten sie.

Mit ihrer Entschlossenheit, für ihre Freundschaft zu kämpfen, hatte Lucy es zum Glück geschafft, diese wieder zu etwas Warmem und Schützendem zusammenzustricken, trotz des Regens. Der Faden ihrer Freundschaft war vielleicht noch ein bisschen dünner als sonst, aber auf jeden Fall noch vorhanden.

15. KAPITEL

»Eins, zwei, drei und … hoch.« Tannennadeln und Tannenduft schlugen Jack ins Gesicht, als er und der junge Mann vom Gartencenter den Baum auf Rubys Dach hievten. Jetzt musste er nur noch den Stamm sicher auf dem Camper festzurren und schon konnten sie losfahren, um diesen wunderschönen Weihnachtsbaum zu Lucys Cottage zu bringen. Nach dem schrecklichen Vorfall mit dem mutwillig beschädigten Foodtruck wollte er etwas tun, um sie aufzuheitern, und das schien die perfekte Idee zu sein.

Er war seit einer Ewigkeit keinen Weihnachtsbaum mehr kaufen gewesen, wurde ihm klar. Nicht mehr, seit seiner Kindheit, damals zusammen mit seinem Vater … und natürlich mit Daniel. Er erinnerte sich, wie sie eine buschige Nordmanntanne in den Kofferraum von Dads Ford Escort Kombi gezwängt hatten. Natürlich war der Baum jedes Mal zu lang gewesen, und die Spitze hatte immer zwischen den Vordersitzen geendet, gefährlich weit vorn über dem Schalthebel, irgendwo in der Nähe von Dads Schulter. Daniel saß vorne – er schien als der ältere Bruder das Vorrecht auf den Beifahrersitz zu haben – und Jack quetschte sich auf den Sitz hinten neben dem riesigen Baum, wobei manche Äste durch die Netzhülle stachen und ihn piksten. Das tat aber der Vorfreude auf das Fest keinen Abbruch, so aufgeregt, wie sie als Kinder waren – regelrecht berauscht von dem Wissen, dass es bald Weihnachten wäre.

Er spürte, wie seine Kehle sich zusammenzog. Erinnerungen an längst vergangene Weihnachtsfeste ... als die Welt noch so magisch schien.

Jack rief sich in die Gegenwart zurück. »Wow, danke, Kumpel.« Den Baum allein auf den Bulli zu hieven, wäre schwierig gewesen, aber der Bursche war sehr hilfsbereit. Jetzt war er sechzig Pfund los, denn er hatte sich für einen großen Baum entschieden. Als er nun sah, dass dieses Exemplar fast die gesamte Länge von Rubys Dach einnahm, fragte er sich, ob er überhaupt bei Lucy ins Wohnzimmer passen würde. Es war nicht gerade groß. Tja, man würde vielleicht ein paar Möbel umstellen müssen, um das Prachtstück unterzubringen! Aber hey-ho – oder ho ho ho –, es war immerhin Weihnachten.

Zum ersten Mal seit Jahren verspürte Jack ein vorfreudiges Kribbeln bei dem Gedanken an das bevorstehende Weihnachtsfest. Er stellte sich vor, in Lucys gemütliches Häuschen zu kommen und mit ihr den Baum aufzustellen. Das Holzfeuer im Kamin würde brennen, und sie hatte versprochen, Abendessen für ihn mitzukochen, also hatte er keinen Grund, sich zu beeilen. Der Nachmittag und der Abend standen ihnen zur freien Verfügung.

*

Nach einer ruhigen Fahrt über kurvenreiche, noch frostige Landstraßen hielt Jack vor dem Cove Cottage an.

Lucy musste ihn vom Fenster aus gesehen haben, denn sie war in Sekundenschnelle auf dem Gehweg, um ihn zu begrüßen … ihn und den ziemlich großen Baum. Daisy war ihr dicht auf den Fersen und bellte wütend den seltsamen buschigen Gegenstand auf dem Dach an.

»Ruhig, Daisy, alles okay. Es ist nur ein Baum.« Lucy schaute genauer hin: »Du hast also einen echten genommen?«

»Ja, nichts ist besser.« Zu Hause hatten sie immer einen echten Baum gehabt, zumindest bis zu Daniels Tod. Danach hatten sie eine kleinere, traurig aussehende künstliche Tanne bei John Lewis gekauft, die jedes Jahr vom Dachboden geholt wurde, damit sie so tun konnten, als wäre das Leben halbwegs normal. »Und bevor du etwas sagst – alles okay. Ich habe sie von dem Laden, wo sie mindestens so viele neue Bäume pflanzen, wie sie schlagen. Also nachhaltig angebaut.«

»Das ist gut. Wird bestimmt schön aussehen«, sagte sie und schaute nachdenklich zu dem Baum hoch.

»Was ist?« Jack ahnte, dass etwas nicht stimmte.

»Die Tanne ist super, wirklich. Danke, aber … du weißt schon, dass wir noch November haben? Es kann gut sein, dass sie bis Weihnachten kahl ist.«

»Tja, das Risiko muss ich wohl eingehen.« In seinem Enthusiasmus, die Weihnachtsfreude wiederzubeleben, hatte er daran gar nicht gedacht. »Viel gießen, und … dann haben wir eben jetzt schon Weihnacht*tann*, oder?« Er grinste verschmitzt.

Lucy konnte nur den Kopf schütteln und über sein lahmes Wortspiel lächeln. Sie ließ sich immer wieder von seiner

Begeisterung anstecken. Bestimmt würde es einen Riesenspaß machen, den Baum aufzustellen und ihn gemeinsam zu schmücken. Es war toll, dieses Jahr die Vorweihnachtszeit mit einem besonderen Menschen zu verbringen.

»Ja, absolut«, stimmte sie zu. »Na, dann komm, lass uns die festliche Schönheit reinholen.«

*

»Ein bisschen nach links, nein, etwas mehr nach rechts. Ja, so bleiben!«

Lucy hatte das Gefühl, jeden Moment runterzufallen, genau wie der silberne Holzstern, den sie vorsichtig auf die Spitze des riesigen Weihnachtsbaums zu setzen versuchte (die Baumspitze bog sich ein wenig, da sie an die Wohnzimmerdecke des Cottages stieß). Die Tanne musste knapp zweieinhalb Meter hoch sein. Jack machte wirklich keine halben Sachen. Sie hatte die letzten zehn Minuten auf Jacks Schultern gehockt und versucht, die obersten Zweige zu erreichen. Den Sessel neben dem Kamin hatten sie wegschieben müssen, um das Ungetüm von einer Tanne in die Ecke stellen zu können.

Last Christmas von Wham dröhnte aus ihrem iPhone, und aus der Küche wehte der Duft des Abendessens herüber. Dort garte ein Schmortopf mit Rindfleisch in Ale samt weihnachtlichen Gewürzen und geriebener Orangenschale langsam vor sich hin. Bald würde sie den Kamin anzünden, damit sie es sich auf dem Sofa gemütlich machen konnten. Daisy war natürlich jetzt schon dort und döste, nachdem sie sich bei der Jagd nach Lametta-Fäden gut ausgepowert hatte. Oh ja, ein schöner gemeinsamer Abend war in Sichtweite.

Endlich rutschte der Stern nach unten und ruhte sicher auf einer knubbeligen Stelle der leicht gebogenen Spitze. *Und Simsalabim!* »Okay, das war's. Fertig!«, rief sie.

»Dem Himmel sei Dank«, stöhnte Jack von unten. »Meine Schultern geben gleich den Geist auf.«

»Hey, sei nicht so frech … Einem starken jungen Mann wie dir mit so durchtrainierten Muskeln sollte das doch nichts ausmachen«, neckte sie zurück.

Jack lachte, als er sich bückte, um sie abzusetzen. Er kitzelte sie unter den Rippen, wo seine Hände ihre Taille umspannten, und brachte sie damit zum Kichern.

Dann traten sie etwas zurück, um ihr Werk zu betrachten. Der Baum glitzerte und funkelte mit seinen Lichterketten, einigen silbernen und goldenen Kugeln und etwas Lametta.

»Sehr schön …«, begann Lucy, hielt aber dann inne.

»Ja, ist er.« Jack klang auch nicht völlig überzeugt.

»Hmmm …« Lucy grübelte.

»Ein bisschen kahl«, erklärten sie beide gleichzeitig.

»Das liegt daran, dass er so groß ist.«

»Man sollte sich nie über einen Großen beschweren«, sagte Jack förmlich und grinste breit.

Lucy brach in Lachen aus.

»Na ja, zufällig weiß ich, wo wir noch ein paar Sachen herbekommen können. Im Driftwood-Café gibt es wunderschöne Dekosachen zu kaufen. Ich hab sie letzte Woche entdeckt, als ich bei Lou reingeschaut habe. Inzwischen sind alle ihre Weihnachtssachen angekommen.« Sie warf einen Blick auf ihre Uhr. Obwohl es erst vier Uhr war, war es draußen schon fast dunkel. »Noch haben sie offen, aber wir müssen uns beeilen.«

»Guter Plan.«

Sie zogen die Schuhe an, schnappten sich ihre Jacken und stürmten hinaus.

*

Das Glöckchen an der Café-Tür läutete hell zur Begrüßung, und Kaffee- und Gebäckduft erfüllte die Luft. Ein paar Tische waren besetzt und es wurde leise geplaudert, aber die Atmosphäre im Driftwood-Café ließ keinen Zweifel daran, dass der Tag hier zu Ende ging. Abby wischte die leeren Tische ab, während Louise hinter der Theke sorgfältig die Kuchen abdeckte.

»Oh, hallo, meine Lieben, schön, euch zu sehen. Wie geht es euch beiden?«, fragte Lou.

»Hi, Lou, hallo, Abby. Gut, danke.«

»Wie kann ich helfen?«, fragte Louise. »Kaffee? Heiße Schokolade? Es ist sicher die richtige Jahreszeit dafür. Marshmallows, Sahne?«

»Wir sind eigentlich hier, um neuen Baumschmuck zu besorgen. Ich habe neulich gesehen, dass du tolle handgearbeitete Sachen bekommen hast. Wir haben nämlich gerade den Weihnachtsbaum bei mir aufgestellt …«

»Oh, schön.«

»Er ist nur ziemlich groß, und meine paar mickrigen alten Sachen sehen darauf ein bisschen verloren aus, ehrlich gesagt.«

»Verstehe. Dann stöbert ruhig nach Herzenslust. Die hiesige Kunsthandwerkerin Eve ist sehr talentiert und hat aus Treibholz und angeschwemmtem Glas ein paar wunderschön festliche Stücke hergestellt.«

In der Tat waren die Holzregale voll mit handgefertigten Kunstwerken: kleine Herzen und Sterne aus versilbertem Treibholz, bestreut mit winzigen Perlen aus Seeglas in Rot-, Grau- und Blautönen und einem zarten Hauch von Glitzer darüber. Es gab Schneemänner, niedliche Papageientaucher aus Filz mit weihnachtlichen Schals, hölzerne Weihnachtsmänner und hübsche Anhänger, daneben aber auch wunderschöne handgenähte Stofftiere, die fröhliche Fliegen im Stechpalmen- und Schottenmuster um den Hals trugen.

»Freddie wäre begeistert«, kommentierte Lucy, als sie die Sachen sah. »Oh Gott, schau mal, da ist sogar ein Dackel mit einem Schneeflockenschal. Der muss einfach in Freddies Weihnachtspäckchen. Sein ganz eigener Dackel, das ist genial.«

»Ja, das findet er sicher ganz toll«, pflichtete ihr Jack bei. »Er ist ja ganz verrückt nach Daisy.«

Ein baumförmiger Ständer auf dem Tisch war mit einer weiteren Auswahl an Ornamenten behängt. Lucy war begeistert von den Herzen aus Treibholz, die im Lampenschein zart glitzerten, und Jack hatten es besonders die Sterne angetan. Also wählten sie jeweils drei davon aus und Lucy nahm eine Schachtel Glaskugeln mit einem einzigartigen Seewirbelmuster in silbrigen Blau- und Grautönen.

»Die sind wunderschön, Jack. Sieh nur die Muster, sie sehen aus wie das Meer. Perfekt für mein Küsten-Cottage. Die muss ich haben.«

»Ja, sie sind wirklich cool. Ganz einzigartig.«

Lucy machte sich mit ihrem Sortiment an Weihnachtsschmuck auf den Weg zur Kasse, darunter war natürlich auch der Stofftier-Dackel.

»Die sind toll, oder?«, kommentierte Louise, die ihr die Dekosachen in Luftpolsterfolie einpackte und eine nach der anderen in eine weiße Papiertüte steckte.

»Ja, perfekt.«

Und sie dachte daran, wie schön es war, neuen Baumschmuck zu haben, den sie und Jack gemeinsam für ihren ersten Weihnachtsbaum ausgesucht hatten, und nicht nur die Überbleibsel von ihrem und Liams letztem Weihnachten. Noch ein Schritt nach vorn.

»Also dann … Darf ich euch noch etwas anderes anbieten, ihr beiden? Kuchen vielleicht? Ich habe noch einen kleinen ›Bread and Butter Pudding‹ mit Rum und Rosinen übrig. Oder vielleicht meine berühmte heiße Schokolade ›Driftwood Hot Chocolate‹ mit Marshmallow- und Flakes-Topping?« Louise war wie immer die charmante Gastgeberin.

Das klang wirklich zu gut. Und bis zum Abendessen war es ja auch noch eine Weile.

»Tja, es wäre wohl ziemlich unhöflich, das auszuschlagen«, gab Jack zurück, der offensichtlich dasselbe dachte wie Lucy.

»Ja, gern, Lou. Zwei von deinen besten Hot Chocs, bitte.«

Sie setzten sich an den nächstgelegenen Tisch und unterhielten sich, während sie den Geräuschen vom Aufschäumen und Rühren lauschten. Schon bald erfüllte der angenehme Duft von Kakao und warmer Milch das Café. Dann wurden zwei große weiße Becher vor sie hingestellt, mit einer dicken Haube aus Schlagsahne mit Mini-Marshmallows obendrauf plus einer »Flake«, einem langen Balken luftig aufgefächerter Borkenschokolade zum Hineintunken. »Bitte sehr, ihr Lieben. Lasst es euch schmecken.« Abby strahlte.

»Oh, köstlich!«

»Danke, Abby.«

Die heiße Schokolade war wirklich hervorragend, und ohne es zu merken, hatte Lucy bald einen sahnigen Schnurrbart.

Jack sah sie mit einem schiefen Grinsen an und wischte ihr dann mit der Zeigefingerspitze sanft über die Oberlippe. Dabei warf er ihr diesen bestimmten Blick zu, den sie oft im Schlafzimmer zu sehen bekam. Hmm, wenn sie diesen herrlichen Kakao getrunken hatten, war es absolut an der Zeit, nach Hause zu gehen und sich vor dem Baum und dem gemütlichen Feuer zusammenzukuscheln.

*

Die beiden hielten sich lange genug zurück, um das zart schmelzende, langsam gekochte Rindfleisch mit karamellisiertem Zwiebelpüree zu genießen, das Lucy selbst zubereitet hatte. Sie war sehr stolz auf ihre kulinarischen Bemühungen, und Jack war angemessen beeindruckt.

»Das war absolut fantastisch, Luce.« Er klopfte sich zufriedenen den Bauch.

Nachdem sie schnell das Geschirr abgeräumt und gemeinsam abgewaschen hatten, gingen sie zurück ins Wohnzimmer, wo der Baum in seiner neuen Pracht glänzte.

»Ich kann also nicht nur Pizza«, sagte Lucy strahlend und setzte sich neben ihn.

»Als wüsste ich das nicht längst.«

Er nahm ihr Gesicht in seine Hände, drehte ihr Kinn ein wenig und gab ihr den erotischsten, prickelndsten Kuss aller Zeiten. Als sich ihre Lippen schließlich widerwillig voneinander lösten, schaute er ihr tief in die Augen und lächelte sie liebevoll an.

Wow.

Sie ließen sich auf den Teppich vor dem Feuer sinken. In einem aufreizend sinnlichen Tanz zogen sie sich gegenseitig aus und waren bald Haut an Haut, mit tastenden Fingerspitzen und rasenden Herzen. Die Flammen knisterten, und das Kaminfeuer wärmte ihre nackte Haut, aber das war noch nichts im Vergleich zu dem starken, drängenden Feuer in ihnen.

*

Später, als Lucy mit einem Glas Rotwein in der Hand auf dem Sofa saß und den größten Teil ihrer Kleidung wieder anhatte, lehnte sie sich an Jacks Brust und zog die Beine neben ihren Körper. Das Feuer hatte einen gold-orangen Schein angenommen und flackerte sanft im Kamin. Eine Kerze mit Lebkuchenaroma erfüllte den Raum mit ihrem Duft und warf tanzende Muster an die Wand.

»Es war so ein schöner Tag.« Sie seufzte.

Während sie so saßen und den Baum betrachteten, den sie gemeinsam geschmückt hatten, musste Lucy an ihre Familie denken: Mum, Nonna, Olly und Alice, der kleine Freddie, ihr Vater und seine Partnerin Jo. Lucys Familie war ein wenig aufgespalten, aber jetzt, da sich die Trennung ihrer Eltern gesetzt hatte und die Jahre vergangen waren, kamen sie alle gut miteinander aus. Sie freute sich darauf, alle an den Feiertagen zu treffen. Wie Jacks Familie wohl so war? Sie hatten so viel durchmachen müssen, einen Sohn, einen Bruder verloren … Lucy wusste, dass Jack seine Eltern regelmäßig besuchte und sie offensichtlich sehr liebte.

»Weißt du, ich würde sie gerne kennenlernen, deine Eltern …« Die Worte sprudelten einfach so aus ihr heraus, als Folge dieses besonderen Tages, den sie zusammen verbracht hatten. Sie begann, sich bei Jack wohl und heimisch zu fühlen, und Weihnachten bedeutete für sie Familienzeit.

Sie spürte, wie Jack neben ihr erstarrte. Als sie merkte, dass sich seine Stimmung verändert hatte, drehte sie sich zu ihm, und sein Gesichtsausdruck ließ sie stutzen. Er schien verblüfft zu sein.

»Oh … ähm, ach so …«, stotterte er und schaute auf den Boden.

Ach herrje, hatte sie etwas Falsches gesagt? Hatte sie eine Grenze überschritten? War sie zu voreilig gewesen?

Schnell versuchte sie, die Situation zu entschärfen. »Also, ich meine nicht, dass ich sie jetzt schon sehen muss, es war nur so ein Gedanke. Keine Eile.« Trotzdem lag eine Spannung in der Luft, eine Kälte, und obwohl die beiden dicht beieinandersaßen und Daisy zwischen ihnen eingerollt lag, blieb es frostig.

Lucy nahm eine Zeitschrift vom Couchtisch und blätterte lustlos darin herum.

Jack zappte derweil mit der Fernbedienung durch die Kanäle. »Möchtest du etwas Bestimmtes sehen?«

»Nicht wirklich. Such einfach was raus.«

Er entschied sich für eine Reality-TV-Sendung. Einige »Prominente« mussten es in einem Schloss miteinander aushalten – eine Serie, von der sie schon ein paar Folgen gesehen hatten. Lucy legte die Zeitschrift beiseite und starrte auf den Bildschirm, konnte sich aber nicht auf die Sendung konzentrieren. Sie nippte an ihrem Wein, aber ihr Kopf war voller Sorgen und Zweifel. Ob Becky vielleicht doch recht hatte? War es unvermeidlich, dass er sich irgendwann auf- und davonmachte? War das Treffen mit den Eltern eine No-go-Area? War ihr großartiger Jack nur der auf ewig bindungsscheue Typ, der rastlose Wanderer?

Den ganzen restlichen Abend fühlte Lucy sich unbehaglich

und seltsam einsam. Dabei schwirrten ihr die Gedanken im Kopf herum, als sie neben Jack im Bett lag. Sie konnte seinen rhythmischen ruhigen Atem hören und seinen gleichmäßigen Herzschlag spüren. Aber ihr eigenes Herz schien nur Warnsignale zu hämmern.

Vielleicht sollte sie sich treiben lassen und ihn in die Welt hinausziehen lassen, wenn er es sich wünschte. Aber heute Nacht wollte sie ihn einfach nur festhalten – und nie wieder loslassen.

16. KAPITEL

Jack saß auf einer alten Matte neben dem Zelt, hoch oben auf einem Hügel im Moorland, und ließ seinen Gedanken freien Lauf. Die Luft war klar und frisch und es würde zweifellos eine frostige Nacht werden, aber das machte ihm nichts aus. Er hatte eine gute Wander- und Campingausrüstung, und so aufgewühlt wie er war, brauchte er dringend etwas Abstand.

Letzte Nacht ... Die Vorstellung, dass Lucy seine Eltern kennenlernen und sie dieses ganze Familiending durchziehen würden ... So weit hatte er es noch nie mit einem Mädchen kommen lassen – jedenfalls nicht seit seiner Highschool-Freundin vor vierzehn Jahren. Als Erwachsener hatte er immer eine gewisse Distanz gewahrt, und wenn die Dinge zu ernst wurden, hatte er gewusst, dass es an der Zeit war, weiterzuziehen. Sich auf jemanden einzulassen, mit ganzem Herzen, und sich dem unvermeidlichen Risiko auszusetzen, alles zu verlieren, lag weit außerhalb seiner Komfortzone.

Gott, er wusste, dass er sie liebte und dass es grandios war, Zeit mit ihr zu verbringen, aber es fühlte sich auch an, wie zu fallen ... und zwar nicht wie wenn man auf dem Gehweg stolperte, oh nein, eher so, als wäre man geradewegs aus einem Flugzeug gesprungen – ohne einen verdammten Fallschirm.

Er blickte auf das Tal hinab.

Die Dämmerung setzte ein und überschattete die Hänge der Moorlandschaft unter ihm, über ihm zeichneten sich die Bergrücken, die die Cheviot Hills säumten, mit ihren indigoblauen Konturen ab. Er liebte die Weite und die Freiheit, die sich hier in den Hügeln und den wilderen Teilen der Küste widerspiegelten. Abseits seiner Cocktail-Events konnte er aufstehen und gehen, wann immer er wollte, für sich allein sein, wann immer er es brauchte. War er wirklich bereit, sich zu binden?

Aber vor seinem inneren Auge sah er ihr Gesicht, das glänzend dunkle Haar, die intensiven braunen Augen. Der Geruch ihres Parfüms, ihre Haut … Erinnerungen an letzte Nacht am Kamin und die vielen Nächte davor stiegen in ihm auf. Zum Teufel, er fühlte sich dermaßen hin- und hergerissen.

Er holte den alten Notizblock aus dem Rucksack und schrieb ein paar Worte auf. In Zeiten des Schmerzes oder wenn er zweifelte und mit seinen Gefühlen kämpfte, griff Jack oft zu Stift und Papier. Er kritzelte »Lucy«, »zu tief«, »verloren«, bis sich die Worte wie einzelne Fäden in seinem Kopf zu einem Gedicht verwoben. Fragmente seines Herzens auf Papier:

Eine Haarlocke von dir streift meine Wange, weckt mich.
Und ich fühle mich lebendig,
Als poppten alle Sinne in mir auf wie Bläschen in einem Champagnerglas.
Ich bin verliebt. Jetzt hab ich es gesagt.
Es erhebt mich und zieht mich auch hinab
in einen Brunnen der Verletzlichkeit,

zu tief, verloren an dich.
Habe ich mich selbst verloren?
Bleibe ich? Oder ist es Zeit, leise zu gehen?

Er ärgerte sich über sich selbst, weil er Lucy gegenüber gestern so kühl gewesen war. Er hatte sie nicht verletzen wollen, aber ihr Gesichtsausdruck sagte ihm, dass er genau das getan hatte. Es fiel ihm schwer, seine Gefühle von Angesicht zu Angesicht zu äußern. Es war nicht einfach, verletzlich zu sein. Und er hatte im Lauf der Jahre gelernt, den Schmerz zu vermeiden, den der Verlust eines geliebten Menschen einem zufügte.

Er erinnerte sich nur zu gut an das berüchtigte Datum, das wieder näher rückte. Wieder ein Jahr, das sein Bruder nicht erlebt hatte und nie erleben würde. Das war immer eine besonders schwierige Zeit für ihn und seine Eltern.

Er seufzte tief auf. Vielleicht half ihm diese Nacht in den Bergen, einen Sinn in all dem zu sehen … oder, wie er ironisch bemerkte, ihm eine Unterkühlung zu verpassen.

Wie sollte es mit ihm und Lucy weitergehen? Er hatte wirklich keinen Schimmer, was er tun sollte. Diese faszinierende, hinreißende dunkelhaarige Halbitalienerin aus Northumberland hatte ihn im Sturm erobert. Wurde es jetzt zu kompliziert?

Wie immer er sich entschied, er musste es Lucy sagen, und zwar bald. Vielleicht standen sie an einer Gabelung, und er musste wählen, welchen Weg er einschlagen wollte.

17. Kapitel

Lucy war nur mit Mühe eingeschlafen und hatte Daisy mit ihrem ständigen Hin-und-her-Wälzen ziemlich gestört. Während in der nächtlichen Dunkelheit im späten November draußen der Wind tobte, geriet ihre Welt ins Wanken.

Allein die Vorstellung, dass sie und Jack in Schwierigkeiten steckten, machte ihr das Herz schwer. Gestern – am Tag nach dem Weihnachtsbaumszenario – hatten sie und Jack ein paar kurze SMS ausgetauscht, in denen sie beide den Elefanten im Raum, das Thema »Eltern kennenlernen«, umschifft hatten. Seitdem war es beunruhigend still um Jack geworden. Lucy hatte mit Liam so viel durchgemacht, da konnte nicht auch mit Jack noch alles schiefgehen. Und wenn es doch schiefging, Himmel, dann würde sie ihn vermissen: ihre Fahrten über die Landstraßen mit dem Camper, die Spaziergänge am Strand, Hand in Hand, seine Berührungen, die Gespräche, sein Lächeln. Sie wollte sich lieber daran gewöhnen, sich in ihrem Doppelbett neben ihm zusammenzurollen, sich an seine nackte Brust und seine nackten Gliedmaßen zu schmiegen und die straffen Muskeln zu spüren, wenn sie mit den Fingerspitzen über seine warme Haut fuhr.

Ihre Gedanken wirbelten umher wie das letzte Herbstlaub draußen. Lucy hatte die frühen Morgenstunden in einem unruhigen Halbschlaf gelegen. Um sieben Uhr schließlich wurde sie richtig wach, als es im Zimmer noch dunkel war und die Zentralheizung im Haus gleichzeitig mit ihr knarrend zum Leben erwachte.

Sie stand auf, steckte ihre Füße in die kuscheligen Schafsfellpantoffeln, wickelte ihren warmen Fleece-Bademantel um sich und ging nach unten, um eine Tasse starken Tee zu kochen. Sie musste in Schwung kommen. Und sie brauchte etwas frische Luft.

Als sie kurz darauf Daisy am Strand spazieren führte und die Sonne über der Nordsee aufging, sagte sie sich, dass sie sich am Riemen reißen und weitermachen sollte. Sie machte sich selbst verrückt mit ihren Sorgen, weil sie aus der Sache mit Jack nicht schlau wurde. Sie würde das irgendwie klären. Sie und Jack mussten miteinander reden und ehrlich zueinander sein. Vor allem musste sie die Wahrheit über seine Reisepläne herausfinden. Und okay, vielleicht war Jack noch nicht bereit für ein Treffen mit den Eltern, aber das hieß ja nicht, dass er sie nicht sehr schätzte … sie vielleicht sogar liebte … oder?

*

Eine gute Nachricht, quasi der heutige Silberstreif am Horizont war, dass der Foodtruck jetzt »reiflich fahrbereit« war, wie ihr Will von der Werkstatt am Telefon mitgeteilt hatte. Ihr ganzer Stolz sei jederzeit abholbereit. Und so stand ihr taubengrauer Pferdeanhänger am Nachmittag wieder bei ihr zu Hause in der Einfahrt. In den letzten Tagen hatte es dort sehr kahl ausgesehen.

Wenigstens kam dieser Teil ihres Lebens wieder in die Gänge, und sie wäre rechtzeitig zu ihrem regulären Markttermin am Donnerstag wieder mobil.

In diesem Zusammenhang wurde Lucy klar, dass sie besser mal wieder Pizzateig zubereiten sollte. Dann hätte sie auch etwas anderes, auf das sie sich konzentrieren könnte. Mixer raus, Musik an und los. Normalerweise ging sie beim Kneten des Teigs eher behutsam vor, aber an diesem Abend hallten ihre Schläge durch die Küche, weil sie all ihre aufgestauten Emotionen am Teig ausließ. Ha, Kneten konnte wirklich eine Therapie sein.

*

Als sie sich eine Stunde später mit einer Tasse Tee auf dem Sofa niederließ und mit Daisy kuschelte, summte ihr Telefon auf dem Couchtisch. Ein Anruf von Jack wurde angezeigt. *Oh!*

Lucy nahm ihn mit bebenden Fingern an und meldete sich: »Hi, Jack.«

»Hey, Luce. Ähm … kann ich vorbeikommen?« Ein hohler Klang schwang in seiner Stimme mit, der Lucy frösteln ließ. Gleichzeitig flammten ihre Zweifel und Ängste wieder auf.

»Äh, ja, natürlich. Ist alles okay bei dir?«

»Ja.«

»Also, du meinst, jetzt sofort?« Lucy schaute auf die Uhr. Es war schon nach 21 Uhr.

»Ja, bitte. Wenn's geht …« Etwas unbestreitbar Trauriges lag in seinem Ton.

Oh Gott, war es das jetzt? Lucy spürte, wie ihr das Herz sank. Sicher hatte er entschieden, dass sie sich zu tief aufeinander eingelassen hatten, als sie damit anfing, seine Eltern kennenlernen zu wollen. War er jetzt so weit, dass er auf und davon wollte … einfach weiterziehen? Sie spürte, wie ihr der kalte Schweiß ausbrach. »Okay, gut, dann bis gleich.« Sie bemühte sich, die Welle der Panik in ihr zu unterdrücken, die ihre Stimme belegte. »A-also, fährst du jetzt von deiner Wohnung aus los?« Sie versuchte auszuloten, wo er war und was los sein könnte.

»Ja, dann bis gleich, okay?«

Und mit einer kurzen Verabschiedung war das Gespräch auch schon beendet. Verdammt, sie hatte noch etwa fünfzehn Minuten Zeit, um sich verrückt zu machen – so lange würde er brauchen, um herzufahren.

Als sie das Tuckern von Ruby draußen vor der Tür hörte, lief sie noch immer im Wohnzimmer auf und ab und ihr Herz pochte wie wild vor lauter Angst.

Es klopfte, und Jack kam herein. Lucy ging ihm entgegen und fühlte ihr Herz bis zum Hals schlagen. Da stand er, blass, verhärmt, aber trotzdem verdammt gut aussehend.

Oh Gott! Nun, am besten gleich Augen zu und durch und es hinter sich bringen. Sie machte sich gefasst und hielt die Tränen zurück. »Jack, alles okay?«

Er stand da und sah vollkommen hilflos aus. Zwei Herzschläge lang schwieg er, dann sagte er: »Nein, eigentlich nicht. Gott, ist das schwierig, Luce.«

Sie war nicht sicher, ob sie noch atmen konnte, und bemühte sich, den Kloß in ihrem Hals hinunterzuschlucken. Am liebsten hätte sie sich in seine Arme geworfen, aber die hingen kraftlos an seinen Seiten herab, und seine Körpersprache war abweisend und verschlossen. Würde sie diese Arme vielleicht nie wieder um sich spüren?

Jack hielt ihren Blick und lächelte traurig: »Es ist nur … Heute ist sein Geburtstag.«

»Wessen …?« Lucy war verwirrt.

»Daniels.«

Lucy ließ die Luft aus ihrer Lunge entweichen. Obwohl es furchtbar war, seinen tiefen Kummer zu sehen, konnte sie ein Gefühl der Erleichterung nicht verhindern. Offensichtlich steckte hinter Jacks abweisender Kälte in den letzten Tagen mehr als das, was unausgesprochen zwischen ihnen stand.

»Oh, Jack …« Sie öffnete die Arme.

Ein paar Sekunden lang stand er noch da, dann gab er sich der tröstenden Umarmung hin.

Und sie hielt ihn fest, ganz nah bei sich, direkt dort im schmalen Flur, während Daisy – schwanzwedelnd zu ihren Füßen – versuchte, sich der Umarmung in Knöchelhöhe anzuschließen. Lucy spürte, wie sein Körper sich allmählich entspannte und ihrer Wärme überließ. Sie atmeten beide immer tiefer, ruhiger. Als Jack sich schließlich von ihr löste, hatte er Tränen in den Augen.

In den letzten zwei Nächten hatte sie sich den Kopf darüber zerbrochen, ob sie etwas Falsches gesagt hatte, und sich alle möglichen Trennungsszenarien ausgemalt, die auf seiner Angst vor einer Beziehung gründeten. Aber die ganze Zeit über hatte Jack gelitten und getrauert. Lucy machte sich Vorwürfe. Sie hätte letzte Nacht für ihn da sein können. Wenn er sich doch nur früher ihr gegenüber geöffnet hätte. Aber sie konnte keine Gedanken lesen, und diese Beziehung war immer noch neu für sie. Es war schwer, wenn Jack sich in seinem Kummer verschloss, aber … jetzt war er da. Er war zu ihr gekommen, in seiner ganzen Verletzlichkeit. Und das allein war schon ein großer

Schritt. Sie hielt ihn immer noch sanft, während sie einander gegenüberstanden.

»Es tut mir so leid, Jack. Es muss eine so schwere Zeit für dich und deine Familie sein. Sag mir, wie ich helfen kann. Eine Tasse Tee? Ein Glas Wein? Noch eine Umarmung?«, bot sie mit einem liebevollen Lächeln an.

»Na ja, ein bisschen mehr davon könnte auf jeden Fall nicht schaden«, antwortete er, wobei das alte Funkeln in seine Augen zurückkehrte. »Aber für den Moment wäre ein Glas Wein toll.«

Sie gingen in die Küche, wo Lucy eine Flasche Rotwein entkorkte. Sie setzten sich auf die beiden Hocker, und ihre aufgewühlten Gefühle beruhigten sich etwas.

»Es muss so schwer sein, jedes Jahr wieder, zu jedem Anlass ... Geburtstage, Weihnachten ...«, sagte Lucy vorsichtig.

»Ja.« Jack nickte, und seine Augen glänzten immer noch feucht. Er nippte am Wein.

Lucy wollte ihn nicht zu schnell zu sehr bedrängen. Trotz der draufgängerischen Fassade und den Mätzchen eines Barkeepers gab es in Jack eine abgrundtiefe, empfindsame Seele. Wenn er über den Verlust seines Bruders reden wollte, musste er es in seinem eigenen Tempo tun können. Es gab noch so viel zwischen ihnen beiden zu klären, sicherlich. Aber im Moment ging es nur darum, dass sie ihn unterstützte.

*

Lucy hatte den Nagel auf den Kopf getroffen. Der heutige Tag war ein Kampf gewesen. Geburtstage, Weihnachten, Familienfeste – da schoben sich Erinnerungen und Gefühle wieder an die Oberfläche wie Glasscherben in einer alten Wunde.

Ohnehin verging kein Tag, ohne dass ihm sein Bruder nicht auf irgendeine Weise in den Sinn gekommen wäre: ein flüchtiges Aufblitzen seines Gesichts, der Klang seines Lachens, ein Spruch, den er gemacht hätte, ein Kick beim Fußball, ein unerwarteter leichter Duft von »Lynx Africa«, dem Bodyspray, das Dan als Teenager immer exzessiv verwendet hatte – vor allem, als er in der Middle School in Lily Douglas verknallt gewesen war –, aber diese Jahrestage waren wie kleine Dolche, die ganz gezielt zustachen.

Lucy und er waren von der Küche ins Wohnzimmer umgezogen, auf das bequeme Sofa. Der Rotwein schmeckte und lockerte ihm allmählich die Zunge. »Wir waren heute auf der Düne«, sagte er mit weicher Stimme, ein wenig gepresst. »Wo wir seine Asche verstreut haben.« Er hatte Lucy vor einigen Wochen den Ort gezeigt.

Lucy sah ihn zärtlich an.

»Mum, Dad und ich. Mum hatte eine Thermosflasche und einen Kuchen dabei, den sie extra gebacken hat, und wir saßen eine Weile oben und haben geplaudert … uns an Sachen von früher erinnert und so … Du weißt schon.«

»Ja.« Lucy legte zärtlich ihre Hand auf seine und blieb still, um ihm den Raum zum Reden zu geben. Sie saßen Schulter an Schulter, und Daisy schnarchte in der schmalen Lücke zwischen ihnen.

»Er wäre heute einunddreißig Jahre alt geworden.«

So jung. Nur ein Jahr älter als Lucy und zwei Jahre älter als Jack.

Jack holte langsam Luft und seufzte dann: »Er hat nicht einmal seinen einundzwanzigsten erlebt.«

Daisy streckte eine Pfote aus und berührte seine Hand. Wahrscheinlich war es Zufall, aber es sah aus, als wollte auch sie ihm beistehen, die Süße. Lucy lächelte traurig.

»Ich habe heute eine Nachricht bekommen«, fuhr er fort, »von Emily, seiner damaligen Freundin. Sie meldet sich hin und wieder. Na ja, sie hat geschrieben, dass sie an uns alle denkt und liebe Grüße schickt. Und dann habe ich dummerweise auf ihre Seite geschaut – wir sind auf Facebook befreundet – und sah sie da auf einem Bild mit ihrem Mann und ihrem dreijährigen Sohn lächeln … und das hat mich ziemlich umgehauen.«

Er schüttelte den Kopf. »Daniel hatte ja nie die Gelegenheit … zu heiraten, Vater zu werden. Er wird das nie erleben. Das ist so … ach, Scheiße. Ich weiß, dass ich nichts daran ändern kann und dass es schon lange her ist … aber trotzdem tut es immer noch weh, Luce. Es tut immer noch so verdammt weh.«

»Natürlich tut es das, Liebling. Es ist einfach nicht fair.« Lucy konnte sich nicht vorstellen, wie es wäre, Olly so jung verloren zu haben, dass er nie Alice kennengelernt oder den kleinen Freddie bekommen hätte.

»Tja, der Tod ist eben nicht fair«, Jacks Ton war stählern und voller Schmerz. »Eher beliebig. Den einen trifft er mit zwanzig wie ein Blitz aus heiterem Himmel, den anderen lässt er mit neunundneunzig langsam dahinwelken. Wer weiß schon, warum oder wann …? Wahrscheinlich ist das auch gut so … Man muss lernen weiterzumachen, weil man keine andere Wahl hat«, fuhr er fort, »aber manchmal ist es hart. Es holt einen ein, weißt du.« Er hielt inne.

Lucy drückte seine Hand. »Ich kann nicht vorgeben zu wissen, wie du dich fühlst – wie diese Trauer um jemanden sein muss, der so jung war und einem so nahestand … Aber ich weiß, dass es sich furchtbar anfühlen muss.«

Jack sah den Weihnachtsbaum an, der glitzernd vor ihnen stand. Es war so schön gewesen, ihn gemeinsam aufzustellen, neulich nachmittags – bis er dichtgemacht hatte und verstummt war.

»Es tut mir leid, Luce, dass ich dir gegenüber so verschlossen war … wegen der Elternsache. Als ich heute mit Mum und Dad auf Dans Düne saß, hat mich das sehr nachdenklich gemacht. Ich will nicht, dass du dich ausgegrenzt fühlst, aber ich muss ehrlich zu dir sein, und … es ist mir zu früh … dass du sie kennenlernst und wir eine glückliche Familie spielen. So weit sind wir noch nicht, Luce.« Er wollte sie wirklich nicht verletzen und ihre Träume zerstören, aber er wollte ihr auch nichts vormachen. Und er konnte nicht über Nacht ein anderer werden.

»Ja, schon okay.« Was hätte Lucy sonst sagen sollen? Sie wollte ihn nicht verlieren, indem sie ihn sehr bedrängte. Sie lehnte den Kopf an seine Brust, damit er die ungewollte Träne nicht sehen konnte, die ihr über die Wange lief.

»Super. Danke.«

Lucy versuchte, ihre Gefühle zu ordnen. Heute Abend ging es nicht um sie. Jack hatte eine schwere Zeit, das war leicht zu erkennen. Aber ihr stellten sich mehr Fragen zu ihrer Beziehung, als es Antworten gab. Wenigstens jedoch war er zu ihr gekommen … war ehrlich gewesen. Trotzdem fragte sie sich wieder, ob er jemals bereit sein würde, sein Herz zu öffnen und sie in sein Leben zu lassen.

18. KAPITEL

Jack blieb in dieser Nacht. Sie schliefen miteinander, waren sich körperlich nahe. Ihre Körper immerhin waren noch im Einklang.

Am nächsten Morgen stand Jack auf und ging frisch geduscht hinunter in die Küche, nur mit einem Handtuch um die Hüften. Er kochte schnell Kaffee, um zwei Tassen hinaufzubringen. Lucy war noch oben und nutzte die seltene Gelegenheit, einfach mal im Bett zu bleiben. Heute Morgen war keine Eile angesagt, es standen keine Veranstaltungen an, die sie hätte vorbereiten müssen, und sie hatten den ganzen Tag für sich. Vielleicht noch eine Stunde im Bett, dann ein Spaziergang am Strand, vielleicht ein kleines Mittagessen … Nach den gemischten Gefühlen von gestern wäre heute ein entspannter Tag vonnöten.

Jack hatte Daisy vor ein paar Minuten für ihr morgendliches kleines Geschäft vor die Tür gelassen, und sie schnüffelte immer noch dort herum, während er den Kaffee einschenkte. Als er sie aufgeregt bellen hörte, drehte er den Kopf. Wahrscheinlich war es nur eine Amsel oder etwas in der Art, das sie aufgescheucht hatte.

Aber da klapperte es vor der Hintertür des Cottages, die ein Sprossenfenster hatte. Ein Klopfen ertönte, und gleichzeitig sprang die Tür auch schon auf.

»Haa-lo-oo!«

In einen dicken schwarzen Wollmantel gehüllt und mit vernünftigen wetterfesten Stiefeln stand Nonna im Türrahmen. Ein kühler Luftzug und ein fröhlicher Dackel kamen mit ihr herein. Jack hatte das Gefühl, verräterisch wenig anzuhaben, eine Erkenntnis, die ihm die Hitze in die Wangen trieb und der Peinlichkeit sicher auffällig rosa Ausdruck verlieh. Es war deutlich ersichtlich, dass er nicht erst heute Morgen zu Besuch gekommen war.

»Oh …!« Eine Sekunde lang schien die alte Dame leicht verwirrt zu sein. Sie schürzte die Lippen und musterte das Bild, das sich ihr bot, mit großen Augen, bevor sie sagte: »Ach, guten Morgen, Jack. Hallo.« Dann grinste sie frech.

»Ähm … ja … guten Morgen, Nonna«, stammelte Jack und hielt das Handtuch um seine Taille fest.

»Ich nehme an, meine Enkelin ist noch oben«, fügte sie hinzu, so lässig, wie man es sich nur vorstellen konnte. »Ich bin ein bisschen überpünktlich.«

»Oh, seid ihr verabredet?«

Verflixt, da wollte er sich nicht in familiäre Verpflichtungen einmischen, und nun stand er hier, Aug' in Auge mit Lucys Großmutter. Na ja, er musste zugeben, dass er letzten Abend mehr oder weniger aus heiterem Himmel hier aufgetaucht war, aber Lucy hatte nichts von einem bevorstehenden Besuch erwähnt. Er warf einen Blick auf die Küchenuhr. Es war erst Viertel vor neun. Vielleicht hatte Lucy es vergessen. Jack umklammerte das Handtuch noch fester, damit auch wirklich nichts verrutschte.

»Nein, das nicht, es war eine ganz spontane Idee von mir. Marjorie von nebenan sagte, sie hätte etwas zu erledigen und würde in Richtung Seahouses fahren, und da dachte ich mir, dass ich die Mitfahrgelegenheit nutzen könnte, weil wir dann ja praktisch hier vorbeifahren. Ich dachte, es wäre eine nette Überraschung.«

»Ja, das ist wirklich eine Überraschung.« Jack bekam ein schiefes Lächeln hin. »Also, ich wollte Lucy gerade einen Kaffee bringen. Das mache ich dann mal.« Er musste hier weg, sich was anziehen. Er wünschte nur, er hätte das große Badetuch genommen und nicht nur das verdammte Handtuch. »Wir kommen gleich runter und kochen dir eine Tasse Tee oder so, okay? Ich sage Lucy Bescheid, dass du da bist.«

»Ja, mach das, mein Lieber.« Nonna strahlte ihn mit einem wissenden Lächeln an. Es kam ihm sogar so vor, als würde sie ein Lachen unterdrücken.

»Ja, dann … fühl dich einfach wie zu Hause.« Jack konnte gar nicht schnell genug aus der Küche flüchten und ließ sogar den Kaffee stehen. Vorsichtig lief er die schmale Treppe hinauf, das Handtuch umklammert, für den Fall, dass die alte Dame ihm folgte. Aber als er oben ankam, war niemand hinter ihm, puh. »Lucy, ähm, Luce?«, zischte er eindringlich, als er ins Schlafzimmer trat. »Deine Nonna ist hier.«

Lucy lag ausgestreckt auf dem zerknitterten Laken.

»Was?« Sie schoss hoch. »Im Ernst? Um diese Uhrzeit? Bist du dir ganz sicher?«

»Ich bin mir verdammt sicher. Ich habe ganz bestimmt keinen Geist gesehen. Sie sitzt in der Küche und wartet auf eine Tasse Tee.«

Gütiger Gott, gerade jetzt, wo Jack so gar nicht auf Familie aus war. Nonnas Timing war wirklich völlig daneben. Doch dann nahm Lucy Jack in Augenschein und musste breit grinsen. »Und das da hattest du an?«

Auch Jack grinste und schüttelte den Kopf über die Verrücktheit der ganzen Sache. »Ich hatte nicht viele Optionen. Das Geschirrtuch war noch kleiner.«

*

Lucy zog sich eilig an und lief hinunter in die Küche. Sie errötete heftig, als sie die weiße Holztür öffnete.

»Morgen, Nonna. Das ist aber eine Überraschung.«

»Guten Morgen, Lucy. Wie schön, deinen jungen Mann hier zu sehen. Es läuft gut mit euch, wie?« Nonna hob amüsiert eine Augenbraue. Sie wusste, wie es heutzutage zuging. Die jungen Leute lebten viel freier und zwangloser als zu ihrer Zeit.

Trotzdem war Lucy verlegen. Sie wollte nicht mit ihrer Großmutter über ihre noch neue und etwas komplizierte Beziehung sprechen.

»Hmmm … möchtest du eine Tasse Tee?«, lenkte sie das Gespräch in eine andere Richtung. Sie hatte die Tasse Kaffee entdeckt, die Jack vorhin gekocht hatte und die noch unberührt auf dem Tisch stand.

Nonna ließ sich nicht ablenken. »Ich hoffe nur, er meint es auch ernst. Du solltest deine Zeit nicht mit jemandem verschwenden, der nur mit dir spielt. Es wird Zeit, dass du einen guten Mann findest, Lucy, der für immer an deiner Seite ist.«

»Ich weiß, Nonna, aber wir leben nicht mehr im Mittelalter. Die Zeiten haben sich geändert. Beziehungen müssen nicht mit Eheringen und Versprechen für die Ewigkeit besiegelt werden. Außerdem komme ich auch ganz gut allein zurecht.«

»Ich weiß, dass du zurechtkommst, Schatz. Du bist erfolgreich, ehrgeizig, fleißig, hast dein eigenes Zuhause und ich bin sehr stolz auf dich. Du hast dein Leben mit deinem neuen Pizzaladen von Grund auf umgekrempelt. Aber das meine ich nicht, sondern dass du Liebe und Fröhlichkeit in deinem Leben brauchst und jemanden, mit dem du Dinge teilen kannst und der bei dir bleibt. All das hellt einem die Welt ein bisschen auf, weißt du? Ich möchte all diese Jahre mit deinem Papa nicht missen.«

Lucy nickte und fühlte sich seltsam emotional. Nonnas Worte rührten an ihre frischen Wunden.

»Jetzt, wo du nach der schrecklichen Sache mit Liam die Kurve gekriegt hast«, fügte Nonna hinzu, »siehst du vielleicht ein, dass du mit jemandem zusammen sein solltest, dem du wirklich wichtig bist. Jemandem, mit dem du deine Hoffnungen und Träume … dein Leben teilen kannst. Und Jack – *tja*«, fuhr die alte Dame mit einem weisen Lächeln fort, »ist ein ganz anderer Bursche als Liam.«

Bei dieser Bemerkung schlich sich ein Lächeln auf Lucys Gesicht. Die beiden waren in der Tat sehr gegensätzlich. Liam, so verdammt bieder und langweilig …

»Er ist auf jeden Fall charmant, und er scheint ein netter Kerl zu sein«, sagte Nonna und senkte die Stimme, »aber ich fürchte ein bisschen, dass er womöglich nur ein flüchtiger Gast in deinem Leben ist … ein Herzensbrecher. Na ja, aber das musst du selbst wissen.«

Lucy schwieg dazu, weil ihre eigenen Zweifel auch nach der gestrigen Nacht noch leise vor sich hin schwelten. Ja, Jack war abenteuerlustig und romantisch, fürsorglich und leidenschaftlich, und er brachte ihre Seele *und* ihren Körper zum Klingen, aber reichte ihre Beziehung aus, um ihn zum Bleiben zu bewegen und dazu, sich längerfristig zu binden?

Und schon trat der besagte Mann in die Küche, diesmal vollständig bekleidet.

»Morgen, Jack«, begrüßte Nonna ihn noch einmal.

Lucy spürte, wie sie bei seiner Anwesenheit nach Nonnas offenem Gespräch errötete.

»Schön, dich angezogen zu sehen«, fügte die alte Dame hinzu, ganz die Ruhe selbst.

*

Da Marjorie Nonna erst in einer Stunde wieder abholen würde, beschlossen sie, mit ihr ins Driftwood-Café zu gehen, um dort einen Happen zu essen. Nonna hatte heute Morgen schon ihr Porridge zum Frühstück gehabt, aber mit einem Augenzwinkern ließ sie durchblicken, dass ein getoasteter Teekuchen und eine schöne Tasse Tee nicht schaden könnten.

Während Jack und Lucy sich ihre Brötchen, belegt mit je drei Bamburgh-Bangers-Würstchen vom Metzger an der Küste, schmecken ließen, erzählte Nonna ihnen alles über das Leben in Rothbury, darunter auch den neuesten Klatsch und Tratsch vom Bowling Green, wo der aufgeblasene stellvertretende Vorsitzende beim Schummeln erwischt worden war. Er hatte die Kugel seines Gegners heimlich mit dem Fuß verschoben. Es war ein Skandal, über den sich die ältere Generation des Dorfes lustig machte. Und Mrs. Devlin, eine kleine Frau in den Vierzigern, hatte ihren zugegebenermaßen mürrischen und ziemlich faulen Ehemann verlassen und war mit dem kürzlich verwitweten Mr. Clark zusammengezogen, der schon weit über sechzig und ein begeistertes Mitglied des Tennisclubs war. Das Dorf war sich nicht ganz einig, ob die beiden schon länger zusammen waren oder es sich eher um Kuckucksnest-Opportunismus handelte.

»Also …«, hakte Nonna das Thema ab, »was habt ihr beide so vor? Habt ihr Pläne für heute?«

Jack dachte daran, dass sein Plan, lange und gemütlich mit ihrer Enkelin im Bett zu bleiben, von Nonna durchkreuzt worden war, aber er konnte der alten Dame nicht böse sein. Er musste zugeben, dass er es schön fand, dass sie Lucy besuchen wollte und den Weg hierher auf sich genommen hatte. Seine eigenen Großeltern lebten weiter weg, die einen in Yorkshire, wo sein Vater aufgewachsen war, und die andere Oma in Devon, sodass sie ihn seltener besuchten. Er mochte sie aber sehr gern.

»Na ja«, antwortete Lucy, »eigentlich nur einen ruhigen Tag machen. Wir hatten beide in letzter Zeit sehr viel um die Ohren …« Sie zögerte. Aus Sorge, zu anhänglich zu wirken, wollte sie Jack nicht dazu drängen, etwas Bestimmtes zu unternehmen.

»Ach, wahrscheinlich gehen wir noch am Strand spazieren oder machen vielleicht einen kleinen Ausflug mit Ruby«, ergänzte Jack.

Nonna hob neugierig die Augenbrauen. »Ruby?«

»Oh, das ist mein VW-Bulli, ein Camper«, erklärte Jack, »eine echte Persönlichkeit und rubinrot. Daher der Name.«

»Ach ja, ich erinnere mich, dass ich den auf Lucys Party gesehen habe. Ein richtig hübscher Camper ist das. Kann es sein, dass es ein VW-Westfalia ist?«

»Ja, woher weißt du das?«

»Die Linkssteuerung und die Form der Frontscheibe haben es mir verraten. Ach ja, Lucys Großvater und ich haben damals ein paar Abenteuer erlebt. Unsere Freunde Stan und Lorna hatten einen Camper, der war ganz ähnlich. Wir haben damals einige wunderbare Wochenenden mit ihnen verbracht. Der Bus war gelinde gesagt sehr kompakt, darum mussten Papa und ich auf Luftmatratzen unter der Markise schlafen.«

»Wirklich?« *Na so was!* Nonnas Eskapaden verblüfften Lucy immer wieder. Sie hatte wirklich ein erfülltes und interessantes Leben geführt.

»Oh ja.« Die alte Dame kicherte. »Es war ein großer Spaß, bis Papas Luftmatratze einmal mitten in der Nacht kaputtging. Wir hatten immer zwei einzelne nebeneinandergelegt. Er ist auf dem Boden aufgewacht und sagte, es wäre, als würde man auf einem Bett aus Steinen schlafen. Oh, oh, und sein Rücken … Er konnte sich am nächsten Morgen kaum noch bewegen.« Sie lächelte wehmütig. »Daran erinnere ich mich, als wäre es gestern gewesen. Er konnte kaum laufen und sah aus wie John Wayne, wenn er gerade vom Pferd gestiegen ist. Lorna und ich konnten uns kaum das Lachen verkneifen. Nicht, dass es für Papa typisch gewesen wäre, aber er war dermaßen unausstehlich an dem Tag, dass wir ihn mit Samthandschuhen angefasst haben. Ach ja, damals …«

Die beiden jungen Leute lächelten über ihre liebevollen Erinnerungen.

»Ich denke übrigens gerade über ein neues kleines Abenteuer nach«, verkündete Nonna. »Ich habe einen Plan für nächstes Jahr, das heißt, für mich und Marjorie. Als ich es neulich Abend erwähnte, schien sie sehr interessiert zu sein.«

»Aha, was hast du denn vor, Nonna?«, fragte Lucy neugierig.

»Frühling in Sorrent. Ein bisschen so was wie ein letztes Liebesabenteuer.«

»Oh …« Die Formulierung »letztes Liebesabenteuer« hinterließ einen unangenehmen Nachhall in Lucy. Bei dem Gedanken, dass Nonna nach Italien fliegen würde, schrillten bei ihr die Alarmglocken. »Du hast aber nicht so was vor wie ›Sorrento sehen und sterben‹, hoffe ich?«, scherzte Lucy, aber ihre Worte fühlten sich plötzlich wie eine Vorahnung an. Mit einem Mal wurde ihr klar, dass Nonna auch nicht jünger wurde. Was, wenn ihrer geliebten Großmutter etwas zustieße, während sie weg war? Erst letztes Jahr war sie krank gewesen. »Hast du dir das gut überlegt, Nonna? Du bräuchtest eine gute Versicherung, und das könnte teuer werden.« Lucys vernünftige Seite übernahm wieder die Kontrolle.

»Also, ich finde, das hört sich toll an«, mischte Jack sich ein. »Ich habe eine herrliche Zeit in Italien verbracht. Es ist so wunderschön dort. All die Geschichte … An einem denkwürdigen Abend habe ich Negronis am Kolosseum getrunken.«

Jetzt ermutigte Jack sie auch noch. Oh je, das war alles ein bisschen anders als Nonnas übliche organisierte Busreisen nach Scarborough. Die weiteste Reise, die ihre Granny in den letzten zehn Jahren unternommen hatte, hatte sie in den Lake District geführt. Lucy fragte sich, ob ihre Mutter etwas davon wusste. Oder plante Nonna, sie vor vollendete Tatsachen zu stellen, mit gebuchten Flügen und allem Drum und Dran? Sie traute es dieser gerissenen alten Dame durchaus zu.

»Also, über Versicherungen habe ich mich schon informiert«, antwortete Nonna pragmatisch, »und Saga bietet eine gute an. Sie ist zwar ein bisschen teurer, aber das ist es mir wert.«

»Verstehe.« Lucy war immer noch etwas verdattert. Sie konnte nicht recht den Finger darauf legen, warum sie sich so große Sorgen machte. Es war ja nicht so, als ob die beiden

Frauen irgendwo hinfahren würden, wo es wirklich gefährlich war, aber sie hatte plötzlich das Gefühl, sie müsste ihre geliebte Großmutter beschützen.

»Ich will hinfahren, solange ich es noch kann«, erklärte Nonna. »Dorthin zurück und all die Orte sehen, die Papa und ich so gern mochten. Ich will auch ein paar seiner Verwandten besuchen, manche leben nämlich noch. Wir schicken uns immer Weihnachtskarten. Und vielleicht lerne ich sogar deren Enkelkinder kennen, die übernächste Generation.« Sie lächelte wehmütig.

»Das ist eine so großartige Idee, Nonna«, sagte Jack, der den Plan eindeutig unterstützte, Weltenbummler, der er war … Lucy ärgerte sich. Alle wollten sie weg, verdammt …

»Möchtet ihr noch etwas, Leute?« Louise erschien mit einer Kaffeekanne und bot Nonna noch Tee an.

»Oh, das wäre schön, meine Liebe. Danke sehr.« Nonna hob ihre Tasse zum Nachschenken an.

»Also, Lucy«, begann Lou, »vergiss nicht, dass diese Woche der Weihnachtsbuchclub stattfindet. Nächste Woche folgt dann das große Weihnachtsbaum-Anzünden auf dem Dorfanger.«

»Ach, okay, danke. Ja, ich habe meine Festtagslektüre ausgesucht. Ich freue mich schon darauf. Und das mit dem Weihnachtsbaum im Dorf hört sich auch gut an.« Lucy lächelte schwach. Nonnas geplante Auslandsreise ging ihr nicht aus dem Kopf, während sie sich auch Kaffee nachschenken ließ.

»Wie die Zeit vergeht. Der November ist im Nu um, und ehe man sichs versieht, ist es Weihnachten«, sagte Lou und schaute glücklich drein.

»Genau so ist es«, stimmte Nonna zu.

Jack entschuldigte sich für einen Moment und ging in Richtung Toiletten davon.

»Ja, du musst auch ein paar Abenteuer erleben, Lucy«, griff Nonna das Thema wieder auf. »Du arbeitest viel, das weiß ich, aber hin und wieder musst du dir auch eine kleine Auszeit gönnen. Es braucht gar nicht unbedingt teuer zu sein. Oft sind es die einfachen Dinge, die am meisten Spaß machen. Wir haben manchmal an einem sonnigen Nachmittag ein Picknick vorbereitet, als Sofia noch klein war, und sind zum Strand gefahren, oder wir sind zum Abendessen ausgegangen, als Papa nicht mehr als Busfahrer gearbeitet hat. Du musst auch mal rausgehen und das Leben leben, Lucy. Finde jemand Besonderen, mit dem du es zusammen leben kannst.«

Tja, leichter gesagt als getan.

»Vielleicht. Aber im Moment habe ich viel um die Ohren«, antwortete Lucy absichtlich vage, »und ich finde, du solltest dir deine Reise gut überlegen«, sagte sie jetzt, da Jack, der »Nichts wie los«-Typ, außer Hörweite war. »Denk bitte über alles nach, was mit Auslandsreisen und medizinischer Versorgung verbunden ist. Ich möchte einfach nicht, dass es dich erwischt.« Lucy wollte keine Spielverderberin sein, aber jemand musste Nonna auf den Boden der Tatsachen zurückholen; nicht dass ihre wunderbare Großmutter im Krankenhaus landete, meilenweit von zu Hause entfernt, ohne richtige Betreuung, und keine Familie an ihrer Seite.

»Ich möchte das unbedingt, Lucy«, sagte Nonna mit einem entschlossenen Funkeln in den Augen. Lucy wusste, dass sie es auf sich beruhen lassen musste, zumindest für den Moment.

Abenteuer … das Leben bei den Hörnern packen … Warum machte ihr das immer noch so viel Angst? Ja, sie hatte sich mit voller Kraft in ihr neues kleines Pizzaunternehmen gestürzt, aber Beziehungen, Freizeit, Reisen … Ob es vielleicht tatsächlich an der Zeit war, sich bei Nonna eine Scheibe abzuschneiden und das Leben ein bisschen leichter zu nehmen? Sehen, wohin es sie führen würde?

Und Jack … Nun ja, bei dem Gedanken wurde ihr wieder ganz anders ums Herz. Ob er überhaupt die Absicht hatte, sie in seine Abenteuer oder auch nur in die nächsten Wochen seines Lebens mit einzubeziehen? Da war sie sich ganz und gar nicht sicher.

*

Einladung zum
Weihnachtsbuchclub
The Driftwood-Café
Donnerstag, 25. November, 19 Uhr

*

19. KAPITEL

In Lucys Dorf ging es auf Weihnachten zu. Als Erstes stand der Buchclubabend im Driftwood-Café an, und da es schon Ende November war, lautete das Thema der Woche »Die besten Weihnachtsbücher«. Alle sollten ihren liebsten weihnachtlichen Lesestoff mitbringen und sich gegenseitig berichten, warum sie gerade diese Bücher so sehr liebten.

Nach einem frostigen Spaziergang von ihrem Cottage zum Café trat Lucy am frühen Abend durch dessen Tür, wo ein klingelndes Glöckchen sie ankündigte. Diesmal hatte jeder etwas Adventsgebäck mitgebracht, aber es war klar, dass Louise sich für einige weihnachtliche Leckereien richtig ins Zeug gelegt hatte. Auf dem Tisch stapelten sich nach Zimt und Gewürzen duftende Mince Pies, Scheiben eines Blätterteig-Marzipan-Stollens und ein mit dickem Schokoladenguss überzogener Yule Log. Die Gerüche – hmm, göttlich – weckten Erinnerungen an vergangene Feste. Lucy lief schon das Wasser im Mund zusammen.

»Hallo, hallo, komm nur herein«, begrüßte Lou sie und kam hinter dem Tresen hervor.

»Hi, Lucy.« – »Guten Abend, Luce.« Helen und Sarah waren schon da, ein Lächeln im Gesicht.

»Hallo, Lucy«, stimmte Glynis ein, »nimm Platz. Komm und setz dich zu uns.«

»Nur keine Hemmungen, greift nur zu, meine Lieben«, rief Louise. »Abby wärmt gerade den Glühwein, aber wer möchte, kann auch wie üblich Tee und Kaffee bekommen.«

»Oh, Glühwein, lecker. Und was für Köstlichkeiten du uns hier bietest, Lou. Du hast dich selbst übertroffen in Sachen Festlichkeit. Wie fantastisch.« Lucy lächelte breit und stellte ihre selbst gebackenen Shortbread-Weihnachtsbäumchen dazu. Heute Abend stand ihnen definitiv ein Festmahl bevor.

Und was für ein herzliches Willkommen. Bücher, Backwerk und ganz viel Freundschaft. Genug, um jeden Tag aufzuhellen, egal wie kühl und düster es draußen war.

»Na ja, es ist ja nur einmal im Jahr Weihnachten. Ich habe meine Freunde um mich versammelt, und es ist eine Zeit zum Fröhlichsein.« Louise brachte einen weiteren Teller mit Leckereien herüber. Diesmal war es ein Stapel cremig-klebriger Brownies.

»Noch mehr? Du lieber Himmel, Lou, damit könnte man eine ganze Armee verpflegen«, rief Paul aus.

»Hah, ja, eine Elfenarmee«, fügte Cathy hinzu.

»Was denn, Leute? Früher oder später würdet ihr euch doch beschweren, wenn ich euch nicht genug anböte. Alles, was übrig bleibt, gibt es morgen im Café, ich bin ja nicht dumm. Übrigens haben die hier zufällig einen besonderen Touch aus Baileys im Innern.«

»Ui, wenn das so ist …« Helens Augen leuchteten auf.

»Habt ihr alle eure Lieblingslektüre für die Feiertage mitgebracht?« Louise stellte ihr Backblech ab. »Möchte jemand den Stein – oder sollte ich sagen, die Weihnachtsbaumkugel – ins Rollen bringen?«

Aus der Gruppe erklang allgemein ein fröhliches Aufstöhnen.

Abby hob die Hand. »Also, ich liebe *Der Weihnachtosaurus* von Tom Fletcher. Meine Mutter hat das Buch vor ein paar Jahren für meine jüngere Schwester Freya gekauft. Jetzt muss ich es jedes Jahr lesen. Es ist im Grunde ein Teil meiner Weihnachtsvorbereitungen. Wenn es Dezember wird, hole ich es aus dem Bücherregal, mache es mir mit einer Tasse heißer Schokolade gemütlich, und schon bin ich so weit.«

»Oh, ich liebe diese Weihnachtskinderbücher ja auch«, gab Cathy dazu. »Ich weiß noch, wie ich sie jedes Jahr mit meinen Kleinen gelesen habe: *Als der Nikolaus kam* und *The Jolly Christmas Postman*, das waren so zauberhafte Bücher. Wir haben sie immer wieder weggeräumt, damit sie nicht zu einer anderen Jahreszeit gelesen wurden. Die Geschichten vermitteln so eine wunderbare Vorfreude und Aufregung. Schon wenn man das Buch aus dem Regal nimmt, ist man gleich festlich gestimmt.«

Glynis nahm sich ein Stück Stollen und sagte: »Also, für mich ist es *A Christmas Carol – Eine Weihnachtsgeschichte.* Dickens war ein so kluger Autor und ist auch heute noch aktuell. Wer denkt an so was – eine Gespenstergeschichte zu Weihnachten, und dazu noch eine Warnung. Seine Figuren wie Scrooge sind einfach genial, meint ihr nicht?«

»Ja, genau. Noch dazu wird man dermaßen in diese viktorianische, dunkle Winterwelt hineingezogen«, meinte Paul.

»Und doch war es nicht nur Schwarzmalerei«, stellte Glynis fest. »Denk mal an die Familie Cratchit und die Wärme in ihrem Haus während der Weihnachtszeit. Das erinnert einen daran, fürsorglich zu sein und an andere zu denken.«

»Ja, richtig«, stimmte Lucy zu. Die Geschichte von Dickens gefiel ihr gut, auch wenn sie zugeben musste, dass ihr am ehesten die Version des *Muppet Christmas Carol* im Gedächtnis geblieben war.

»Gemütliche, herzerwärmende Weihnachtsbücher mag ich am liebsten«, sagte Sarah, die als Nächste an der Reihe war. »Ich habe einige Lieblingsbücher, zum Beispiel von Milly Johnson. Ihr Buch *The Mother of All Christmases* habe ich geliebt. Es ist fröhlich, teilweise auch ein bisschen traurig und hat mich immer in Weihnachtsstimmung versetzt. Und dann ist da noch Sarah Morgan, die wunderbare Weihnachtsgeschichten schreibt. Heidi Swain, Trisha Ashley … ich könnte die Liste endlos fortsetzen«, schwärmte Sarah, die offensichtlich ein begeisterter Fan von Weihnachtsgeschichten war.

»Oha, das ist eine Menge für meinen Wunschzettel«, sagte Abby. »Die Autorinnen muss ich mir notieren. Ich liebe es, wenn ich zu dieser Jahreszeit ein bisschen aus dem Alltag ausbrechen kann. Sich mit einem Buch gemütlich einzukuscheln, wenn es draußen kalt und trist ist, das ist so schön.«

»Ja, *Ein Winter voller Liebe* von Trisha Ashley hat mir gut gefallen«, sagte Lucy, die jetzt an der Reihe war. »Ich bin gerade halb durch mit *Christmas Under a Cranberry Sky* von Holly Martin. Das Buch finde ich bisher sehr schön. Ihre Bücher hellen immer wieder meine Stimmung auf.«

»Tut mir leid, wenn ich jetzt querschieße, aber ich habe es lieber spannend«, meldete sich Helen zu Wort. »Ich bin für *A Very Murderous Christmas*. Und genau so werde ich mich fühlen, wenn die Kinder sich zanken und mein Ex mit seinem neuen Püppchen auftaucht, und ich wette, dass der verdammte Putenbraten total zäh wird.«

»Ach Quatsch, Helen!«, rief Paul und lächelte schief. Dann hakte er fürsorglich nach: »Ist denn so weit alles okay?

Weihnachten kann schon hart sein, wenn es zu Hause nicht so rundläuft, wie?«

»Ach, mir geht's gut, Leute … also, na ja, ich komm klar.« Helen setzte ihr tapferes Gesicht auf. Es war ein schwieriges Jahr für sie gewesen, denn ihre Scheidung war noch nicht lange durch, und sie versuchte, sich neu nur mit ihren Kindern als Familie zu arrangieren.

»Wenn du in der Weihnachtszeit irgendwohin flüchten willst, weißt du ja, wo Martin und ich sind«, fügte Paul hinzu. »Der Baileys liegt immer auf Eis, im Kühlschrank steht Prosecco und wir haben jede Menge Festtagsfutter.«

»Und ich bin auch noch da, Helen«, bot Louise an. »Die Tür hier im Driftwood und bei mir zu Hause steht immer für dich offen.«

Die anderen nickten unterstützend.

»Wo bist du an Weihnachten, Helen?«, fragte Lou.

»Bei meiner Mum. Da haben wir's schön, danke euch, und wir werden gut versorgt. Dean hat die Kinder am zweiten Weihnachtstag. Das ist meine Chance, es mir mit einem Film und einer Familienpackung Quality Street ganz für mich allein gemütlich zu machen.«

»Meine Tür steht dir auch immer offen, Helen. Und du kannst die Kinder gern mitbringen«, bot Lucy an, die sich nur zu gut an das Gefühl der Einsamkeit erinnerte.

»Oh, danke euch allen.« Helen tupfte sich schnell mit einem Taschentuch die Augen ab.

Dann machten Teller mit Brownies und Mince Pies die Runde.

»Kann ich jemandem etwas nachschenken?«, fragte Abby und verteilte noch Glühwein aus dem Krug.

»Mann, sind die lecker. Hast du die gemacht, Lou?«, fragte Cathy derweil.

»Ja, Brownies muss man einfach lieben.«

»Was war da noch mal drin? Die schmecken ganz fantastisch!«

»Ein Schuss Baileys. Aber Brandy oder Rum geht auch, je nachdem, worauf man Lust hat.«

»Besoffene Brownies, besonders brillant.« Paul saß da und leckte sich die Lippen. »Die kommen auf meine Backen-to-do-Liste. Martin wird sich wie im Himmel fühlen.«

»Apropos Essen – mein Lieblingsbuch für die Adventszeit ist Nigel Slaters *The Christmas Chronicles*«, warf Lou ein. »Es ist voller festlicher Anekdoten, Geschichten über Weihnachtstraditionen und auch Rezepte. Das ist mein ultimatives Weihnachtsbuch. Es ist einfach klasse. Man kann zwischendurch immer mal darin eintauchen. Das gefällt mir in dieser hektischen Zeit des Jahres besonders.«

Dann wandte sich das Gespräch dem Thema Weihnachten im Dorf zu. In Embleton hatte man bereits begonnen, die Weihnachtsbeleuchtung anzubringen.

»Oh, und vergiss bloß nicht, zum Weihnachtsbaum- und Adventsliederabend zu kommen, Lucy.«

»Oh ja. Wann war das noch mal? Das wird bestimmt schön.«

»Nächste Woche Freitag, am dritten Dezember.«

»Das ist wirklich ein wunderschönes Fest«, fügte Cathy hinzu. »Das ganze Dorf kommt zusammen, um den Weihnachtsbaum zu schmücken. Und dann gibt es Mince Pies, Tee und Kaffee in der Dorfhalle.«

»Die Grundschulkinder kommen und singen für uns.«

»Toll. Kann ich irgendetwas beitragen? Vielleicht Panforte zu den Mince Pies machen?«

»Was ist das denn?« Paul zog eine Augenbraue hoch.

»Ein italienischer Früchtekuchen mit Nüssen«, gab Louise – ganz Profi – zurück.

»Ja, meine Nonna hat ein tolles Rezept dafür. Es ist in unserer Familie der absolute Favorit in der Weihnachtszeit, gemacht aus Mandeln, Früchten, Honig und Gewürzen.«

»Das klingt köstlich. Ich bin sicher, dass es sehr gern genommen wird. Ich gebe Brenda vom Ausschuss Bescheid«, antwortete Cathy.

Sie unterhielten sich noch eine Weile, bis der Glühwein ausging und die Teekanne geleert war. Gut gesättigt und mit festlichen Plänen, vielen neuen Weihnachts-Lesetipps und nur noch wenigen Wochen bis zum Fest ging der letzte Driftwood-Buchclubabend des Jahres in guter Stimmung zu Ende.

*

Lucy machte sich frohen Mutes auf den Heimweg, doch als sie um die Ecke in ihre Straße einbog, kam ihr etwas komisch vor. Zuerst dachte sie, es sei Eis, aber als sie näher kam, sah sie, dass ein kleines Häufchen Glassplitter auf dem Gehweg neben ihrem Haus lag und im Licht der altmodischen Straßenlaterne glitzerte.

Ihr Herzschlag beschleunigte sich, und sie ging schneller. Als sie herankam, stellte sie fest, dass das Fenster auf der Beifahrerseite ihres Jeeps zersplittert war. Ein kreisrundes Loch starrte sie an, als wäre ein Stein hindurchgeflogen. Sie spürte, wie ihr das Herz in die Hose rutschte – und auch ihre gute Laune war dahin.

Nicht schon wieder! Das konnte doch kein Zufall sein, oder? Hatte es tatsächlich jemand auf sie abgesehen? Aber wer? Und warum? Oder zog sie nach dem Vorfall mit den Reifen voreilige

Schlüsse und ängstigte sich unnötig, wo es durchaus auch ein verrückter Zufall sein konnte?

Sie ging um den Jeep herum, die Handflächen feucht vor Nervosität, und schaute sich den Pferdeanhänger an. War auch er wieder sabotiert worden? Zumindest dort schien alles intakt zu sein. Schließlich drehte sie sich um und sah sich die Vorderseite ihres kleinen Hauses an. Die Tür, die Fenster, alles war unversehrt. Gott sei Dank, denn die kleine Daisy war allein zu Hause geblieben, während sie im Buchclub war.

Hm, ob derjenige gewusst hatte, dass sie nicht zu Hause sein würde? Hatte jemand sie beobachtet? Ihr gefror das Blut in den Adern. Sie warf einen Blick über die Schulter hinter sich, spürte ein Kribbeln der Angst und schnappte sich ihre Schlüssel aus der Handtasche. Dann stürmte sie durch die Haustür und schloss sie schnell hinter sich ab. Die ganze Zeit über redete sie sich ein, dass es wahrscheinlich eine einfache Erklärung gäbe und es sich um irgendein Versehen oder vielleicht einen Streich handelte, den die Kinder aus der Gegend etwas zu weit getrieben hatten. Aber trotz ihrer Erklärungsversuche und der Wärme, die ihr gemütliches Zuhause im Cottage ihr bot, fühlte sich ihr neues Leben plötzlich bedroht an. Ihr Zufluchtsort war versehrt worden.

Nicht überreagieren, mahnte sie sich selbst und versuchte, den Strom ängstlicher Gedanken zu unterbinden. Doch auch als sie Daisy schwanzwedelnd in der Küche vorfand, konnte Lucy ihr hämmerndes Herz nicht beruhigen.

*

Einladung zum
Weihnachtsbaumschmücken und Adventssingen
Dorfplatz Embleton
Freitag, 3. Dezember, 18 Uhr

*

20. KAPITEL

Heute Abend war das große Dorffest mit gemeinschaftlichem Weihnachtsbaumschmücken und Adventssingen. Fast jedes Cottage, jeder Laden und Pub und jedes Hotel trugen zur feierlichen Atmosphäre bei, mit Schaufensterdekoration und Lichterketten. Zwischen den Dächern am unteren Ende des Städtchens hing sogar ein blinkender Weihnachtsmann mit Rentieren, die sich hin und her bewegten – der echte Weihnachtsmann würde sicher wissen, dass er hier Halt zu machen hatte.

Es herrschte eine große Geschäftigkeit auf dem Platz, wo Dorfbewohner jeden Alters zuschauten und beim Schmücken des riesigen Weihnachtsbaums halfen (ja, er war sogar noch größer als der von Lucy, haha!), der auf der Wiese am Ende der Hauptstraße aufgestellt worden war, gleich neben Cathys Laden und dem Dunstanburgh Castle Hotel. Sogar ein Hubsteiger war vor Ort, und ein Mann lehnte sich hinaus, um die bunte Lichterkette über den Baum zu verteilen.

Eingenommen von der feierlichen Stimmung hatte Lucy eine Reihe hübscher, beleuchteter Holzsterne auf der Fensterbank zur Straße aufgestellt und einen Tannenkranz am Kaminsims angebracht. Sie hatte auch neue Weihnachtsstrümpfe für sich und Daisy gekauft, die sie vor dem Kamin aufhängen wollte, und sogar darüber nachgedacht, für Jack ebenfalls einen zu kaufen, war dann aber unsicher gewesen, ob das nicht wieder einen Schritt zu weit ginge und ihm Angst machen würde.

Sie fragte sich, wie sie beide wohl Weihnachten verbringen würden. Da ihre Beziehung noch frisch war, würden sie den ersten Weihnachtstag wahrscheinlich mit ihren eigenen Familien verbringen, aber vielleicht konnte sie hoffen, dass sie auch etwas Zeit gemeinsam haben würden? Nach einem eher einsamen letzten Weihnachtsfest wäre das sicher sehr schön.

Das laute Hämmern brachte sie wieder in die Gegenwart und zu den Aktivitäten im Dorf zurück. Die Feier zur Einweihung der Baumbeleuchtung sollte um 18 Uhr stattfinden, wenn es dunkel geworden war. Lucy hatte ihre Panforte gebacken, um bei der Bewirtung im Dorfgemeinschaftshaus mitzuwirken. Ihre Küche im Cottage duftete noch immer nach gerösteten Nüssen, Zimt, getrockneten Früchten und Gewürzen. Sie war gerade hinausgegangen, um einen Blick auf die Vorbereitungen zu werfen und ein wenig mit Daisy anzugeben, die in der neuesten Nonna-Kreation – einen creme-grünen Winterstrick im Argyle-Stil – neben ihr herlief.

Beim Spaziergang durch das Dorf begegneten sie Cathy, die an der gewaltigen Tanne stand und Anweisungen an den Himmel gab – na ja, eigentlich ihrem Mann Kev, der vom Hubsteiger aus die Lichterkette mit den bunten Glühbirnen anbrachte und die sehr großen Kugeln aufhängte.

»Hey, Cathy, der Baum sieht toll aus.«

»Oh, hi, Lucy. Heute Abend wird es noch besser, wenn die Lichter alle an sind. Dann sieht das Dorf erst richtig magisch aus.«

»Und, hast du schon alles fertig für Weihnachten?«

»Hmm, so langsam nähere ich mich. Aber weil der Dorfladen an Heiligabend bis siebzehn Uhr geöffnet hat, muss ich natürlich organisiert sein.«

»Oh, klar, das wird ein Akt.«

»Und ob. Zum Glück kocht meine Schwiegermutter freiwillig das Weihnachtsessen, sodass wir uns alle bei ihr zu einem großen Familientreffen versammeln können.«

»Ach, das ist doch perfekt … Freust du dich schon auf heute Abend?«

»Ja, das ist immer besonders schön und markiert den Beginn der Weihnachtszeit im Dorf, und für meine Kinder steigt dann die Spannung.« Sie lächelte schief.

Da kam Brenda vom Pfarrgemeinderat angelaufen, mit einem überdimensionalen, ziemlich kitschigen goldenen Stern, den sie eilig nach vorn brachte. »Endlich habe ich ihn gefunden, hier, für die Baumspitze. Er war ganz hinten in dem verdammten Schrank im Gemeindehaus.«

»Ach, ich habe übrigens gerade die versprochenen Panforte-Kuchen im Gemeindehaus abgestellt«, erklärte Lucy. »Sie stehen auf einem der Tische. Ich hoffe, das ist in Ordnung. Die Tür stand offen …«

»Wunderbar. Und wie nett von deinem jungen Mann, dass er heute Abend Glühwein servieren will. Was für eine tolle Idee.«

»Ist uns eine Freude«, antwortete Lucy. »Ich habe mich hier von Anfang an sehr willkommen gefühlt.« Es war wirklich schön, sich als Teil dieses Ortes zu fühlen, und Lucy war glücklich, ihren Teil zum Fest beizutragen. Die einzigen Schatten, die auf ihr neues Zuhause fielen, waren die platten Reifen des Foodtrucks und das kaputte Autofenster neulich, aber sie hatte die

Nerven behalten und sich eingeredet, dass es sich wahrscheinlich nur um einen unglücklichen Zufall handelte. Nachdem die Scheibe in der Werkstatt im Ort repariert worden war, hatte Lucy beschlossen, einen Schlussstrich zu ziehen, anstatt sich in eine Spirale der Angst hineinziehen zu lassen.

Ein plötzliches »Tuut, tuut« kündigte Rubys pünktliche Ankunft an. Sie bog von der Hauptstraße ab und hielt direkt neben ihnen an. Als Jack von der Veranstaltung im Dorf gehört hatte, hatte er spontan angeboten, an diesem Abend dabei zu sein und kostenlosen Glühwein auszuschenken. Er meinte, es wäre eine nette Geste und könnte nebenbei auch seinen Cocktail-Camper bekannter machen. Ruby würde sich ausgesprochen gut neben dem Weihnachtsbaum machen und für die lokale Presse ein schmuckes Motiv zum Fotografieren abgeben … Was für ein geschickter Marketingkniff – Jack war einfach der geborene Unternehmer, der eine gute Gelegenheit gleich witterte.

»Hallo, du«, sagte Jack, der im dunkelblau karierten Flanellhemd und indigoblauen Jeans ziemlich schneidig aussah, und schenkte Lucy ein warmes Lächeln.

»Hey!« Sie sprang auf den Beifahrersitz und hob Daisy auf ihren Schoß.

Und dann folgte ein kurzer, aber süßer Kuss, der Lucys Wangen zum Glühen brachte. Die Weihnachtsstimmung war offensichtlich ansteckend.

*

Ein Duft von Zimt und Gewürzen zog durch Rubys Kabine. Der Glühwein war fertig und wurde in einer großen Teeurne warm gehalten, die Jack für diesen Anlass aus den Beständen seiner Mutter ausgeliehen hatte. Jack hatte ihr nicht genau gesagt, wofür er sie verwenden würde. (Oha, er würde sie gründlich waschen müssen, bevor er sie zurückbrachte, sonst gäbe es beim nächsten Frühstückskränzchen in der Alnwick Hall noch schnippische Kommentare über den merkwürdigen Geschmack).

Er hatte noch einen großen Reservetopf vorbereitet und weitere Flaschen Rotwein, Orangen und Gewürze dabei, die er bei Bedarf zum Nachfüllen verwenden konnte. Es war ja nicht abzusehen, wie viel so eine Dorfbevölkerung bechern würde.

Für die Kinder hatte er Cranberrysaft und Limonade mitgebracht, um ihnen sprudelnde Cranberry-Mocktails in weihnachtlichen Pappbechern zu kredenzen, damit sie auch ihren Spaß hätten. Lucy bekam einen ganz rührseligen Blick, als er ihr das erzählte, und er wurde kurz panisch, sagte sich aber, dass es wahrscheinlich nur daran lag, dass er so süß und fürsorglich rüberkam, und nicht daran, dass sie sich in nächster Zeit eigene Kinder wünschte.

Bald konnte Ruby mit Jack, Lucy und Daisy an Bord die kurze Strecke zum Weihnachtsbaum fahren, wo sie direkt neben der Tanne geparkt wurde. Das Komitee hatte in letzter Minute noch ein paar Änderungen an den Lichtern, dem Lametta und den Kugeln vorgenommen, und nun ging es an den Start. Ein paar Frühankömmlinge waren bereits vor Ort, um zuzuschauen.

Der verchromte Tresen des Campers war mit glänzendem Lametta, Mini-Kugeln und Stechpalmenzweigen geschmückt, und Jack und Lucy gaben Ruby den letzten Schliff. Als die Pappbecher mit Stechpalmenmuster in Reih und Glied standen, waren sie bereit, Glühwein auszuschenken. Lucy bot an, den Ausschank für die Kinder zu übernehmen, damit Jack sich darauf konzentrieren konnte, den heißen Gewürzwein auszuschenken. Heute war Teamwork angesagt.

Daisy saß auf dem Beifahrersitz. Sie war umgezogen und trug nun den neuen roten Pulli mit Glitzerkragen vom Weihnachtsmarkt in Corbridge. Sie war damit zufrieden, die Welt um sie herum zu betrachten und hin und wieder mit einem Bellen daran zu erinnern, dass sie auch noch da war.

»Okay, Luce, kann's losgehen?«, fragte Jack und grinste.

»Auf jeden Fall. Ich freu mich schon auf den Abend. Es ist klasse, in meinem Heimatdorf zu sein, und bestimmt kommen auch viele Bekannte.«

Schon bald waren Stimmen aus den Straßen zu hören, und von allen Seiten kamen Menschen zusammen. Autos wurden eingeparkt und aufgeregtes Geplapper erfüllte die Luft, als Familien ausstiegen, Zweijährige und Zweiundachtzigjährige, die sich an den Händen hielten. Es war ein kalter, klarer Abend, ein paar Sterne glitzerten am dunklen Himmel, und die ruhige Abendluft war frisch.

Als Jack die ersten Becher füllte, stieg Dampf von der rubinroten Flüssigkeit auf und ihr Duft erfüllte die Luft.

Die erste Kundin, eine grauhaarige Dame, kam heran. »Das riecht aber lecker. Glühwein?«, fragte sie. »Wunderbar. Was bekommen Sie dafür?«

»Gar nichts, er ist gratis«, erklärte Jack. »Geht auf Kosten des Cocktail-Campers als Auftakt zu einem fröhlichen Weihnachtsfest für uns alle.«

»Ach, das ist aber nett. Meinen Sie wirklich …?« Sie klang sehr überrascht, dass sie etwas umsonst bekam.

»Absolut. Lucy hier ist gerade ins Dorf gezogen und wir wollten heute Abend gern etwas beisteuern.«

»Na dann, herzlich willkommen im Dorf, ihr beiden.«

Jack hob angesichts der Annahme, dass sie zusammenwohnten, kurz die Brauen, sagte aber nichts. Lucy spürte, wie sie errötete.

»Wenn das so ist, werfe ich später etwas in die Spendenbox im Gemeindehaus«, sprach die Frau weiter, ohne die Verlegenheit der beiden zu bemerken.

»Das ist eine gute Idee.« Lucy war froh, das Thema zu wechseln. »Eine nette Geste, etwas zurückzugeben. Das finde ich schön.«

»Huhu, Val, hierher!«, rief eine Frau um die sechzig, die in einen Schal und eine graue Wollmütze gehüllt war, und winkte ihrer Kundin. »Ich glaube, von hier oben können wir die Lichter besser sehen!«

»Dann vielen Dank. Es ist schön, dass ihr jungen Leute etwas Gutes tut in der Welt. Das rechne ich euch hoch an. Und ich nehme noch einen Glühwein für meine Freundin mit, wenn ich darf. Tschüssi!« Und damit eilte sie munter davon.

Es sprach sich schnell herum, dass die Erfrischungen vom *Cocktail-Camper* kostenlos waren, und bald zog sich eine fröhliche Schlange an Interessenten die Straße entlang – mit der Aussicht, nach ein, zwei Schluck starken Glühweins noch fröhlicher zu sein.

*

Jack genoss den Trubel, den die Dorfleute und andere Besucher verbreiteten. Sein Glühwein kam so gut an, dass man sich bereits Nachschlag holte. Er erkannte ein paar Gesichter von Lucys Herbststraßenfest wieder und unterhielt sich ein bisschen mit Kev, Cathys Mann, der zuvor auf der Hebebühne gestanden hatte. Jack kannte in seinem eigenen kleinen Dorf ein paar Leute, aber er betrachtete seine Unterkunft bei Matt eher als vorübergehende Station. Embleton jedoch, Lucys Ort, schien sehr herzlich zu sein.

Er schaute zu ihr hinüber, wie sie den Kindern Cranberrysaft servierte und sich die Zeit nahm, mit ihnen und ihren Eltern zu plaudern, und stellte fest, dass sie nicht nur äußerlich schön war, sondern auch eine innere Schönheit besaß. Aber konnte wirklich er derjenige sein, der ihr das gab, was sie im Leben brauchte? War es an der Zeit, einen Schlussstrich zu ziehen, bevor die Dinge zwischen ihnen kompliziert wurden – oder unschön? Sie ertappte ihn dabei, wie er sie anstarrte, zog eine Augenbraue hoch, als wollte sie sagen: »Was denn?« Er hatte sich immer aus dem Staub gemacht, bevor er Gefahr lief, sich zu binden. Aber bei Lucy … Verdammt, er war immer noch hin- und hergerissen.

Da die Schlange lang war und jede Minute mehr Leute ankamen, widmete Jack sich wieder dem Einschenken und Servieren. Das Schmücken des Weihnachtsbaums war offensichtlich eine Arbeit, die ordentlich Durst machte.

»Ist noch was von dem würzigen Wein übrig?«, fragte ein stämmiger Mann mittleren Alters, dessen graubraune Locken unter der Wollmütze hervorlugten. Er lehnte sich auf die verchromte Arbeitsplatte. »Gutes Zeug. Wärmt das Herz.« Er gluckste.

»Klar«, sagte Jack, wie immer höflich, obwohl er fürchtete, dass ihm die Vorräte ausgingen. Er hatte bereits die Reservekanne aufgebraucht und war nun dabei, eine Mischung aus Wein, Orangen und Gewürzen nachzufüllen. Er hoffte, dass der Teil mit dem Einschalten der Weihnachtsbaumbeleuchtung bald käme, sonst stünde er demnächst auf dem Trockenen.

*

Ein paar Minuten später versammelten sich die Grundschulkinder um den Baum, zusammen mit ein paar Lehrern und Eltern. In ihren Wintermänteln über den Schuluniformen sahen sie bezaubernd aus.

Nach der Bitte um ein wenig Ruhe und einer kurzen Einleitung mit »Eins, zwei, drei …« begannen sie zu singen, zunächst zaghaft, dann immer sicherer. Die Stimmen waren lieblich und fröhlich, obwohl die Töne ein bisschen schräg waren. »Away in a manger«, tönte es in die Stille des Abends. Es lag ein Hauch von Frost in der Luft, und das darauf folgende *Stille Nacht* war so schön, dass Lucy eine Träne ins Auge stieg, weil die Kinder so unbefangen sangen, auch wenn sie nicht immer ganz im Einklang waren.

Und dann, nachdem *O Little Town of Bethlehem* zu Ende war, wurde es Zeit zum Anzünden der Beleuchtung. Die Pfarrerin der Gemeinde stand im Mittelpunkt und bedankte sich bei allen für ihr Kommen und für ihre Hilfe am heutigen Tag.

»Also, ohne große Umschweife«, rief sie, »bitte ich unseren Ratsherrn David Nesbitt, den Schalter umzulegen.« Neben ihr stand ein großer, schwarz eingefärbter Pappkarton mit so etwas wie einem Papphebel. Lucy fragte sich, ob er überhaupt irgendetwas bewirken konnte oder nur für den Effekt gedacht war, aber irgendwie, irgendwo wurde tatsächlich ein Schalter umgelegt, und puh, die Glühbirnen gingen an, die bunten Lichterketten erwachten zum Leben, und der kitschige Stern an der Spitze leuchtete ebenfalls auf.

Die Menge jubelte, jemand rief »Frohe Weihnachten« und es gab ein paar Juhu-Rufe, bevor sich die Kinder wieder aufstellten und ein mitreißendes *Rudolph, the Red-Nosed Reindeer* anstimmten, in das die ohnehin schon ausgelassene Menge mit einstimmte.

Es wurde noch mehr Glühwein getrunken – Jack schwitzte zu diesem Zeitpunkt schon – und dann traten die Pfarrerin und der Gemeinderat vor, um sich noch einmal zu bedanken und alle ins Gemeindehaus einzuladen, wo Mince Pies und andere Leckereien sowie Tee und Kaffee bereitstanden.

Die Anwesenden schienen froh zu sein, noch ein wenig länger mit ihren Festtagsgetränken in der Hand zu plaudern, während einige Kinder unter dem Baum herumhüpften, wahrscheinlich schon im Zuckerrausch. Ein paar aufgeregte Eltern waren ihnen auf den Fersen und forderten sie auf, sich zu beruhigen, da sie zweifellos befürchteten, dass die Tanne jeden Moment umfallen könnte. Aber hey, das gehörte wohl zum Spaß dazu. Etwa zehn Minuten später machten sich kleine Gruppen auf, die meisten die Straße hinunter in Richtung Gemeindehaus, wo die Feierlichkeiten weitergehen sollten.

Als die Menge sich lichtete, bemerkte Jack, dass jemand auf der anderen Seite des Weges im Schatten stand und zum Camper hinüberstarrte … vor allem zu Lucy. Der Mann kam ihm vage bekannt vor, und Jack spürte ein Kribbeln auf der Haut. Das war er, der Kerl, der Lucy auf der Hochzeit belästigt hatte.

Lucy musste es zur selben Zeit mitbekommen haben. Sie schaute zu der Gestalt hinüber und platzte heraus: »Oh nein, was zum Teufel macht der denn hier?«

Jack stutzte. »Du kennst den Kerl also doch?« Sein Ton war vorwurfsvoll. Offensichtlich hatte sie ihm die ganze Zeit etwas verheimlicht. »Also, wer ist das, Luce? Und was hat er mit dir zu schaffen?«

Lucy war knallrot geworden, aber sie konnte nicht antworten. Plötzlich stand sie stumm da und fragte sich, was jetzt wohl käme. Was hatte Liam mit Embleton zu tun? Warum war er überhaupt hier? Es war schon komisch gewesen, dass er auf dieser Hochzeit aufgetaucht war, aber hier, in ihrem eigenen Dorf, kam ihr das richtig seltsam vor. Soweit sie wusste, wohnte er immer noch in Morpeth, also war das gar nicht seine Gegend.

»Luce?« Jack war jetzt besorgt.

»Es ist … Es ist Liam, mein Ex.«

Liam kam jetzt rüber. Er war allein, hatte keine neue Freundin am Arm oder Eltern im Schlepptau. Seltsam, dachte Lucy.

Sie sprang vom Camper herunter. Was auch immer ihr Ex vorhatte, sie wollte nicht, dass Jack darin verwickelt wurde.

»Hi, Luce.« Liam lächelte sie an.

»Hallo.« Lucy fühlte sich innerlich ziemlich unsicher. All die Erinnerungen kamen hoch, und gleichzeitig war es sehr beunruhigend, ihn hier in ihrer neuen Heimat zu sehen. Sie konnte fast spüren, wie sich Jacks Blick in ihren Rücken bohrte. »Bist du wegen der Baumfeier hier?« Sie zog die Stirn kraus, denn es war schon merkwürdig, dass ein Mann um die dreißig so etwas allein besuchte. »Ich wüsste nicht, dass dich irgendetwas mit diesem Ort verbindet.« Sie verstummte.

»Nur du«, sagte er. Und wieder dieses Lächeln, an das sie sich so gut erinnerte.

»Oh.«

»Sieh mal, Luce«, begann Liam, streckte ihr den Arm hin und führte sie weg von den Nachzüglern des Festes, weg vom Camper.

Lucy war wie auf Autopilot. Sie konnte es immer noch nicht fassen. *Liam? Was zum Teufel wollte er hier?*

*

»Ich war ein ziemlicher Idiot«, sagte Liam, der offensichtlich gleich alle Karten auf den Tisch legen wollte, »und es tut mir leid, was zwischen uns passiert ist und wie es endete …«

Lucy hob heftig den Kopf. *Das war ja wohl die Untertreibung des Jahres.*

»Und, na ja«, fuhr er fort und setzte seinen gekonnten Hundeblick auf, »weißt du, wenn du es dir jemals anders überlegen solltest und wenn du das Leben vermisst, das wir hatten …«

Das alles kam völlig unerwartet und erwischte Lucy kalt. Ja, sie vermisste die Anfangszeit, das Kennenlernen, die Aufregung beim Kauf ihres gemeinsamen Hauses. Es war ja auch nicht alles schlecht gewesen, oder? Aber ihr Gehirn schaltete sich gerade noch rechtzeitig ein, bevor sie etwas Dummes sagen konnte. Sie vermisste ganz gewiss nicht seine langweiligen Vorschriften – und schon gar nicht seine Untreue. Wo zum Teufel kam das alles her?

»Wovon redest du, Liam?«, unterbrach sie ihn. »Wir können die Zeit nicht zurückdrehen und so tun, als hättest du mich nie betrogen. Das hat sehr wehgetan. Wir wollten heiraten.« Sie merkte, dass ihre Hände zitterten und verbarg sie schnell hinter dem Rücken. »Hör zu, ich kann dieses Gespräch jetzt nicht führen.« Sie konnte sich diesen Wahnsinn nicht länger anhören. Ihre Wangen glühten und es kribbelte in ihr, weil sie so aufgebracht war.

Als sie sich umwandte, um zu Jack zurückzukehren, war … der Camper weg. Sie hörte das leise Tuckern des Motors und sah einen chiantiroten Blitz auf die Hauptstraße einbiegen. Oh nein, hatte Jack das falsch verstanden? Und sie hatte keine Chance, es ihm zu erklären. *Männer!* Sie stieß einen abgrundtiefen Seufzer aus.

Oh, und wo war Daisy? Sie hatte doch im Lieferwagen gesessen! Aufgeregt schaute Lucy sich um, und da stand Abby etwas unbeholfen an der Straßenecke mit Daisy an der Leine. Eben gab sie ihr ein Leckerli, wie es aussah.

»Wiedersehen, Liam, ich muss los …«, sagte Lucy, rührte sich aber zunächst nicht von der Stelle.

Einen unbehaglichen Moment lang blieb auch Liam wie angewurzelt stehen. Beide rangen um Worte, doch letztendlich gab es nichts Passendes zu sagen. Immerhin hatten sie sich schon verabschiedet.

»Das war's also … nach all dem?«, stieß Liam schließlich hervor, während er versuchte, ihren Blick festzuhalten, um sie doch noch umzustimmen. »Bis dann, Luce«, murmelte er zuletzt, drehte sich auf dem Absatz um und schritt davon.

Lucy erlaubte sich endlich, ihm nachzusehen. Sie kannte sie nur zu gut, seine kantigen Schultern, seinen Gang und den stechenden Schmerz über seinen Verrat.

21. Kapitel

Lucy spazierte den Weg zum Haupteingang der Anlage für betreutes Wohnen hinauf, vorbei an gepflegten Winterrabatten, einem bemalten Schneemann aus Holz und einem Schild mit der Aufschrift »Santa stops here«. Von Letzterem wusste Lucy, dass ihre Nonna selbst es aufgestellt hatte (für die vorbeikommenden Kinder). Ihre Großmutter hatte seit dem Tod von Papa die letzten zehn Jahre hier in einer kleinen Wohnung gelebt. Die Nähe zu ihrer Tochter, ihre Gemeinde Rothbury und nicht zuletzt der Blick auf die Simonside Hills gaben ihr Trost.

Nach dem Rummel und dem Drama rund um das Weihnachtsbaumfest am Abend zuvor brauchte Lucy heute Morgen auch ein wenig Trost. Mit einem Strauß Nelken in fröhlichem Rot und Weiß in der Hand stand sie vor der Tür, drückte auf den Summer der Gegensprechanlage und sagte: »Ich bin's nur, Nonna.«

»Hallo, Lucy. Komm rauf. Das ist aber eine schöne Überraschung.«

Lucy betrat das kleine Wohnzimmer mit dem grün geblümten Sofa samt passendem Sessel, dem Beistelltischset und der mit Schnickschnack vollgestellten Kommode aus dunklem Holz. Nonnas Wohnung hatte etwas Gemütliches und Beruhigendes an sich, wodurch sich Lucys innerer Aufruhr umgehend legte. »Wie geht's dir, Nonna?«

»Ach, nicht schlecht, nicht schlecht. Bestimmt kannst du nach deiner Reise hierher eine schöne Tasse Kaffee und ein Stück Kuchen gebrauchen, Schätzchen, oder?«

Es klang, als wäre Lucy auf einer Art Trekking-Tour gewesen, dabei hatte sie nur eine Autofahrt von fünfundzwanzig Minuten hinter sich. Der Gedanke an Kaffee war trotzdem verlockend. Kaffee, Kuchen und Gemütlichkeit – Nonnas Spezialgebiet.

»Ja, bitte, Nonna, aber lass mich den Kessel aufsetzen.«

»Gut, dann kümmere ich mich um den Kuchen. In der Springform ist noch etwas Clementinen-Limoncello-Kuchen. Marjorie war gestern da, da haben wir ein, zwei Stücke gegessen.« Nonna erhob sich aus ihrem Sessel. Für ihre späten Siebziger war sie rüstig und gern beschäftigt. Ihre Wohnung war immer blitzsauber und ihre Gebäckdosen und Vorratsschränke waren gut gefüllt. Man wusste ja nie, ob nicht Besuch kam.

»Ja, Marjorie hat gestern vorbeigeschaut, und unser Plan nimmt Form an«, fuhr Nonna fröhlich fort, als sie in der kompakten kleinen Küche standen.

»Ach ja, was habt ihr zwei denn nun vor?«, fragte Lucy, die Espresso-Granulat in Tassen löffelte.

»Es gibt gerade ein paar gute Angebote für Frühbucher. Sorrent im Frühjahr. Mit Flügen ab Newcastle und Busservice und allem Drum und Dran.«

Es war ihr also immer noch ernst mit dieser Reise.

»Hach, es wird so wunderschön sein zu dieser Jahreszeit«, redete Nonna angeregt weiter. »Anfang April, also bevor es zu heiß wird und wenn die Zitronenbäume blühen. Wir werden so beschwingt sein«, sagte sie mit Sehnsucht in der Stimme.

Lucy war immer noch etwas besorgt um ihre geliebte Nonna wegen der Risiken der Fahrt, aber das Strahlen im Gesicht ihrer Großmutter, wenn sie über die Reise sprach, war ansteckend. Vielleicht sollte sie sie einfach unterstützen? Wahrscheinlich hatte Nonna recht. Sie sollte sich amüsieren, solange sie es noch konnte, besondere Erinnerungen wieder auffrischen und neue mit ihrer Freundin schaffen.

»Dann muss ich mich wohl geschlagen geben. Das hört sich wirklich gut an, Nonna.« Lucy holte tief Luft. »Ich erinnere mich noch gut an unsere Reise nach Sorrent vor vielen Jahren. Olly und ich, Mum und Dad …« Damals, als sie noch zu viert gewesen waren. Es war etwas ganz Besonderes gewesen, mit einem Ausflug nach Pompeji, Eis und sprudelnder Orangina an der Hafenpromenade mit Blick auf das glitzernde, azurblaue Meer. Ein italienisches Abenteuer und ein flüchtiger Blick auf ihre mediterranen Wurzeln.

»Wenn du es möchtest, Schätzchen – du kannst jederzeit mitkommen«, bot Nonna an, großzügig wie immer.

»Ähm, April, sagst du … Da bin ich wieder sehr beschäftigt mit den Buchungen des Foodtrucks.« Na ja, hoffentlich, dachte sie sich. »Vergiss nicht, dass ich immer noch dabei bin, mich zu etablieren, und ich muss auf dem guten Start von *Feuer und Flamme* in diesem Jahr aufbauen.« Es galt tatsächlich, noch viel Arbeit und Energie in das Unternehmen zu stecken, um richtig Fuß zu fassen und sich dauerhaft zu etablieren. Lucy konnte sich allerdings auch nicht vorstellen, als Dreißigjährige mit zwei Endsiebzigerinnen Urlaub zu machen – jedenfalls nicht für eine ganze Woche. »Und ich will dir nicht im Weg stehen, Nonna.«

Nonna lächelte. »Hm, ich frage mich gerade, ob Papa da draußen irgendwelche attraktiven Cousins hat.«

»Was wird das denn jetzt? Ich hab doch Jack«, sagte sie mit leicht piepsiger Stimme, weil sie daran denken musste, wie die Sache letzte Nacht geendet hatte und er einfach davongefahren war.

»Doch nicht für dich. Ich denke an mich und Marj.«

Im Ernst jetzt? Lucy machte große Augen. Sicher neckte Nonna sie nur. In ihren blauen Augen funkelte es tatsächlich verräterisch frech, und Lucy wusste, dass niemand es je mit Nonnas geliebtem Papa aufnehmen konnte, weder damals noch heute.

»Vielleicht finde ich ja wenigstens einen schneidigen Gefährten für Marjorie.« Nonna grinste schelmisch und schnitt derweil dicke Scheiben vom goldenen, saftig aussehenden Clementinenkuchen ab.

»Herrje, Nonna, jetzt muss ich mir nicht mehr nur um eine Reisekrankenversicherung Sorgen machen, sondern darum, dass ihr eigentlich eine Anstandsdame braucht, damit ihr nicht irgendwelchen Unfug treibt.« Lucy musste grinsen.

»Wie ich schon sagte, das Angebot steht. Du kannst schließlich auch nicht immer arbeiten, Lucia.«

»Danke, aber nicht dieses Mal. Ich habe wirklich zu viel um die Ohren in dieser Zeit.«

Sie gingen zurück ins gemütliche Wohnzimmer, wo das Wintersonnenlicht durchs Fenster hereinflutete.

»Wie läuft es denn bei dir, Schätzchen?«

»Ach, ganz gut. Ich habe viel zu tun, weil es eine Reihe Weihnachtsbuchungen gibt.«

»Ich bin ja so froh, dass dein kleines Unternehmen so gut läuft. Du hast es verdient. Papa wäre so stolz auf dich.«

»Danke.« Erinnerungen an ihren Großvater stiegen in Lucy auf, ihren großherzigen Pizza-Helden.

»Und wie geht es deinem jungen Mann?«

»Ähm … gut.«

Ihre Großmutter zog eine Augenbraue hoch. »Was ist los, Schatz? Du klingst ein bisschen niedergeschlagen.« Nonna konnte schon von Weitem erkennen, wenn einem das Herz schwer war.

»Ach, zu kompliziert«, sagte Lucy und seufzte tief.

»Nicht für mich. Man kommt nicht in mein Alter, ohne ein bisschen zu leben, weißt du.« Nonna lächelte aufmunternd.

Lucy trank einen Schluck von dem starken Kaffee, bevor sie erzählte. »Nun, erstens ist Liam gestern Abend aus heiterem Himmel auf einer Veranstaltung in Embleton aufgetaucht.«

»Liam?« Nonna runzelte die Stirn.

»Genau, Nonna, und ganz sicher nicht zufällig, denn er wohnt meilenweit weg. Er war allein, sagte, er wollte mich sehen und reden. Er hat versucht, sich zu entschuldigen und Schönwetter zu machen. Er schien … so anders.«

»Na, ich hoffe nur, du hast nicht vergessen, wie übel er dir mitgespielt hat.«

»Nein, natürlich nicht.« Lucy hatte mehr als zwei Jahre Enttäuschung und Herzschmerz hinter sich.

»Soll er sich entschuldigen, aber lass dich nicht wieder einwickeln, Schatz. Er war schon immer ein gerissener Kerl.« Nonna war nie richtig mit ihm warm geworden.

»Ich weiß, und so dumm bin ich auch nicht. Aber mir war nicht klar, wie sehr es mich treffen würde, ihn so wiederzusehen. Ich glaube, ich habe viel zurückgehalten und alte Verletzungen tief in mir vergraben. Ich fühle mich im Moment einfach sehr unausgeglichen. Vielleicht müssen wir mal alles durchsprechen, und dann können wir es ruhen lassen und jeder sein eigenes Leben leben.«

»Vielleicht, Lucia, aber sei vorsichtig. Pass dabei immer gut auf dich selbst auf.«

Lucy nickte, dann atmete sie noch einmal tief ein. Sie hatte noch etwas auf dem Herzen. »Na ja, und dann ist da noch Jack …«

»Der charmante Cocktail-Mann, ja? Na, ich hoffe, er behandelt dich gut. Nicht dass du vom Regen in die Traufe kommst.«

»Nein, nein, alles gut, das ist es nicht.« Lucy war voller Gefühle für Jack. Es waren tiefe Gefühle, aber gerade deshalb fühlten sie sich auch ein bisschen gefährlich an. »Er hat es nicht besonders gut aufgenommen, als ich mich gestern Abend ausgeklinkt habe, um mit Liam zu reden. Aber was hätte ich denn tun sollen? Ich wollte nicht vor Jack mit ihm alte Geschichten wieder aufwärmen. Das wäre mir viel zu persönlich gewesen. Aber Jack ist dann weg, ohne sich zu verabschieden.«

»Hmm, es klingt, als hättet ihr etwas zu besprechen. Und wenn er gesehen hat, wie du mit deinem Ex-Freund geredet hast, ist er vielleicht ein bisschen eifersüchtig.«

»Kann sein.«

»Überleg mal – wie würdest du dich fühlen, wenn er sich davonstehlen würde, um mit seiner Ex-Freundin zu sprechen? Das wäre für dich auch nicht so einfach, oder?« So drehte Nonna den Spieß um und half Lucy damit, die andere Perspektive einzunehmen. Ob ihre Großmutter vielleicht doch ein bisschen mehr für Jack übrighatte?

Allein bei dem Gedanken, dass Jack mit einer anderen zusammen war, war ihr furchtbar mulmig zumute.

»Nein, vermutlich nicht. Aber er sollte mir schon vertrauen, Nonna. Wir müssen doch in der Lage sein, einander zu vertrauen. Und ich werde doch mal mit meinem Ex reden dürfen, ohne dass er ausflippt?«

»Vertrauen ist etwas, das man in einer Beziehung erst aufbauen muss, Lucia. Redet weiterhin miteinander und seid ehrlich miteinander. Baut das weiter aus. Und eines Tages … wenn es die richtige Beziehung ist … werdet ihr euch vielleicht an den Händen halten und gemeinsam nach den Sternen greifen.«

Lucy schaute aus dem Fenster in den Garten, als wollte sie in die Zukunft blicken. Sie hoffte, dass ihre liebe alte Nonna recht hatte. Vielleicht kam Weisheit wirklich mit dem Alter.

*

Herzlich willkommen zum
Weihnachtsmarkt auf Claverham Castle
Samstag, 11. Dezember
ab 13 Uhr
Handwerk, Gebäck, Geschenke, Weihnachtsmann-Grotte
und vieles mehr

*

22. KAPITEL

Lucy war früh auf den Beinen und wuselte in der Küche ihres Hauses herum. Obwohl sie eine etwas unruhige Nacht hinter sich hatte, sang sie *Jingle Bells*, wobei sie »Bells« durch »Balls« ersetzte, während sie ihre Pizzateigkugeln prüfte, die über Nacht gut aufgegangen waren. Als Nächstes schnitt sie Putenfleisch, Champignons und Zwiebeln für den Belag, um die Kühlboxen für den späteren Transport zu füllen. Wenn der heutige Tag auf dem Weihnachtsmarkt im Claverham Castle so geschäftig würde, wie sie hoffte – Emma von der *Kleinen Chocolaterie am Meer* hatte ihr versichert, es sei ihre liebste und üppigste Vorweihnachtsbuchung überhaupt –, wäre es umso besser, wenn sie mit ihren Vorbereitungen mehr als nur ein paar Schritte voraus war.

Ellie, die Organisatorin des Weihnachtsmarkts, hatte sie über die Einzelheiten des Spektakels informiert; die Veranstaltung sollte vielseitig und voller Trubel sein. Ellie war am Telefon sehr nett gewesen und hatte stolz erklärt, wie sie den Weihnachtsmarkt in den letzten Jahren aufgebaut und die örtlichen Unternehmen ermuntert hatte, sich einzubringen. Er war offenbar zu einer besonderen Attraktion und dem Höhepunkt im Festtagskalender für die Region Northumberland geworden. Kein Wunder – Kunsthandwerk, Speisen, Weihnachtslieder und Cocktails, und das alles auf dem Gelände und in den Räumen einer alten Burg. Wenn das keine perfekte Weihnachtskulisse war.

Lucy seufzte schwer, denn der Gedanke an ihre Beziehungsprobleme dämpfte ihre Festtagsstimmung ein wenig. Obwohl Jack nach dem ganzen Drama mit Liam endlich auf ihre Anrufe reagiert hatte, war er in dieser Woche immer noch ziemlich unterkühlt gewesen. Sie hatten sich zwar Nachrichten geschrieben, wobei die meisten von Lucy ausgingen, doch ihre Besorgnis wuchs definitiv. Es gab eine merkliche Spannung zwischen ihnen. Aber hatten nicht alle Beziehungen ihre Höhen und Tiefen? Und wie Nonna so weise gesagt hatte – Vertrauen war etwas, was sich entwickeln musste.

Nachdem sie alles sorgfältig abgewägt hatte, beschloss Lucy, sich mit Liam auf einen Kaffee zu treffen, um alles ganz offen anzusprechen und einen Schlussstrich unter die Sache zu ziehen. Am Tag nach der Weihnachtsbaumaktion in ihrem Dorf hatte sie eine SMS von ihm erhalten.

Hi, war schön, dich wiederzusehen, Luce. x

Sie hatte ein wenig gezögert, bevor sie ihm schließlich höflich geantwortet hatte:

Ja, fand ich auch.

Es brachte nichts, verbittert und zerknirscht über etwas zu sein, das Vergangenheit war, nur hatte er sie total überrumpelt, und es ärgerte sie, dass es ihre Beziehung zu Jack überschattete. Verdattert, wie sie gewesen war, hatte sie nicht alles gesagt, was sie gern losgeworden wäre, und sie fürchtete, dass sie ihm ihren Standpunkt nicht ausdrücklich klargemacht hatte – darum musste sie sich jetzt die Zeit nehmen, das nachzuholen.

Wollen wir uns kurz auf einen Kaffee treffen?

So hatte sie ihre Nachricht fortgesetzt und extra das Wort »kurz« eingefügt, um ihrem Ex nicht den Eindruck zu vermitteln, dass es sich um eine gemütliche Wiedersehensfeier handelte.

Und so hatten sie sich für tags zuvor am späten Nachmittag an einem neutralen Ort in der Stadt Alnwick verabredet. Dann hatte Liam angerufen, um zu sagen, dass er auf der Arbeit aufgehalten worden sei, er aber auf dem Weg zu einem Kundentermin am nächsten Morgen an ihrem Dorf vorbeifahren und zu ihr hereinschauen würde. Genau genommen war ihr das ein bisschen unangenehm gewesen. Sie wollte nicht, dass Liam in ihre neue Privatsphäre eindrang. Es war schon schlimm genug, dass er kürzlich in ihrem Dorf aufgetaucht war. Das hier war ihr Zufluchtsort. Aber gut, solche Dinge passierten nun mal. Also sagte sie zu und redete sich ein, dass alles gut werden würde.

Liam würde in etwa zehn Minuten da sein, also räumte Lucy in der Küche schnell die Geräte beiseite und machte sich zurecht – nur ein wenig, denn sie hatte nicht vor, ihn zu beeindrucken. Trotzdem war sie nervös, als sie sich die Haare bürstete und danach eine lässige Strickjacke und Jeans anzog.

Sie hörte, wie draußen ein Fahrzeug anhielt. Er war also da. Moment mal, dachte Lucy, woher wusste er überhaupt, wo sie wohnte? Plötzlich fiel ihr ein, dass sie ihm gar nicht ihre Adresse gegeben hatte … oder doch?

»Hey, Luce, danke, dass ich herkommen durfte.« Er stand an der Türschwelle, hatte schicke marineblaue Chinos und ein gestreiftes Hemd an und wirkte allzu aufgesetzt zuvorkommend. »Tut mir leid, wenn ich dir damit zu nahe getreten bin.«

»Ach, kein Problem«, sagte sie. Sie war angespannt. »Komm doch rein.« Lucy führte ihn in die Küche.

»Hey, hübsches Zuhause hast du.« Liam sah sich um und nahm sich einen Hocker. »Etwas kompakt … aber reizend.«

Kompakt? Sie hatte fast sein Talent vergessen, kleine, als Kompliment getarnte Sticheleien von sich zu geben.

»Ist gerade ziemlich hektisch in deinem Job, oder?«, begann Lucy einen unverbindlichen Small Talk, während sie die Kaffeemaschine einschaltete.

»Ja, hab viel um die Ohren.«

»Und wo ist dein Kundentermin nachher?«

»Ach so, … ähm, in der Nähe von Seahouses. Der Verkauf eines kleinen Unternehmens. Ein paar Fragen wegen des Grundstücks. Also, tja, sie brauchen fachlichen Rat, da dachte ich, schaue ich mal vor Ort vorbei.« Er wirkte ein wenig unruhig.

»Aha.« Lucy rührte ihren Kaffee um. »Kein Zucker für dich?«

»Nein, nein. Bin süß genug.«

Die Antwort ärgerte sie. Wenn Liam irgendwas noch nie gewesen war, dann süß. Er war vernünftig, fleißig, beständig, professionell und engagiert – also, zumindest für Arnott & Co., für sie vielleicht nicht ganz so sehr, wenn man sich das verkorkste Ende ansah. Und plötzlich schien es ihr unglaublich anstrengend, sich mit ihm zu unterhalten. Es brodelte schon wieder in ihr. Das ganze Chaos wühlte sie enorm auf.

»Also, dieser Cocktailbar-Typ«, fuhr er fort und verzog leicht die Lippen. »Seid ihr beide ein Paar, oder was?«

»Ja, das sind wir tatsächlich.«

Liam schüttelte gemessen den Kopf, wie ein enttäuschter Vater. »Weißt du, Luce, du hast es wirklich nicht nötig, dich mit so jemandem abzugeben. Einem, der wie ein Nomade in einem Camper herumzieht.«

»*Was?*« Lucy drehte sich ruckartig zu ihm um und begriff plötzlich, dass es ein Fehler gewesen war, ihn einzuladen. Was hatte sie sich nur dabei gedacht? Die Vorstellung, dass er sich etwas von der Seele reden musste, dass er vielleicht eine Erklärung für sein verletzendes Verhalten liefern wollte, erschien ihr im Moment wie ein dummes Hirngespinst. Auch wenn er es zuvor hatte anklingen lassen, Liam war nicht fähig, über seinen eigenen Schatten zu springen. »Liam, du hast kein Recht, mir zu erzählen, mit wem ich ›mich abgeben‹ sollte und mit wem nicht. Was für eine Frechheit! Dieses Recht hast du endgültig verloren, als du dich mit deiner Büro-Flamme davongemacht hast«, redete Lucy sich jetzt richtig in Rage.

»Ja, das war ein Fehler, das habe ich doch schon erklärt, Luce. Eine Fehleinschätzung.«

»Ach so, und das rechtfertigt es?« Ihr Ton war schroff.

»Natürlich nicht. Aber ich habe mich bereits entschuldigt. Kannst du denn nicht einsehen, dass es nur fair wäre, das Ganze zu vergessen? Es ist doch langsam Zeit, in die Zukunft zu blicken, Luce. Wenn es eine Chance für einen Neuanfang für uns beide gibt, dann …«

Er ging ihr auf die Nerven. »Liam, merkst du nicht, dass es kein ›wir‹ oder ›uns beide‹ mehr gibt? Der Zug ist längst abgefahren!« Es war klar, dass sie komplett unterschiedliche Perspektiven hatten. Sie musste ihn sofort aus ihrem Cottage und aus ihrem Leben werfen. Sie trank ihren Kaffee aus, bereit, es durchzuziehen, und stand auf. »Ich denke, du musst jetzt gehen, Liam.«

»Und – alles okay mit deiner Pferdebox?«, fragte er unbeeindruckt und blieb sitzen.

Lucy horchte auf und sah ihn an. »Was meinst du damit?«

In seinen Augen lag ein bedrohliches Funkeln.

Sie erstarrte. Plötzlich war sie in Alarmbereitschaft.

»Na ja, so ein altes Teil. Da könnte leicht mal was sein, Platten oder wer weiß was …«, fuhr er kühl fort.

Verdammte Scheiße! Ihr Herz begann wie wild zu hämmern. *Er war das gewesen, die platten Reifen, die Nägel, vielleicht sogar die Scheibe am Jeep!* Wie ein Puzzle fügte sich alles zusammen.

Ein oder zwei Sekunden lang herrschte Schweigen, während sie sich gegenseitig anstarrten. Lucys Herz schlug bis zum Hals.

»Warst … du das? Hast du die Reifen am Foodtruck kaputt gemacht?« Sie starrte ihn weiter an, während es ihr kalt den Rücken hinunterlief.

»Natürlich nicht. Du bist ja paranoid.« Er lächelte schief, trank einen Schluck Kaffee und richtete den Blick nach unten, sodass sie seine Augen nicht sehen konnte. Nur eine Sekunde später räumte er jedoch ein: »Das hat deine Aufmerksamkeit erregt, was?«

»Herrgott! Du warst es! Und das mit dem Jeep? Das eingeschlagene Fenster? War das auch dein Werk?« Sie konnte es kaum fassen, doch letztlich passte alles zusammen. »Liam, glaubst du im Ernst, das würde uns irgendwie weiterbringen? Wie kannst du nur so verdammt rachsüchtig sein?«

»Okay, okay, lass es mich erklären. Nachdem ich dich und den Cocktail-Typen auf der Hochzeit gesehen hatte, war ich ein bisschen eifersüchtig. Und das tat weh, Luce, dich mit einem anderen Mann zu sehen. Hör zu, das mit den Reifen tut mir leid. Ich zahle dir, was immer es gekostet hat, sie zu ersetzen. Ist doch alles Schnee von gestern.«

Glaubte er, er könnte sie damit abfertigen? Dass er ihr nur ein bisschen Geld zustecken musste, und alles war wieder gut?

»Und das Fenster … ja, also, das war nicht geplant. Ich wollte nur mit dir sprechen, aber du hast nicht aufgemacht, und da habe ich Steinchen an dein Schlafzimmerfenster geworfen. Und einmal habe ich vielleicht ein bisschen danebengetroffen.«

»Was?« Er war hier gewesen, um sie zu besuchen? Er wusste, wo ihr Schlafzimmerfenster war? Das wurde ja immer verrückter.

Ein leises Knurren ertönte aus der Küche. Daisy hatte Lucys gestressten Tonfall wahrgenommen.

»Weißt du was, Liam, ich bin heilfroh, dass ich endlich über dich Bescheid weiß. Dass ich sehen kann, was für eine kleine Ratte du in Wahrheit bist. Deine Affäre war nur die Spitze des Eisbergs, stimmt's? Gott sei Dank sind wir nie dazu gekommen, zu heiraten. Das wäre eine verdammte Katastrophe geworden.«

»Du machst einen Fehler, Luce. Aus dem Camper-Typen wird nie was werden, und ich kenne dich doch. Was wir hatten, das war was Gutes. Ein schönes Zuhause, tolle Autos …«

»Nein, Liam, du kennst mich kein bisschen. Es war alles eine große Heuchelei. Du hast dich nur um dich selbst gekümmert, genau wie jetzt. Und *Jack* – so heißt er nämlich, und nicht Camper-Typ – ist ein verdammt guter Kerl und hundertmal mehr wert als du. So, wenn du nicht in den nächsten fünf Sekunden von hier verschwindest, zeige ich dich wegen Sachbeschädigung und Belästigung an, und wenn du dich noch einmal in mein Dorf wagst, packe ich dich persönlich bei deinen verdammten Eiern und hänge dich daran auf.«

Jetzt ertönte ein ohrenbetäubendes Bellen und schon hing Daisy an Liams Hosenbein und zerrte knurrend daran.

»Herrgott!«, fluchte Liam und schlug nach ihr. »Nimm den verdammten Köter von mir weg!«

Daisy war im Verteidigungsmodus, um ihr Frauchen zu beschützen, und Liam hüpfte von einem Fuß auf den anderen und schrie herum.

Lucy wartete gut dreißig Sekunden, bevor sie Daisy zurückrief. »Genug jetzt, Daisy.«

Die kleine Hündin wich zurück und Lucy hob sie auf, bevor Liam sie treten konnte. Hätte er das getan, wäre er fällig gewesen. Dann hätte sie ihn hier und jetzt an den Eiern aufgehängt. Vielleicht sogar auf dem Dorfplatz an der Spitze des Weihnachtsbaums als größten und hässlichsten Christbaumschmuck aller Zeiten.

Liam blieb trotzig stehen, wo er war, und starrte das Duo an. Lucy fragte sich plötzlich ein wenig besorgt, wie sie diesen starken und mittlerweile echt wütenden Kerl im Notfall aus ihrem Haus bekäme.

Doch dann, als hätte er eingesehen, dass er auf verlorenem Posten stand, drehte er sich um, wütend und mit rotem Kopf, und rauschte hinaus. Lucys Herz raste immer noch, als sie hörte, wie die Haustür hinter ihm zuschlug, das Auto ansprang und er davonfuhr. Auf Nimmerwiedersehen, dachte Lucy, mit der heldenhaften Daisy in ihren Armen, die Liam mit einem letzten

Bellen verabschiedete. Lucy hatte das untrügliche Gefühl, dass Liam sich in nächster Zeit hier nicht mehr blicken lassen würde, und damit konnten sie beide sehr gut leben.

Die Luft war rein. Ihr Ex war von einem gewaltigen Gewitter hinausbefördert worden.

23. KAPITEL

Nach diesem absonderlichen Treffen hatte Lucy keine Zeit zu verlieren, und so war eine Stunde später der Foodtruck beladen und abfahrbereit. Es gelang ihr sogar, in den Weihnachtsmodus zu schalten, und das Einzige, was jetzt noch fehlte, war Schnee, dachte sie, als sie an diesem kalten Dezembermorgen losfuhr. In der Wettervorhersage war zwar von Schneegestöber über den Hügeln die Rede gewesen, aber zu dieser Jahreszeit blieb der Schnee kaum liegen, und wenn überhaupt, gab es höchstens eine dünne Puderschicht. Unten in den Tälern bekam man davon oft nicht mal etwas mit.

Nachdem sie Daisy bei ihrem Bruder in Obhut gegeben hatte, fuhr Lucy vorsichtig über die geschlängelten Landstraßen ins Landesinnere in Richtung der Cheviot Hills. Die Landschaft zog sich wie ein Flickenteppich zu beiden Seiten der Landstraße hin: Weideland, gesprenkelt mit Schafen und Rindern, Felder, auf denen man Wintergerste und wie Kohl aussehende Zuckerrübenspitzen erahnen konnte. Der Pferdeanhänger holperte über ein unebenes Stück Asphalt, wo die Straße sich verschmälerte, und Lucy verringerte die Geschwindigkeit, als ein altmodisches Straßenschild anzeigte, dass die Burg nur noch eine Meile entfernt war.

Sie passierte die majestätischen Pfeiler aus Stein und das gusseiserne Tor zur Einfahrt und fuhr mit ihrem Gespann eine weite Allee entlang, die von mächtigen alten Buchen mit knorrigen Ästen gesäumt war. Dann ragte das Schloss selbst vor ihr auf, märchenhaft mit seinen verwitterten cremefarbenen Steinmauern und Zinnen. Steintreppen führten zu einem schweren antiken Holzportal, das von zwei kleinen Weihnachtsbäumen mit funkelnden weißen Lichtern umrahmt wurde. Oh ja, dieser wunderschöne historische Ort sah wirklich so aus, wie es sein sollte, und überstieg schon jetzt all ihre Erwartungen.

Gerade als sie sich fragte, wo sie eigentlich hinmusste, kam ein hochgewachsener Herr in einem langen marineblauen Wollmantel und einer lustigen roten Fliege mit Stechpalmenmuster heraus. Er hüpfte die Treppe hinunter und rief: »Hier vorn, meine Liebe. Ihr Platz ist genau hier, auf dieser Seite des Eingangs. Ja, perfekt. Sie stehen hier zusammen mit …« Er schaute auf sein Klemmbrett. »Ach ja, dem Cocktail-Camper.«

Also würde Jack nicht nur ebenfalls hier sein, sondern auch noch den ganzen Tag direkt neben ihr stehen. Na ja, vielleicht brachte diese Nähe die Chance mit sich, ein wenig zu reden und sich gegenseitig auszuhelfen. Vielleicht bekam sie sogar die Gelegenheit, ihm die neueste Liam-Geschichte zu erzählen und ihm seine unbegründeten Befürchtungen zu nehmen. Hoffentlich konnten sie bald diese unangenehme Kluft überbrücken, die sich zwischen ihnen aufgetan hatte. »Okay, danke.« Sie machte sich daran, den Anhänger in die richtige Position zu manövrieren, wobei der Typ mit der Fliege verschiedene Handzeichen gab, als würde er ein Flugzeug nach der Landung einweisen. Sie musste lächeln, denn sie war inzwischen ein Ass im Pferdeanhänger-Einparken, aber es war schön, dass er sich bemühte, ihr zu helfen.

Als sie in Position gefahren war, stand der Gentleman neben ihrem Fenster. »Stromanschlüsse gibt es, und falls sonst noch etwas gebraucht wird, einfach rufen. Derek und ich werden den ganzen Tag hier unterwegs sein. Übrigens, ich bin Malcolm.« Er reichte ihr die Hand, und sie schüttelte sie durch das Fenster des Jeeps.

»Freut mich, Malcolm. Lucy. Ach, und übrigens gern per Du, wenn's recht ist. Vielen Dank.«

»Prima. Ellie und Joe sind natürlich auch da. Ich gehe davon aus, dass einer von ihnen bald bei dir vorbeischauen wird. Ich sage ihnen, dass du hier bist. Nun, dann lasse ich dich mal in Ruhe.«

»Danke.«

Lucy freute sich darauf, Ellie persönlich kennenzulernen. Sie hatte sich am Telefon so freundlich angehört. Außerdem konnte sie es kaum erwarten, einen Blick in die Haupthalle der Burg zu werfen und sich die anderen Stände anzuschauen. Vielleicht schaffte sie es sogar, ein paar zusätzliche Weihnachtsgeschenke für ihre Familie und Freunde zu besorgen, denn der Countdown für die Festtage lief. Da ihre Aushilfe Abby in etwa einer Stunde zu ihr stoßen würde, um bei der Pizza-Produktion zu helfen, hoffte sie, dass sie irgendwann die Gelegenheit hätte, sich umzuschauen.

Aber das Wichtigste zuerst. Sie war hier, um zu arbeiten, und sie musste so schnell wie möglich ihren Pizzaofen anheizen und vorbereiten. Es gab Holzscheite, die zum Brennen gebracht werden mussten, und perfekte Pizzen zuzubereiten.

»Na, dann mal los«, sagte sie sich und stieg aus, um den Pferdeanhänger aufzuklappen und die festtägliche Version von *Feuer und Flamme* herzurichten. Sie hatte sich nämlich für das Weihnachtsmotto richtig ins Zeug gelegt. Außer Pizza gab es heute noch hübsch verpackte Mini-Panettoni. Sie waren ihr beim italienischen Großhändler ins Auge gefallen, und sie wollte sie auf der Theke zum Kauf anbieten, ebenso wie ihren selbst gebackenen Clementinen-Limoncello-Kuchen nach Nonnas Rezept. Pizza und Dessert, warum nicht?

Lucy, heute in ihrem weihnachtlichen Rudolph-Pulli, hängte sorgfältig eine Girlande aus Kiefern- und Tannenzapfen über der offenen Luke auf. Sie hatte auch Lichterketten, Sträuße von silbernen und roten Weihnachtsbaumkugeln und eine Auswahl hübscher, aus Holz gefertigter Sterne vorbereitet. Außerdem waren ihre üblichen italienischen Wimpel durch eine Wimpelkette ersetzt worden, bei der jedes Fähnchen einen Buchstaben trug, sodass sie zusammen »Merry Christmas« ergaben.

Innerhalb von zwanzig Minuten brannte das Holz im Ofen. Er brauchte zwar noch Zeit, um auf Temperatur zu kommen, verbreitete aber schon jetzt mit seinem Feuerschein eine gemütliche Wärme. In den Wintermonaten war es so viel angenehmer, am Ofen zu arbeiten, als im Sommer, wenn man dort förmlich schmorte.

Als sie aufblickte, sah sie einen auffälligen Vintage-Camper die Einfahrt herauffahren. Oh, Ruby war angekommen, und mit Ruby natürlich auch Jack. Lucy schluckte hart, als sie ihn am Steuer sah.

Er hielt neben dem Pferdetransporter an, und Lucy winkte und lächelte zaghaft, doch Jack machte ein düsteres Gesicht.

»Hi«, sagte sie kleinlaut und ging zu Ruby hinüber, um ihn zu begrüßen. »Alles klar? Wird ein langer Tag werden heute.«

»M-hm«, war seine kurze Antwort. Er wandte den Blick ab und schickte hinterher: »Ja, ich muss dann mal loslegen. Hab nur noch eine Stunde bis zur Eröffnung.« Nicht nur die Luft war kalt, auch Jacks Ton war äußerst frostig. Um ein Uhr ginge es los, daher entschied Lucy, dass auch sie sich besser den Vorbereitungen für die Pizza widmen sollte. Das hier war sicher nicht das Wiedersehenstreffen, das sie sich erhofft hatte.

Der mit Fliege angetane Malcolm erschien wieder mit dem Klemmbrett in der Hand. »Guten Morgen. Schön, Sie hier auf Claverham Castle zu sehen. Sie müssen Jack sein, richtig?«

Jack lächelte kurz und nickte.

»Na ja, Sie sind der einzige Camper, den wir gebucht haben, war also nicht schwer zu erraten.« Malcolm lachte schallend. »Also gut, Jack, Sie stehen genau hier.« Er wies auf den Platz neben *Feuer und Flamme*.

Bildete Lucy es sich nur ein oder fror Jacks Lächeln im selben Moment komplett ein?

»Ja, wunderbar. Dann wünsche ich einen erfolgreichen Tag.« Und schon wandte sich Malcolm mit einer Drehung auf seinen schwarzen Lederabsätzen um, denn eben kam ein weiteres Fahrzeug an.

*

Jack öffnete Rubys Luke und gab damit den Blick auf die mit Glühbirnen beleuchtete Tafel frei, auf der er die heutigen Spezialitäten aufgeführt hatte: Cranberry Fizz (er hatte fabelhaften Cranberrylikör als Zugabe zu gekühltem Prosecco gefunden), Glühwein (logisch!), heiße Schokolade mit Schlagsahne und allem Drum und Dran (auch Varianten mit Baileys oder Rum), Irish Coffee, einen Cocktail namens »Dark and Stormy«, einen Toffee-Apple-Cocktail, Mocktails und vieles mehr. Er konnte nicht umhin, einen Blick auf Lucy zu werfen, die ihr Haar zu einem dunklen, glänzenden Knoten hochgesteckt hatte und sich darauf konzentrierte, kleine Schachteln mit Kuchenstücken zu stapeln. Sein Herz setzte unwillkürlich einen Schlag aus.

Schnell konzentrierte er sich wieder auf die Arbeit. Er sollte lieber weitermachen, also befestigte er frische Zweige an der Vorderseite von Rubys verchromter Theke: Stechpalme, Tanne und Efeu, alle aus dem Garten seiner Eltern. Außerdem hatte er eine große rote Samtschleife, die er über die Windschutzscheibe drapieren konnte, und jede Menge Lametta und silberne und goldene Kugeln, um den Garnierstand damit zu schmücken.

Obwohl es zu dieser Jahreszeit kühl draußen war, hatte er sich dem Anlass entsprechend gekleidet und trug einen schwarzen Smoking mit einer roten Samtfliege. Er liebte es, alles für das Cocktail-Camper-Erlebnis zu geben. Ruby war glänzend poliert und hatte ja sowieso dieses festliche Rot. Als er fertig war, trat er zurück, um sein Werk stolz zu begutachten, und nickte zufrieden. Ruby sah wirklich prächtig aus, das konnte man nicht anders sagen.

Da Lucy und er als die einzigen Gastro-Betriebe am Eingang des Schlosses standen, waren sie sozusagen für den ersten Eindruck zuständig. Darum mussten der *Cocktail-Camper* und *Feuer und Flamme* unbedingt präsentabel sein und einen warmen, festlichen Empfang bieten, auch wenn ihre Besitzer sich momentan nicht grün waren. Sie lächelten und verbargen ihre Gefühle – zumindest für den Augenblick.

*

Jack wollte gern noch eine Verschnaufpause vor der Eröffnung der Veranstaltung einlegen und nutzte die Zeit, um einen Blick ins Innere der Burg zu werfen. Er stieg die ausgetretenen Steintreppen hinauf. Das alte Holzportal war nur angelehnt und wartete auf den Ansturm der Menge. Es öffnete sich in eine kleine Passage, die zu einem schweren Eisentor und weiter in einen offenen, hübsch gepflasterten Innenhof führte, den die Mauern der Burg an allen vier Seiten umgaben. Es war, als sei man in die Vergangenheit zurückgereist … ins Mittelalter, mit einem Hauch von viktorianischer Zeit. Hier waren mehrere Stände mit handgefertigten Geschenken aus Holz, Kerzen, Marmeladen und Eingemachtem aufgebaut, und sogar ein Mann, der geröstete Maronen verkaufte, war da. Es roch köstlich und erinnerte an alte Zeiten. Das Rösten von Maronen hatte etwas Dickens'sches an sich, überlegte Jack. Er erkannte die Marmeladenfrau und grüßte sie freundlich.

Von drinnen hörte man lautes Geplauder und es wirkte sehr geschäftig dort. Jack trat ein und sah hohe Koppelfenster, alte Teppiche an den Wänden und zwei riesige Kamine, in denen massive, wie Baumstämme anmutende Holzscheite brannten, wodurch der Raum in ein sanftes Licht getaucht wurde. Noch dazu verströmten sie einen winterlichen Geruch nach Holzrauch. In der Haupthalle herrschte munteres Treiben. Kisten mit Leckereien und Geschenken wurden ausgepackt und Auslagen angeordnet. In einer Ecke stand ein gewaltiger Weihnachtsbaum, der fast die extrem hohe Decke berührte. Er musste über sechs Meter hoch sein. Beeindruckend. Wenn man sich so umschaute, musste es mindestens dreißig Stände geben. Es war wie eine weihnachtliche Version der Höhle in der Geschichte von Aladin mit der Wunderlampe.

»Hallo!« Eine Frau um die dreißig kam auf Jack zu. Sie trug eine mit Stechpalmen gemusterte Schürze über einem schwarzen Kleid und dazu hohe Stiefel. Ihre dunkelblonden Haare hatte sie unordentlich auf dem Kopf hochgesteckt. »Kann ich irgendwie helfen?«

»Oh, ich sehe mich nur kurz um, bevor es losgeht«, erklärte er. »Ehrlich gesagt hatte ich auch gehofft, die Toiletten zu finden. Ich habe den Cocktail-Camper draußen vor der Burg.«

»Ach so, dann musst du Jack sein. Wir haben ja schon telefoniert. Hi, ich bin Ellie, die Organisatorin. Schön, dich kennenzulernen.«

Er war beeindruckt, dass sie sich seinen Namen von der Buchung gemerkt hatte.

»Wow, es ist so schön hier. Was für ein beeindruckendes Schloss.« Das war etwas ganz anderes als die Doppelhaushälfte, in der er mit Matt wohnte.

»Ja, es macht schon was her, nicht wahr? Ich finde es selbst immer noch ziemlich grandios, und ich wohne jetzt schon seit acht Jahren hier.« Ein warmes Lächeln erhellte ihr Gesicht.

»Ellie, entschuldige, wenn ich euch unterbreche, aber wir brauchen dich unten in der Teestube«, rief ein Herr im schicken Tweed. »Doris hat anscheinend ein Problem mit den Mince Pies.«

Malcolm, der ihn zuvor begrüßt hatte, trat näher und stöhnte auf. »Oh Gott, sag nicht, dass sie ihr wieder verbrannt sind.«

»Schön, dass du hier bist, Jack«, sagte Ellie. »Tut mir leid, aber da muss ich mich wohl sputen. Malcolm wird dir sicher den Weg zu den Toiletten zeigen.«

Drinnen war alles startklar. Und es wurde bald Zeit für ihn, zum Camper zurückzukehren. Er hoffte nur, dass ihn ein arbeitsreicher Nachmittag von seinen Problemen mit Lucy ablenken würde.

*

Lucy fühlte sich irgendwie unruhig. Jack schien tatsächlich entschlossen, sie zu ignorieren, und ihre Aushilfe Abby war immer noch nicht da, dabei war es bereits zwanzig nach zwölf. Als sie hörte, dass von der Landstraße her Fahrzeuge zu ihnen einbogen und über die Kiesauffahrt herankamen, wischte sie nervös über die Schürze. Sie zwang sich zu einem Lächeln und machte sich zur Begrüßung der ersten Ankömmlinge bereit. Autotüren schlugen zu, die ersten erwartungsvollen Besucher spazierten plaudernd heran, und kurz darauf kam die nächste Fahrzeugkolonne durch das Schlosstor. Weihnachten war angekommen auf Claverham Castle. Lucy spürte einen Anflug von aufgeregter Erwartung. Ein weiteres großes Event, das sie zu bewältigen hatte, ein weiterer Meilenstein für ihr Geschäft.

Dann kam Abby, dem Himmel sei Dank, in den Foodtruck gestürmt und zog sich blitzschnell ihre Schürze an. »Tut mir leid, dass es so knapp geworden ist, Luce. Das war nicht geplant. Mum brauchte heute das Auto und musste mich nach unserem Einkauf hier absetzen. Es hat eine Weile gedauert, überhaupt herzukommen, sorry. Erst hingen wir hinter einem Traktor fest und dann haben wir an der Einfahrt eine lange Schlange umfahren müssen.«

»Kein Problem, Hauptsache, du bist hier«, sagte Lucy, die sehr erleichtert war, dass Abby es noch geschafft hatte.

Von der anderen Seite des Weges hörte sie, wie Barmann Jack ganz in seinem Element war und sich fröhlich in Szene setzte. »Hallo und willkommen zum Weihnachtsmarkt auf Claverham Castle. Kann ich Ihnen einen Glühwein oder eine Baileys-Hot-Chocolate kredenzen? Oder Cranberry-Limonaden-Fizz für die Kleinen?«

Lucy fühlte einen Stich im Herzen. Sie wünschte nur, er hätte so gestrahlt, als er sie vorhin gesehen hatte.

»Jemand eine Pizza ›Turkey and Trimmings‹? Knoblauchbrot mit geschmolzenem Mozzarella?«, rief Lucy und zwang sich zu einem einladenden Lächeln.

Es war jetzt nicht die Zeit, über ihre wacklige Beziehung zu grübeln. Die Gäste kamen, und die Caterer hatten alle Hände voll zu tun.

21. KAPITEL

»Es läuft schon ein bisschen …«

»… zu ruhig?«

»Hmm … ja, würde ich sagen.«

»Nervös, Chefin?«

»Ach, keine Sorge, Abby, ich bin sicher, dass es gleich richtig losgeht.«

Die ersten Gäste hatten höflich in Richtung des Pferdetransporters gelächelt, waren aber vorbeigegangen.

»Wenn die Ersten bestellen, kommt der Rest von selbst«, sagte Lucy mit einem angespannten Lächeln, klang aber ein wenig gestresst.

»Na klar«, gab Abby zurück. Sie war damit beschäftigt, Lucys spezielle Tomatensoße auf die aufgercihten Pizzaböden zu streichen, und schien ganz optimistisch.

In der Zwischenzeit war Jack drüben bereits plaudernd dabei, seine Cocktails zu schütteln und zu servieren und würzig duftenden Glühwein auszuschenken. Aus der Gruppe schick gekleideter Frauen um die dreißig, die dort stand, ertönte schallendes Lachen, was Lucy, die noch gar keine Kundschaft gehabt hatte, noch mehr verunsicherte. Er war so verdammt charmant und ließ alles so leicht aussehen, wie er sich da an seiner Bar präsentierte. Das ärgerte sie in ihrem momentan unbehaglichen Zustand umso mehr. Ja, er war ein Charmeur und unterhielt sich nett hinter der Bar, aber wenn es um echte Beziehungen, um Liebe, um den Hauch einer festen Bindung ging, duckte er sich weg und tauchte ab, wie es schien. Lucy wollte unbedingt wissen, wo sie wirklich standen.

Schließlich kam ein junges Pärchen an die Pizzatheke. Die beiden machten ihr Komplimente zum hübschen Pferdeanhänger und bestellten eine Pizza von ihrer Weihnachtsspezialität sowie eine mit Schinken und Pilzen. Das brachte ihr immerhin eine willkommene Abwechslung.

Bald darauf änderte sich die Lage und sie mussten plötzlich Vollgas geben, weil es Dutzende von Pizzen zu verteilen galt.

Die Kunden waren ganz versessen auf ihre »Turkey and Trimmings«-Pizza: leckeres Putenfleisch und Miniröllchen aus Wurst und Bacon – »Schweinchen im Schlafrock« genannt – sowie mundgerechte Häppchen einer Salbei-Zwiebel-Mischung, die darübergestreut wurden. Zu Lucys Freude gab es jede Menge positive Kommentare, nur ein kleiner Junge verzog das Gesicht und stellte seiner Mutter gegenüber klar, dass er auf keinen Fall ein Weihnachtsessen auf seiner Pizza haben wollte, schon gar nicht mit Rosenkohl drauf. Darüber musste Lucy lachen.

Schon bald brummte es nur so auf der Burg, denn der Weihnachtsmarkt war in vollem Gange. Die Besucher strömten hinein und heraus und probierten die Leckereien an den verschiedenen Ständen, natürlich auch bei *Feuer und Flamme* und dem *Cocktail Camper*, wo der Glühwein glückliche Kunden aufwärmte, die auf der Suche nach den perfekten Weihnachtsgeschenken waren. Der Duft von Zimt und Gewürzen, von Tannenbäumen und Winterwäldern wehte durch die kalte Luft.

*

»Ho, ho, ho!«

Etwa eine Stunde später schaute Lucy von ihrem Pizzastand auf und direkt auf den Weihnachtsmann im ganz traditionellen rot-weißen Outfit, der einen riesigen Sack mit Geschenken auf den Rücken gebunden trug. Er kam auf … tja … einem Quad angefahren, das lautstark die Einfahrt entlanggebraust kam. Eine Schar von Kindern und Eltern hatte sich oben auf der Schlosstreppe versammelt, in Begleitung von Ellie, Malcolm und einer kleinen Frau mittleren Alters mit einem ziemlich strengen Topfhaarschnitt. »Winkt dem Weihnachtsmann, Kinder«, rief sie.

Die Kinder taten wie befohlen, dabei hätte man sie gar nicht ermutigen müssen. Sie winkten sowieso wild und schrien aufgeregt durcheinander ihr »Hallo«.

Da fiel Lucy ein, was sie in den sozialen Medien gesehen hatte. Es sollte hier eine Weihnachtsmann-Grotte geben, ebenso wie ein traditionelles Weihnachtslieder-Singen im Innenhof und Ponyreiten während des ganzen Nachmittags. Sie wünschte, sie hätte ihrem Bruder davon erzählt, denn der kleine Freddie wäre begeistert gewesen.

Sie sah sich den Weihnachtsmann genauer an. Er war groß, schon in fortgeschrittenem Alter und recht schlank, wenn sich auch unter seiner roten Jacke ein falscher Bauch wölbte, der bei aufmerksamerem Hinsehen irgendwie seitlich abzustehen schien. »Also, wart ihr denn dieses Jahr brav?«, rief er etwas unwirsch, als er unten an der Treppe anhielt. »Wenn ja, dann folgt mir.«

Er war sicherlich ein ziemlich schrulliger Weihnachtsmann, aber die Kinder schien das nicht zu stören. Eine ganze Schar trottete hinter ihm her in die Hauptburg, als wäre er der Rattenfänger. Der prall gefüllte große Sack, der sicher Geschenke enthielt, lockte sie zweifellos an.

*

Als sich die mittägliche Warteschlange gelichtet hatte, nutzte Lucy die Gelegenheit, um auf Erkundungstour zu gehen, und überließ Abby kurzzeitig die Verantwortung. Erwartungsvoll stieg sie die Stufen hinauf und trat durch die schwere Holztür ins Schlossinnere.

Sie wurde von einem gepflasterten Hof begrüßt, der aus dem Mittelalter zu stammen schien und auf dem viele Stände mit bunten Planen aufgebaut waren. Lucy stöberte durch die niedlichen Holzanhänger und Spielzeuge, handgefertigten Kissen, herrlich duftenden Kerzen und sonstigen Dinge. Der Geruch von Maronen aus dem kleinen Wagen zog durch die Luft, als sie vorbeischlenderte.

Sie ging eine weitere Steintreppe hinauf, deren Geländer mit Tannen und Efeu geschmückt war, und ihr entfuhr ein kleiner Schrei, als sie die große Halle des Schlosses betrat. Mit den knisternden Kaminen, den Weihnachtsliedern, den brennenden Kerzen und den festlichen Essens- und Handwerksständen mutete es wie ein Dezembertraum an. In einer Ecke funkelte ein riesiger Weihnachtsbaum mit bunten Lichtern, und ganz hinten wartete eine niedliche Weihnachtsmann-Grotte darauf, entdeckt zu werden: Der Weihnachtsmann saß auf einem großen Sessel, und um seine Füße scharten sich aufgedrehte Kinder. Ihr erwartungsvolles Lächeln schien ansteckend zu sein, denn Lucy merkte, dass sie selbst ein breites Grinsen im Gesicht trug.

Sie entdeckte Emma, die sie auf dem Seefest in Warkton-by-the-Sea kennengelernt hatte, umgeben von einem Stand mit wunderschönen handgefertigten Pralinen, die aussahen, als kämen sie aus einem Willy-Wonka-Weihnachtsfilm. Vor ihr auf dem Tisch stapelten sich Kakao-Köstlichkeiten in Schächtelchen und hübschen Zellophantüten, die mit weihnachtlichen Schleifen verziert waren. Hier gab es ein paar tolle Geschenke für ihre Mutter, Nonna und ihre Freunde.

Sie manövrierte sich durch die Menschenmassen. »Hey, hi Emma.«

»Hey, schön, dich zu sehen. Wie ist es dir ergangen? Arbeitest du hier? Hast du es geschafft, noch einen Standplatz zu kriegen?« Emmas Lächeln erhellte ihr freundliches Gesicht.

»Ja, mir geht's gut, danke. Und mein Pizzaanhänger steht draußen vor dem Tor. Vielen Dank für den Tipp.«

»Das ist ja super. Freut mich, dass du dabei bist. Es ist eine großartige Veranstaltung.«

»Ja, es ist so schön hier und so viel los!«

»Da wird einem selbst ganz festlich zumute, obwohl man arbeitet, stimmt's?«

»Genau. Ach, und Ellie habe ich auch schon kennengelernt. Sie scheint sehr nett zu sein.«

Ellie war vorhin zum Pferdetransporter gekommen, um zu schauen, ob alles gut lief.

»Ja, ist sie, und übrigens, wenn du zwei Tische weitergehst, findest du Rachel. Grüß sie von mir und sag ihr, dass ich dich geschickt habe … und dass du neu in der Szene bist. Und gönn dir auf jeden Fall einen Sticky-Toffee-Pudding, wenn du schon mal da bist. Glaub mir, du wirst es nicht bereuen. Sie sind göttlich.«

»Ja, dann mache ich das glatt«, sagte Lucy strahlend. Die fahrenden Gastronomen waren eine so enge Gemeinschaft, und es war so schön, von ihnen willkommen geheißen zu werden. »Danke, und sie heißt Rachel, sagst du?«

»Ja, ihre Mutter heißt Jill. Sie haben das Hofcafé auf der Primrosefarm.«

»Oh, okay, darüber habe ich schon viel Lobendes gehört. Ich wollte schon immer mal mit meiner Mutter hinfahren.«

»Das solltest du. Es ist wunderschön dort.«

Das wäre ein Termin für den Frühling, dachte Lucy.

Sie konnte nicht widerstehen, ein paar Geschenkpäckchen mit Trüffeln, Fudge und Baileys-Pralinen (die sie vielleicht für sich selbst reservieren musste) mitzunehmen. Sie entdeckte sogar ganz fantastische Pralinen in der Form von Rentieren und Weihnachtsmännern für Freddie.

Sie wartete, bis sie an der Reihe war, und bezahlte alles bei Emma. »Die sehen klasse aus.«

»Danke, und wenn ich später Zeit habe, besuche ich dich. Vielleicht brauche ich mal ein Stück Pizza, um wieder in Schwung zu kommen.«

»Ja schön, bis dann.« Lucy fühlte, wie ihre aufkeimende Freundschaft sie innerlich wärmte.

Nachdem sie an einem Kerzenstand vorbeigegangen war, wo es würzig und warm und regelrecht nach Weihnachten roch, entdeckte Lucy einen Tisch voller preisverdächtiger Weihnachtspuddings, also dieser herrlichen Biskuitkuchen, in Soße getränkt. Es gab Sticky-Toffee-Pudding, gewürzten Ingwerpudding … Pudding in Hülle und Fülle. Das musste dann wohl der Stand vom Hofcafé der Primerosefarm sein. Eine dunkelhaarige junge Frau war mit Servieren beschäftigt und sprach mit einer Kundin. Als Lucy die leckere Auswahl betrachtete, trat eine etwas ältere Dame mit grauem Bubikopf und einer gepunkteten Schürze lächelnd zu ihr. »Kann ich Ihnen helfen? Möchten Sie vielleicht eine Kostprobe?«

»Oh, hallo. Ähm, ja, gern.«

»Ich habe gerade ein paar Probierhäppchen vom Schoko-Orangen-Pudding vorbereitet. Hier, bitte schön.« Sie reichte Lucy ein kleines Töpfchen mit einem Klecks Pudding und einen kleinen Holzlöffel.

In Lucys Mund explodierten die köstlichsten Aromen. »Wow, ist das lecker. Ich nehme einen davon, einen Weihnachtspudding, oh, und ich muss auch einen Sticky-Toffee-Pudding haben. Den hat Emma mir empfohlen.«

»Etwa Emma vom Schokoladenstand?«

»Ja. Ich bin übrigens Lucy«, stellte sie sich vor. »Ich arbeite heute auch hier. Ich habe den Pizzastand draußen vor dem Eingang.«

»Ah ja, den haben wir gesehen, als wir reinkamen. In einem Pferdeanhänger, das sieht so hübsch aus. Was für eine tolle Idee. Ich hoffe, ihr habt einen erfolgreichen Tag.«

»Ja, bisher scheint es wirklich gut zu laufen. Ich bin zum ersten Mal hier. Es ist auch mein erstes Geschäftsjahr.«

»Na, dann wünsche ich dir viel Glück. Hat mich gefreut, dich kennenzulernen.«

Die jüngere Frau nickte ihr ebenfalls freundlich zu und lächelte, wurde aber von einem Ansturm von Kunden in Anspruch genommen.

»Apropos … Ich mache jetzt wohl auch besser mal weiter. Hat mich auch gefreut, euch kennenzulernen.«

Als Lucy wieder nach draußen kam, war der Himmel in schweres Grau getaucht, und Schneeflocken fielen in sanften Wirbeln herab. Es war ein wunderschöner Anblick, wie aus einem Märchen. Aber irgendetwas in den düsteren Wolken ließ Lucy ahnen, dass eine Wetterfront heranrückte, und als sie ihren launischen Barmann im Cocktail-Camper sah, fröstelte sie innerlich.

25. KAPITEL

»Guten Tag, meine Damen, was kann ich für Sie tun? Möchten Sie vielleicht etwas zum Aufwärmen?« Jack grinste kokett, während Schneeflocken seine Wangen bestäubten.

»Na, das können Sie laut sagen.« Die fülligere der beiden Frauen mittleren Alters stupste ihre Freundin an, und sie kicherten wie zwei Teenager.

»Oh, dann habe ich hier genau das Richtige – meinen Toffee-Apple-Cocktail.«

»Aha, was ist denn da drin? Klingt ganz nach meinem Geschmack.«

»Brandy, Karamell, Zimt und Apfelsaft, auf Eis oder warm serviert, ganz wie Sie mögen.« Er zog eine Braue hoch.

»Damit kriegen Sie mich, junger Mann. Ich nehme so einen. Und am liebsten aufgewärmt, das wäre sehr schön«, fügte sie in verführerischem Ton hinzu.

»Klingt verdammt gut, Susan. Schade, dass ich fahren muss.«

»Keine Sorge, ich kann auch eine alkoholfreie Version ohne Brandy machen. Das ist nicht ganz so unanständig, aber bestimmt genauso lecker.« Jack zwinkerte ihr zu.

»Ja, warum nicht? Dann machen Sie mal. Tun Sie auch ein Kuscheln mit rein, bitte?« Sie kicherte.

Jack grinste und begann mit seiner Mixomagie. Er präsentierte ihnen eine tolle Show aus Schütteln und Rühren und goss die goldene Flüssigkeit schließlich mit Schwung in Glasbecher.

Als Nächstes kam ein junges Paar an die Reihe, das sich einen weihnachtlichen Fizz wünschte, also servierte Jack einen prickelnden Prosecco-Cocktail mit Preiselbeeren und Clementine. Sie nahmen ihre Gläser, sagten »Cheers« und stießen an, während die Schneeflocken noch ein bisschen dichter fielen. Rubys Lichter funkelten und leuchteten um sie herum, und die Leute sahen glücklich aus.

»Fizz in a Flurry«, verkündete Jack, »passend zum Schneegestöber. Da ist der Name Programm.«

»Danke, das ist super, Kumpel.« Der Typ grinste, »und ich finde deinen Camper so genial. Hey, bist du auch auf anderen Events?«

»Ja, sicher. Warum?«

»Also, wir heiraten nächstes Jahr und … na ja, Cocktails in einem Camper, das wäre der Hit. Also, wir würden dich sehr gern für den Sekt-Empfang engagieren. Das wäre fantastisch, stimmt's, Debs?«

»Ja, das wäre so cool.«

»Hört sich gut an.« Jack überreichte seine Visitenkarte. »Ich habe schon auf vielen Hochzeiten gemixt. Ich kann alles auf Wunsch persönlich gestalten. Ruft mich einfach an, wann immer ihr wollt.«

Das Paar schlenderte fröhlich davon und Jack konnte nicht umhin, einen Blick zu Lucy hinüberzuwerfen, die ihn zufällig auch gerade beobachtete. Ihre Blicke trafen sich für einen Moment und lösten sich dann schnell wieder voneinander.

Jack schaute in den düsteren Himmel, der nun von einem tiefen, wolkenreichen Grau überzogen war. Der Schnee wurde immer schwerer, und da der Markt ohnehin in etwa einer Stunde enden würde, fuhren die Leute nach und nach heim.

Abbys Mutter hatte von dem Wetterumschwung gehört und angerufen, um sie zu warnen, und Callum, ihr Freund, hatte angeboten, sie abzuholen. Als er ankam – und sie ganz süß auf die Wange geküsst hatte – hüllte er sie gleich in seinen warmen Wintermantel ein, weil ihre *Feuer und Flamme*-Uniform nicht wirklich schneetauglich war.

»Hey, Leute, alles klar hier?« Er grinste breit. »Bereit zum Abmarsch, Abs?«

Abby schaute Lucy an, die zustimmend nickte. Die meiste Arbeit war getan, und sie ließ ihre Aushilfe gern etwas früher Feierabend machen.

»Auf den Straßen wird es übrigens schon ein bisschen heikel«, sagte Callum. »Es ist ratsam, möglichst langsam zu fahren, aber vor allem solltest du nicht zu lange mit der Abfahrt warten, Lucy. Oder sollen wir vielleicht auf dich warten? Wir können hintereinander herfahren, nur für den Fall …«

»Das ist lieb von dir, Callum, aber es dauert noch ewig, bis der Ofen abgekühlt ist, und vorher kann ich hier nicht weg. Nein, nein, ihr zwei könnt ruhig los. Ich komm schon klar.«

»Ganz sicher?« Abby schaute zweifelnd.

»Aber klar. Los, macht schon. Hier gibt es genug Leute, die helfen können, wenn es nötig wird«, fügte sie beruhigend hinzu, vielleicht etwas zuversichtlicher, als sie sich beim Blick auf das Schneetreiben fühlte.

»Okay, pass auf dich auf und schick mir bitte eine Nachricht, wenn du zurück bist, ja?«, bat Abby.

»Ja, mach ich. Du hörst dich genauso an wie meine Mum.« Lucy musste lächeln.

Als sie weggingen und Callum seinen Arm schützend um Abbys Schulter legte, wurde Lucy wieder wehmütig, weil sich die Dinge zwischen ihr und Jack so sehr verändert hatten. Dass dieser verdammte Liam es geschafft hatte, ihr noch einen Knüppel zwischen die Beine zu werfen, und Jack sich so frostig gab, brachte sie total aus dem Gleichgewicht. Sie fühlte sich irgendwie verletzlich.

Schnell schüttelte sie die nachdenkliche Stimmung ab, servierte und produzierte die nächste halbe Stunde allein ihre Pizzen, aber das war in Ordnung, denn sie wollte nicht zu früh schließen und die Kunden damit enttäuschen. Außerdem wurde es jetzt sowieso langsam ruhiger. Sie hatte einen angenehmen und profitablen Arbeitstag hinter sich, das ließ sich an der prall gefüllten Kasse ablesen. Und es war in vielerlei Hinsicht schön, im Dunkeln an einem heißen Ofen zu stehen, während um sie herum die Schneeflocken tanzten. Sie konnte es kaum erwarten, aufzuräumen und es sich zu Hause gemütlich zu machen. Und vielleicht – nur vielleicht – konnte sie Jack dazu bringen, sich die Geschichte von ihrem Debakel mit Liam anzuhören, bevor sie sich in die kalte Nacht verabschiedeten.

Aber es sah so aus, als hätte das Wetter andere Pläne. Eine Viertelstunde vor der offiziellen Schließung um siebzehn Uhr wurde es richtig weiß. Lucy legte schnell mit dem Aufräumen los und beobachtete, wie die Schulkinder, die ihre Weihnachtslieder zu Ende gesungen hatten, deren Familien und die anderen Besucher nun in Scharen hinausströmten. Lucy würde jedoch noch eine ganze Stunde warten müssen, bis der Ofen so weit heruntergekühlt war, dass sie ihn wieder in den Anhänger verfrachten konnte.

Es dauerte nicht lange, bis die meisten Standbesitzer ihre Waren in die Lieferwagen gepackt hatten und ebenfalls die Auffahrt hinauffuhren, die bereits von einer fünf Zentimeter dicken Schneeschicht bedeckt war. Lucy wurde langsam unruhig, denn sie hatte das Gespann mit dem Pferdeanhänger noch nie auf Schnee gefahren.

Da kam Jack herüber, der immer noch niedergedrückt wirkte. »Meinst du, du kommst zurecht mit der Rückfahrt?«, fragte er, ohne ihr richtig in die Augen zu sehen.

»Tja, ich weiß nicht. Keine Ahnung, wie es sich mit dem Anhänger auf Schnee fährt. Mal sehen.«

Schneeflocken klebten an ihren Wimpern und ihrer Kleidung, und sie konnte ihre Besorgnis nicht verbergen.

»Okay, keine Sorge.« Er biss sich auf die Unterlippe. »Ich bleibe hier, bis du abfahrtbereit bist. Dann kann ich dir zumindest ein Stück des Weges folgen. Wir fahren zusammen bis zur Hauptstraße und schauen, wie die Bedingungen dort sind.« Seine Worte klangen steif.

»Danke.« Lucy schenkte ihm ein Lächeln. Wie sehr sie sich danach sehnte, sich in seine Arme zu schmiegen, aber da lauerte immer noch dieses Gefühl der Distanz zwischen ihnen.

Sie packten so viel weg, wie sie konnten, und gingen dann in die Burg, um Schutz vor der Kälte und dem Schneetreiben zu suchen, während sie darauf warteten, dass Lucys Ofen abkühlte. Die letzten Standbesitzer räumten noch die Halle auf, aber die meisten waren schon weg. Auch die Burgangestellten waren mit Aufräumarbeiten beschäftigt, und Lucy musste schmunzeln, als sie eine als Elfe verkleidete Frau sah, die den Bereich unter dem riesigen Weihnachtsbaum staubsaugte.

Da kam Malcolm durch den Haupteingang hereingestürmt, und die orangefarbene Warnweste, die er über dem Mantel trug, war schneebedeckt. Er klopfte laut auf einen Holztisch, um sich Gehör zu verschaffen, und rief dann: »Sorry, Leute, aber ihr müsst eine Weile hier ausharren. Im Moment hat es keinen Sinn, von hier wegzufahren.«

»Warum? Was ist passiert, Malcolm?«, fragte Ellie, die gerade helfen wollte, einen der Tapeziertische zusammenzuklappen.

»Joe versucht, die Sache in den Griff zu kriegen, aber, tja, ein großer Transporter ist auf der Straße ins Schleudern geraten, vermutlich auf Glatteis, und halb im Graben gelandet. Der Rest steht quer auf der Fahrbahn, sodass die Straße erst mal blockiert ist. Man kommt nicht vorbei.«

»Oh je, ist jemand verletzt?«, fragte Ellie besorgt.

Alle im Raum hatten aufgehorcht.

»Nein, dem Fahrer geht es gut, er ist nur ein bisschen durchgeschüttelt worden. Es ist Alan vom Stand mit dem Holzspielzeug. Ich glaube, die Front seines Lieferwagens ist einigermaßen im Eimer.«

Ein Seufzen und Gemurmel ging durch den Raum.

»Armer Alan«, hörte man jemanden sagen, und »Was für ein Pech«.

»Kann ich irgendwie helfen?«, fragte Jack und trat vor.

»Danke, aber es sind bereits mehrere Leute vor Ort. Wir warten auf den Abschleppwagen von der örtlichen Werkstatt. Am besten bleibt ihr erst mal hier, wo es trocken und warm ist.«

»Dann schüre ich mal das Feuer.« Der Weihnachtsmann kam aus der Grotte hervor. Nach dem Nachmittag mit den vielen

Kindern sah er ziemlich zerzaust aus. »Derek, meinst du, du könntest noch ein paar Holzscheite holen?«

»Schon dabei, Lord Henry.«

Der Weihnachtsmann war gleichzeitig ein Lord. Wie fabelhaft, dachte Lucy. Dieser Ort steckte wirklich voller Überraschungen.

»Ich halte euch auf dem Laufenden«, versprach Malcolm, schlug seinen Kragen hoch und setzte die Wollmütze wieder auf, um sich erneut den Elementen zu stellen.

»Danke, Malcolm. Nun denn, während wir warten – möchte jemand ein Heißgetränk aus der Teestube?«, rief Ellie in den Raum. »Ich bringe mal ein paar Tabletts mit Tee und Kaffee, ja? Bestimmt lassen sich auch ein paar Mince Pies auftreiben.«

»Danke, das ist lieb. Darf ich dir helfen?«, bot Lucy an.

»Ja, gern. Komm einfach mit mir runter.«

Lucy folgte Ellie über eine steinerne Wendeltreppe, die aus der hintersten Ecke der Halle hinabführte und gut zu der Geschichte von Rapunzel gepasst hätte. Brrr, es war kalt da drin. Am Ende der Treppe traten sie durch eine schwere Holztür in die Teestube des Schlosses, in der ein großes, loderndes Feuer brannte. An der Decke hingen gusseiserne Kronleuchter, und die Wände waren mit vielen Antiquitäten und Kuriositäten geschmückt: große Geweihe, Kupferkessel, alte Küchengeräte und Wandteppiche.

Die kleine dunkelhaarige Frau, die Lucy zuvor mit den Kindern auf der Treppe gesehen hatte, räumte eifrig die Tische ab.

»Doris, wir haben einen kleinen Notfall«, verkündete Ellie. »Die Straße ist blockiert, daher sitzen die letzten Standbetreiber vorerst hier fest. Also lass uns den Wasserkocher und die Kaffeemaschine wieder einschalten, damit wir heiße Getränke für alle machen können.«

»Ach du meine Güte. Ist es so schlimm geworden mit dem Schnee? Ich hoffe, es ist niemand verletzt?«

»Nein, zum Glück nicht. Aber da draußen liegt eine dicke Schneedecke. Ein Lieferwagen ist ins Rutschen geraten und steht jetzt quer auf der Fahrbahn, sodass man nicht mehr durchkommt. Und so, wie es draußen aussieht, ist noch mehr von dem weißen Zeug zu erwarten.«

»Oh nein, ob mein Clifford es da überhaupt schafft, mich abzuholen?«

»Sicher nicht, Doris, es sei denn, er ist mit Chitty Chitty Bang Bang mit Flügeln unterwegs. Am besten rufst du ihn an und sagst ihm, dass er noch etwas warten soll.«

»Righty-ho. Ich will ja nicht, dass er auch noch da draußen feststeckt.«

»Sind noch Mince Pies oder etwas anderes übrig, womit man die Truppe ein wenig aufheitern kann?«

»Ja, sicher. Wir haben reichlich gebacken, da sind noch mindestens zwei Dutzend in der Küche. Es gibt auch noch etwas Shortbread und ein paar Brownies.«

»Das dürfte reichen.«

Während sie die Getränke zubereiteten und Lucy Milch in einen Krug goss und die Becher auf ein Tablett stellte, plauderte Ellie mit ihr und wollte alles über ihren Pizzawagen erfahren.

»Mir ist schon klar, dass es eine echte Herausforderung sein kann. Ich bin vor acht Jahren hierhergekommen, nachdem ich mein bisheriges Leben in Newcastle verbracht hatte. Das war eine Art Feuertaufe, aber ich habe mich sehr schnell in diesen Ort verliebt, na ja, und in den Manager der Burg natürlich.« Sie grinste breit. »Ich kann mir nicht mehr vorstellen, irgendwo anders zu leben.«

»Oh, wie schön.« Lucy fühlte wieder einen Stich. Sie freute sich für Ellie, aber sie konnte auch nicht umhin, an ihre Beziehung mit Jack zu denken. Würden sie jemals so zusammen sein können, oder steuerte sie nur auf einen tiefen Fall zu?

*

Als sie in die große Halle zurückkehrten, herrschte reges Geplauder, während das Aufräumen immer noch weiterging. Ein großer, älterer Mann in einem ausgeblichenen cremefarbenen Kaschmirpulli und grünen Chinos fegte den Boden mit einem großen Besen, verfolgt von einem etwa vierjährigen Jungen.

»Opa, wo ist der Weihnachtsmann jetzt?«

»Oh, ich wette, sein Schlitten ist gekommen, um ihn zu holen, Jack. Jetzt, wo alle Kinder nach Hause gegangen sind.«

»Aber er hatte doch ein Quad.«

»Ja, sicher, aber nur für das letzte Stück des Weges. Ich wette, die Rentiere haben ihn vorher in den Wäldern abgesetzt. Wie hätte er sonst hierherkommen sollen?«

Der kleine Junge stand einen Augenblick lang still und dachte nach. »Hm, glaubst du, Rudolph war auch dabei?«

»Höchstwahrscheinlich.«

»Bestimmt. Er mag Schnee.«

Der Junge überlegte wieder, bevor er hinzufügte: »Ich dachte, der Weihnachtsmann ist dick.«

»Hmm, vielleicht ist er durch die viele Arbeit ein bisschen dünner geworden«, kam trocken die Antwort. Lucy konnte sehen, wie der große Kerl schief lächelte. Dann fuhr er fort: »Sicher legt er wieder etwas zu, wenn er am Feuer sitzt und viel Truthahn und Mince Pies isst.«

»Ach so, ja.« Der kleine Junge schien mit dieser Antwort zufrieden zu sein und schob nach: »Und Schokolade.«

»Hat jemand was von Schokolade gesagt?«, fragte Emma. »Hier, ich lege ein paar meiner Süßigkeiten zu den Getränken. Wir werden ja wohl eine Weile hier sein. Möchtest du etwas, Jack?« Sie öffnete ein paar Schachteln mit Trüffeln und ein Päckchen Fudge und stellte sie auf den großen Holztisch in der Mitte des Raums neben die Platte mit warmen Mince Pies, Shortbread und Brownies.

Der kleine Junge rannte nach vorn, um sich als Erster etwas auszusuchen, und grapschte sich ein Stück Fudge und ein quadratisches Stück Schoko-Brownie.

»Oh, oh, das ist genug, mein Sohn«, warnte Ellie, als Jack das große Stück Karamell hinunterschlang und schon wieder die Hand ausstreckte.

»Och Mu-um.« Er runzelte die Stirn und verschränkte mürrisch die Arme.

»Lass erst mal alle anderen etwas nehmen und vergiss deine Manieren nicht. Vielleicht bleibt später ja noch ein kleines Stück für dich übrig.« Ellie wandte sich den Standbesitzern zu. »Kommt nur und bedient euch, Leute. Es kann gut sein, dass wir noch eine Weile hier zusammen sind. Und vielen Dank, Emma.«

Sie machten es sich gemütlich und unterhielten sich, wobei sie weiter aufräumten. Draußen vor den Fenstern schneite es ohne Unterlass.

*

»Und? Neuigkeiten?«, fragte Ellie eine halbe Stunde später, als Malcolm bibbernd in die Halle kam und mit jedem Schritt eine

Wolke aus feinem Schnee abschüttelte. »Meine Güte, das ist ja wie in der Arktis da draußen.«

Ihm folgte ein großer, ziemlich gut aussehender dunkelhaariger Mann.

»Daddy!« Der kleine Junge rannte auf ihn zu.

Der Mann hob den Jungen hoch und wirbelte ihn in einer regelrechten Schneewehe herum.

»Der Weihnachtsmann ist schon weg«, sagte der Junge hastig, »aber es gibt Süßigkeiten und Kekse, darum ist es nicht schlimm.«

»Na, das ist gut. Und ich könnte eine heiße Tasse Kaffee vertragen.«

»Es is-st eisk-k-alt da dr-r-außen«, sagte Malcolm und klapperte dabei mit den Zähnen. Er schnappte sich einen Mince Pie und kauerte sich ans Feuer. Derek, sein Partner, versorgte ihn schnell mit einer warmen Decke.

»Und«, fragte Ellie, »wie sieht es auf der Straße aus, Joe? Wir haben hier einige Leute, die einen arbeitsreichen Tag hinter sich haben und darauf warten, nach Hause zu kommen.«

Joe schüttelte den Kopf. »Tut mir leid, Leute. Wir haben es zwar geschafft, den Van aus dem Graben zu ziehen, aber er war kaum in der Lage, auf der Straße zu bleiben und rutschte kreuz und quer weg. Simon von der Farm hat ihn abgeschleppt und dafür gesorgt, dass Alan sicher bis ins Dorf kommt. Aber da draußen ist es lebensgefährlich. Der Schnee ist gnadenlos. Gerade wird es auch noch windiger, was das Schneetreiben noch verschlimmert. Die Straßen im Umkreis sind tückisch, selbst mit einem Geländewagen. Mit dem Traktor geht es gerade so, aber alles andere könnt ihr vergessen. Das Risiko ist es nicht wert.«

»So können wir euch nicht wegfahren lassen«, sagte Malcolm von seinem Platz am Kamin aus.

»Wirklich?«

»Oh nein.«

Ein Wirbel aus windgepeitschtem Schnee schlug wie zur Bestätigung gegen die Sprossenfenster.

Die Versammelten standen da und schienen leicht geschockt.

»Aber ich muss wirklich zurück, ich habe eine Sechsjährige zu Hause«, platzte Rachel vom Hofcafé heraus.

»Ach, Liebes, keine Sorge. Bei Tom und Oma Ruth geht es ihr doch gut«, beruhigte ihre Mutter Jill sie. »Bestimmt wird sie nach Strich und Faden verwöhnt. Wir können ja mal anrufen.«

»Stimmt auch wieder.«

»Und ganz sicher ist es ihnen lieber, wenn du später heil nach Hause kommst, als wenn du jetzt einen Unfall riskierst«, fügte Lord Henry weise hinzu.

»Dann schlage ich vor, dass wir abwarten, bis der Sturm vorbei ist«, riet Joe gelassen. »Wir warten bis morgen Früh. Dann können wir die Straßenverhältnisse prüfen, würde ich sagen.«

»Morgen Früh?« Der Mann vom Kerzenstand klang erschrocken. Seine Frau war blass geworden.

»Oh.«

»Aber …«

»Lord Henry und Joe haben recht«, bestätigte Doris entschieden und verschränkte die Arme. »Sieht so aus, als würden wir vorerst alle hierbleiben. Möchte noch jemand einen Tee?«

»Danke, aber wie geht es denn jetzt weiter? Wie können wir helfen?«, fragte Jack.

Lucys Gedanken kreisten um diese neue Wendung der Ereignisse. Zum Glück war Daisy sicher und warm untergebracht bei Olly. Sie musste ihn und ihre Mutter nur kurz anrufen und ihnen sagen, was los war, damit sie sich keine Sorgen machten.

»Okay, Leute, ich habe eine Idee.« Ellie ging hinüber, um kurz mit Joe zu sprechen, der zustimmend nickte. »Wir können euch die Zimmer im Stalltrakt für die Nacht überlassen. Normalerweise nutzen wir sie als Unterkunft für Hochzeitsgäste«, erklärte sie.

»Aber … macht euch das nicht einen Haufen Arbeit? Wir wollen euch doch nicht zur Last fallen«, sagte Lucy.

»Das ist kein Problem, wirklich. Derek, würdest du dich darum kümmern, dass die Feuer in den Zimmern angezündet werden? Und such Colin, er muss irgendwo in der Nähe sein. Er wird heute sicher nicht viel bei den Außenanlagen machen können, und Joe kann dir auch zur Hand gehen. Doris, du kannst heute Nacht gern im Gästezimmer in unserer Wohnung übernachten. Ich will nicht, dass Clifford oder sonst jemand heute die Fahrt auf diesen Straßen im Schneesturm riskiert«, sagte Ellie, die das Heft in die Hand genommen hatte.

»Seid ihr sicher?«, fragte das Kerzenmacherpaar. »Wir wollen euch wirklich keine Umstände machen …«

»Entweder so, oder ihr campiert in der Halle, und da kann es furchtbar zugig werden«, entgegnete Ellie munter.

»Na ja, dann … ahm … danke«, antwortete Jack und fluchte im Stillen. Er würde eine ganze Nacht hier mit Lucy verbringen müssen, dabei schwirrte ihm sowieso schon der Kopf …

»Ja, das wird das Beste sein«, sagte Emma. »Ich rufe lieber mal Max an und sage ihm, dass er den Auflauf wieder aus dem Ofen nehmen soll, wenn ich heute nicht nach Hause komme.«

»Alles gut, es ist wirklich kein Problem. Doris und ich improvisieren später etwas zu essen für euch.«

»Lass uns wenigstens dabei helfen«, bot Jill an.

»Ehrlich gesagt war Doris gerade dabei, das Sonntagsessen für die Teestube morgen vorzubereiten, aber bei diesem Schneechaos bezweifle ich, dass meine Kunden es überhaupt auf sich nehmen werden, herzukommen. Vielleicht braten wir gerade umsonst zwei große Truthähne … die müssen schließlich gegessen werden. Es ist sicher genug für alle da. Höchstens wird es ein etwas spätes Abendessen.«

»Das hört sich gut an. Lass uns danach noch ein paar Puddings auftischen«, bot Rachel an. »Möchte jemand Toffee- oder Weihnachtspudding?«

»Oh ja, bitte«, rief Emma grinsend, die wusste, wie köstlich sie waren.

»Wenn das so ist, kann ich uns sicher einen Cocktail vor dem Essen mixen und eine Flasche Fizz auftreiben«, meldete sich Jack zu Wort. »Vielleicht auch später einen Irish Coffee?« Wenn sie schon hier festsaßen, konnte er auch dazu beitragen, dass es für alle ein wenig angenehmer wurde.

»Tja, meine Pizzen sind leider alle, aber ich kann mit den Gemüsebeilagen für den Truthahn helfen, also schälen und schnippeln, oder?«, bot Lucy an.

»Und ich mache, was auch immer zu tun ist, sagt es mir einfach«, fügte die Kerzenfrau hinzu. »Ich bin übrigens Karen.«

»Danke, Leute, aber die Füllung könnt ihr mir überlassen. Ich habe da mein Geheimrezept«, sagte Doris, die gerade wieder aus dem Treppenhaus in der Ecke auftauchte und eine frische Kanne Tee hochbrachte.

»Dann wird es also Teamwork. Danke, Leute.« Ellie sah erfreut aus. »Gut, während die Jungs die Zimmer vorbereiten, hole ich mal Bettzeug.«

»Oh, dabei helfe ich dir«, sagte Lucy schnell.

»Ich auch«, riefen Rachel und Emma wie aus einem Mund. »Zwei Doofe, ein Gedanke«, sagten sie und lachten.

Man aß und trank noch schnell zu Ende und machte sich dann an die Arbeit. Alle hatten zu tun, während Malcolm es sich am Feuer gemütlich machen und auftauen durfte, der Arme. Emma und Lucy kümmerten sich gemeinsam mit Ellie um »den Haushalt«, während Jill, Karen und Doris sich in die Teestube begaben, wo sie einen Haufen Karotten, Kartoffeln und Pastinaken auftürmten. Jack schloss sich Joe und den Jungs an, um die Öfen in den Unterkünften anzuzünden und zusätzliche Holzscheite – oder eher Baumstämme – in die Halle zu tragen, damit die Flammen in dem gewaltigen Kamin weiter flackern konnten.

Ihr Teamgeist hatte geholfen, eine Krise in etwas wesentlich Angenehmeres zu verwandeln. Ja, sie waren offiziell eingeschneit, aber so, wie es sich anhörte, würden sie es auf der Burg sehr gemütlich haben. Dem Himmel sei Dank, dass ihre Gastgeber so gastfreundlich waren. Ja, es hörte sich sogar alles sehr vergnüglich an. Das einzige Problem war, dass es in dieser eingeschneiten Burg ein bisschen zu gemütlich war. Er und Lucy mussten hier viele Stunden miteinander verbringen, und das bedeutete, dass man sich nirgendwo verstecken konnte.

26. KAPITEL

Draußen war es bitterkalt, als Lucy und Jack die Luken des Campers und des Pferdeanhängers für die Nacht verriegelten. Der Wind und der Schnee wirbelten in eisigen Böen um sie herum. Selbst mit Handschuhen und Mütze war es eisig. Lucys Zehen fühlten sich an wie Eisblöcke in ihren Lederstiefeln, als sie endlich zurück in die sichere Burg kamen, seltsam taub und kribbelnd. Selbst ihre dicken Socken waren diesem Wetter überhaupt nicht gewachsen.

Derek führte sie durch einen überdachten Weg zu ihrer Unterkunft für die Nacht, die in dem ausgebauten Trakt lag, in dem sich einst die Ställe befunden hatten.

»So, da wären wir«, sagte er und öffnete die Tür zu einer Doppelzimmer-Suite.

»Oh«, murmelte Lucy.

»Okay«, stammelte Jack.

Derek bemerkte ihr Zögern gleich und schaute von einem zum anderen. »Ähm, habe ich das richtig verstanden? Ihr seid ein Paar, oder? Also, nur weil Emma sagte …«

»Ja, sicher, alles super«, antwortete Lucy schnell.

»Gut, dann lasse ich euch mal allein. Das Feuer wird in einer

Minute ordentlich brennen. Da sind noch jede Menge Holzscheite und auch ein paar Kohlen. Wir haben zwar Heizkörper, aber die sind manchmal eigenwillig.« Er zog eine Grimasse, als hätte er sich notgedrungen in die Eigenheiten des Schlosses gefügt. »Es dauert etwa einen Tag, bis sie wieder richtig funktionieren, wenn sie eine Zeit lang abgeschaltet waren«, erklärte er. »Wir sehen uns dann um acht zum Abendessen unten in der Teestube, gut?«

»Ja, vielen Dank, Derek«, antwortete Lucy höflich.

»Danke.«

Und damit waren Jack und Lucy sich selbst überlassen.

Die Luft fühlte sich schwer an, aufgeladen mit Spannung.

»Oh Gott, es ist aber auch wirklich verdammt kalt da draußen«, stammelte Lucy und ging näher an das offene Holzfeuer heran.

»Ja, Joe meint, es sind mittlerweile minus zwei Grad. Damit hat, glaube ich, niemand gerechnet.«

»Und dann noch dieser W-wind …« Lucy zitterte immer noch.

Sie starrte ins Feuer, spürte Jacks Nähe. Sie musste etwas sagen, um die eisige Atmosphäre zu durchbrechen, also drehte sie sich um und zwang sich, ihm in die Augen zu sehen. »Jack, was ist los? Du bist schon den ganzen Tag so distanziert.«

»Ach, nichts.«

»Das sieht aber nicht so aus. Du schneidest mich. Hör zu, ich weiß, wie es auf der Weihnachtsbaumfeier für dich ausgesehen haben muss, mit Liam …«

»Ich will nicht darüber reden«, sagte er und sein Tonfall war eiskalt.

Er wollte ihr also wieder die kalte Schulter zeigen.

»Jack, bitte sprich mit mir. Wenn wir nicht reden …«

Er schüttelte nur traurig den Kopf. Es war zu viel. Alles fühlte sich plötzlich so schwer an. Er konnte nicht vergessen, was er gesehen hatte.

»Bitte, Jack, komm her.«

»Ich gehe spazieren«, murmelte er.

»In dieser sibirischen Kälte, die draußen herrscht? Du wirst erfrieren. Komm ans Feuer.«

»Ist schon okay, ich brauche nur etwas Abstand. Wir sehen uns beim Abendessen in der Burg.«

Damit drehte er sich um, öffnete die Tür in den winterlichen Abend hinein und ließ Lucy allein zurück, die ungläubig in die flackernden Flammen des Feuers starrte.

Eine Stunde später, als sie sich nach einer warmen Dusche etwas wohler fühlte, machte sich Lucy wieder auf den Weg zum Hauptgebäude der Burg. Beim Betreten der Teestube stockte ihr der Atem. Du lieber Himmel! Im Gegensatz zu vorhin war der Raum wie verwandelt. Ellie, Joe und das Burgteam mussten sich mächtig ins Zeug gelegt haben. Der lange Holztisch war mit der festlichen Tischdeko geschmückt, die sich zuvor in der Halle befunden hatte, und dazu gab es wunderschöne von Karen und James gespendete Weißer-Winter-Duftkerzen, die sanft flackerten. Wow, die ganze Gruppe schien fest entschlossen, diesen Abend zu einem besonderen gemeinsamen Erlebnis zu machen. Umso mehr schmerzte es sie, als sie einen Blick auf Jack warf, der etwas unterkühlt aussehend ganz hinten am gegenüberliegenden Ende des Tisches stand. All das hob die Distanz zwischen ihnen noch deutlicher hervor.

Ellie kam aus der Küche gehuscht, ihre Schürze umgebunden und einen Holzlöffel in der Hand, und verkündete, dass das

Essen in fünfzehn Minuten fertig sei. Die Hilfsangebote lehnte sie höflich ab, mit dem Hinweis, dass zu viele Köche den Brei verderben würden.

Nachdem Jack Schlehen-Gin-Cocktails für alle gemacht hatte, freute er sich nun, zwei Flaschen Sekt für einen »fließenden Übergang« spendieren zu können.

Dann gesellten sich Doris und Ellie zu der Gesellschaft und verteilten Teller mit dem Truthahngericht, das köstlich aussah. Schließlich setzten auch sie sich mit einem erleichterten und wohlverdienten Seufzer hin.

»Das sieht großartig aus. Vielen Dank für all das hier, Ellie, Joe, Lord Henry und alle anderen«, verkündete Jack feierlich. »Also, lasst uns die hier köpfen und auf unsere Gastgeber anstoßen.«

»Hört, hört«, rief Malcolm. Er war aufgetaut und zu seiner vorherigen Pracht zurückgekehrt, in neuer Garderobe und mit einer glitzernden Fliege. Zusammen mit Derek hatte er dem Tisch den letzten Schliff gegeben, Besteck, Weingläser und alles Weitere vorgelegt.

»Oh, es geht nichts über ein bisschen festlichen Schampus«, fügte Derek zwinkernd hinzu.

»Absolut.« Jack strahlte.

Das Knallen der Korken hallte durch die alten Gemächer, und Jack schenkte jedem ein Glas ein. Auf der anderen Tischseite saß Joe neben dem kleinen Jack – der hatte bereits ein Glas Limonade vor sich und war fest entschlossen, auf keinen Fall eine Party durch Zubettgehen zu verpassen … nie und nimmer, schon gar nicht eine Weihnachtsfeier – mit Großvater Lord Henry, Emma, Rachel und Jill, Karen und James sowie Colin, dem Schlossgärtner.

Jack, der nun neben Lucy saß, hob sein Glas, sagte »Vielen, herzlichen Dank« und »Zum Wohl«, und alle »Überraschungsgäste« fielen im Chor ein.

»Hört, hört«, fügte Malcolm noch einmal hinzu.

Dann rief der kleine Jack: »Frohe Weihnachten!«, woraufhin alle lachen mussten.

»Du bist ein bisschen früh dran, junger Mann«, sagte sein Opa mit einem Lächeln.

Es mochte zwar zwei Wochen zu früh sein, aber es war wirklich ein unvergessliches Weihnachtsessen. Draußen wirbelte der Schnee und warf schemenhafte Muster an die Fensterscheiben, während das Feuer in der Teestube trotzig fauchte und die nach Zimt duftenden Kerzen flackerten. Das Essen war festlich und fabelhaft: Truthahnbraten mit allen Beilagen, gefolgt von »Granny Ruths« Weihnachtspudding mit viel Sahne. Die Gäste waren viel zu satt, um sich nach dem berauschenden Festmahl noch bewegen zu können. Man saß beisammen und erzählte sich von vergangenen Weihnachtsfesten, von Schneestürmen in den Bergen auf der Primrosefarm bei Rachel und Jill und von der Hochzeit auf der Burg vor ein paar Jahren, die wegen starken Schneefalls fast abgesagt worden wäre. In letzter Minute war sie mithilfe des hiesigen Traktors gerettet worden, der Braut und Bräutigam und die Gäste herbrachte. Es war ein unvergessliches Abendessen mit neu gewonnenen Freunden, die sich bereits wie Familie anfühlten.

Zum Abschluss des Festmahls gab es von Jack in der Küche gezauberten Irish Coffee für alle. Der kleine Jack war tief und fest auf seinem Stuhl eingeschlafen, in eine Decke eingemummelt, nachdem er von Emma als krönenden Abschluss Pralinen in Form von Rudolph, dem Rentier bekommen hatte. Durch die Wärme, sowohl des Feuers als auch von der Gemeinschaft, hatte es niemand eilig, auf sein Zimmer zu gehen.

*

Das war es, worum es an Weihnachten ging: Wohlwollen, gutes Essen und Freundschaft. Lucy seufzte, als sie sich in der Runde umschaute, die sich aus Not und Freundlichkeit heraus zusammengefunden hatte. Wie sie hier um den Tisch in der Teestube saßen, während draußen die Welt weiß und ein wenig wild war, wie sie scherzten und sich fröhlich vor dem knisternden Feuer unterhielten, fühlte es sich ein wenig wie eine Zeitreise in ein anderes Jahrhundert an. Irgendwie unwirklich, aber auch gemütlich und ziemlich magisch. Und so ein Fest musste nicht einmal unbedingt am Weihnachtstag stattfinden. Es ging nur darum, zusammen zu sein, mit alten und neuen Freunden.

Noch einmal riskierte sie einen Blick zu Jack, der neben ihr saß. Malcolm hatte sie auf seinem hastig erstellten Tischplan nebeneinander platziert, ohne zu wissen, dass es zwischen ihnen kriselte. Jack sah gut aus mit seinem sandfarbenen Haar und den schieferblauen Augen, die im Licht des Feuers funkelten, während er sich mit den anderen locker unterhielt. Großzügig, wie er war, bot er allen Sekt und Cocktails an. Sie erwog kurz, unter dem Tisch Jacks Hand zu fassen, zum Rückhalt, aber seine harschen Worte von früher am Abend hallten noch in ihrem Kopf nach. Sie seufzte schwer. Wie konnte ihr Herz so von dieser netten Gemeinschaft und diesem herrlichen, unerwarteten Festmahl erwärmt werden und sich doch gleichzeitig so kalt anfühlen?

*

Der Abend endete auf angenehme Weise, indem die nun sehr entspannte Runde den Rest vom Irish Coffee austrank. Man war gesättigt und hatte fabelhaft geschlemmt. Jetzt, als es an der Zeit war, aufs Zimmer zu gehen, wo man sich nicht aus dem Weg gehen konnte, fühlte Jack Beklemmung in sich aufsteigen.

Draußen hatte sich der Schnee zu feinem weißen Puder reduziert, das sanft herabfiel und das Licht einfing. Es war eiskalt, also gingen Lucy und Jack so schnell zu ihrem Zimmer in den Stallungen, wie es mit der gebührenden Vorsicht auf dem glatten Untergrund möglich war.

Lucy schloss rasch die Stalltür hinter sich, um so viel Wärme wie möglich drinnen zu bewahren, und hauchte in ihre eisigen Hände. Sie schaute sich einen Moment in dem Raum mit den rustikalen Holzbalken, dem Teppich im Gobelinstil, dem lodernden Feuer und dem schönen Himmelbett um.

»Ich nehme an, das hätte ein romantischer Unterschlupf für uns sein können, stimmt's?«, sagte sie wehmütig.

»Hätte es, Luce.« Jack sah sie an, und in seinen Augen glitzerten Tränen.

»Oh, Jack, was ist denn los?«, fragte sie und machte einen Schritt auf ihn zu.

Er trat zurück. »Hör zu, Lucy, ich … ich kann das nicht mehr.«

»Was denn? Jack, du kannst nicht immer nur weglaufen. Rede mit mir. Sag mir, was los ist. Da steckt mehr dahinter, das sehe ich doch. Deine Distanz … Und wenn du mich nur erklären ließest, anstatt dich vor mir abzukapseln.«

Er starrte sie nur an.

»Ich … ich dachte, du liebst mich, Jack«, sagte Lucy und spürte, wie sie innerlich zusammenbrach, »und dass das mit uns etwas wirklich Gutes wäre.«

»Ich kann nicht …« Seine Worte klangen gepresst.

»Sag mir wenigstens, warum. Das bist du mir schuldig.« Emotionen durchzuckten ihre Stimme.

»Wenn du es unbedingt wissen musst – ich habe euch gesehen.«

»Okay, ich weiß, wie das mit Liam bei der Weihnachtsbaumaktion ausgesehen haben mag, und ja, ich hätte nicht einfach mit ihm weggehen sollen, ohne etwas zu sagen …«

»Nein!«, fuhr Jack dazwischen, jetzt mit mehr Nachdruck. »Heute Morgen habe ich ihn gesehen, als ich bei dir vorbeischauen wollte, nach meinem Einkauf im Supermarkt in Seahouses.«

Sie blieb still und versuchte zu verstehen, was er meinte.

»Liam kam aus deinem Haus, um zehn Uhr morgens, Luce.« Er konnte ihr nicht in die Augen sehen, es tat zu weh. Er blickte zu Boden.

»Oh, Jack«, rief Lucy, und ihr Herzschlag raste, »es ist nicht so, wie du denkst. Ja, er war da, aber nur auf einen Kaffee. Ich wollte mich mit ihm aussprechen … um reinen Tisch zu machen.« *Was für ein Schlamassel!* Lucy wurde panisch. Die Luft zwischen ihnen fühlte sich plötzlich verseucht an. Es war, als würde sie daran ersticken.

»Das musst du mir glauben, Jack«, flehte sie.

»Ich weiß nur, was ich gesehen habe, Luce«, sagte er kalt.

Wie konnte sie ihn nur zur Vernunft bringen? Das war lächerlich, ein furchtbares Missverständnis. Aber Jack … na ja, er musste doch auch ein wenig Vertrauen in sie haben.

»Glaubst du wirklich, dass ich dazu fähig wäre? Du glaubst, ich würde dich mit diesem Arschloch betrügen? Ich würde dich niemals so verletzen. Wir müssen uns doch gegenseitig vertrauen können.«

»Vertrauen?« Jack sah sie ungläubig an.

»Ich verstehe, wie es auf dich gewirkt haben kann, Jack, aber das stimmt einfach nicht. Schau, es war Liam, der die Reifen des Pferdeanhängers zerstört hat, und er hat auch das Fenster des Jeeps eingeworfen …«

Lucy schüttelte den Kopf. Sie wusste, dass sie sich jetzt verzweifelt anhörte und es aussah, als würde sie nach Ausreden suchen. »Es war schrecklich, Jack, aber ich musste mich mit ihm treffen, um das zu klären …«

»Luce, bitte, ich weiß wirklich nicht, was ich denken soll«, sagte Jack und rieb sich mit den Händen übers Gesicht. Er hielt inne und schaute Lucy wieder an. »Ich weiß nur, dass ich eine Auszeit von all dem brauche.«

Lucy war wie erstarrt und brachte kein Wort mehr hervor.

Jack schnappte sich eine Decke vom Bett, ging zum Sofa hinüber und legte sich mit dem Rücken zu ihr hin, und ihr gemütlicher kleiner Unterschlupf fühlte sich frostig wie ein Iglu an.

27. KAPITEL

Am nächsten Morgen streckte Lucy einen Arm aus, gähnte und öffnete die Augen. Da wurde ihr klar, wo sie sich befand. Es war also doch kein verrückter Weihnachtstraum gewesen. Dann erinnerte sie sich, dass sie zwar in dieser wunderschönen, romantischen Burg eingeschneit waren, die letzte Nacht jedoch wie ein Albtraum geendet hatte. Jacks Worte verfolgten sie: »Ich muss mir eine Auszeit von all dem nehmen.« Das klang so sehr nach einem Abschied. Sie spürte, wie ihr unversehens die Tränen kamen, sie kniff die Augenlider für ein paar Sekunden zu und versuchte, die Tränen hinunterzuschlucken.

Durch das Schlafzimmerfenster konnte Lucy sehen, dass draußen immer noch hoch Schnee lag und es heftig fror. Der Himmel war von einem klaren, kalten Azur. Ein paar Eiszapfen hingen wie glasige Scherben vom oberen Fensterrahmen herab.

Dann schaute sie zum Sofa hinüber und sah nur eine zerknitterte Decke. Jack war also schon wach und streifte womöglich über das winterliche Burggelände.

Lucy kroch aus dem Bett. Es war kalt hier drinnen. Die Heizungsanlage musste, wie es aussah, noch aus dem viktorianischen Zeitalter stammen, und das Holzfeuer war schon vor

Stunden ausgegangen. Aber nichts davon war auch nur annähernd so kalt wie das schreckliche Gefühl in ihrem Innern. Nachdem sie sich schnell angezogen hatte, machte sie sich auf den Weg zum Hauptgebäude und entdeckte Joe und Ellie unten in der Teestube, zusammen mit Rachel, Jill und Emma. Jack war immer noch nirgends zu sehen.

Der Duft von Toast und Kaffee lockte sie herein. Sie brauchte etwas Warmes, Tröstliches. Nach dem Kaffee, dem warmen Toast mit Butter und einem kurzen Gespräch mit den Leuten beim Frühstück bot Lucy an, beim Abwasch zu helfen. Sie brauchte Beschäftigung, um sich abzulenken.

Als der Abwasch fertig war und nur noch Zeit totzuschlagen blieb, bis man sicher sein konnte, dass die Wege befahrbar waren, beschloss sie, einen Spaziergang über das Gelände zu machen. Nach dem Schneefall vom Vortag wirkte es wie ein frostiges Winterwunderland.

Eingehüllt in ihren warmen Wintermantel und Handschuhe spazierte Lucy durch den Schlossgarten und blickte sich ehrfürchtig um. Ein splittriges Gestrüpp aus weißem Raureif und glasigem Eis haftete an jeder einzelnen Pflanze, jedem Stein und jeder Hecke und glitzerte in der Morgensonne. Seit ihrer Ankunft vor nur vierundzwanzig Stunden hatte sich alles verändert – die atemberaubende, vom Frost gezeichnete Landschaft und ihre Beziehung zu Jack.

Sie ging weiter zwischen gepflegten Ligusterhecken hindurch und entdeckte Rosensträucher, deren letzte Herbstblüten nun zu Eis gefroren waren. Alles war still und leise, bis auf das Knirschen des Schnees unter ihren Füßen. Sie konnte nicht anders, als sich von all dem verzaubern zu lassen. An einer Quelle, deren Wasser mitten im Fluss gefroren war und wie eine atemberaubende

Eisskulptur aussah, hörte Lucy das Knirschen von Schritten auf dem Weg hinter sich. Sie drehte sich um. Es war Jack.

»Hi«, sagte sie mit weicher, zerbrechlicher Stimme.

»Hey …«

»Es ist wunderschön hier, oder? Der Schnee, der Himmel, die Pflanzen, die im Eis stecken.«

»Ja«, musste Jack zugeben und spürte einen Kloß im Hals.

Es war nicht nur der Schnee oder der Frost oder die Burg und ihre wunderschöne Umgebung, es war das, was sie in den letzten Monaten für ihr Zusammensein empfunden hatten. Und jetzt brach alles zusammen.

Sie blickten sich ein paar innige Momente lang an.

»Ich mache mich gleich auf den Weg«, verkündete Jack schlicht, doch in seinem Tonfall lag eine gewisse Traurigkeit.

»Oh …« Nach allem, was er gestern Abend gesagt hatte, wusste Lucy nicht, was sie antworten, wie sie ihn zu sich zurückholen sollte … oder ob sie dazu überhaupt in der Lage war. Alles, was sie im Moment wusste, war, dass Jack seinen Freiraum brauchte. Sie musste ihm Zeit geben.

Aber würde die Zeit jemals ausreichen?

»Kommst du zurecht?«, fragte er.

Meinte er die Straßen? Den Schnee? Es fühlte sich an, als frage er, ob sie ohne ihn zurechtkäme.

Sie nickte kurz. »Ich warte noch eine Weile, bis sich die Lage auf den Straßen beruhigt hat.«

»Pass auf dich auf, Luce.«

Während sie ihm mit feuchten Augen nachschaute, fragte sie sich, ob das Jacks Art war, sich zu verabschieden.

*

Als Lucy sah, wie Jack losfuhr, stiegen ungebetene Erinnerungen in ihr auf: der wunderschöne Morgen in Dunstanburgh; die schicke Geburtstagsparty – ihre erste Veranstaltungsbuchung –, auf der sie sich kennengelernt und er einen Faustschlag abbekommen hatte, als er sie beschützen wollte; sonnige Tage, an denen sie in den Dünen Cocktails tranken; und das unvergessliche Abendessen am Strand, als er einen Smoking trug und sie so gelacht hatten, weil die Flut sie überraschte und durchnässte … All das ging ihr durch den Kopf. Es konnte doch nicht so enden, nicht wegen eines dummen Missverständnisses. Oder?

Womöglich, so überlegte sie, war es nur ein Vorwand für tiefer begründete Bedenken, Jacks Bedürfnis, sich nicht zu binden? Sie fühlte sich bleischwer vor Angst. Dieser umwerfende, aber einen zur Verzweiflung bringende Mann war viel tiefgründiger, als es zunächst den Anschein gehabt hatte. Sie erinnerte sich an seine großspurige Cocktailshaker-Persönlichkeit von ihrem ersten Treffen. Dabei war er so tief wie ein Ozean, wie es schien.

Sie tat ihr Bestes, um nicht weiter in diesen Strudel der Melancholie hineingezogen zu werden. Es war auch für sie und *Feuer und Flamme* bald an der Zeit, hier wegzukommen. Nachdem sie sich beim Schlossteam bedankt und mit Joe den neuesten Stand der Dinge gecheckt hatte, machte sie sich auf den Heimweg durch die schneebedeckten Straßen. Ja, sie würde Jack den Freiraum geben, den er jetzt brauchte. Aber dann, wenn er sich ihr gegenüber weiterhin stur und verschlossen verhielt, würde sie an seine Tür klopfen und versuchen, die Dinge wieder ins Lot zu bringen. So leicht gab sie nicht auf. Dafür war ihre Beziehung viel zu wertvoll.

28. Kapitel

»Jack, geht es dir gut?«

Ein paar Tage nach der unfreiwilligen Übernachtung im Schloss saß er am Küchentisch seiner Eltern und blickte in den winterkahlen Garten.

»Es ist nur … du bist so schrecklich ruhig und, na ja, ein bisschen mürrisch, würde ich sagen«, fuhr seine Mutter fort.

»Du meinst, noch mehr als sonst?«, antwortete er trocken.

»Ja, genau. Du weißt, dass du mir immer alles sagen kannst … Also, wenn du reden willst …«

»Mir geht's gut, Mum, ehrlich.«

»Okay, also … jederzeit«, verstärkte sie das Angebot. »Noch eine Tasse Tee? Dein Vater braucht noch eine Weile. Er spielt Golf mit Tony.«

»Ja, gern, warum nicht?« Er hatte es nicht besonders eilig und war absichtlich hierher gefahren, weil er das Gefühl hatte, etwas Gesellschaft zu brauchen. Bei ihm in der Wohnung war es viel zu ruhig geworden, wenn Matt auf der Arbeit war.

Seine Mutter machte sich am Wasserkocher zu schaffen, während er ein einsames Rotkehlchen beobachtete, das im Vogelhäuschen herumhüpfte, wo es immer reichlich Körner gab.

»Wie war der Weihnachtsmarkt auf der Burg neulich? Ist alles gut gelaufen?«

»Ja, es war gut. Ich hab viel eingenommen«, sagte er unverbindlich.

»Und wie geht es deiner neuen Freundin? Lucy, stimmt's?«

Jack runzelte die Stirn. Allein der Gedanke an Lucy tat ihm weh.

»Wie läuft es mit ihr? Anscheinend verbringt ihr ziemlich viel Zeit miteinander«, fuhr Denise fort.

»Ja, es ist schön. Sie ist toll, sie ist …«, stotterte Jack, und sein leerer Tonfall verbarg eine Flut von Gefühlen. Die ganze Zeit über dachte er: *Sie ist schön, talentiert, witzig, klug und … sie bringt meine Seele zum Klingen.* »Aber – na ja …«

Jack blickte sich im Zimmer um. Seine Mutter hatte ihre Weihnachtsdeko aufgestellt: eher verhalten weihnachtlich, in Silber und kühlem Weiß, aber dennoch stilvoll. Seit zehn Jahren hatten sie kein großes Weihnachtsfest mehr gefeiert, sondern nur noch dem Anlass den erforderlichen Respekt gezollt und es durchgestanden, in ihrer gemeinsamen Trauer. Und dann das nächste Jahr in Angriff genommen.

»Na ja … was? Jack, du denkst doch nicht etwa daran, wieder wegzulaufen wie sonst immer?« Stille. Seine Mutter kannte ihn gut. Jack sagte nichts. »Wovor hast du solche Angst, Jack?«

»Vor gar nichts. Es klappt nur nicht so, wie ich dachte …«

Denise füllte die Teekanne und sah auf. »Es bedeutet nicht, dass du nicht verletzt wirst, wenn du dich abkapselst, Jack … keine Nähe zuzulassen bedeutet, dass *du* dich letztlich nur *selbst* verletzt.« Ihre Stimme wurde weicher, als sie sagte: »Du nimmst dir selbst die Chance, dass es irgendwann zu etwas Größerem werden könnte. Diese Frau bedeutet dir etwas, stimmt's?«

Jack biss sich auf die Innenseite der Wange. Die Lüge, die ihm auf der Zunge lag, kam ihm nicht so leicht über die Lippen.

Denise reichte ihm die Tasse und setzte sich ihm gegenüber. »Weißt du, es ist nicht immer leicht mit der Liebe, aber wenn du sie nie zulässt, verpasst du so viel. Ich denke, du verdienst mehr als das. Ich finde sogar, dass du es dir selbst schuldig bist, es zu versuchen.« Sie lächelte sanft. Im fahlen Wintersonnenlicht, das durch die Terrassentür fiel, waren ihre Falten noch deutlicher sichtbar als sonst. Sie hatte gelebt, hatte verloren, hatte geliebt … und liebte immer noch.

»Dein Vater und ich … es war manchmal hart, wie du weißt, aber wir haben uns durchgekämpft und waren immer füreinander da, wenn es darauf ankam. Das hat uns über alle Hürden geholfen und uns Kraft gegeben.«

»Ja …« Sein Kopf und sein Herz waren zu voll, um all diese Gefühle in Worte zu fassen.

»Weißt du«, fuhr Denise fort, »wir wären fast gar nicht zusammengekommen, damals …«

Jack schaute abrupt auf. »Wirklich?« Seine Eltern hatten immer den Eindruck eines Traumpaars gemacht.

»Und ob. Dein Vater wollte unbedingt heiraten und schnell eine Familie gründen. Und ich … ich hatte noch nicht so viel erlebt und wollte ein bisschen was von der Welt sehen. Damals hatte ich auch einen guten Job. Ich war Assistentin in einem erfolgreichen Familienunternehmen, das hier in Alnwick Fliegenfischerruten herstellte. Ich trug viel Verantwortung, organisierte die Reisen des Chefs, Meetings und Veranstaltungen, hier und dort und überall. Ich hab es geliebt.«

Wow, das war eine ganz neue Seite an seiner Mutter. Und die Nachricht, dass sie es fast nicht geschafft hätten … »Und dann?«

»Wir haben Kompromisse gemacht. Das klingt so langweilig, aber in einer Beziehung ist es so was wie der Klebstoff: Respekt, Liebe. Es geht immer um Geben und Nehmen. Ich blieb bei meiner Arbeitsstelle, wir haben uns ein paar besondere Urlaube und Abenteuer gegönnt und ein paar Jahre gewartet, bevor wir anfingen, eine Familie zu gründen. So haben wir es hinbekommen. Natürlich änderte sich das Leben, als ihr zwei da wart, aber ich war bereit dafür und habe es nie bereut. Du und Daniel, ihr seid das Beste, was mir je passiert ist.« Sie lächelte wehmütig. »Und das mit Daniel … da habe ich deinen Vater am meisten gebraucht. Jemanden zu haben, der meine Hand hält, in all der Trauer und dem Schmerz. Manchmal ist es okay, verletzlich zu sein, Jack.«

Er blieb still und dachte über ihre Worte nach. Sein Herz fühlte sich so voll an, als wollte es ihn erdrücken.

»Wie auch immer … Schluss mit dem Unterricht. Ich langweile dich bestimmt schon, aber ich versuche nur, mich um dich zu kümmern. Das tun Mütter nun mal.«

Er streckte eine Hand über den Tisch und rieb ihren Arm.

»Ich weiß, und … ach …« Das war alles so intensiv. Er brauchte eine kleine Pause. »Ich geh kurz ins Bad.«

Er ging hinauf zum Badezimmer im Obergeschoss, weil er etwas Raum brauchte. Als er den Treppenabsatz erreichte, stand die Tür zum alten Zimmer seines Bruders offen. Vor ein paar Jahren hatten seine Eltern es renoviert und neu eingerichtet, um dem Raum einen völlig neuen Look zu geben. Ein paar Sachen hatten sie aber dort gelassen. Ein Foto von Daniel, auf dem er lächelte. Es war an seinem achtzehnten Geburtstag aufgenommen worden, als noch keiner von ihnen wusste, was auf ihn zukam. Auch sein alter, heiß geliebter Teddybär, den er als

Kind bekommen hatte, war noch da und ein Fußballpokal vom Sieg seiner Mannschaft bei der Juniorenliga in Alnwick. Ein Regal voller Erinnerungen, die Jacks Herz anrührten. Es zog ihn ins Zimmer hinein. Daniels Anwesenheit war immer noch sehr präsent, selbst nach all den Jahren und der Umgestaltung zum Gästezimmer.

Ach, Dan …, seufzte er in Gedanken. Er wusste, dass er den Verlust seines Bruders sein Leben lang spüren würde. All die verpassten Meilensteine seines Lebens, alles, was hätte sein können, all die Ratschläge des großen Bruders, um die Jack nicht mehr bitten konnte.

Im selben Regal fand er eine Karte mit einem großen gelben Smiley darauf. Daniel musste sie in seinem ersten Jahr an der Uni verschickt haben. Jack nahm sie in die Hand. Daniels Aufregung spiegelte sich in seinem Tonfall:

Ich vermisse euch, aber ich genieße auch das Abenteuer. Ich bin in die Fünferfußballmannschaft eingetreten, wo ich schon ein paar Freunde gefunden habe, und habe mich für den Bergsteigerclub angemeldet. Da machen wir demnächst einen Ausflug zu den Seen. Klingt cool. Nächste Woche probiere ich auch Rudern aus. Ganz schön viel los hier, aber toll! Carpe diem, hey!

Oh ja, Dan hatte es geliebt, diesen Satz rauszuhauen. »Nutze den Tag« auf Lateinisch. So war er immer gewesen, sein Bruder, hatte das Leben in vollen Zügen genossen, nicht auf eine große, protzige Art, sondern einfach so, wie es ihm gefiel. Er hatte das Beste für sich herausgeholt.

Und was machte er selbst im Moment mit seinem Leben? Ja, das Geschäft mit dem Camper lief gut, aber alles andere … was sein

Privatleben betraf … Die Worte seiner Mutter hallten noch in ihm nach. Er strich mit den Fingerspitzen über Daniels Schrift und stellte die Karte achtsam zurück. Daniel hätte nicht gewollt, dass er sich zurückhielt. Aber manchmal war es schwer zu entscheiden, welchen Weg man einschlagen sollte, und sein Herz und sein Kopf hatten im Moment Schwierigkeiten, die Straßenschilder zu lesen.

*

Als er kurz darauf wieder unten war, versuchte Denise, die Stimmung mit ein wenig Klatsch aus der Nachbarschaft aufzulockern. »Ich hoffe nur, dass es Lucy gut geht. Trish aus dem Golfclub kennt nämlich Cathy aus dem Laden in Embleton, und sie hat erzählt, dass da jemand Reifen aufgeschlitzt und noch mehr Schaden angerichtet hat.«

Jack horchte auf. Ihm fiel ein, wie er Lucy in der Nacht nach dem Vorfall gehalten hatte. Wie er sich vergewissert hatte, dass es ihr gut ging.

»Und wenn ich nur daran denke, dass Lucys Ex-Freund hinter all dem gesteckt hat. Das ist so schockierend.«

Jack erstarrte. Genau das hatte doch Lucy ihm zu erklären versucht, kürzlich auf der Burg. Und er – er war so von seiner eigenen Version dessen, was er gesehen hatte, eingenommen gewesen, dass er ihr gar nicht zugehört hatte. Er hatte sie abgeblockt. Scheiße, er hatte es wirklich komplett vermasselt.

Plötzlich sah er den richtigen Weg ganz deutlich vor sich.

»Ich muss los, Mum. Danke für den Tee und das Gespräch.« Er sprang auf und stürmte hinaus.

*

Als er in Ruby unterwegs war, sah er alles klar vor sich.

Warum zum Teufel hatte er im Sinn gehabt, wegzulaufen, wenn er doch eigentlich zu ihr laufen sollte? Er musste Lucy sehen, und zwar sofort.

Er passierte die Abzweigung zu seinem eigenen Dorf und fuhr weiter Richtung Embleton. Sein Puls raste und seine Entscheidung stand fest. Hinter Steinmauern zogen Felder und Weiden mit Schafen vorbei, Weißdornhecken flackerten im Vorbeifahren auf, und bald konnte er hin und wieder in den Kurven, die ihn immer näher zu ihr brachten, das Meer sehen.

Er bog ab, jetzt auf ihrer Straße, und hielt an. *Nein!* Ihr Jeep stand nicht draußen. Unbeirrt sprang er aus dem Camper, lief zur Tür und klopfte mit dem alten Metallklopfer. Daisy war zu Hause, er hörte ihr Bellen, aber von Lucy keine Spur. Er klopfte erneut und spähte durch das Wohnzimmerfenster, aber es war niemand zu sehen. Dann ging er zurück, um das Schloss zu überprüfen. Das Cottage war verschlossen. *Verdammt!*

»Lucy?!« Ein letzter, unwirksamer Ruf. Verflixt noch mal, sie konnte doch nicht weg sein – nicht gerade jetzt! Es fühlte sich so wichtig an. Er musste die Dinge zwischen ihnen in Ordnung bringen. Als er auf dem Gehweg stand, war er etwas aus dem Konzept gebracht, aber immer noch voller Adrenalin.

In dem Moment streckte die Nachbarin, die um die fünfzig sein mochte, den Kopf aus dem Haus nebenan. »Kann ich Ihnen irgendwie helfen? Wenn Sie Lucy suchen – ich habe sie vor etwa zwanzig Minuten wegfahren sehen.«

Oha, er hatte wohl einen ziemlichen Lärm gemacht. »Ach so. Tut mir leid, wenn ich zu laut war. Es war nur … es ist wirklich wichtig.«

»Verstehe. Kann ich ihr etwas ausrichten, wenn sie zurückkommt?«

»Ähm, vielen Dank, aber das muss ich ihr selbst sagen.«

Er ließ die Schultern hängen und fühlte sich ausgelaugt. Im Moment konnte er nichts weiter tun. Lucy konnte schließlich nicht wissen, dass er eine Art Beziehungserleuchtung erlebt hatte.

Also stieg er wieder in den Wagen und trommelte mit den Fingern auf das Lenkrad ein. Lucy hatte nichts darüber angedeutet, wo sie heute sein könnte … Und dieses Gespräch mussten sie persönlich führen. Über Kurznachrichten per Handy hätte er womöglich noch Missverständnisse riskiert. Er verfluchte sich selbst. Was für ein Idiot er doch gewesen war.

Also morgen. Morgen würde er alles in Ordnung bringen.

29. KAPITEL

Lucy und Becky saßen in Oscars Weinbar, um dort ihren Mädelsnachmittag zu verbringen. Sie unterhielten sich bei Kuchen, Kaffee und später sicher auch noch einem kleinen Festtagsschnaps. Nur ein Glas für Lucy, die mit dem Auto unterwegs war und morgen einen anstrengenden Tag vor sich hatte, weil sie eine Feier zum vierzigsten Geburtstag beliefern musste. Es war der alljährliche »Last-minute-Weihnachtseinkaufsbummel« der beiden Frauen, obwohl es eigentlich nie besonders ums Einkaufen ging. Es war eher eine Gelegenheit, die Weihnachtsbeleuchtung von Alnwick zu bewundern, die weihnachtliche Atmosphäre der Kleinstadt auf sich wirken zu lassen und ein wenig runterzukommen. In einer gemütlichen Sitzecke, vor sich ein paar letzte, ganz kleine Geschenke für die Weihnachtssocken, fragte Becky: »Na, wie war dein Leben in den letzten paar Wochen? Wie läuft's mit dem Pizzawagen? Und mit Jack?«

»Ach …« Wo sollte sie bloß anfangen? Sie hatte Becks noch nicht einmal die jüngste Geschichte von ihr und Jack erzählt, in der Hoffnung, er würde noch zur Vernunft kommen. »Es war viel los«, begann sie, da sie es für das Beste hielt, beim Thema Arbeit zu bleiben, um auf der sicheren Seite zu sein. »Die

Weihnachtsmärkte und Feste in den letzten Wochen habe ich sehr genossen.« Das hatte sie wirklich, aber ihre Stimme wurde ein wenig leiser, als sie an das Burgfest und den üblen Streit mit Jack dachte. An die Kluft, die immer noch zwischen ihnen klaffte.

»Oh, ich wette, das hat Spaß gemacht. Viel schöner als in einem Büro festzusitzen.«

»Na ja, es ist auf jeden Fall was anderes. Es bringt schon gewisse Herausforderungen mit sich, doch es war ein guter Schritt.«

»Also, ich kann kaum glauben, dass Liam das mit deinen Reifen gemacht hat. Was für ein Idiot! Wie zum Teufel ist er auf die Idee gekommen, dass er sich so in dein Leben zurückwanzen könnte?«

Lucy hatte ihr am Telefon davon erzählt. »Ja, das ist vollkommen irre, oder? Aber wenigstens kann ich jetzt wieder ganz entspannt in meinem Dorf leben.«

»Echt, wer hätte das gedacht? Liebe – oder in Liams Fall wohl eher Eifersucht – kann einen dazu bringen, verrückte Dinge zu tun.«

Lucy zuckte mit den Schultern und Becky schüttelte den Kopf. Die Liebe war wirklich ein verdammt verrücktes Spiel.

Die beiden nippten an ihren schaumigen Cappuccinos, die mit etwas Zimt bestreut waren, und ließen sich den saftigen Schoko-Orangen-Kuchen schmecken. Außerdem war für jede von ihnen ein knuspriger, butteriger Mince Pie aufgetischt worden. Es war eben die Jahreszeit für Mince Pies und fröhliche Stimmung.

»Und was ist mit dir, Becks? Hattest du Glück bei der Jobsuche?«

Wie vermutet, hatte die Firma, für die sie arbeitete, Becky gekündigt, da einige Entlassungen nötig waren, und so war sie leider noch vor Weihnachten wieder arbeitslos geworden. Aber sie ließ sich nicht unterkriegen. »Ich war schon bei ein paar Vorstellungsgesprächen und werde es einfach weiter versuchen.«

»Ich drücke dir die Daumen.«

»Also, der Job im Reisebüro klingt wirklich gut, und die Dame vom Vorstellungsgespräch war sehr nett. Hoffen wir also das Beste.«

»Na, hoffentlich klappt es, Becks. Man weiß ja nie, vielleicht hast du schon bald deinen neuen Traumjob. Womöglich sind sogar ein paar Urlaubsrabatte inklusive. Ein Neuanfang zu Neujahr, das wär's.« Lucy war entschlossen, ihre Freundin bei Laune zu halten.

»Ja, bleibt zu hoffen. Aber wie auch immer«, lenkte Becky vom Thema ab. »Wie läuft es mit deinem Lover in letzter Zeit?«

»Ach ja, dem geht es gut. Alles okay.« Lucys Tonfall war nicht gerade enthusiastisch.

»Gut? Oh, oh, Luce, das klingt ein bisschen verdächtig. Ihr solltet doch noch richtig glücklich sein … noch im ersten Rausch. Er macht dir doch nicht schon Kummer, oder?« Becky runzelte übertrieben die Stirn.

»Ähm …« Lucy zauderte. Vielleicht war es an der Zeit, über ihre Gefühle zu sprechen, von ihren Sorgen zu erzählen. Sie hatte so viel zurückgehalten. »Ach, Becks, das ist ein ziemlicher Albtraum. Er ist schon eine ganze Weile irgendwie verschlossen. Ich hatte dir ja erzählt, dass wir auf der Burg eingeschneit waren … und es hätte so schön sein können, an so einem romantischen Ort. Tja, er hatte nur leider Liam an dem Morgen aus meinem Haus kommen sehen – an dem Tag, an dem ich das mit den Reifen herausgefunden hatte und den ganzen Mist, aber Jack hat für sich eins und eins zusammengezählt und denkt, da liefe was zwischen uns. Ich kann ihn einfach nicht zur Vernunft bringen. Dabei ist Liam der Letzte, den ich im Moment um mich haben möchte.« Etwas leiser fügte sie hinzu: »Er hat sogar angedeutet, dass er etwas Abstand braucht.«

Lucy hielt inne und erwartete so etwas wie »Ich hab's dir ja gesagt« von ihrer Freundin, aber es kam nicht. Becky sah sie nur mit einem besorgten Stirnrunzeln an.

»Es ist nicht alles schlecht. Nur in den letzten paar Wochen ist irgendetwas schiefgelaufen. Wir hatten eine tolle Zeit zusammen.« Lucy wollte unbedingt, dass ihre Freundin auch die positiven Seiten hörte. »Wenn es gut läuft, passt es einfach mit uns, ich meine, es passt einfach perfekt. Und es ist nicht nur der Sex, obwohl der auch ziemlich fantastisch ist.«

Eine Dame mittleren Alters am Nebentisch verschluckte sich an ihrem Pfefferminztee.

»Okay, genug davon.« Becky kicherte.

»Ja, erst vor ein paar Wochen haben wir den Sonnenaufgang über dem Strand von Dunstanburgh angeschaut, und es schien alles so verdammt richtig … so perfekt mit uns. Aber diese Woche, und auf der Burg …« Jetzt sprudelte es nur so aus ihr heraus. »Er scheint ein anderer Mensch zu sein. Jedes Mal, wenn wir uns näherkommen, ist es, als würde eine Art Rollo heruntergelassen. Ich verstehe es einfach nicht.«

Becky hielt inne und dachte nach, bevor sie antwortete: »Na ja, diese Sache mit Liam, als er dein Haus verließ, das hätte jeden hart getroffen.«

»Aber da war nichts dabei. Ich muss Jack nur davon überzeugen, dass Liam sich an diesem Tag reingedrängt hat. Ich kann den verdammten Kerl nicht ausstehen.«

»Ich weiß. Und es hört sich für mich so an, als hätte Jack Angst, sich zu sehr auf dich einzulassen, oder?«

»Ja, ich denke, das ist der Grund. Und ich glaube, er hat vor, auf Reisen zu gehen.«

Becky sah nachdenklich aus. »Also, was möchtest du selbst, Lucy? Ganz ehrlich?«

Lucy schwieg, fand schließlich das, was in ihrem Herzen war, und dann auch die Worte dafür. »Ich will mit ihm zusammen sein. Ich möchte, dass er bleibt. Aber er ist so ein Freigeist, und ich fürchte mich davor, dass er einfach verschwindet. Vielleicht hattest du recht, Becks, und er wird nie sesshaft. Vielleicht ist diese Sache mit Liam nur eine Ausrede, ein Vorwand. Und im Moment habe ich ehrlich gesagt Angst, wieder allein zu sein. Wenn Jack geht, wird das viel mehr schmerzen als damals, als Liam mich verlassen hat, so viel weiß ich mit Sicherheit.«

»Oh je, er bedeutet dir wirklich sehr viel, hm?«

»Ja, das tut er.«

»Dann kann ich nur sagen: Steh dafür ein! Sei offen ihm gegenüber und sage ihm, wie du dich fühlst. Ihr beide müsst miteinander reden, es aussprechen. Du hast nichts zu verlieren, wenn du ehrlich bist.«

»Ich könnte *ihn* verlieren.« Ihre Stimme klang brüchig.

»Vielleicht, aber nicht deshalb, weil du darüber gesprochen hast. Hey, Süße, das Risiko musst du eingehen. Du musst die Wahrheit herausfinden. Und, wer weiß, vielleicht braucht Jack diese Bestätigung von dir ebenfalls. Vielleicht hat er genauso viel Angst, *dich* zu verlieren.«

Becky hatte schon immer die Gabe besessen, einen die Dinge

aus einem neuen Blickwinkel betrachten zu lassen und Probleme auf den Punkt zu bringen. Lucy hatte ihre offenen Gespräche in letzter Zeit so sehr vermisst.

»Danke.« Ob sie und Jack vielleicht doch noch einen Weg finden konnten, das hier zu überstehen? Vielleicht – wenn sie beide es nur genug wollten.

»Hey, ich bin dran, an die Bar zu gehen. Ich glaube, es ist Zeit für ein Glas Prosecco, was meinst du?« Becky stand auf.

»Klingt perfekt.«

Es tat so gut, ihre Freundin wieder bei sich zu haben.

Als Becky kurz darauf mit einem Glas Sekt für sie beide zurückkam, lächelte Lucy. »Ach, das ist schön, genau wie in alten Zeiten.«

Becky ließ sich auf der Sitzbank neben Lucy nieder und ihr Gesicht wurde ernst. »Luce, ich muss dir gegenüber auch ehrlich sein. Es tut mir wirklich leid, dass ich es dir so schwer gemacht habe. Dir und Jack. Ich hoffe, ihr beide kriegt das hin.« Sie holte tief Luft und seufzte, als suche sie nach den richtigen Worten. »Ich habe ein bisschen nachgedacht … und versucht herauszufinden, warum es mich so sehr beschäftigt hat, das mit euch beiden. Ich weiß, dass meine kurze Liebelei mit Jack schon eine Ewigkeit her ist, und realistisch betrachtet, wäre es ohnehin nie etwas geworden. Aber ich habe mich wegen der Sache von damals wieder wie ein Teenager gefühlt. Natürlich wollte ich wirklich nicht, dass er dir wehtut, aber ich glaube, ich war auch ein bisschen eifersüchtig.«

»Wirklich?« Lucy war überrascht.

»Na ja, Jack sah schon immer umwerfend aus, oder? Aber damals hätte es mit mir und ihm nie geklappt. Ihr zwei dagegen, ihr macht wirklich den Eindruck eines Traumpaars.«

»Ha, meinst du? Na ja, im Moment ist es vielleicht nicht ganz so traumhaft. Aber hey, was ist mit dir und Darren?« Wie konnte Becky auch nur ansatzweise eifersüchtig auf sie und Jack sein, wo sie doch mit ihrem eigenen Partner so glücklich und verliebt war? Becky und Darren hatten immer super zusammengepasst. Sie hatten ein gemeinsames Haus, hatten Spaß zusammen – klar, mit dem üblichen Auf und Ab, das Paare nach einigen Jahren unweigerlich durchliefen –, aber sie schienen immer ein perfektes Paar zu sein.

Becky antwortete nicht, sondern saß nur da und fummelte an ihren Fingernägeln herum.

»Was ist los, Becks? Was ist denn passiert?« Es machte Lucy traurig, dass sie fragen musste. Vor ihrer Funkstille wäre das nicht nötig gewesen. »Du und Darren – es ist doch wohl noch alles gut zwischen euch?«

»Meist schon. Nur in letzter Zeit … na ja, ich weiß nicht … fühlt es sich ein bisschen fad an, als würden wir in unserem Trott feststecken. Wir sind jetzt fünf Jahre zusammen, Luce. Wir kennen uns so gut – *zu* verdammt gut. Und dann ist da noch seine Arbeit, die alles mit Beschlag belegt. Lange Abende im Büro … morgens früh aufstehen. Er sagt, sie würden an einem großen Projekt arbeiten, aber ganz ehrlich, ich frage mich langsam, ob er nicht vielleicht eine Affäre hat.« Becky lachte leise auf, als würde sie scherzen, aber ihr Gesicht verfinsterte sich, als zweifelte sie wirklich an ihm oder an ihrem eigenen Urteilsvermögen.

»Oh, Becks … Hast du ihn gefragt?«

»Nein … ich hatte zu viel Angst davor.«

»Aber warum? Ihr beide wart doch diejenigen, die immer über alles reden konnten, während Liam und ich nicht weiterkamen und alles vermurkst haben.«

»Weißt du, es ist viel einfacher zu fragen, was es zum Essen gibt oder ob der andere verdammt noch mal seine schmutzigen Socken vom Boden aufheben kann, als zu fragen: ›Hast du eine andere?‹«, erklärte Becky und runzelte die Stirn. »Vielleicht mache ich ja aus einer Mücke einen Elefanten, aber irgendetwas stimmt da nicht mit uns, und das hasse ich …«

Lucy legte ihrer Freundin tröstlich eine Hand auf die Schulter. »Scheint, als würden wir beide gerade ein bisschen mit unseren Männern im Schlamassel stecken, wie? Aber ich bin mir sicher, dass Darren nichts Böses im Sinn hat. Er ist ein guter Kerl. Wenn irgendwas ist, also, wenn du mich brauchst – ich bin für dich da, Becks, wie ich es immer war.«

»Ich weiß, und es tut mir leid, dass ich dich so geschnitten habe. Meinetwegen hast du dich schrecklich gefühlt, und du hast jedes Recht, glücklich zu sein … ihr beide, du und Jack.« Becky trank einen Schluck von ihrem Sekt und schaute in der Bar mit ihren bunten Lichtern und dem festlichen Glanz um sich. »Ich war ein echter Idiot, hm?«

»Ach, sei nicht so streng mit dir. Du hast es in letzter Zeit ja auch schwer gehabt, mit deinem Job und zu Hause … Hör zu, du musst bald mit Darren sprechen. Finde die Wahrheit heraus. Ich bin sicher, es ist nicht so schlimm, wie du befürchtest. Und, du …«, fügte sie hinzu, »es tut mir auch leid, dass du das Gefühl hattest, dich nicht auf mich verlassen zu können, als du mich brauchtest. Vielleicht war ich allzu sehr mit meinem neuen Pizzaprojekt und mit Jack beschäftigt.«

Jetzt hatten sie beide feucht glänzende Augen.

Becky sah auf. »Jack sollte dir besser nicht wehtun. Wenn er es doch tut, muss er sich vor mir in Acht nehmen.«

Ha, die alte, streitlustige Becky war wieder da, und das war gut zu horen.

»Im Ernst, Lucy, du verdienst es, glücklich zu sein. Und Jack sollte mal Dampf machen und erkennen, was für ein großes Los er mit dir gezogen hat.«

»Hah, natürlich«, kicherte Lucy, aber da war auch ein Hauch von Furcht in ihr, weil sie sich fragte, wie sich ihre Beziehung letztlich entwickeln würde.

Sie schwor ihrerseits, umgehend mit Jack zu reden. Keine Geheimnisse mehr, keine versteckten Ängste. Vielleicht würde sie Jack morgen, wenn sie die Geburtstagsfeier hinter sich gebracht hatten, zu sich nach Hause einladen, damit sie ein für alle Mal reinen Tisch machen konnten.

»Sieht so aus, als hätten wir beide Klärungsbedarf«, sagte Lucy.

»Ja, wir verstecken uns nicht mehr hinter unseren Ängsten«, fügte Becky hinzu.

»Cheers, Schätzchen.«

»Cheers.«

Als sie ihre Gläser anstießen, klang es nach Hoffnung.

*

Überraschung!
Pssst, könnt Ihr ein Geheimnis bewahren?
Ihr seid eingeladen
zur Überraschungsparty zu Craigs 40. Geburtstag
Donnerstag, 16. Dezember, ab 19 Uhr
The Grange, Belsay

*

30. KAPITEL

Ruby mochte zwar verdammt super aussehen, aber da sie ein Youngtimer (alias: alt) war, konnte sie manchmal etwas launisch sein, vor allem, wenn es im Winter ein bisschen zu kalt wurde. Das war heute Nachmittag leider der Fall. Als Jack aus dem Haus ging, war die Luft frisch und frostig. Er hatte einen dicken Mantel über seiner Arbeitskleidung – heute ein Smoking – an. Ja, es würde wieder ein recht kalter Abend werden, um im Freien zu arbeiten. Im Winter war sein Job als mobiler Caterer nicht ganz so attraktiv, das musste er zugeben. Aber er liebte das Geplänkel, den Trubel und die Tatsache, dass er die Partys und Feierlichkeiten der Leute zu etwas ganz Besonderem machte. Selbst mit einem Anflug von Gänsehaut war das immer noch viel besser als die meisten Jobs, die er kannte. Und natürlich spürte er einen inneren Drang. Er konnte es kaum erwarten, Lucy wiederzusehen, denn alles fühlte sich jetzt so viel klarer an. Nur, wäre das genug? Wäre *er* genug, um sie zu überzeugen, bei ihm zu bleiben, nach allem, was er ihr angetan hatte?

Er setzte sich auf den Fahrersitz und murmelte hoffnungsvoll: »Na, komm, Baby, lassen wir diese Party steigen.« Als er den

Schlüssel umdrehte, antwortete Ruby mit einem trägen Surren und verstummte dann wieder. Oh, oh, die Batterie schien leer zu sein. Oh nein, nicht gerade jetzt. Er würde seinen Nachbarn Rob bitten müssen, ihm mit dem Starthilfekabel zu helfen, und dann musste der VW erst wieder zum Leben erwachen. Er hatte zum Glück noch ein paar Minuten, da er viel Zeit für den Aufbau eingeplant hatte, aber er hasste jede Art von Verspätung, und diesmal ließ sie sich vermutlich nicht vermeiden.

Er klopfte an Robs Tür, lächelte hoffnungsvoll, versprach seinem Retter ein paar Pints im Pub und schon fuhr der Nachbar seinen weißen Lieferwagen in Position, während Jack die bereits ziemlich oft verwendeten Starthilfekabel aus Matts Garage holte. Eine Viertelstunde später tuckerte Ruby wieder und war endlich einsatzbereit. Verflixt, jetzt war er spät dran.

Nach all dem Start-Gedöns hoffte er nur, dass er an alles für die Geburtstagsparty gedacht hatte. Die Adresse des Landhauses in der Nähe von Morpeth hatte er ins Navi auf seinem Handy eingegeben und machte sich endlich auf den Weg. Flaschen und Gläser klirrten sanft und Kopfschmerzen schlichen sich nun hinter seiner Stirn an. Es war bereits dunkel an diesem frühen Abend im Dezember, und als er von der A1 abgebogen war, wurden die Straßen eng und kurvenreich. Im Scheinwerferlicht konnte er einen schimmernden Fleck auf dem Asphalt erkennen und drosselte das Tempo noch weiter, denn es sah aus, als wäre die Straße dort überfroren. Besser, er war vorsichtig, egal wie spät er dran war.

Da tauchte wie aus dem Nichts ein Fasan vor ihm auf und huschte über die Straße. Instinktiv lenkte er, um ihm auszuweichen … und Ruby geriet ins Schleudern. *Scheiße! Glatteis.* Vor ihm sah er die Umrisse eines großen Baumes und trat mehrmals hektisch auf die Bremse, doch Ruby fand keinen Halt auf dem Eis. Der Baum kam immer noch auf ihn zu.

Oh Gott, nein! Die Zeit schien stillzustehen, während gleichzeitig alles auf ihn zuraste. Er konnte nichts tun, außer sich festzuhalten. Keine Zeit für Angst. *Ist jetzt alles vorbei? Ist das das Ende?*

Er sah seine Mutter, seinen Vater, Daniel … Lucy. Geräusche von zersplitterndem Glas, kombiniert mit dem Knirschen von Metall … ein beißender Benzingeruch, und ein gewaltiger Ruck ging durch seinen Körper.

*

Die Party sollte in zwanzig Minuten beginnen. *Wo bleibt er nur?*

Lucy hatte es auf Jacks Handy versucht – schon dreimal. Und er meldete sich nicht. Das war so untypisch für ihn. Er hätte ihr – oder zumindest dem Veranstalter – doch Bescheid gesagt, wenn er sich aus irgendeinem Grund verspätete. Er war mit dem Cocktail-Camper immer pünktlich und kam meist eine ganze Stunde früher zu den Veranstaltungen. In der ganzen Zeit, seit sie ihn kannte, hatte er noch nie jemanden im Stich gelassen. Ein mulmiges Gefühl stieg in ihrem Bauch auf. Sie machte sich furchtbare Sorgen. Es musste einen guten Grund für seine Verspätung geben. *Komm schon, Jack, lass mich wissen, was los ist!* Sie betete inständig, dass ihr Telefon klingelte.

Claire, die für die Veranstaltung verantwortlich war, trat in glitzerndem schwarzen Partykleid und hochhackigen Stiefeln noch einmal aus dem Haus, runzelte die Stirn und schüttelte den Kopf. Dann kam sie zu Lucy hinübermarschiert: »Immer noch kein Zeichen von der Cocktailbar? Überhaupt keine Neuigkeiten?«

Natürlich hatte Claire jedes Recht, sauer zu sein, da ihre

Partybar für den Abend auszubleiben drohte. Schließlich hatte sie keine Vorstellung davon, wie engagiert Jack üblicherweise in Sachen Arbeit war.

»Nein, tut mir leid«, antwortete Lucy. »Jack ist wirklich nicht der Typ, der jemanden hängen lässt. Ich mache mir langsam ernsthaft Sorgen«, gestand sie. »Ich habe noch nie erlebt, dass er zu spät zu einer Buchung kommt, noch nie.«

Wen konnte sie fragen, um herauszufinden, was los war? Seine Eltern wollte sie nicht beunruhigen. Hmm, womöglich den Typen, bei dem er wohnte? Matt hieß er. Sie hatte ihn schon ein paar Mal getroffen, als sie bei Jack übernachtet hatte, und war auch mit Daisy einmal bei ihm in der Praxis gewesen. Er gehörte zum Tierärzte-Team in Alnwick. Es war 18:30 Uhr, also könnte sie vielleicht noch jemanden dort erreichen und seine Kontaktdaten erfahren, oder sie könnte zumindest seinen Nachnamen erfragen, um ihn auf Facebook zu finden und ihm eine Nachricht zu schicken. Vielleicht wusste er etwas oder konnte ihr sagen, ob Jack überhaupt losgefahren war. Ja, das würde sie versuchen.

Sie schaute noch einmal, ob sie Anrufe oder Nachrichten verpasst hatte, aber da war nichts.

Cocktailparty-Claire stand jetzt mit den Händen in die Hüften gestemmt beim Pferdeanhänger und wartete auf eine Erklärung, aber Lucy war schließlich keine Gedankenleserin. »Verdammte Scheiße, wenn das so weitergeht, muss ich einen der Gäste losschicken, um im Supermarkt Getränke zu holen. Oder selbst fahren. Was soll ich bloß machen?« Die Frau machte zunehmend Stress, wozu sie natürlich allen Grund hatte. Schließlich fehlte ihre Camper-Bar mit dem ganzen Krawumm für den Abend, und die große Geburtstagsüberraschung für ihren Mann drohte zu platzen wie ein nasser Ballon. »Gott, hier draußen ist es verflucht kalt«, sagte sie und schüttelte sich. »Na ja, Hauptsache, es ist nichts passiert«, fügte sie hinzu, als ihr plötzlich aufging, dass mehr dahinterstecken könnte. »Es ist nur so, dass … also, Craig kommt in zwanzig Minuten vom Pub nach Hause, und es werden hier bald fünfzig Leute auf der Matte stehen, die zu seiner Überraschungsparty kommen, und wir haben keinen verdammten Alkohol.«

»Ich weiß, und es tut mir so leid. Ich versuche weiter, etwas herauszufinden, und melde mich, sobald ich was höre. Wenigstens habe ich in der Zwischenzeit alles vorbereitet, damit zumindest jeder eine Pizza essen kann.«

»Hmm«, machte Claire und seufzte frustriert auf, bevor sie sich wieder ins Haus begab.

Lucy googelte schnell den Tierarzt auf ihrem Handy und fand die Liste der Mitarbeiter. Da stand er und lächelte sie vom Thumbnail-Bild an: Matthew Taylor, BVetMed (Bachelor of Veterinary Medicine). War ja klar, dass er einen Allerweltsnachnamen hatte. Ihn über die sozialen Medien zu finden, wäre sicher eine Herausforderung. Sie würde zuerst versuchen, bei der Praxis seine Nummer zu erfragen, oder, falls man sie nicht herausgeben würde, zumindest ihr Anliegen schildern und darum bitten, dass man es ihm weiterleiten möge.

Ihre Finger zitterten, als sie die Nummer eintippte. Kurz darauf sprach sie mit einer netten Empfangsdame, die ihr erklärte, dass sie keine privaten Handynummern herausgeben konnte, aber sie nahm Lucys Daten auf und sagte, dass sie gern so schnell wie möglich ihre Nachricht weiterleiten würde. Matthew sei noch in der Praxis, weil er den ganzen Abend im Operationsteam gearbeitet habe. In der Zwischenzeit versuchte

Lucy noch einmal, Jack auf dem Handy zu erreichen, aber wieder landete sie beim Anrufbeantworter. Drei Nachrichten hatte sie bereits hinterlassen, also legte sie auf.

Ihr erster Instinkt war es gewesen, den Weg bis zu ihm nach Hause abzufahren, aber sie konnte einen 450 Grad heißen Pizzaofen nicht einfach sich selbst überlassen, zumal in Kürze eine Gruppe von fünfzig Leuten eintreffen würde. Einige kamen sogar schon an. Mehrere Taxis hielten beim Foodtruck an und spuckten ihre Fahrgäste in Feierlaune aus.

Wer sonst konnte helfen? Wen sollte sie anrufen? Becky? Aber die hatte schon genug um die Ohren. Und vielleicht hatte Jack eine Panne irgendwo, wo es keinen Empfang gab. Ruby war in letzter Zeit etwas launisch gewesen. Sie brauchte jemanden mit praktischen Fähigkeiten.

Da kam ihr Olly in den Sinn. Genau, bei ihm würde sie es versuchen. Sie scrollte zu seinem Namen und rief ihn an. Gott sei Dank meldete er sich gleich.

»Hey, hi Lucy.«

»Ach, Olly, ich mache mir solche Sorgen … um Jack. Kannst du mir helfen?«

»Ja, natürlich. Was ist denn, Luce?«

Sie hatte Mühe, die Worte herauszubekommen. »Ich weiß es nicht, das ist es ja. Er … na ja, er sollte eigentlich hier sein, schon längst. Und wenn es Glatteis gibt … Die Landstraße war schon heftig, als ich losgefahren bin.«

»Ja …?«

»Oder er hat vielleicht eine Panne?«, redete Lucy weiter und versuchte, die Panik in ihrer Stimme zu unterdrücken. »Er sollte schon vor über einer Stunde hier auf der Party seine Bar vorbereiten, und ich erreiche ihn nicht auf seinem Handy.«

»Okay, wo bist du?« Olly klang besorgt, aber gefasst.

»Direkt am Rand von Belsay, einem Dorf in der Nähe von Morpeth.«

»Ja, das kenne ich.«

»Meinst du, du könntest den Weg von Jacks Haus aus bis hierher abfahren? Entschuldige, dass ich dich damit belästige, aber ich mache mir wirklich Sorgen, Olly. Es sieht Jack so gar nicht ähnlich, einfach wegzubleiben. Es würde mich sehr beruhigen, und ich versuche weiter, ihn zu erreichen oder mehr zu erfahren. Ich schicke dir die Adresse.«

»Ja, alles gut. Ich erkläre es Alice und mache mich gleich auf den Weg.«

»Danke, Olly. Vielleicht überreagiere ich ja, aber es ist so gar nicht seine Art, zu spät zu kommen und dann nicht einmal anzurufen …« Lucy hoffte so sehr, dass Ruby jeden Moment ankäme und sie Ollys Suchaktion direkt wieder abblasen könnte.

Kaum hatte sie das Gespräch mit ihrem Bruder beendet, summte ihr Telefon. Erwartungsvoll schaute sie aufs Display. Es war eine Handynummer, die sie nicht kannte.

»Lucy?«

»Ja.«

»Matt hier, Jacks Kumpel. Meine Kollegin hat mir eine Nachricht geschickt, dass du angerufen hast. Ist alles in Ordnung?«

»Danke für den Anruf, Matt. Es geht darum, dass Jack heute Abend nicht zu der Veranstaltung erschienen ist, für die er gebucht war. Er hätte schon vor über einer Stunde hier sein müssen. Weißt du zufällig, ob er heute Abend das Haus verlassen hat?«

»Ja, richtig …«, sagte Matt und machte eine kurze Pause. »Ach so, nein, tut mir leid – das weiß ich nicht. Ich bin seit zwei Uhr in der Praxis. Aber ich kann Jess anrufen und sie fragen.

Sie wird zu Hause sein. Soweit ich weiß, war sie fast den ganzen Nachmittag da. Sie wollte früh kommen und für uns kochen.«

»Okay, danke. Sag mir dann bitte gleich Bescheid, ja?«

Konnte es sein, dass Jack krank geworden war und das Haus gar nicht verlassen hatte? Konnte Ruby immer noch dort oben geparkt sein? Alle möglichen Szenarien gingen ihr durch den Kopf.

»Na klar. Mach ich.« Damit beendete Matt das Gespräch.

Lucy fing an, ein paar Pizzen zu belegen und zu backen, aber sie war nicht mit dem Herzen bei der Sache. Trotzdem konnte sie die Party nicht verlassen. Noch nicht. Jedenfalls nicht, bevor sie etwas Konkreteres wusste. Aber Jack … Oh, bitte, lass alles gut werden, betete sie im Stillen. Heute machte ihr Herz wirklich eine Achterbahnfahrt durch.

Mehrere Gäste stiegen aus ihren Autos und gingen ins Haus, um sich auf die große Überraschung vorzubereiten. Lucy gab ihr Bestes, um charmant und fröhlich zu wirken, dabei war ihre Stimmung völlig am Boden.

Dann fuhr ein schwarzer Land Rover vor. Oh je, vermutlich stieg da das Geburtstagskind Craig aus, gerade als ein Anruf von Matt kam.

Es hatte ein Fest mit Luftballons, Partyknallern und Stimmung werden sollen, mit rasant servierter Pizza und fantasievollen Cocktails. Aber Lucy spürte, wie ihr das Herz in die Hose rutschte. Craig schaute neugierig zu *Feuer und Flamme* in seiner Einfahrt herüber und grinste.

Lucy stand mit dem Telefon am Ohr da, versuchte aber, ein Mindestmaß an Professionalität aufrechtzuerhalten, schaute dem Geburtstagskind in die Augen und formte mit den Lippen ein »Happy Birthday«.

»Matt?«

»Ja, Lucy, er ist im Camper losgefahren, schon um kurz nach fünf. Jess hat ihn abfahren sehen. Sie sagt, es war alles okay, er sei nur ein bisschen gestresst gewesen, weil die Batterie leer war, aber der Nachbar hat ihm geholfen, den Bulli zu starten.«

Mist, das war ja über anderthalb Stunden her! Die Fahrt hätte höchstens dreißig Minuten gedauert. Lucy spürte, wie die Spannung in ihr anschwoll und dann wieder nachließ. Vielleicht hatte die Batterie ja noch mal schlappgemacht, und Ruby war wirklich nur unterwegs liegen geblieben. So musste es sein, sagte sie sich.

»Überraschung! Happy Birthday, Schatz!« Claire hüpfte aus dem Haus und tat so, als sei alles in bester Ordnung. Ihr folgten mehrere Freunde und Verwandte, die ebenfalls »Happy Birthday« riefen.

»Oh, was ist denn hier los?« Craig schaute sich um und nickte in Richtung von Lucys Pizza-Foodtruck, der in der Einfahrt stand.

Lucy zwang sich zu einem Lächeln, war sich aber nur allzu sehr der Lücke bewusst, die dort klaffte, wo eigentlich Jacks Cocktail-Camper hätte stehen sollen, in glänzendem Vintage-Rot, mit leuchtenden Glühbirnen und mit Jack, dem Barmann, der die Korken knallen ließ, um die Party steigen zu lassen.

Da rief Olly an.

Sie angelte nach ihrem Telefon und drückte panisch auf die Tasten.

Die Zeit schien stillzustehen, als sie ihn sagen hörte: »Ich hab ihn gefunden, Luce. Tut mir leid, aber es sieht nicht gut aus.«

*

Olly hatte erst nur die blauen Lichter gesehen, und mit einem seltsamen Schauer war ihm klar gewesen, dass er gefunden hatte, was er suchte. Ein Krankenwagen war bereits an der Unfallstelle.

Er hatte vorsichtig am Straßenrand angehalten und war ausgestiegen. Als er den roten Camper sah, atmete er scharf ein. Der Bulli stand schräg am Straßenrand. Er war mit der Front gegen einen Baum geprallt. *Heilige Scheiße! Jack!*

Olly mochte ihn. Er hatte sich mit dem Mann angefreundet, der Lucy in den letzten Monaten glücklich gemacht hatte, denn das hatte Jack, so viel war klar.

Er ging auf die blauen Lichter zu. Die grünen und gelben reflektierenden Farben des Krankenwagens schienen ihn anzuziehen. Er musste es wissen – für Lucy. Die Hintertüren standen weit offen. Einer der Sanitäter sprach lautstark mit dem anderen und führte irgendwelche Untersuchungen an dem Patienten durch. Olly hielt sich etwas zurück und ließ die beiden ihre Arbeit machen, wobei er nur einige Bruchstücke aufschnappte: »Blutdruck niedrig, 80 zu 40«, »wahrscheinlich Schock«, »mögliche innere Blutungen«, »Knochenbrüche«, »auf dem schnellsten Weg ins Krankenhaus …«

Dann drehte sich einer der Sanitäter um und ging zur Rampe, sprang hinunter und schlug die Hintertüren zu. Olly lief zu ihm, und überrascht zuckte der Sanitäter zusammen. Olly erklärte ihm, dass er ein Freund sei und nach Jack gesucht habe. Fragte, wie es ihm ginge. Ob sie ihm etwas sagen könnten? Erklärte, dass Jack und seine Schwester ein Paar seien.

»Kommt er in Ordnung?«, wiederholte Olly.

»Tut mir leid, Kumpel, wir dürfen wirklich keine medizinischen Details rausgeben. Wir müssen dringend los.«

»Wo bringt ihr ihn hin? In welches Krankenhaus?«

Als der Sanitäter Ollys besorgten Blick sah, klopfte er ihm mitfühlend auf den Arm.

»Cramlington Notaufnahme.« Er sprang in die Kabine und rief Olly noch zu: »Er ist in guten Händen.«

Olly stand ein paar Sekunden nur benommen da, sah, wie die blauen Lichter flackerten und hörte noch die Sirenen in der Ferne dröhnen. Nun blieb ihm nur noch die Aufgabe, seine Schwester anzurufen und ihr die schreckliche Botschaft mitzuteilen.

31. Kapitel

Lucys Welt schien stillzustehen.

Sie musste fahren. Den Foodtruck, die Party, die Pizzen und alles andere musste sie stehen und liegen lassen. »Es tut mir so leid«, rief sie schon, während sie zu Claire hinüberrannte. »Er hatte einen schweren Unfall. Er ist im Krankenwagen. Ich muss zu ihm. Es tut mir so leid, Sie alle im Stich zu lassen, aber ich muss weg.«

Lucy riss sich bereits Schürze und Ofenhandschuhe herunter und koppelte den Jeep ab, um den Anhänger stehen zu lassen. Jack war wichtiger als jede Party.

»Gehen Sie bitte nicht in die Nähe des Ofens! Man muss erst lernen, wie man damit umgehen muss«, warnte sie. »Lassen Sie ihn einfach von selbst ausgehen. Ich komme später wieder. Es tut mir leid.«

»Wie furchtbar. Können wir irgendwie helfen? Irgendetwas tun?«, fragte Claire nun, die den Ernst der Lage sogleich erkannte. Ihr Mann Craig war gleichermaßen betroffen.

Lucy spürte, wie sich ihr angesichts der Freundlichkeit der beiden der Hals zuschnürte, zumal die besondere Party der beiden gerade ins Wasser fiel.

»Nein, ich glaube nicht. Ich muss nur sehen, wie es ihm

geht. Ich melde mich. Sie bekommen natürlich eine Entschädigung …« Sie saß bereits halb im Jeep.

»Machen Sie sich darüber jetzt keine Sorgen«, beruhigte sie Craig. »Fahren Sie nur dorthin, wo Sie jetzt sein müssen.« Und wo sie sein musste, war an Jacks Seite.

*

Die Fahrt verlief in einem Strudel aus ängstlichen Gedanken und Autopilot. Lucy verschickte im Stillen kleine Gebete. *Bitte lass es ihm gut gehen. Bitte lass es ihm gut gehen. Bitte lass es ihm gut gehen.* Irgendwann redete sie sogar streng mit Jack. *Gib bloß nicht auf. Wag es nicht, aufzugeben.*

Sie wusste nicht, wie schwer die Verletzungen waren. Olly hatte nur erzählt, dass die Sanitäter darüber gesprochen hätten, es gebe Knochenbrüche und Besorgnis wegen möglicher innerer Blutungen.

Innere Blutungen. Diese beiden Worte erfüllten sie mit Schrecken. Das hörte sich gar nicht gut an. Sie zwang sich, die Tränen zurückzuhalten, und versuchte, sich auf die Straße zu konzentrieren. Das Letzte, was sie gerade brauchte, war eine verschwommene Sicht beim Fahren.

Olly hatte ihr gesagt, sie solle in die Notaufnahme von Cramlington fahren. Sie kannte den Weg. Sie musste nur weiterfahren und ruhig bleiben.

*

Als sie die dunklen, gewundenen Straßen entlangfuhr, stand da plötzlich ein Umleitungsschild. Verdammt, jetzt würde es noch länger dauern. Ein Polizeiauto parkte am Straßenrand, mit Blaulicht. Mist, sie würde umkehren müssen. Und dann ging ihr mit einem kalten Schauer auf, dass dies hier die Stelle war. Hier war es passiert! Sie wurde langsamer und fuhr direkt auf eine rot-weiße Barriere zu.

Da stand Ruby, gequetscht und verbeult, halb von der Straße abgekommen und in die Hecke gerutscht. Der Baum, mit dem die Frontseite kollidiert war, ragte noch immer mitten aus der roten Motorhaube empor, und die Glassplitter der Windschutzscheibe funkelten kläglich auf dem Asphalt.

Ein Polizist kam auf Lucy zu, klopfte an ihr Fenster. »Tut mir leid, Sie müssen umdrehen und eine andere Route nehmen.«

Ein oder zwei Sekunden lang brachte sie keinen Ton heraus. Ihre Kehle war trocken und von Emotionen erstickt.

»Okay, … ähm … aber das ist … das ist der VW-Bus von meinem Freund.«

*

Sie ließ den Jeep auf dem öffentlichen Parkplatz stehen und rannte zur Notaufnahme. Ihr Herz klopfte wild, und das Blut in ihren Adern pochte laut in ihrem Kopf. Das ungute Gefühl in ihrer Magengrube war nicht mehr weggegangen, seit Ollys Anruf gekommen war … und sie Ruby gesehen hatte.

Bitte lass es ihm gut gehen. Bitte lass es ihm gut gehen. Das Mantra ging ihr wieder und wieder durch den Kopf.

Hinein durch die große Glastür. Helles Licht. Chemische Gerüche. Menschen, die herumwuseln. Ein weinendes Kleinkind. Sorge, schwer wie ein unsichtbarer Mantel.

Die Anmeldung. Sie musste herausfinden, wo er war und was los war.

Als sie zur Rezeption ging und nach Jack fragte, was eher wie eine Bitte als eine Frage klang, hörte sie jemanden ihren Namen sagen. »Lucy?«

Sie drehte sich um, und da stand nur ein paar Meter entfernt ein Mann, dessen leichter Bauchansatz sich unter einem marineblauen Wollpullover abzeichnete. Er war blass und sah besorgt aus, hatte aber ein freundliches Gesicht. Sein schütteres, mausblondes Haar war sicher früher sandfarben gewesen, wie das seines Sohnes. Er hatte sich offenbar von einem Wartesitz aus Plastik erhoben, auf dem er neben einer gepflegt aussehenden, grauhaarigen Frau gesessen hatte, deren Augen voller Sorge und Schmerz waren.

»Hallo. Sind Sie Jacks Eltern?«, platzte Lucy heraus, und sie nickten. »Oh Gott, wie geht es ihm?« Lucy starrte sie an und wartete mit angehaltenem Atem auf ihre Antwort.

»Sie machen eine Computertomografie. Wir werden bald mehr wissen«, sagte Mr. Anderson, ruhig, standhaft und doch sichtlich unter Schock. Er sah sehr erschüttert aus.

»Hat man Ihnen denn schon irgendetwas gesagt? Was wird vermutet? Wie schlimm ist es?«, flehte Lucy förmlich nach Hinweisen in dem verzweifelten Versuch, die Lage zu sondieren.

Jacks Mutter lächelte ermutigend, aber ihre graublauen Augen (oh Gott, wie sie denen von Jack ähnelten) sahen aus, als wäre alle Lebendigkeit daraus entwichen.

Natürlich, sie hatte schon so Schlimmes durchgemacht. Das durfte nicht noch einmal passieren, nicht mit Jack, nicht auch noch mit ihrem anderen Sohn, das wäre zu grausam.

»Sie glauben, dass er vielleicht einen Milzriss hat. Einige Rippen sind gebrochen und er hat Schnittwunden und Prellungen, auch im Gesicht«, erklärte Simon.

Lucy wurde es schwindlig. Ein Milzriss, das war schlimm. Daher konnten die möglichen inneren Blutungen stammen, die Olly erwähnt hatte.

Sie hatte genügend Folgen von *Casualty* gesehen, um zu wissen, dass es lebensgefährlich sein konnte. Und Jacks schönes Gesicht … Ach, sie wollte ihn so gern in den Arm nehmen, ihm helfen, aber sie wusste, dass sie warten und das Krankenhausteam seine Arbeit machen lassen musste.

»Haben Sie ihn gesehen?«, fragte sie, und ihre Stimme klang dünn und zerbrechlich.

»Nein, noch nicht. Als wir ankamen, war ein Arzt da, um die Situation zu erklären. Sie haben ihn direkt zum CT gebracht. Vielleicht kommt er danach direkt in den OP.«

OP. Jack würde auf kaltem Metall liegen, ein grünes Tuch über ihm, bestimmt an Schläuche und Kanülen angeschlossen. Noch vor ein paar Stunden hatte sie sich auf einen Abend mit Catering und Unterhaltung gefreut, mit seinem Geplänkel im Ohr, während er mixte, in der feschen und glänzenden Ruby, als Mittelpunkt und Seele der Party. Es schien so unbegreiflich, wie sich das Leben von einem auf den anderen Moment ändern konnte. Und dann, später am Abend, hätten sie vielleicht endlich Gelegenheit gehabt zu reden. Sie wischte sich eine Träne weg.

»Hier, setz dich hin, Liebes.« Simon schob sie behutsam zu dem Stuhl neben seiner Frau.

»Es könnte eine Weile dauern, bis wir etwas erfahren«, sagte Denise. »Können wir dir eine Tasse Tee aus dem Automaten holen, oder etwas anderes?«

Es tat ihr gut, dass Jacks Eltern sie gleich duzten. Sie waren so nett, so fürsorglich, dabei musste es sie innerlich genauso aufreiben wie sie selbst. »Danke, aber ich kann gerade nichts trinken«, sagte Lucy, deren Magen ohnehin rebellierte. »Ich bin … Es ist so schrecklich.«

»Ich kann später einen Snack für uns alle holen«, sagte Denise in tröstendem Ton.

»Ach, nicht doch, das mache ich dann. Etwas später …« Lucy fiel ein, dass Jacks Eltern auch Zuwendung brauchten, aber erst einmal musste sie sich etwas beruhigen, bevor sie wieder etwas hinunterbringen konnte. Vielleicht, wenn sie etwas mehr wussten. Hoffentlich etwas Positives, an das sie sich klammern konnte.

»Danke, das wäre schön«, antwortete Jacks Vater höflich.

Plötzlich wurde ihr klar, was für eine ironische Art und Weise es war, seine Eltern kennenzulernen – im Wartebereich eines verdammten Krankenhauses. Ein paar Sekunden lang saßen sie nur da, jeder in seiner eigenen stillen Welt, bis Simon fragte: »Warst du auf einer Veranstaltung? Ist Jack dorthin mit dem Camper unterwegs gewesen?«

Sie nickte. »Ja, eine Geburtstagsfeier, von der ich einfach weggefahren bin …« *Du liebe Güte!* »Ich musste einfach nach ihm sehen … bei ihm sein.«

»Ja, natürlich«, sagte Simon mitfühlend.

Diese Erinnerung, wie Ruby zerschmettert am Straßenrand stand, traf sie erneut wie ein Schlag. Oh, und wo um alles in der Welt war Olly? War er dem Krankenwagen gefolgt? War er nach Hause gefahren? Lucys Gedanken gingen wirr durcheinander.

»Wir sind auch gleich hergefahren«, sagte Denise. »Sie haben sein Handy gefunden und wir sind als Notfallkontakt gespeichert.«

Es war schwer, sich zu unterhalten, so voller Angst und mit schwerem Herzen. Also saßen sie eine Weile nur in stiller Verbundenheit da.

Die Zeit verging und es gab immer noch keine Neuigkeiten. Simon ging zur Information, um nachzufragen, aber die Empfangsdame lächelte nur und schüttelte den Kopf. »Nichts Neues«, gab Simon an sie weiter.

Leute kamen und gingen, setzten sich und warteten, Piepser ertönten, und das Telefon am Empfang brummte vor sich hin. Die Tastatur klackerte. Neue Patienten, weinende Angehörige. Furcht, Hoffnung, Verwirrung. Leben, das auf dem Spiel stand. Falscher Alarm. Auf Messers Schneide. Jack im CT, jetzt gerade.

Mit zitternden Fingern checkte Lucy ihr Handy. Plötzlich fiel ihr ein, dass sie Matt informieren und schauen sollte, was mit Olly war. Dann sah sie, dass ihr Bruder ihr bereits eine Nachricht geschickt hatte. Er war erst einmal nach Hause gefahren, weil ihn die Krankenwagenbesatzung darauf hingewiesen hatte, dass nur Familienmitglieder unter Blaulicht mitfahren durften. Er erklärte, dass er die Notaufnahme nicht unnötig hatte bevölkern wollen, aber jederzeit kommen würde, um ihr Gesellschaft zu leisten, wenn sie es wollte. Ein Wort genüge.

Nachdem sie ihren Bruder und dann Matt auf den neuesten Stand gebracht hatte, schickte sie schnell eine Nachricht an Claire von der Party, in der sie sich noch einmal entschuldigte und mitteilte, dass sie auf Neuigkeiten über Jack wartete und den Foodtruck höchstwahrscheinlich im Lauf des nächsten Tages abholen würde. Mit einem Seufzer dachte sie daran, wie sie ihren Pizzastand zurückgelassen hatte. Sie fügte hinzu, dass die Leute sich an den fertig vorbereiteten Pizzen bedienen und sie gern im Ofen des Hauses fertigbacken könnten.

Sie hatte keine Ahnung, wie lange es her war, dass sie die Party verlassen hatte … in einer Art Trance. Sie schaute auf ihre Armbanduhr – verdammt, sie war jetzt schon über anderthalb Stunden hier.

War keine Nachricht eine gute Nachricht? Oder bedeutete es, dass er bereits operiert wurde? *Oh, Jack …*

32. KAPITEL

Die Zeit kroch dahin. Lucy machte einen klitzekleinen Spaziergang, nur eben vor die Tür der Notaufnahme, um frische Luft zu schnappen, und ging dann wieder hinein. Es trug nicht gerade dazu bei, ihren Brummschädel frei zu kriegen, mit dem sie jetzt zu kämpfen hatte, aber sie wollte keine neue Entwicklung verpassen oder womöglich – bitte, lieber Gott – die Chance, ihn endlich zu sehen, ihn zu halten.

Stille Stoßgebete, gefolgt von belanglosem, höflichem Geplauder, bitter schmeckender Instantkaffee in dünnen Plastikbechern. Gebete – still, aber mächtig – aus tiefstem Herzen. Sie saßen zu dritt beieinander, eine seltsame, aber tröstliche Art von Zuflucht im Sturm.

Und dann endlich kam eine Dame im grünen Kittel durch die Schwingtüren heraus und fragte: »Mr. und Mrs. Anderson?«

Jacks Eltern schossen von ihren Sitzen hoch, dicht gefolgt von Lucy.

»Wie geht es ihm?«, erkundigte sich Denise mit schwankender Stimme.

»Er wurde gescannt und ist jetzt durchgehend unter Überwachung.«

Er ist am Leben. Wenn er überwacht wird, lebt er.

»Er hat einiges abbekommen, also … die nächsten Stunden werden kritisch.«

Oh Gott, was sagte sie da?

»Kommen Sie hier durch, bitte. Hier sind wir ungestörter.«

»Ähm …« Lucy wartete höflich ein paar Schritte hinter ihnen.

»Oh, gehören Sie zusammen?«

Lucy nickte, und Jacks Vater erklärte: »Ja, das ist Jacks Freundin, Lucy.«

»Es tut mir leid, aber im Moment kann ich nur Familienangehörige durchlassen. Ich weiß, es ist schwer, aber können Sie bitte noch ein bisschen hier warten?«, fragte die Ärztin freundlich, aber bestimmt.

Wo gingen sie hin? Was konnte die Ärztin ihnen sagen? »Wird er wieder gesund?«, platzte es aus Lucy heraus.

»Er ist stabil, aber ich werde alles mit Jacks Eltern besprechen.«

Simon sah die Panik in ihrem Gesicht. »Wir erzählen dir alles, sobald wir können, Lucy.«

»Ich warte hier. Ich bleibe hier.«

Sie würde ihn nicht verlassen. Sie würde nirgendwo hingehen.

*

Olly rief etwa fünf Minuten später an, um zu fragen, ob er etwas tun könne. Aber außer die Notaufnahme mit noch mehr Wartenden zu füllen, waren die Möglichkeiten im Moment begrenzt. Sie schmunzelte traurig bei der Vorstellung, wie ihre ganze Familie bei ihr saß: Mum, Nonna und alle anderen. Olly hatte es ihnen wahrscheinlich schon erzählt. Sie würden es tun, wenn sie könnten, das wusste sie. Auf ihre Unterstützung konnte sie immer zählen.

»Vielleicht ein Wunder bestellen?«, sinnierte Lucy laut als Antwort auf Ollys Frage.

»Ich tue mein Bestes«, versprach er. »Werde mal mit dem großen Mann da oben sprechen. Wir haben schließlich fast Weihnachten.«

»Danke.« Sie fühlte sich so verletzlich, weil die Ärztin immer noch mit Jacks Eltern sprach.

»Ruf mich an, wenn irgendwas ist. Oder wenn du hier übernachten möchtest, um etwas Gesellschaft zu haben. Was auch immer, Schwesterherz, wir sind für dich da.«

»Ich weiß. Danke.«

»Pass auf dich auf. Hab dich lieb, Schwesterchen.«

»Ich dich auch. Tschüss … und danke … dass du ihn gefunden hast.« Ihre Stimme entglitt ihr.

»Hey, kein Ding. Wir reden später. Bis dann.«

Sie beendete das Gespräch, und sie fühlte sich so klein in einer erschütterten Welt, in der sich im Handumdrehen alles ändern konnte.

*

Eine Tür ging quietschend auf, dieselbe, aus der die Ärztin gekommen war, und man hörte das Geräusch von Gummisohlen auf Linoleum.

Zwei Gestalten – Simon, mit blassem Gesicht, Denise an seiner Hand.

Oh Gott! Was kommt jetzt?

Instinktiv wollte Lucy es wissen, und gleichzeitig auch wieder nicht.

»Wie geht es ihm?« Schon war sie auf den Beinen und lief ihnen entgegen.

Ein kaum merkliches Lächeln zuckte über die Lippen von Jacks Mutter. In Lucys Brust flackerte Hoffnung auf wie eine Kerze im Wind, und sein Vater sagte: »Eine Milzprellung. Gott sei Dank muss nicht operiert werden, da sie nicht gerissen ist.«

Was hieß das jetzt wieder?

»Er hat Glück gehabt. Einige gebrochene Rippen, und er wird eine Zeit lang außer Gefecht gesetzt sein. Dazu noch Schnittwunden und blaue Flecken, ein paar Nähte an der Stirn. Sie halten ihn über Nacht unter ständiger Beobachtung, aber es sieht so aus, als würde er wieder ganz gesund, Lucy. Er kommt in Ordnung«, wiederholte Simon.

Die Erleichterung überwältigte sie alle drei. Jacks Mutter schluchzte laut auf. Simon streckte die Arme nach den Frauen aus. »Gott sei Dank«, entfuhr es ihm.

Lucy gab sich der Wärme und dem Trost seiner väterlichen Umarmung hin.

Oh Gott, wie musste es sich für sie angefühlt haben … als keine Erleichterung, sondern ein Hammerschlag der Trauer sie traf, damals, als sie ihren ältesten Sohn verloren? Lucy konnte sich nicht vorstellen, welche Emotionen sie durchlebt haben mochten. Wie um alles in der Welt konnten sie das nur ertragen? Einen Sohn zu verlieren, so jung. Aber man hatte keine Wahl, oder? Ob das Schicksal seine Karten grausam oder günstig verteilte, es geschah doch alles verdammt willkürlich. Sie verstand ein wenig besser, wie schwierig das Leben und wie schwierig Gefühle für Jack sein konnten.

»Ja, noch ein paar Tage, oder wohl eher Wochen, und er ist wieder ganz der Alte«, sagte Simon, als müsse er sich selbst noch davon überzeugen. Die Worte schwebten über Lucys und Denise' Köpfen und es fühlte sich an wie ein Versprechen.

»Kann ich ihn sehen? Habt ihr ihn schon sehen können?«

»Nein, noch nicht. Sie schirmen ihn noch streng ab, aber bald, Lucy. Bald.«

Sie ließ sich in den Stuhl fallen. Plötzlich vermischte sich ihre Erschöpfung mit Erleichterung, und sie fühlte sich unendlich müde.

*

Es war jetzt kurz nach Mitternacht und Simon und Denise hatten Jack kurz besuchen dürfen. Sie kamen – obwohl sichtlich erschüttert – mit einem erleichterten Lächeln wieder zurück. Lucy wollte Jack unbedingt sehen und im Arm halten, aber sie würde warten müssen, bis man sie zu ihm vorließ. Die Krankenschwester, die seine Eltern zurückbegleitet hatte, erklärte ihr, dass Jack sich jetzt ausruhen und schlafen müsse. Freundlich teilte sie ihr mit, dass sie, da sie nicht zur unmittelbaren Familie gehöre, bis zum nächsten Morgen warten müsse, bevor sie ihn besuchen könne.

Ihr Herz sank, aber es half ja nichts. Jack musste sich ausruhen und erholen. Er hatte so viel durchgemacht. Sie wollte das Krankenhaus aber nicht verlassen, hatte den Drang, in seiner Nähe zu bleiben, auch wenn sie noch nicht bei ihm sein durfte. Also schickte sie ihm Nachrichten, ein »Gute Besserung« und

»Gute Nacht«, in der Hoffnung, dass er sein Handy in der Nähe hatte, und schrieb ihm, dass sie hier im Krankenhaus sei, wenn er sie brauche. Am Ende fügte sie hinzu:

Bis bald. Süße Träume. Ich bin da, immer. Luce x

*

Ihr Telefon summte. Sie hielt es noch immer in der Hand. Mist, sie war wieder eingenickt. Die Angst der letzten Nacht hatte sich in Erschöpfung verwandelt. Sie hatte keine Ahnung, wie spät es war, versuchte, sich zu konzentrieren. Von draußen schimmerte etwas Tageslicht herein, und ja, jetzt erinnerte sie sich, dass Jacks Eltern ihn noch einmal besucht hatten, nachdem sie ihr freundlicherweise eine Tasse Tee und ein Schinkenbrötchen gebracht hatten. Es hatte ihr gut geschmeckt, was unter den gegebenen Umständen erstaunlich war, aber eigentlich hatte sie genau das gebraucht.

Jetzt würde sie ihn bald sehen dürfen. *Meine Güte, wie lange sind seine Eltern denn jetzt schon bei ihm?* Sie brannte darauf, mehr über seine Verfassung zu erfahren.

Oh, das Telefon … Es klingelte immer noch. Sie schaute aufs Display: Becky.

Becky! Lucy nahm den Anruf an und meldete sich leise: »Hallo?«

»Luce?«

»Ja.«

»Ich hab es gerade gehört. Oh, Lucy, es tut mir so leid. Wie geht es ihm?«

Ihre Besorgnis klang echt und schien von Herzen zu kommen. Es war schön, dass ihre Freundin wieder voll und ganz hinter ihr stand. »Ähm, ich glaube, es geht einigermaßen. Er hat die Nacht gut überstanden. Gebrochene Rippen, Prellungen der Milz … Sie müssen ihn im Auge behalten.«

»Hey, kann ich dir irgendwie helfen? Brauchst du was?«

»Oh, das ist lieb von dir. Danke.« Lucy spürte einen riesigen Kloß im Hals. Es war eine lange, harte Nacht gewesen, und sie wusste Beckys Freundschaft zu schätzen, jetzt, wo sie sie am meisten brauchte. »Im Moment weiß ich nicht einmal selbst, was ich brauche«, gestand sie. Sie hatte die ganze Nacht kaum geschlafen. Die Plastikstühle hatten ihr Gesäß betäubt. Ihr Nacken fühlte sich völlig verspannt an. »Aber es tut gut zu wissen, dass du an mich denkst … an uns.« Sie hielt inne und spürte, wie sich Tränen in ihrer Kehle stauten. »Ich will eigentlich nur wissen, dass er sich wieder erholen wird, Becks, das ist alles, was ich im Moment brauche.«

»Ja, natürlich.«

»Ähm – woher weißt du es eigentlich? Wer hat es dir erzählt?« Ihre Welt war doch erst gestern Abend aus den Fugen geraten.

»Darren ist heute Morgen im Supermarkt deinem Bruder über den Weg gelaufen und hat mich dann gleich angerufen, als er es von ihm hörte.«

»Ach so.« Sie fühlte sich immer noch wie betäubt.

»Und wie geht es dir, Liebes?«

»Ach, ganz okay. Ich bin nur müde und mache mir Sorgen. Es war so ein Schock.« Sie versuchte, tapfer zu klingen.

»Ja, logisch. Sag mir bitte Bescheid, wenn du etwas brauchst, okay? Egal, ob du Notfall-Schokolade oder nur jemanden zum Quatschen brauchst, oder um die Zeit totzuschlagen, ganz egal, okay?«

»Okay … und Becks …?«

»Ja?«

»Danke.« Dafür, dass sie ihr die Hand reichte, dass sie da war, wenn sie sie brauchte. Lucy hätte es gerade nicht in Worte fassen können.

Sie hörte ihre Freundin seufzen, und in diesem Seufzer lag so viel. Bis vor wenigen Wochen war es eine so schwierige Zeit für ihre Freundschaft gewesen. »Schon gut, Luce.« Einen Moment lang schwiegen sie beide, dann sagte Becky: »Dafür sind Freundinnen da. Pass auf dich auf, Süße.«

Als sie den Anruf beendete, konnte Lucy einen kleinen Schluchzer nicht unterdrücken. Wie in alten Zeiten war Becky für sie da, wenn es wirklich darauf ankam. Nach all den Höhen und Tiefen der letzten Zeit war ihre Freundschaft immer noch stark. Sie hatte dem Sturm getrotzt.

Aber konnte Jack es auch schaffen, seinem Sturm zu trotzen? Lucy fühlte sich wie kurz vor dem Ertrinken.

33. KAPITEL

»Lucy? Lucy Brown?« Jemand rief ihren Namen. Lucy erhob sich nervös. Ihr rechtes Bein funktionierte nicht mehr richtig, weil es eingeschlafen war.

»Hallo, möchten Sie jetzt zu Jack?« Eine Krankenschwester kam auf sie zu. »Er ist jetzt oben auf der Station. Seine Eltern machen gerade eine kleine Kaffeepause und sagten, dass Sie noch hier sind und ihn gern sehen würden.«

»Ja, natürlich.« Sie spürte, wie ein hoffnungsvolles Gefühl in ihr aufstieg. »Wie geht es ihm?«

»Recht gut. Er hat die Nacht gut überstanden und hat nach Ihnen gefragt.«

Oh. Erleichterung, Liebe und eine Flut von Zärtlichkeit durchfluteten sie. Man hatte ihr gesagt, dass die Prognose für die Milz positiv sei und seine Rippen heilen würden, aber sie wusste, dass er noch nicht ganz über den Berg war. Sie machten sich auf den Weg durch die schweren grauen Schwingtüren und fuhren mit dem Aufzug nach oben, wo die Krankenschwester erzählte, dass er ihr von Ruby berichtet hatte.

Die arme Ruby. Jack hatte wahrscheinlich keine Vorstellung davon, wie schlecht es um sie stand.

Das Bild der Unfallstelle würde auf ewig in ihr Gedächtnis eingebrannt bleiben.

Sie waren jetzt auf der Station, und die Krankenschwester zeigte ihr, in welchem Zimmer Jack lag. »Hinten rechts«, fügte sie hinzu und lächelte freundlich. »Ich lasse Sie beide mal in Ruhe, aber melden Sie sich, wenn was ist. Am Bett ist ein Knopf.«

»Danke.«

Der Raum lag still da, vier Betten, mit blau-gelben Vorhängen abgeteilt, die nur halb zugezogen waren. Lucy ging zögerlich nach hinten durch, von Hoffnung erfüllt, die mit einem Bangen durchsetzt war, das die Angst der letzten Nacht in ihr hinterlassen hatte.

Und da lag er. Großer Gott, sein Gesicht war lädiert, Schnittwunden, ein paar Nähte über dem linken Auge, Blutergüsse …

»Jack …« Es war nur ein Flüstern. Sie versuchte, ihren Schock zu verbergen, aber offensichtlich gelang es ihr nicht.

»Sieht schlimm aus, hm?« Er versuchte zu lächeln, was sehr süß war, aber er wirkte müde und erschöpft.

»Ja, ein bisschen. Du siehst aus, als hättest du ein paar Runden mit Tyson Fury geboxt.«

»Genau so fühl ich mich. Wäre vielleicht die bessere Alternative gewesen.«

»Ach, Jack …« Sie zog einen Plastikstuhl ans Bett und fasste seine Hand, die über der Bettdecke lag.

»Arme alte Ruby«, sagte er mit etwas rauer Stimme. »Muss schlimm um sie stehen.«

»Hey, mach dir keine Sorgen wegen Ruby. Ich weiß, dass du den Camper liebst, aber jetzt musst du erst mal selbst in Ordnung kommen.« Eine Träne rollte über ihre Wange und fiel auf seine Hand. Seine schöne, warme Hand. Seine Berührung zu spüren, löste eine Lawine von Gefühlen in ihr aus.

»Ich werd' schon wieder, Luce.« Die Worte drückten Optimismus aus, doch seine Stimme klang gepresst, als verursache es ihm Schmerzen, zu viel zu reden.

»Ja, das musst du auch. Claire und Craig und die ganze Familie warten immer noch auf ihre verdammte Party.« Lucy hatte beschlossen, dass momentan nur Humor sie davon abhalten konnte, zusammenzubrechen.

»Oh, Scheiße, ja. Wie lief es da?«

»Tja, es war ein bisschen unangenehm. Ich habe sie ja auch im Stich gelassen. Aber als sie hörten, was passiert ist …«

»Stimmt es, dass Olly nach mir gesucht hat?«

»Ja, ich konnte ja nicht einfach selbst fahren, aber ich habe mir solche Sorgen gemacht, da habe ich ihn losgeschickt. Zum Glück muss jemand anderes dich noch vor ihm gefunden und den Rettungsdienst alarmiert haben.«

»Ich kann mich nicht an viel erinnern … nur an das Eis … diese schreckliche Rutschpartie. Ruby ist total ins Schleudern geraten …« Er wurde still, drückte ihre Hand ein bisschen fester. »Ich konnte nur noch denken ›nicht auch noch ich‹. Wegen Mum und Dad … und dir …« Seine Hand zitterte. Der Schock und alles, was sein Körper durchgemacht hatte, wirkten sich aus.

»Hey … schon gut, ist ja gut«, hauchte sie. »Wir sind alle für dich da. Du überstehst das. Alles wird gut.« Ihr Herz flog ihm zu. Sie wünschte sich, ihm den Schmerz nehmen zu können. »Du brauchst nur etwas Zeit, um dich auszuruhen, damit du dich erholen kannst. Es war ein großer Schock.«

»Aber … Ach, ich war so ein Idiot, Lucy. Ich wollte es dir sagen … wollte alles in Ordnung bringen …«

»Schon okay, reg dich jetzt nicht auf, Jack. Was auch immer, wir können es später klären. Wir müssen reden … aber nicht jetzt.«

»Doch, ich muss es dir jetzt sagen. Das kann nicht warten.«

Lucy kamen wieder die Tränen, als sie auf ihre Hände hinunterblickte, die irgendwie mit Jacks verschränkt waren.

»Ich hätte dich nie wegstoßen dürfen, Luce. Und es tut mir so leid, dass ich so verschlossen und unnahbar war, und der Streit auf der Burg … Gott, war das furchtbar. Ich konnte nicht klar denken. Ich hätte dir das mit Liam glauben müssen, aber es war alles so schmerzhaft, und ich dachte wirklich, es wäre das Beste, wenn ich weggehe …«

Lucy spürte, wie ihr das Herz bei seinen Worten sank. Er hatte also wirklich daran gedacht zu gehen … sie zu verlassen.

»Aber ich war durcheinander, ich hatte alles falsch verstanden, Luce. Ich konnte nicht klar sehen, was ich vor meiner Nase hatte. Und es tut mir leid, so leid …« Er klang entsetzlich müde. »Es sollte nicht so was wie das hier brauchen, um mir diese Perspektive zu geben, verstehst du?«

»Mach dir keine Sorgen. Lehn dich zurück und entspann dich, Jack. Ich werde hier sein. Mach die Augen zu, wenn du musst.« Sie küsste seine zerschundene, verletzte Wange und flüsterte ganz sanft: »Ich liebe dich.«

Und er nickte. Er schloss die Augenlider und gab sich der Wärme des Kissens hin. Seine Hand lag noch immer genauso da, umschlossen von Lucys Hand.

*

Er musste gedöst haben. Jack spürte, dass seine Hand noch immer sanft umschlossen war. Er öffnete die Augenlider. Sein Gesicht tat verdammt weh. Seine Rippen ächzten, als er versuchte, sich zu bewegen. Und da war Lucy, immer noch an seinem Bett.

»Hey, Schlafmütze.« Besorgnis zeichnete sich auf ihren hübschen Zügen ab, doch sie lächelte sanft und liebevoll.

»Du bist also noch da?« Seine Worte enthielten so viel mehr als nur die wörtliche Bedeutung. Etwas wie, dass sie füreinander da sein würden, in den guten und schlechten Zeiten.

»Natürlich. Wie fühlst du dich?«

»Lädiert … ein bisschen groggy.«

»Kein Wunder, du hast ganz schön was abgekriegt, Liebster. Und du bekommst ziemlich starke Medizin.«

Während er geschlafen hatte, war die Krankenschwester gekommen und hatte Lucy mehr über seine Verletzungen erzählt. Sieben Rippen waren gebrochen, und er hatte Platzwunden im Gesicht sowie einige Schnitte und Prellungen. Außerdem hatte er bei dem Unfall einen Schock erlitten. Armer Jack. Aber die Prognose war gut. Man würde ihn nach einem so schweren Trauma genau im Auge behalten, aber wenn alles in Ordnung wäre, könnte er bereits in wenigen Tagen nach Hause. Das zu hören war eine große Erleichterung.

»Okay. Dann werde ich wohl noch für eine Weile keine Drinks mixen?«

»Oh nein, auf keinen Fall. Für dich ist Bettruhe angesagt.«

»Hmm, Bett klingt eigentlich gar nicht so schlecht.« Er zog eine Augenbraue hoch.

Selbst im Krankenhaus brachte er es noch fertig, an Sex zu denken! *Ernsthaft?* »Mit Betonung auf Ruhe«, erwiderte Lucy und schüttelte den Kopf, schmunzelnd.

Dann kamen Jacks Eltern herein. Sie hatten wohl dem jungen Paar absichtlich eine Weile Zeit gegeben.

»Oh, hallo, Simon, Denise.« Lucy spürte, wie ihr die Röte in die Wangen stieg. Womöglich hatten sie ihre letzten Sätze mitbekommen.

»Hallo, Lucy, Liebes«, sagte Jacks Vater mit einer für Jack ungewohnten Zuneigung in der Stimme. Es war für sie alle eine harte Nacht gewesen.

»Ist es nicht schön, ihn wach und munter zu sehen?«, sagte Lucy.

»Hallo? Ich bin anwesend, weißt du.« Jack lachte.

»Ja, das ist schön. Richtig schön.« Denise lächelte und legte Lucy eine Hand auf die Schulter.

»Tja, also, ich sollte wohl besser gehen.« Lucy wurde bewusst, dass eigentlich nur zwei Besucher gleichzeitig am Bett sein sollten. »Krankenhausregeln«, erklärte sie Jack.

»Ach so, na dann.«

»Ich komme bald wieder. Zur nächsten Besuchsstunde bin ich wieder hier. Hmm, ich sollte wohl nach Hause fahren und mich frisch machen.« Sie hatte ja die ganze Nacht im Wartebereich gesessen.

»Ich hab mich schon gewundert, warum es hier so streng riecht«, sagte Jack trocken.

»Pass bloß auf, du!«

Jack fing an zu lachen, hörte aber direkt wieder auf und stöhnte. »Oh, Scheiße, tut das weh.«

Aber es war schön, ihn scherzen zu hören, und zu sehen, dass der gewohnte sprühende Witz immer noch in ihm lebendig war.

»Also gut.« Lucy stand auf, obwohl sie eigentlich gar nicht gehen wollte, aber sie wusste, dass seine Mutter und sein Vater auch kostbare Zeit mit ihm verbringen wollten.

»Danke, dass ich ihn sehen durfte«, wandte sie sich an seine Eltern, »und dafür, dass ihr der Krankenschwester Bescheid gesagt habt, dass ich warte.«

»Das ist doch das Mindeste, was wir tun konnten«, entgegnete Simon.

»Wir hätten dich doch nicht da draußen sitzen lassen können, Liebes. Und wir halten dich natürlich auf dem Laufenden«, fügte Denise warmherzig hinzu. »Komm, gib mir mal deine Nummer.«

Also tauschten sie ihre Kontaktdaten aus.

»Oh, oh, jetzt habe ich ein Problem. Meine Mutter und meine Freundin stecken unter einer Decke.«

Jack versuchte wieder, sich aufzusetzen. »Oh … ups, das tut weh.«

»Du bleibst schön liegen und ruhst dich aus.« Lucy kicherte.

Es war gut, lachen und lächeln und fühlen zu können, dass die Hoffnung zurück war.

Liebe und Leben umhüllten sie alle in dem kleinen Krankenzimmerabteil wie eine große, warme Umarmung.

34. KAPITEL

An den Schmerz und die Qualen zu denken, die er seinen Eltern zugefügt hatte, machte Jack schier verrückt. Vielleicht hätte er an dem Abend vernünftiger fahren sollen. Er hatte schließlich gewusst, dass die Straßen glatt waren. Es hätte alles ganz anders ausgehen können, dachte er mit Grauen. Verflucht, er hatte es wieder vermasselt. Das Leben war so verdammt zerbrechlich, so kostbar. Er fing an, ein wenig zu zittern, gab sich aber Mühe, es zu verbergen.

»Alles in Ordnung, Jack?« Seine Mutter, die immer noch an seinem Bett stand, durchschaute ihn offensichtlich. Schon als Kind hatte er ihr kaum etwas vormachen können.

»Ja, ich dachte nur … Ach, wisst ihr, es tut mir wirklich leid. Ich wollte euch nie solche Sorgen …«, versuchte er unbeholfen, seine Gedanken zu formulieren.

»Schon gut, mein Sohn. Es war ein Unfall«, sagte sein Vater.

»Du hättest das nicht vermeiden können, Schatz«, fügte seine Mutter hinzu. »Glatteis. Gewundene Landstraßen. Jetzt zählt, dass du wieder gesund wirst, Jack.«

»Immer vorwärts, mein Sohn.«

»Aber anscheinend mache ich alles falsch.«

»Nein, tust du nicht, mein Schatz.« Seine Mutter nahm seine Hand. »Wie kommst du darauf?«

»Der falsche Job, das falsche Auto – oh Gott, die arme Ruby, sie sieht bestimmt übel aus. Ich habe sie zu Schrott gefahren.« Ach, verdammt, seine kostbare Ruby. All die Stunden, die er damit verbracht hatte, sie auf Vordermann zu bringen, und jetzt … Was hatte er nur angerichtet!

»Mach dir deswegen keine Sorgen. Wir lassen sie reparieren. Sie ist in die Werkstatt in Hunter's Hill gebracht worden. Das ist noch nicht das Ende für deine Ruby, mein Sohn, noch lange nicht.« Sein Vater wollte ihn aufmuntern, das wusste er. »Aber sag mal«, setzte Simon jetzt mit schärferem Tonfall an, »wieso sagst du, dass du immer alles falsch machen würdest? Dir geht es doch gut, du hast ein gut laufendes Geschäft mit deinen Cocktails, und du machst das doch gern. Wir sind stolz auf dich.«

»Wir wollen nur das Beste für dich, und dass du glücklich bist. Das war immer so«, fügte seine Mutter mit einem sanften Lächeln hinzu.

Waren seine Ängste in den letzten Jahren, dass er nicht gut genug sei, dass er nie mit seinem Bruder mithalten könne, nur genau das? Befürchtungen, und keine Realität?

»Wir lieben dich, mein Sohn.« Sein Vater hatte eine Träne in den Augen. Dabei war sein Vater sonst nie so sentimental. Er musste sie sehr erschreckt haben. Aber es war so verdammt gut, diese Worte zu hören.

»Danke, ich liebe euch auch.« Mehr konnte er nicht sagen, denn seine Kehle war wie zugeschnürt und seine Augen wurden feucht.

Sein Vater beugte sich über das Bett und umarmte ihn etwas unbeholfen, während seine Mutter immer noch seine Hand hielt. Ein ruckartiger Schmerz durchfuhr seinen Brustkorb. »Au.«

»Oh Gott, tut mir leid, Junge.« Simon schreckte zurück.

»Ist schon okay, sind nur meine Rippen.«

»Ich bin so ein Idiot.«

Der Schmerz ließ nach, als sein Vater ihn losließ. Sie mussten alle lachen, doch auch das tat Jack weh. Es würde ein langer Weg der Genesung sein, für ihn und für Ruby, wie es schien. Aber zu wissen, dass seine Eltern ihn liebten und unterstützten, ließ diesen Weg gleich viel ebener aussehen.

35. KAPITEL

Ein neuer Morgen, ein neuer Tag, und nachdem sie mit Daisy einen Strandspaziergang an der frischen Luft gemacht hatte, bei dem viele Erinnerungen an sie und Jack hochkamen, war Lucy wieder an Jacks Bett. Die emotionalen Auswirkungen der letzten zwei Tage wirkten noch immer in ihr nach. Die Angst war noch nicht ganz verblasst und hatte sie daran erinnert, wie zerbrechlich das Leben war. Zweifellos spürte Jack das auch.

Als sie an seinem Krankenbett saß und ihm die Hand hielt, konnte Lucy immer noch die ganze Wucht dieser Gefühle spüren – die Angst bei dem Gedanken, ihn zu verlieren. Als sie ihn dort unter der Krankenhausbettdecke sah, überkam sie eine Welle der Liebe.

»Es tut mir leid, dass ich dich all dem ausgesetzt habe, Luce«, sagte Jack mit Bedauern im Ton, »und Mum und Dad … Ach …« Ihm fehlten die Worte, und er musste sich räuspern.

»Wir sind einfach nur froh, dass du wieder in Ordnung kommen wirst.« Sie strich ihm sanft über die Stirn, wobei sie es vermied, die genähte Wunde zu berühren.

»Ich fürchte, dass meine Mutter mich nicht aus den Augen

lassen wird, wenn ich nach Hause komme.« Der Plan war, dass er nach dem Krankenhausaufenthalt erst mal bei seinen Eltern unterkommen würde, um sich erholen zu können, was ja auch vernünftig war. »Es wird sich anfühlen, als wäre ich wieder ein Kind.« Er verzog das Gesicht.

»Ja, höchstwahrscheinlich wird es so sein.«

»Aber, hey, ich denke, ich habe ihnen und dir in den letzten Tagen genug zugemutet«, fuhr Jack fort. »Ich werde mich jetzt vorläufig an die Regeln halten müssen.«

»Ja, das solltest du.« Lucy lächelte. »Übrigens, die Buschtrommeln der mobilen Catering-Crew sind heiß gelaufen. Emma hat mich angerufen. Sie lässt dich grüßen und verspricht, dir Schokolade zu schicken, um dich bei Laune zu halten.«

»Ah, das ist nett von ihr.«

»Und Ellie und Joe haben eine Nachricht im Namen des gesamten Burgteams geschickt. Sie wünschen dir gute Besserung, und du sollst dich von ihnen gedrückt fühlen.«

Jack lächelte. »Ja, Bob von *Bob's Gourmet-Burger* hat mir auch eine Nachricht geschrieben, und eine Karte von Carrie ist auch gekommen. Anscheinend backt sie Gute-Besserung-Muffins, die sie mir rüberbringen will. Mein Missgeschick ist anscheinend Tagesgespräch.«

»Das ist so lieb. Wie schön zu wissen, dass du so viel Unterstützung bekommst. Sie sind ein toller Trupp.«

Es tat gut, zu wissen, dass ihre neu gefundenen Freunde ihnen so den Rücken stärkten.

Sie redeten noch eine Weile, und dann beendete Lucy ihren Besuch mit einem zärtlichen Bis-bald-Kuss. Jacks Aftershave und sein persönlicher Duft erfüllten ihre Sinne, leicht gefärbt von einer winzigen Note Krankenhausbettwäsche. Sie konnte es kaum erwarten, ihn hier rauszuholen und wieder richtig in die Arme zu schließen.

*

Am Nachmittag fuhr Lucy bei Becky vorbei, um sich für ihr liebes Hilfsangebot zu bedanken. Als sie vor der Haustür ihrer Freundin stand, freute sie sich schon auf eine Tasse Tee, ein Gespräch unter Frauen und ein bisschen Entspannung nach der ganzen Aufregung im Krankenhaus.

Becky erschien fast direkt nach dem Klingeln an der Tür. »Hi, Luce. Na, wie geht es dem Patienten?«

Lucy, die noch ein wenig mitgenommen war, versuchte zu lächeln, aber als Becky sie auf der Türschwelle umarmte, reichte diese kleine Geste der Zuwendung, um all die Tränen hervorzulocken, die Lucy so lange zurückgehalten hatte.

»Oh Luce, Liebes, was ist denn? Ich dachte, Jack kommt wieder in Ordnung?« Becky runzelte die Stirn und sah sehr besorgt aus.

»Ach … ja … alles gut mit ihm. Also, zumindest wird es das bald wieder alles …« Lucy ließ die Schultern hängen. »Und mir geht es auch gut, ehrlich.« Sie schniefte. »Es ist nur … Ich habe mich die ganze Zeit so zusammengerissen.«

»Ach, Gott sei Dank. Komm rein, Schätzchen. Es gibt Tee, Jammie Dodgers, was immer du willst. Ganz hinten im Kühlschrank ist bestimmt auch noch eine Dairy Milk oder ein Crunchie versteckt.«

Lucy musste lächeln. Becky hatte fast immer eine Tafel Schokolade oder einen Riegel vorrätig, die sie vor Darrens Klauen versteckte, weil sein Appetit auf Schokolade unstillbar war. Sie folgte ihr in die Wohnküche. Es war das reinste Glück, sich bei Becky auf einen der Hocker im Esszimmer fallen zu lassen, während ihre Freundin den Kessel aufsetzte. Die Anspannung der letzten Tage begann sich endlich aufzulösen.

Bei Tee und Keksen sprachen sie über Jack und seine Genesung. Die Welt war wieder vollends in Ordnung zwischen ihnen, und Lucy kam nun der Zustand von Beckys Beziehung zu ihrem Partner Darren in den Sinn, der ihr zuvor Sorge bereitet hatte. »Habt ihr beide denn inzwischen geredet?«, fragte sie.

»Tja, ich habe es versucht. Gestern Abend habe ich mir endlich ein Herz gefasst und sein distanziertes Verhalten angesprochen. Selbst wenn er hier war, war er nicht wirklich anwesend, weißt du, was ich meine? Er war mit den Gedanken ganz woanders.«

»Und ... was hat er gesagt?«

»Er schien zuerst etwas verstört zu sein. Dann hat er weiterhin behauptet, es hätte nur mit der Arbeit zu tun, aber das hab ich ihm einfach nicht abgenommen. Mich hat das nur wieder darin bestärkt, dass er eine Affäre haben muss. Ich hätte nie gedacht, dass es zwischen mir und Darren jemals so weit kommen würde. Aber Beziehungen können sich so schnell ändern. Das ist schon ein bisschen beängstigend.«

Lucy nickte zustimmend: »Ach, Becks.«

»Na ja«, fuhr ihre Freundin fort, »jedenfalls habe ich ihn direkt gefragt, ob er eine Affäre hat, und da hat er mich nur total fassungslos angestarrt ... und dann kam alles heraus. Nicht nur, dass er gerade auf der Arbeit wahnsinnig viel zu tun hat und unter einem Riesendruck steht, sondern auch, dass sein Bruder zu einigen medizinischen Tests musste. Ich wusste schon, dass

Sam manchmal Schwindelanfälle hat, und mir war aufgefallen, dass er in letzter Zeit stark abgenommen hat.«

»Oh nein, das tut mir leid. Das ist natürlich sehr beunruhigend.«

»Jedenfalls hatte Darren seinem Bruder versprochen, niemandem etwas zu sagen, bis er die Ergebnisse des letzten Gehirnscans hätte … also bis er wüsste, womit er es zu tun hat. Na ja, Gott sei Dank scheint es nichts allzu Beängstigendes zu sein. Heute Morgen hat er endlich erfahren, dass es sich höchstwahrscheinlich um eine Viruserkrankung handelt und es keine Anzeichen für einen Tumor oder was in der Art gibt.«

»Puh, meine Güte, das muss schlimm für Darren gewesen sein, die ganze Zeit diese Ungewissheit.«

»Ja, und noch dazu, dass er alles für sich behalten musste.«

»Da sieht man's mal wieder – man weiß nie, was unter der Oberfläche so brodelt, stimmt's? Jeder hat sein Leben, mit all den Höhen und Tiefen, diese Achterbahn, die uns hin und her wirft. Und, weißt du was«, sagte Lucy und schaute ihre Freundin ernst an. »Ich bin so froh, dass wir trotz allem wieder zueinandergefunden haben, Becks. Reden und in Verbindung bleiben, darauf kommt's an, oder?«

»So ist es, Schätzchen.«

Sie hoben ihre Teetassen und stießen an. »Cheers.«

*

Eine halbe Stunde später, als Lucy wieder zu ihrem Jeep gehen wollte, parkte Darren gerade ein. Als er ausstieg, sah sie, dass er einen wunderschönen Blumenstrauß in der Hand hielt.

»Hi, Luce. Wie geht's Jack?«

»Ganz gut, danke. Er wird hoffentlich bald aus dem Krankenhaus entlassen. Die Verletzungen machen ihm noch zu schaffen, und es wird ein bisschen dauern, bis er wieder der Alte ist, aber zum Glück hat er keine bleibenden Schäden.«

»Das ist gut.«

»Oh ja, das stimmt.« Sie konnte es kaum erwarten, dass er entlassen wurde. »Die sehen ja wunderschön aus.« Lucy machte eine Kopfbewegung in Richtung der Blumen: Lilien, Rosen und andere Sorten, eingewickelt in hübsches, rosafarbenes Papier und Zellophan. Der Blumenduft wehte zu ihr herüber.

»Ja, ich habe was gutzumachen. Auf der Arbeit ging es ziemlich hoch her, ich war kaum noch zu Hause in letzter Zeit. Ich glaube, Becky hat eine Entschuldigung verdient.«

Da Becky ihr die Geschichte mit Darrens Bruder und ihren Beziehungsproblemen im Vertrauen erzählt hatte, lächelte Lucy nur verständnisvoll. »Die sind auf jeden Fall wunderschön und gut dafür geeignet, finde ich. Viel Glück.« Lucy war sehr erleichtert zu hören, dass es mit der Beziehung der beiden wieder aufwärts ging.

»Danke … Oh, und Luce, ich bin froh, dass du und Becks euch wieder vertragen habt. Sie wirkt viel glücklicher und einfach wieder mehr wie sie selbst, seit ihr wieder Kontakt habt.«

»Ja, und ich bin auch glücklicher. Wir kennen uns schon so lange. Es war schwer in den letzten Monaten.« Lucy lächelte breit. »Mach's gut, Darren, ich will dich nicht aufhalten. Sieht so aus, als hättest du was Wichtiges zu erledigen.«

»Ja, Cheers, Luce. Oh, und sag Jack, dass ich ihn sehr gern mit ein, zwei Pints aufmuntern würde, wenn er wieder auf den Beinen ist.«

»Wird gemacht. Und ich hab das Gefühl, Becks und ich sind auch schon an der Sache dran.«

Becky hatte gerade in den sauren Apfel gebissen und sie und Jack als Paar zu ihrer Silvesterparty eingeladen.

Lucy lächelte immer noch, als sie sich ins Auto setzte. Die Blumen und das, was Darren und Becky gesagt hatten, sprach sehr dafür, dass Beckys Ängste um ihre Beziehung völlig unbegründet gewesen waren. Und was ihre Freundschaft anbelangte – die war definitiv wieder fest verankert.

Nun musste nur noch Jack wieder ganz gesund werden, und dann würde sie schauen, wo ihre eigene Beziehung hinführte.

36. KAPITEL

»Bist du sicher, dass du dich nicht übernimmst?«, erkundigte sich Lucy, während sie langsam am Strand entlangschlenderten. Daisy trabte zu ihren Füßen.

Es war der Morgen des 24. Dezember. Jack war vor fünf Tagen aus dem Krankenhaus entlassen worden, zusammen mit der Erlaubnis, alles zu tun, solange er sich ausgiebig Erholung gönnte und ausruhte.

»Ja, wirklich, ich brauche frische Luft. Nachdem ich im Krankenhaus eingesperrt war und jetzt auch noch die Zeit bei Mum und Dad verbringen muss, fühle ich mich wie ein alter Mann in einem Pflegeheim oder so was. Sie sind toll, wirklich«, fügte er hinzu, »aber ich brauche etwas Freiraum, und außerdem glaube ich, brauchen wir auch etwas Zeit für uns.«

»Ja, es ist wunderbar. Nur wir zwei …« Sie blickte auf Daisy hinunter. »… oder drei.« Seit er aus dem Krankenhaus entlassen worden war, hatte sie Jack jeden Tag bei seiner Familie besucht, aber dies war das erste Mal, dass sie allein waren. Sie drückte seine Hand in den Wollhandschuhen. Bevor sie losgegangen waren, hatte sie sich nämlich vergewissert, dass er für seinen ersten Ausflug nach dem Unfall warm eingepackt war.

»Du darfst es nicht übertreiben, bevor du dich richtig erholt hast. Was sagten sie noch gleich im Krankenhaus?«, erinnerte sie ihn.

»Ach, bloß dass ich es ein bisschen ruhiger angehen lassen soll.« Jack wurde langsamer und hielt in der Nähe des Wassers inne, um auf die zinngrauen Wellen zu schauen.

»Gut, dann gehen wir mal nicht zu weit.«

Sie waren beide warm gekleidet, mit dicken Jacken, Schals, Mützen und Stiefeln. Lucy hatte kein Risiko eingehen wollen, als sie ihn von seinem Elternhaus in Alnwick zu ihrem kurzen Spaziergang am Strand abholte. Mit seinen gebrochenen Rippen und der geprellten Milz konnte Jack immer noch nicht Auto fahren, und selbst wenn – die arme alte Ruby würde noch eine ganze Weile in der Werkstatt bleiben müssen. Sie hatte noch mehr abbekommen als ihr Besitzer.

Jacks Gedanken waren wohl auch zu Ruby abgeschweift, zu dem Unfall und der Frage, wie es weitergehen würde … »Ich frage mich, wann ich überhaupt wieder arbeiten kann. Hoffentlich bald. Ich halte das Nichtstun nicht mehr aus, und es stehen demnächst viele Termine an. Ein paar musste ich schon sausen lassen. Aber wie soll ich denn einen Cocktail-Camper ohne Camperbus betreiben? Ohne meine wunderbare Ruby?« Langsam wurde ihm die Realität seiner Situation bewusst.

»Hey, das hat keine Eile«, beruhigte ihn Lucy. »Du musst zuerst wieder richtig auf die Beine kommen, das ist das Allerwichtigste.«

»Ich weiß, aber in ein paar Wochen, nach Neujahr, muss ich wieder loslegen, ich will nicht alle hängen lassen. Immerhin habe ich mir einen guten Ruf erarbeitet, und ich muss meinen Lebensunterhalt verdienen. Mit dem gesetzlichen Krankengeld komme ich nicht weit.«

»Wahrscheinlich nicht, aber du musst dich zumindest für eine Weile zurückhalten. Du musst sicherstellen, dass du wieder ganz fit wirst.«

»Ja, ich weiß. Aber Ruby braucht eine Generalüberholung, und einige dieser alten Teile sind nicht leicht zu finden – allein die ganze neue Frontpartie. Ich habe mit der Werkstatt gesprochen. Es könnte nicht nur Wochen, sondern Monate dauern, bis die etwas Passendes bekommen. Ich muss sie tipptopp in Ordnung bringen, sonst gibt es kein Geschäft mehr, in das ich zurückkehren kann, Luce.« Er klang ganz verzweifelt, jetzt, als alles über ihn hereinzubrechen schien.

»Vielleicht könntest du vorläufig etwas anderes als Bar benutzen. Einen Verkaufsstand aufstellen, so was in der Art.« Lucy merkte selbst, wie unbefriedigend sich das anhörte.

»Es ist aber nicht dasselbe, hm? Ein bisschen seelenlos, so ein Tisch und eine Plane. Ruby war so cool. Mein toller Cocktail-Camper … Rubys Charme mit ihrem glänzenden Rot, dem Chrom, den Lichtern, ihrem Vintage-Stil … ihrem Charakter.«

»Ja, sie war … sie ist«, korrigierte sie sich, »schon ein echtes Prachtexemplar.«

Während sie weitergingen, herrschte einen Moment Schweigen zwischen ihnen.

»Was hast du dir eigentlich vom Weihnachtsmann gewünscht?«, fragte Lucy, um das Thema zu wechseln, denn langsam klang Jack allzu niedergeschlagen.

»Ach … abgesehen von einer vollständig restaurierten Ruby …«, begann er wieder und stockte. In ein paar Tagen würde er wissen, ob seine wirklichen Weihnachtswünsche in Erfüllung gehen würden. Ein Plan nahm Gestalt an. Mit dem Unfall war alles durcheinandergewirbelt worden und hatte sich mit neuer Klarheit geordnet, wie die glitzernden Flocken in einer Schneekugel. »Eigentlich nicht viel, nur Kleinigkeiten«, fuhr er zaghaft fort. »Ich denke, meine Eltern haben in den letzten Wochen genug getan, indem sie sich um mich gekümmert haben, da sind keine teuren Geschenke nötig. Und du?«

»Oh, ich habe keine großen Erwartungen. Es ist immer schön, ein paar kleine Überraschungen zu bekommen, aber ich finde, an Weihnachten geht es sowieso eher darum, zusammen zu sein, die Familie um sich zu haben und den Tag gemeinsam zu genießen, oder?«

»Ja, ist wohl so.« Sie gingen weiter über den feuchten, goldenen Sand und dachten still über alles nach. Daisy blieb hier und da stehen und schnupperte an Seetang oder einer Krabbenschale. Jacks Stimmung war gesunken. Er sah betrübt aus.

Da ging Lucy plötzlich ein Licht auf: »Ich hab's!«, rief sie.

»Ja?«

»Was hältst du von einem Cocktail-Pferdeanhänger? Natürlich nur, bis Ruby wieder in Ordnung ist. Wir können unsere Kräfte bündeln. An manchen Abenden als Bar, an anderen als Pizza-Foodtruck, und warum, zum Teufel, nicht auch beides gleichzeitig? Lass mich dir helfen.« Sie hatte die Befürchtung, dass er sich zu früh in die Arbeit stürzen und auf lange Sicht damit schaden würde, aber so könnte sie ein Auge auf ihn haben und sicherstellen, dass er es nicht übertrieb. »Ja, genau«, fuhr sie fort und war von ihrer eigenen Idee begeistert, »bei Veranstaltungen, für die ich nicht gebucht bin, können wir den Ofen zu Hause lassen und den gesamten Raum für deine Bar nutzen. Und wenn wir gemeinsam gebucht sind, kriegen wir das auch irgendwie hin. Ich habe auf jeden Fall Platz für ein paar Getränke und so was. Was hältst du davon? Eine Bar in einem

Vintage-Pferdetransporter, das ist doch auch ziemlich cool.« Sie war begeistert von ihrem Plan.

Jack nickte und versuchte, es sich vorzustellen.

»Ganz bestimmt gehen die Veranstalter darauf ein, wenn wir es ihnen erklären. Dann kannst du auch deine bestehenden Buchungen durchziehen. Pizza und Prosecco, die perfekte Kombination, meinst du nicht?« Jetzt kam sie richtig in Fahrt. »Und, hey, ich wette, du würdest umso mehr Morpeth Mules verkaufen.«

Er runzelte kurz die Stirn, weil er es nicht gleich verstand.

»Na, Mules? Also Maultiere – im Pferdetransporter?«

»Haha!« Er lachte. »Bist du dir ganz sicher, Luce? Das klingt nach einer Menge Arbeit für dich.«

»Natürlich bin ich mir sicher. Und wir sind doch jetzt ein Team? Oder? Geht es nicht gerade darum?«

Jack starrte sie an. Offenbar dachte er nach.

Hatte sie zu viel gesagt? Hatte sie wieder mehr hineininterpretiert? *Waren sie wirklich ein Team?* Sie begann zu zweifeln. Wenn es ihm besser ginge, würde er dann hierbleiben wollen? Oder rückten seine Träume von einer Rucksackreise wieder in den Vordergrund, wenn Ruby außer Gefecht war? Lucy war sich immer noch nicht sicher.

Jack lächelte breit. »Weißt du was, Luce? Die Idee ist brillant.« Er streckte die Arme aus, wollte sie schon hochheben, um sie herumzuwirbeln, aber gerade noch rechtzeitig fiel ihm ein, dass er das ja nicht konnte, also ließ er die Arme schnell wieder sinken. »Ah, nein, meine Rippen und so … Aber bald.« Ja, dann würde er noch viel mehr können, als sie nur am Strand herumzuwirbeln, dem Himmel sei Dank. Es war schon viel zu lange her, dass er mit ihr das Bett geteilt hatte. Jetzt fühlte er sich plötzlich müde von der Bewegung an der frischen Luft. »Können wir uns vielleicht ein bisschen hinsetzen, Luce? Das wäre schön.«

»Okay.«

Also schlenderten sie am Strand zurück und ließen sich an einem geschützten Ort auf einem großen, glatten Felsen nieder, von dem aus sie die Weite der Bucht überblicken konnten. Dies war Lucys Strand in Embleton, und die Aussicht hier war, egal zu welcher Jahreszeit oder bei welchem Wetter, immer atemberaubend. Heute waren der Himmel und das Meer grau, aber es sah alles andere als trüb aus, denn die Wellen tanzten mit weißen Schaumkronen heran und schlugen mit verhaltenem Donnern an die Küste. Kleine grau-weiße Seevögel tauchten ihre Schnäbel in den Sand, und darüber kreisten Möwen. Die Luft war frisch und roch nach Salz und Sand.

»Tja, hier hat alles angefangen«, bemerkte Jack voller Rührung. »Du und ich …«

»Ja, du und deine Morpeth-Mule-Cocktails, mit denen du mich im Sonnenschein beschwipst gemacht hast. An dem Tag war es aber auch verdammt viel wärmer als heute.« Wunderschöne, glückliche Erinnerungen wurden wach. Der Tag, an dem alles begann … als Jack sie mit den Cocktails am Strand überrascht hatte und sie stundenlang in den sonnenüberfluteten Dünen gesessen und sich unterhalten hatten.

»Das war ein guter Tag.« Jack lächelte.

»Ein sehr guter Tag«, stimmte Lucy gerührt zu.

»Ich bin froh, dass du Ja gesagt hast, und dass du an diesem Tag noch geblieben bist«, fuhr Jack fort und klang plötzlich nachdenklich.

»Ich auch. Oh Gott, weißt du noch, wie ich in den Dünen mit dem Klappstuhl umgefallen bin?« Sie grinste schelmisch.

»Allerdings, in meine offenen Arme«, erwiderte er und lächelte breit.

Sie waren bis weit in den Abend hinein geblieben, hatten geplaudert und einander kennengelernt. Was sie in den letzten Monaten erlebt hatten, war lustig gewesen, romantisch und wunderbar, aber es schien auch so zerbrechlich.

Manchmal muss man sein Herz riskieren, ein Risiko für die Liebe eingehen. Und was auch immer von nun an zwischen ihnen passieren würde, sie wusste, dass sie die Entscheidung an jenem Tag zu bleiben, nie bereuen würde. Aber da war immer noch diese Frage, die ihr im Kopf herumschwirrte, seit sie seinen offenen Laptop gesehen hatte.

Es war an der Zeit, ihren eigenen Rat zu befolgen und offen und ehrlich zu sein, auch wenn die Antwort nicht so ausfiel, wie sie es sich wünschte.

Sie wandte sich ihm zu, betrachtete sein hübsches Gesicht, die schieferblauen Augen mit dem frechen Funkeln darin, das sandblonde, leicht zerzauste Haar. Das Gesicht, in das sie sich, wie sie wusste, verliebt hatte. Sie holte tief Luft. »Jack, denkst du immer noch daran wegzugehen?« Ihre Stimme klang dünn und ängstlich. »Ins Ausland zu gehen?«, ergänzte sie.

Jack zog eine Augenbraue hoch und runzelte ein wenig die Stirn. »Luce, wovon redest du?«

»Es ist nur … Na ja, vor ein paar Wochen … Ich konnte nicht verhindern, es zu sehen, also diese Seite auf deinem Laptop, als ich dich spontan besucht habe.«

Verwirrt krauste er die Stirn.

»Neuseeland?« Jetzt hatte sie es ausgesprochen. Es war der am weitesten entfernte Ort der Welt, den er sich hätte aussuchen können.

»Ach …« Plötzlich sah er ernst aus.

Es war also etwas dran.

»Ja, das habe ich mir angeschaut«, gab er zu.

Lucy spürte, wie sich ihr Herz zusammenzog. Das Fernweh hatte ihn wohl doch wieder gepackt. Diese Idee, sich mit dem Pferdeanhänger als *Team Pizza und Prosecco* zusammenzutun, das war wohl alles nur ein dummer Wunschtraum.

»Weißt du, in dieser Jahreszeit packt es mich oft. Nach Weihnachten und Neujahr kommen meist richtig ruhige Monate für den *Cocktail-Camper*. Es gibt zwar noch die eine oder andere Buchung, aber im Januar, Februar … eventuell sogar bis in den März hinein kann es ziemlich schwierig werden. Wer will schon in dieser Zeit wirklich ein Outdoor-Catering?«

»Aha …« Lucy wartete mit einem Kloß im Hals auf das, was da noch kommen würde.

»Darum glaube ich, ist das die beste Zeit, um mal rauszukommen. Zu neuen Abenteuern aufzubrechen. Sobald ich nach diesem kleinen Zwischenfall wieder auf den Beinen bin, meine ich.« Sein Ton war zu fröhlich, zu unbeschwert.

»Verstehe.« Lucy schluckte schwer. Sie spürte, wie sie seine Hand fester umklammerte, als könnte sie ihn dadurch noch ein bisschen länger festhalten. Sie konnte sehen, wie ihre Welt zu zweit ihr entglitt. »Okay.« Sie drehte den Kopf weg, weil ihr eine kleine Träne auf die Wange tropfte, und biss sich auf die Lippe. Er hatte ihr nichts versprochen, und sie hatte kein Recht, ihn zu bitten, hierzubleiben.

Sie sammelte sich und schaute aufs Meer hinaus. Bald würde er Tausende Meilen entfernt sein.

»Hey, vielleicht ist es nur eine dumme Idee, ich weiß es nicht. Wie du schon sagtest, muss ich erst wieder richtig fit sein.«

Er drehte sich zu ihr, schien ihr Unbehagen zu spüren. Sanft nahm er ihr Gesicht in seine Hände, um ihr einen zärtlichen und zugleich leidenschaftlichen Kuss zu geben, der viele Gefühle in ihr auslöste. Sie hielt ihn umschlungen, ihre Fingerspitzen fuhren durch sein Haar, über seinen Nacken, ihre Lippen schmeckten ihn, und sie hatte das Gefühl, ihn nie loslassen zu wollen.

Als sie sich widerwillig trennten, grinste Jack und sagte: »Ich glaube nicht, dass wir uns das im Haus meiner Eltern hätten leisten können, was meinst du?«

Lucy musste schmunzeln: »Vielleicht nicht ganz so einen Schmatzer, nein.«

Daisy stimmte mit einem fröhlichen »Wuff« ein.

»Hör mal, ich hab nachgedacht«, sagte Jack. »Willst du morgen Abend auf ein paar Drinks vorbeikommen … vielleicht zum Abendessen? Zu Mum und Dad, meine ich.«

»Am Weihnachtstag?« Das erschien ihr ziemlich bedeutsam.

»Ja, ich weiß, dass du den Tag mit deiner eigenen Familie verplant hast, und ich weiß, dass du Mum und Dad bereits kennengelernt hast – auf seltsame Weise im Krankenhaus –, und du hast sie bei deinen Besuchen diese Woche getroffen, aber … na ja …« Er stockte. »Ich hätte sehr gern, dass du zu uns kommst.«

»Okay.« *Ob das eine Art Entschädigung dafür war, dass er in ein paar Wochen das Land verlassen wollte?* Dann schimpfte sie mit sich selbst, weil sie zu viel grübelte. Schließlich hatte sie seit Wochen auf diesen Moment gewartet, endlich seine Eltern auf eine ungezwungene, gesellige Art und Weise kennenlernen zu können, und dass Jack sie tatsächlich darum bat. »Ja, ich komme sehr gern.«

Sie saßen so dicht beieinander, wie es ging, ohne dass Jacks verheilende Rippen gedrückt wurden, und ihre Körper ruhten aneinander, schützten einander. Es fühlte sich so kostbar an.

Und vielleicht, nur vielleicht, so betete Lucy, würde er, nachdem er auf Reisen gegangen war und seine Freiheit ausgekostet hatte, den Weg zu ihr zurückfinden.

37. KAPITEL

»Es ist Weihnachten!«, rief Lucy. Daisy schaute sie mit einem verständnislosen Blick an, nach dem Motto: Was ist denn mit dir los? Aber unwillkürlich wedelte sie trotzdem mit dem Schwanz. Nur sie beide waren zu Hause, kuschelig und gemütlich zusammen im Doppelbett.

Für Daisy gab es einen Strumpf zu öffnen, mit Hundeleckerlis, einem Lunchtütchen mit Pastete und einem neuen, sehr schicken marineblauen Halstuch mit Schneeflocken darauf. Daisy interessierte sich besonders für die Leckerli-Tüte (Puten-Happen) und musste natürlich sofort eines probieren. Es war ja schließlich Weihnachten.

»Also dann, Daisy Doo, heute nur ein schnelles Frühstück für uns, dann geht's direkt zu Olly.«

Der Jeep war bereits mit Geschenken für die ganze Familie beladen, plus einer Kleinigkeit für Jack und einem Korb mit regionalen Produkten, die sie im Dorfladen und beim Driftwood-Café als Dankeschön für Denise und Simon ausgesucht hatte. Sie war etwas aufgeregt wegen des Kennenlern-Weihnachtsessens, obwohl sie die beiden ja schon mehrmals getroffen hatte. Doch dieses Mal war es etwas formeller. Trotz dieser

Nervosität hatte Lucy das Gefühl, dass heute ein guter Tag werden würde.

*

Es war wundervoll festlich bei Olly und seiner Bande. Die Weihnachtsbeleuchtung war an und wirkte sehr einladend. Warmweiße glitzernde Lichterketten hingen an den Fenstern, und ein niedliches, beleuchtetes Rentier aus Holz stand neben dem Gartenweg. Freddie winkte ihr bereits vom Fenster aus aufgeregt zu.

»Frohe Weihnachten, Freddie!«

Ihr Neffe rannte ihr an der Tür in die Arme.

»Santa!«, rief er mit einem strahlenden Lächeln und nahm Lucys Hand, um sie ins Wohnzimmer zu führen, wo der große, mit Kugeln, Lametta und bunten Lichtern beladene Baum funkelte, unter dem noch einige ungeöffnete Geschenke lagen – erstaunlich, mit einem Kleinkind im Haus.

Daisy schnüffelte genüsslich unter den Ästen herum und verursachte einen kleinen Tannennadelregen.

»Hoppla, komm, Daisy, raus hier«, rief Lucy.

Alice und Olly hießen sie mit einer Umarmung willkommen, und Lucy versank in einer Woge aus fröhlicher Zuneigung.

Nonna und Sofia kamen bald darauf an, mit vielen Geschenken, die alle wunderschön in silbernem Sternenpapier verpackt waren und rote Schleifen, geringelte Bänder und hübsche Anhänger trugen. Sofia liebte es, Weihnachten in ein Kunstwerk zu verwandeln.

Nachdem sie mit Buck's Fizz angestoßen hatten, begann die Bescherung. Freddie wurde überschüttet mit Geschenken und öffnete wie im Rausch inmitten von zerrissenem Weihnachtspapier – wie es sich für Weihnachten gehörte – Pakete mit neuem Spielzeug, Süßigkeiten und Kleidung. Sein Lieblingsgeschenk war ein kleines Eisenbahnset von *Thomas, die kleine Lokomotive*, das Lucy ihm gekauft hatte. Es freute sie über die Maßen, dass sie mit dem Geschenk derartig ins Schwarze getroffen hatte.

Lucy selbst bekam ein paar duftende Badekugeln und einen Gutschein für einen Besuch in den Alnwick Gardens, ein neues Mütze-Schal-Set – handgestrickt von Nonna – und ein hübsches Top von ihrer Mum, über das sie sich sehr freute. Freddie hatte auch ein Bild für sie gemalt, einen Weihnachtsmann in Blobby-Form mit einem braunen Blobby-Rentier, das ihr ein breites Lächeln ins Gesicht zauberte. Das Bild würde sie sich auf jeden Fall an ihren Kühlschrank heften.

Später am Vormittag kamen ihr Dad und seine Partnerin Jo für eine Stunde zu Kaffee und Mince Pies vorbei und brachten noch mehr Geschenke und eine Flasche Sekt mit, die sie für ihr Weihnachtsessen für später dalassen wollten. Er und Mum hatten sich im Laufe der Jahre ihr eigenes Leben aufgebaut und kamen nun gut miteinander aus. Nur manchmal war es noch ein klein wenig kühl zwischen ihnen, weil der Riss, der vor vielen Jahren zwischen ihnen entstanden war, tief ging, aber an Tagen wie heute sahen sie gern darüber hinweg, der Familie zuliebe. Das war das Wichtigste.

Das traditionelle Truthahnessen, das Olly und Alice gemeinsam zubereitet hatten, war köstlich und wurde mit einem köstlichen Weihnachtspudding (den Lucy auf dem Weihnachtsmarkt auf Claverham Castle am Stand des Hofcafés gekauft hatte) abgerundet. Außerdem gab es noch mehr Pies (von Nonna gebacken), die mit einem Klecks Clotted Cream serviert wurden, und einem Schokoriegel in Santa-Form für Freddie. Mit ächzenden Mägen, aber glücklich gesättigt, verbrachten alle den Rest des Nachmittags auf den beiden Sofas im Wohnzimmer und schauten zusammen den Film *Paddington* an, sehr zu Freddies Freude.

Als die Dämmerung hereinbrach, ging Lucy mit Daisy an die frische Luft für eine Gassirunde um den Block. Der Dackel trug jetzt eine weitere von Nonnas gestrickten Kreationen, diesmal einen knallroten Elfenanzug, der mit einem kleinen knochenförmigen Spielzeug zusammen eingepackt gewesen war. Haha, Lucys kleiner Helfer! Obwohl Lucy manchmal nicht recht sagen konnte, wie viel »Hilfe« Daisy eigentlich war – nun, vielleicht in Bezug auf Kuscheln und emotionale Unterstützung, klar. Dann war es Zeit zu gehen. Zeit, zu Jack und seinen Eltern zu fahren.

Mit herzlichen Umarmungen und einem Chor aus »Frohe Weihnachten«, »Danke« und »Bis ganz bald« machten sie sich auf den Weg. Lucys Herz hüpfte aufgeregt, aber auch etwas ängstlich bei dem Gedanken, Jacks Familie an diesem besonderen Weihnachtstag zu treffen.

*

Lucy näherte sich der rot gestrichenen Holztür der großen Doppelhaushälfte, an der ein traditioneller Weihnachtskranz aus Tannen- und Stechpalmenzweigen zur Begrüßung hing. Sie klingelte mit einem leichten Gefühl von Beklommenheit. Das hier kam ihr vor wie ein großer Schritt, und Lucy war sich auch bewusst, dass dies kein einfacher Tag für Jacks Familie war, seit sein Bruder Daniel vor all den Jahren so plötzlich und auf tragische Weise verstorben war.

»Hallo, hallo, komm nur rein«, begrüßte Denise sie an der Tür mit einem warmen Lächeln.

Simon war auch da und half ihr aus dem Mantel. Dann traf sie Jack an der Wohnzimmertür. Er trug ganz unerwartet einen festlichen »Rotkehlchen«-Weihnachtspullover, über den sie gleich lächeln musste.

»Hallo, du.«

»Hey.«

Sie fragte sich, wie er sich wohl fühlen mochte, nachdem er damals so zögerlich bezüglich eines solchen Treffens mit seinen Eltern gewesen war, aber anstatt peinlich berührt zu wirken, strahlte er sie an und sagte: »Frohe Weihnachten, Luce.«

»Ja, frohe Weihnachten euch allen.«

»Hattest du einen schönen Tag mit deiner Familie?«, fragte Denise. »Wo warst du … in Rothbury?«

»Von da kommt meine Familie zwar, das stimmt, aber wir haben hier in Alnwick im Haus meines Bruders gefeiert. Gleich drüben am Allendale Drive. Mum und Nonna waren dabei, und mein Dad hat auch vorbeigeschaut. Es war wirklich schön, danke. Und bei euch?«, fragte sie höflich, während Simon sie ins Wohnzimmer führte, wo Jack ihr einen kleinen Kuss auf die Wange gab und sie sich dann erst einmal steif nebeneinander aufs Sofa setzten.

»Ein ruhiger Tag, aber schön, ja.«

Lucy wusste nicht recht, was sie sagen sollte. Es war sicher ein schwerer Tag für sie gewesen, wie immer. Ihr Blick wurde von den Fotos auf dem Kaminsims angezogen. Die Bilder des jungen Mannes, der Jack so ähnlich sah, vielleicht ein bisschen größer als er. Und sie fühlte für sie alle. Sie überlegte, ob sie etwas sagen sollte, um sich ihrer anhaltenden Trauer anzuschließen, aber das würde es an einem Tag wie heute wohl nicht leichter für sie machen, eher im Gegenteil. Es war so etwas wie der Elefant im Raum.

Zum Glück merkte Denise, wo sie hinschaute. »Ja, das ist unser Daniel. Er war so ein liebenswerter junger Mann.«

»Ihr müsst ihn furchtbar vermissen«, sagte Lucy und merkte, wie es ihr vor Ergriffenheit die Kehle zuschnürte.

»Ja, das tun wir«, bestätigte Simon, »aber das Leben geht weiter, es muss weitergehen, und es gibt immer etwas, worauf man sich freuen kann.«

Lucy bewunderte seine stoisch positive Haltung, obwohl sie spürte, dass hinter diesen Worten immer noch ein Gefühl von Verlust steckte.

»Ja, Lucy, man muss das Licht dort auffangen, wo es hinscheint«, fügte Denise sanft hinzu.

Was für ein schöner Spruch, dachte Lucy. Hoffentlich würde sie sich mit der Zeit als Jacks Lichtblick entpuppen. Sie alle konnten momentan ein wenig Sonnenschein in ihrem Leben gebrauchen, auch sie selbst. Sie lächelte und spürte die Wärme von Jacks Körper an ihrer Seite.

Jack blickte sich um. »Hey, wo ist eigentlich Daisy?«

»Oh, die habe ich im Jeep gelassen.«

»Sei nicht albern, sie kann ruhig reinkommen.«

»Ja, sicher, wir haben schon so viel von ihr gehört.« Jacks Mutter lächelte. »Sie muss eine echte Persönlichkeit sein, wie es scheint.«

»Na, das kann man wohl sagen.«

Also wurde auch Daisy willkommen geheißen und ließ sich bei den beiden auf dem Sofa nieder. Seit Jacks Unfall und seiner Rekonvaleszenz schien sie ihm tatsächlich zugeneigter zu sein. Sie legte ihr Kinn auf seinen Oberschenkel und patschte manchmal mit der Pfote an seine Hand, damit er sie streichelte.

Lucy wurde mit einem köstlichen Abendessen aus Schinkenbraten, Schweinefleischpastete mit Preiselbeeren, Salaten und einer herrlichen regionalen Käseplatte mit Trauben, Äpfeln und Chutneys verwöhnt. Jacks Eltern hatten sich offensichtlich sehr ins Zeug gelegt. Lucys Magen ächzte noch von Pute und Pudding, aber sie war viel zu höflich, um abzulehnen. Jack machte sich nützlich, indem er für sie alle eine Flasche Sekt öffnete, gefolgt von einem Glas Merlot zu der Käseplatte. Er hatte sein Gespür als Barkeeper wahrhaftig nicht eingebüßt. Es folgte eine hausgemachte Pavlova mit Früchten und Sahne. Lucy war zum Platzen voll, aber dankbar für die herzliche Gastfreundschaft. Zu viert saßen sie noch eine Weile zufrieden plaudernd am Esstisch, während Daisy eifrig nach Krümeln unter dem Tisch suchte. Lucy war erleichtert, dass es so gut lief.

»Es ist schön, dass Jack endlich einmal eine junge Frau zu uns eingeladen hat, um sie uns vorzustellen«, sagte Denise, als ihre Zunge ein wenig vom Sekt gelockert war.

Lucy und Jack war es etwas unangenehm, und sie warfen einander einen Blick über den Tisch zu.

»Allerdings weiß ich nicht, ob wir in den Genuss deiner Gesellschaft gekommen wären, wenn Jack nicht diesen Unfall gehabt hätte«, frotzelte Simon, »wodurch wir uns ja sowieso schon notgedrungen kennengelernt haben.«

»Okay, Dad, Mum – besten Dank auch dafür.« Jack verdrehte die Augen, lächelte aber.

Der Gedanke war Lucy auch schon gekommen, aber wie auch immer – sie war sehr dankbar, dass sie die beiden kennengelernt hatte. Sie schienen gute Menschen zu sein, die in den letzten Jahren sehr viel hatten durchmachen müssen.

Der klassische Esstisch aus Holz, an dem sie saßen, und auch die anderen Möbel der Familie – alles war solide und für die Ewigkeit gemacht, und mit ihrer Liebe war es nicht anders, das sah man. Lucy freute sich darauf, sie alle noch besser kennenzulernen. Hoffentlich bekäme sie diese Chance.

Als sie auf Lucys Arbeit zu sprechen kamen, fragte Simon, was sie zuvor gemacht habe, und als Denise hörte, dass sie vorher in Morpeth gearbeitet hatte, wollte sie wissen, wie es ihr gefalle, nun am Meer zu leben. Eigentlich war es nur eine nette Unterhaltung, aber trotzdem kam es Lucy, die ohnehin nervös war, so vor, als würden sie »Wer bin ich?« mit ihr spielen. Ihr wurde klar, dass sie sich wünschte, dass Jacks Eltern sie mochten und auch Jack mit ihrer Anwesenheit hier klarkam. Wenn es eine Zukunft für sie gab, musste die Saat dafür hier gelegt werden. Sie schaute zu ihm hinüber. Seine Augen funkelten und sein Lächeln kam von tief drinnen. Zumindest im Moment schien er sich ganz wohlzufühlen.

Am Ende ihrer ausgedehnten Mahlzeit hob Simon sein Glas. »Frohe Weihnachten, Lucy.«

»Ja, frohe Weihnachten, Liebes«, fügte Denise hinzu.

»Cheers, Lucy«, sagte Jack knapp, aber sein zärtlicher Blick sagte sehr viel mehr.

»Frohe Weihnachten euch allen! Und vielen Dank – es war ein wunderbarer Abend.«

Lucy hob ihr Weinglas und stieß mit allen an. Es erinnerte sie an *A Cup of Good Cheer*. Das musste an den vielen Weihnachtsliedern liegen, die sie in letzter Zeit gehört hatte. Sie fühlte sich wohlig und glücklich. Es war schließlich doch ein perfektes Kennenlernabendessen gewesen.

*

Sie gingen zu zweit nach draußen in den Garten, um eine kleine Auszeit zu nehmen und einen Moment für sich zu haben.

»Ach, das war ein schöner Abend. Deine Eltern sind toll, Jack.«

»Ja, sie sind ganz in Ordnung.« Jack nickte. »Sie mögen dich auch, das merkt man.«

»Puh! Na ja, wir haben uns ja in der Nacht im Krankenhaus schon recht überstürzt kennengelernt.«

»Ja, natürlich.«

Die Worte versetzten sie zurück zu dem Schrecken, der Angst und dem Gefühl, am Rande eines Abgrunds zu stehen – und zu der Dankbarkeit, dass sie dem drohenden Verlust entgangen waren.

Und dann waren keine Worte mehr notwendig. In der frostigen Nachtluft machte Jack einen Schritt nach vorn und nahm Lucy sanft in die Arme. Nichts konnte ihn daran hindern, nicht einmal seine protestierenden Rippen.

Ihre Lippen fanden einander und entzündeten ihre Körper. Die Liebe zwischen ihnen war hell und zärtlich und auf eine stille Art leidenschaftlich. Sie entfachte ihre Sinne, einen nach dem anderen, bis Lucy ein bisschen schwindelig wurde. Ein Weihnachtskuss wie noch nie.

*

Denise hatte Lucy angeboten, bei ihnen zu übernachten, sodass sie ein, zwei Weihnachtsdrinks genießen konnte. Als sie etwa eine Stunde später in ihrem Einzelbett lag und darüber nachdachte, was für ein wundervoller Tag es gewesen war, hörte sie ein Signal von ihrem Handy auf dem Nachttisch. Sie griff danach und öffnete die Nachricht.

Jack:

Ich vermisse dich jetzt schon.

Sie lächelte in die Dunkelheit.

Noch ein Ping. Jack:

Wenn es mir besser geht, möchte ich alles Mögliche mit deinem wunderschönen Körper machen … aber nicht heute Abend. Könnte sein, dass ich eher vor Schmerz schreie als aus Ekstase. LOL xx

Sie lachte laut.

Dann schrieb sie zurück, ganz schlicht, aber aufrichtig:

Ich liebe dich. Frohe Weihnachten. x

Jack antwortete mit einem Herz-Emoji und zwei Küssen. Trotz der langen Zeit hatte er diese drei Worte noch nicht ausgesprochen.

38. KAPITEL

Schnell waren die Weihnachtstage vorüber und der Jahreswechsel stand bevor. Jack war nach einem kurzen, aber schönen Spaziergang mit Lucy am Flussufer bei den Alnwick Pastures ins Haus seiner Eltern zurückgekehrt. Seine Mutter bestand darauf, dass er noch eine Weile bei ihnen blieb, damit sie auf ihn achten konnte und er sich erholte. Irgendwie kam es ihm vor, als hätte er sich in eine seltsame Mischung aus seinem jugendlichen Ich und dem älteren Mann, der er eines Tages werden würde, verwandelt (schmerzende Rippen, Rückenschmerzen, mürrisch!), aber eigentlich schätzte er ihre Unterstützung und Fürsorge. Die regelmäßige Versorgung mit guter Hausmannskost war zudem ein großer Bonus, das musste er zugeben. Er fühlte sich mit jedem Tag kräftiger.

Es war Nachmittag und die blasse Wintersonne stand schon tief am Himmel. Jack saß in dem Ohrensessel, der einst seinem verstorbenen Großvater gehört hatte, und blickte auf den Garten seiner Eltern. An einem Rosenstrauch hielten sich überraschenderweise noch ein paar letzte rosa Blüten. Ein Rotkehlchen hüpfte im Beet herum. Die Nacht kam bald und würde wieder in einen neuen Tag übergehen. Noch ein Tag, den alle für so selbstverständlich hielten. Durch diesen Unfall … beinahe hätte er heute nicht hier sitzen und das alles sehen können. Er hätte bei dem Aufprall, in diesem Bruchteil einer Sekunde, alles verlieren können. Diese Erkenntnis erwischte ihn eiskalt, und ebenso der schreckliche, erschütternde Verlust seines Bruders und dessen viel zu früher Tod. Daniel, sein »Big Bro«, der kaum erst erwachsen geworden war.

Wie sich das Leben von einem auf den anderen Augenblick ändern konnte … Glatteis auf der Straße. Ein Herz, das aufhörte zu schlagen. Mehr brauchte es nicht, nur einen einzigen Moment. Aber als er so dasaß, wurde Jack ebenso klar, dass es auch nicht mehr brauchte, um das Leben beim Schopf zu packen und Dinge zu ändern. Er hatte Zeit damit vergeudet, sich zu fürchten und zurückzuhalten.

Es gab da etwas, was er tun musste.

*

Jack spürte einen Knoten im Magen vor Aufregung. Er musste das hier unbedingt richtig hinbekommen. Den Inhalt seines Rucksacks hatte er gecheckt – zweimal –, bevor Lucy ihn abgeholt hatte. Und auch Matt hatte seine Anweisungen bekommen. Er hoffte inständig, dass sein Kumpel alles richtig gemacht hatte. Es war so frustrierend, dass er wegen der schmerzenden Rippen immer noch nicht selbst fahren konnte.

Es war jetzt Silvester, und der Wirbel aus grauen Wolken am Himmel passte zu seinen aufgewühlten Gefühlen. Er tat auf jeden Fall das Richtige. Er hoffte nur, dass sein Masterplan aufgehen würde. Auf dem grasbewachsenen Parkplatz, wohin er sie geführt hatte, auf halber Höhe der Moorland-

Hügel, hielten sie an. Ein paar hartgesottene Schafe beäugten sie, als sie aus dem Jeep stiegen. Die Brise war frisch, aber zum Glück nicht zu heftig. Von hier konnte man den Blick über die grün-braunen Felder im Tal schweifen lassen und hinauf zu den mit Schnee bedeckten höheren Hügeln der fernen Cheviots. Der letzte Tag des Jahres zog alle Register für ihn. Er durfte hoffen.

Zunächst einmal hoffte er inständig, dass er die Landschaft auf dem Hügel noch von seiner Wanderung vor etwa einem Monat richtig in Erinnerung hatte … die Position der einsamen Tanne, die Teil des Plans war.

»Ist es okay für dich, hier hochzuklettern?«, erkundigte sich Lucy besorgt. Es war nur eine kleine Wanderung, nicht besonders weit, aber für jemanden mit gebrochenen Rippen, der noch nicht lange aus dem Krankenhaus entlassen war …

»Ja, ja, ich lasse es ruhig angehen, keine Sorge.« Er war fest entschlossen. Er trug seine Wanderschuhe. Heute musste es sein. Er konnte nicht länger warten.

Sie unterhielten sich auf dem Weg den steilen, steinigen Pfad hinauf.

»Ich habe Ruby neulich besucht«, sagte Jack und klang dabei ein bisschen traurig. »Dad hat mich in die Werkstatt mitgenommen. Sie ist in sehr schlechter Verfassung, die Arme.«

»Meinst du, sie kann repariert werden?«

»Ja. Sie ist in eine Spezialwerkstatt in Gateshead gebracht worden, wo sie VWs restaurieren. Gott sei Dank habe ich eine gute Versicherung, aber es wird einige Zeit dauern, bis sie wieder in Ordnung ist. Sie werden erst mal die richtigen Teile zusammensuchen müssen.«

»Das war sicher schrecklich, sie so zu sehen.«

Und ob es das war. Er hatte nicht nur den Zustand seines alten Campingbusses gesehen – all die harte Arbeit, die er in die Renovierung gesteckt hatte, war von einem auf den anderen Moment dahin gewesen –, sondern es war ihm auch bewusst geworden, was ihm selbst hätte passieren können. Ein paar Zentimeter in der falschen Richtung, ein anderer Aufprallwinkel … Es war schwer, sich das vorzustellen. Heute war jedoch nicht der Tag, um über Negatives nachzugrübeln. Es war an der Zeit, sich der Zukunft zu widmen. »Ja, es war schlimm, aber sie wird ihren alten Glanz zurückbekommen. Mit viel Zuwendung, Liebe zum Detail und der Suche nach den richtigen Ersatzteilen. Sogar Bob vom Gourmet-Burger-Wagen hilft uns dabei. Er rief mich an, um nachzuhören, wie es mir geht, und er hat einen Kumpel, der mit Fahrzeugteilen handelt und anscheinend jede Menge Kontakte hat. Also wird mein Cocktail-Camper bald wieder zurück sein. Meine wunderbare Ruby wird wieder glänzen wie neu.«

»Klar wird sie das.«

Als sich der Weg auf halber Höhe des Hangs abflachte, blieb Jack kurz stehen, um Luft zu schöpfen und die Aussicht zu bewundern.

»Ist es nicht wunderschön hier?« Lucy ließ den Blick über das Tal schweifen, das voller Heidekraut und Ginster war, bis hinunter zu den Feldern, auf denen die Wintersaaten durchschimmerten, den Wiesen, auf denen Schafe grasten, die von Weitem wie Wattebäusche aussahen, und wieder hinauf zu den hohen Hügeln der Cheviots unter dem Grau und Blau des Himmels, das von weißgoldenen Sonnenstrahlen durchbrochen wurde.

»Oh ja.« Jack verlor sich wieder in aufgeregter Vorfreude. Sie gingen weiter, bis er es sah. *Danke, Matt! Puh.*

»Oh, sieh mal«, sagte er und bemühte sich, unbekümmert und überrascht zu klingen, »da hat Jemand was verloren.« Tatsächlich war das Ding unter einem kleinen Stein festgesteckt – ein einfaches Stück Papier im DIN-A5-Format. Natürlich konnte er sich nicht so leicht bücken, dass er es hätte aufheben können.

»Warte.« Lucy hockte sich hin und nahm den Zettel hoch. Sie las laut vor: *»Du bist das Rauschen des Meeres, die Stille der Hügel, die Ruhe für meinen Sturm.«* Das war alles, keine weiteren Worte. Sie schaute auf. »Hm, wie das wohl hierhergekommen ist?«

»Seltsam, ja. Jemand muss es fallen gelassen haben, ohne es zu merken«, antwortete Jack möglichst lässig, während sein Puls raste und sein Herz wie wild klopfte.

»Komisch … nur ein paar Zeilen. Das ist alles? Seltsam.« Um keinen Müll auf dem Hügel zu hinterlassen, steckte Lucy das Blatt Papier in ihre Jackentasche.

Sie gingen weiter, etwa fünfzig Meter den zerklüfteten Moorlandpfad zwischen niedrigen Büschen mit winterbraunem Heidekraut hinauf. Dann hielt Jack neben den kahlen Ästen eines kleinen Weißdornbaums inne, um kurz durchzuatmen. An einem Zweig hing ein weiterer Zettel, der mit derselben Handschrift beschrieben war wie der vorige.

»Oh, schau«, sagte Lucy, »hier ist noch einer. Er hat sich in dem kleinen Baum verfangen.« Sie zupfte ihn vom Ast.

»Ach, tatsächlich …«

Sie las wieder laut: *»Mein Leben ist verwandelt, seit ich dich traf. Du gibst mir Wurzeln, lässt mir meine Flügel. Du bringst mich zum Lächeln und meine Seele zum Singen.«*

Sie hielt inne und ließ die Worte auf sich wirken. »Oh, das ist so schön. Ich frage mich, wie die hierhergekommen sind …

und warum?« Sie schaute sich die Gedichtzeilen genauer an. Tatsächlich kam ihr die Handschrift irgendwie bekannt vor.

Jemand, der Gedichte schrieb … hmm. Sie runzelte die Stirn und schaute zu Jack.

Er schien das Ganze jedoch eher abzutun. »Bestimmt sind sie jemandem aus der Tasche gefallen«, meinte er leichthin.

Lucy steckte auch diesen Zettel in die Jackentasche zu dem ersten Blatt Papier. »Komisch. Jemand muss sie wohl verloren haben.«

»Ja. Ich wüsste schon gern, was es damit auf sich hat«, spielte Jack mit.

Der nächste Anstieg war ein bisschen steiler, und Jack atmete heftig bei der Anstrengung.

»Geht es?« Lucy legte ihm sanft eine Hand auf den Arm.

»Ja.«

»Soll ich den Rucksack tragen?«

»Nein, nein, es geht schon.«

»Was um alles in der Welt ist da überhaupt drin?« Sie zog die Stirn kraus.

»Ach, nur ein paar leichte Erfrischungen«, flachste er und hoffte, dass sein Herzrasen und die Hitze in seinen Wangen ihn nicht verraten würden.

Lucy schüttelte lächelnd den Kopf über ihn. »O-kay.«

Sie machten sich an den letzten ansteigenden Teil des Weges, der über einen felsig-torfigen Hang führte, wo Lucy Jacks Hand nahm, um ihn beim steilsten Abschnitt zu stützen. Ein letztes zerklüftetes Stück, eine kurze Steigung, und dann waren sie oben. Ein Steinhaufen markierte den höchsten Punkt. Von hier aus hatte man einen herrlichen Rundblick über die Gipfel der Cheviot Hills, Holy Island im Norden, Bamburgh Castle und die Küste, wo sie oft spazieren gingen, und hinunter auf Lucys Dorf Embleton. In der Ferne konnte man auch die Ruinen von Dunstanburgh Castle erkennen. Hügel, Meer, Himmel … atemberaubend.

Es war ein wunderbares Gefühl, am Leben zu sein. Jack konnte nicht anders als Lucy herzhaft zu umarmen – mit knacksenden Rippen.

»Überwältigend, oder?« Er ignorierte den Schmerz und lächelte.

»Wunderschön.«

Sie standen da, schauten sich um und nahmen die spektakuläre, winterliche Szenerie rings um sie herum ganz in sich auf. Und dann … fielen ganz sanft weiße Flocken vom Himmel, nur ein Hauch … Schnee. Diese Stille, die er ausstrahlte, so zart und schön und eisig kitzelnd, wenn er auf den Wimpern landete. Sie streckten ihre Zungen heraus und spürten die eisige Berührung. Lachen. Ein zärtlicher Kuss.

Jetzt oder nie.

Jack holte tief Luft. »Also, du musst bitte jetzt«, verkündete er, »genau hier warten. Nur ein paar Minuten.«

»Im Ernst, Jack? Was soll das?«

»Nichts Schlimmes, wirklich. Warte einfach ab. Ich muss nur was organisieren.«

Sie schüttelte den Kopf und grinste. Was für einen verrückten Plan hatte er denn jetzt wieder?

»Dauert nicht lange, versprochen«, rief er und war bereits auf dem Weg den Schafspfad hinunter, wie er es in Erinnerung hatte. Im Zickzack führte dieser durch das niedrige Heidekraut. »Bleib einfach da. Ich rufe dich, wenn ich so weit bin.« Jetzt fühlte er eine seltsam prickelnde Mischung aus Anspannung und Erwartung.

Er bewegte sich vom Gipfel hinab, mit klopfendem Herzen, und blieb kurz hinter der ersten Hügelkuppe stehen, hinter der Lucy ihn nicht mehr sehen konnte. Ja, das war die richtige Stelle. Er nahm den Rucksack ab und machte sich an die Arbeit.

*

Das Leben war nie langweilig mit diesem Mann, das musste sie zugeben, wenn selbst ein Spaziergang in den Hügeln eine ungewöhnliche Wendung nahm. Lucy stand auf dem Gipfel und kam sich ein bisschen albern vor, hatte aber ein Lächeln auf den Lippen. Sie genoss die herrliche Aussicht und wartete.

»Fertig!«, kam sein Ruf von einer kleinen Kuppe aus. Sie sah seinen sandfarbenen Schopf, und er winkte mit einem Arm. Vermutlich hatte er ein Glas Sekt oder einen besonderen Cocktail parat. Eine vorgezogene Neujahrsfeier womöglich?

»Bin unterwegs.« Sie grinste, als sie sich einem geschützten Platz hinter der Anhöhe näherte. Aha, genau wie sie es sich vorgestellt hatte, stand dort eine kleine Flasche Champagner neben zwei Sektflöten auf einer Picknickdecke.

»Oh, wie schön. Danke!«

Jack sah sehr nervös aus. Sein Blick schweifte zu einem Baum – einer Tanne –, tatsächlich dem einzigen Baum auf diesem Teil des Hangs. Ansonsten gab es nur niedriges Gestrüpp und Heidekraut. Das Licht fing sich in etwas dort … oh, eine Weihnachtsbaumkugel … und Lametta! Ha, er hatte einen Weihnachtsbaum für sie geschmückt. Wunderbar!

»Oh, Jack …«

»Sieh es dir an«, sagte er und wies auf den Baum.

Sie entdeckte einen silbernen Lametta-Strang, einen golden glitzernden Stern an einer Schnur, und eine silberne Christbaumkugel. »Ja, das ist wirklich hübsch.«

»Sieh genauer hin.«

Oh, da baumelte noch ein kleiner quadratischer Zettel an einem Ast.

»Na los, lies es.«

»Also, das Gedicht … das warst du?«, rief Lucy aus und verdrehte die Augen. »Du hast mich reingelegt!«

Sie löste das Blatt Papier aus der Wäscheklammer.

»Die Leere in meinem Herzen füllst du aus, Und von jetzt an reisen wir gemeinsam in die Welt hinaus.«

»Oh …« Ihre Augen waren ganz feucht geworden.

»Und sieh mal …« Jack grinste jetzt und zeigte auf etwas.

Da war noch eine Kugel aus klarem Plexiglas. Sie hing an einer silbernen Schnur und auf ihrer Seite war LUCY eingraviert. Darin befand sich etwas. Sie trat näher heran.

»Oh.«

»Du kannst es öffnen.«

»Darf ich?« Neugierig trat Lucy näher heran, um die festliche Kugel vom Baum zu pflücken. Ihr Herz raste, sicher fast so sehr wie das von Jack.

Die Kugel hatte einen Verschluss und ließ sich in zwei Halbkugeln öffnen. *Oh* … darin befand sich eine kleine Schachtel aus grauem Samt. Lucy war sich nicht sicher, was sie denken sollte. Ein verspätetes Weihnachtsgeschenk vielleicht? Wie süß. Sie hielt den Atem an, als sie Jack einen neugierig-gespannten Blick zuwarf.

Vorsichtig öffnete sie die Schachtel. Darin befand sich eine wunderschöne Halskette mit einem herrlichen Stück Meerglas als Anhänger, türkisfarben in einer zarten silbernen Fassung. Das Glas war wie ein Wellenkamm geformt.

»Oh, ist das schön.« Ihre Stimme klang andächtig und voller Liebe. »Es sieht aus wie der Bogen einer Welle.«

»Ja, ich musste an die Küste denken, an dich … an uns. Ich hatte vor Weihnachten gar nicht die Gelegenheit, dir ein Geschenk zu kaufen.«

Ach verflixt, das war überhaupt nicht das, was er vorgehabt hatte zu sagen. Er hatte sich alles im Kopf zurechtgelegt, aber jetzt war sein Kopf leer. Es war doch nicht nur ein Weihnachtsgeschenk …

Jack atmete langsam ein. »Lucy … ähm, okay, das klingt vielleicht ein bisschen kitschig, aber ich habe das Gefühl, dass ich mit dir auf dem Kamm einer Welle bin … und vielleicht können wir gemeinsam mit der Welle an Land rollen, gemeinsam zu Hause ankommen …« Er hielt inne und schaute ihr geradewegs in ihre wunderschönen dunkelbraunen Augen. »Und schon bald könnten wir die Segel setzen und zusammen neue wunderbare Abenteuer erleben.«

Er kramte in seiner Tasche und tastete nach dem Umschlag. Es war, als würde er sich daran die Fingerspitzen verbrennen.

»Was sagst du da, Jack?«

»Ich habe mir überlegt, dass wir auf Reisen gehen könnten, um ein bisschen von der Welt zu sehen.«

»Wir? Du meinst, *wir beide zusammen*?« Lucy zog die Augenbrauen hoch.

»Ja, warum nicht? Hast du keine Lust?« Er wurde ein bisschen panisch. Hatte er die Dinge falsch eingeschätzt?

Lucy stand mit offenem Mund da, unfähig zu sprechen.

»Und … also, wenn du keine Ersparnisse hast, macht das

nichts. Ich habe die letzten Jahre wirklich gut verdient. Es wäre ja nur für ein paar Wochen. Im Frühjahr würden wir natürlich zurückkommen und unsere Geschäfte weiterführen«, stellte er klar. »Das wird großartig. Ein ganz neues Abenteuer. Was meinst du?«

Sie stand immer noch unter Schock. Er wollte mit ihr reisen. Und wie es für Lucy typisch war, dachte ihre vernünftige Seite sofort über all die Hürden nach. »Ähm, vielleicht … hört es sich gut an«, sagte sie zurückhaltend. »Ich müsste ein paar praktische Dinge klären, zum Beispiel, wo ich Daisy so lange unterbringe …«

Aber in Lucys Kopf formte sich bereits ein Plan, mit ihrer Mutter als Basislager und Olly als Unterstützung. Daisy liebte es sowieso, bei ihnen zu sein, und sie würde mit Sicherheit verwöhnt werden.

»Das Leben ist zum Leben da, Luce. So viel habe ich gelernt.« Jack lächelte hoffnungsvoll. *Carpe diem.*

Natürlich, dachte Lucy. Der Unfall mit Ruby … Das, was seinem Bruder passiert war … Man konnte alles so leicht verlieren. Und ja, ihr wurde klar, dass sie eigentlich gern reisen würde … und zwar mit Jack. Sie stieß einen kleinen Schrei aus. »Ja! Es klingt toll. Ich war noch nie weiter weg als bis Italien.«

Reisen. Zusammen. Ein Lächeln breitete sich auf ihrem Gesicht aus.

Jack drückte ihr den Umschlag in die Hand.

»Was ist das?« Der heutige Tag steckte voller Überraschungen.

Lucy fummelte aufgeregt den Umschlag auf. Ein Ausdruck … Tickets … Es waren tatsächlich zwei Flugtickets nach Neuseeland!

»Oh mein Gott, Jack, das ist einfach verrückt. Und einfach wunderbar.«

Sie wandte sich ihm zu und fuhr mit den Fingerspitzen sanft über die Narbe der genähten Wunde auf seiner Stirn, seine Nase hinunter und berührte dann das süße V seiner Lippen. Er hatte den Unfall überlebt und war heute hier bei ihr. Und er würde auch weiterhin bei ihr sein. Sein warmer, einladender Mund wartete auf ihren, als sie sich nach vorn lehnte. Sie küssten sich leidenschaftlich und zärtlich, voller Hoffnung auf ihre zukünftigen Träume und im Vorgeschmack auf ihre kommenden Abenteuer.

Als sie sich sanft trennten, hielt Jack ihren Blick fest und hatte immer noch das Bedürfnis, mehr zu sagen. »Luce, in den letzten Wochen – durch den Unfall und alles andere – habe ich gelernt, wie wertvoll das Leben und die Liebe sind. Ich will keine Sekunde mehr verschwenden. Ich will mit dir zusammen sein, Lucy.« Jetzt sprudelte es nur so aus ihm heraus, das Herz auf der Zunge, riskierte er es, tief zu fallen, aber er konnte einfach nicht aufhören. »Wenn wir von unserer Reise zurückkommen, könnten wir uns vielleicht eine gemeinsame Wohnung suchen, oder wenn du dich nicht von Cove Cottage trennen willst, können wir auch dort wohnen. Das lässt sich alles irgendwie regeln. Sag nur, dass du es auch fühlst, Luce, dass wir das schaffen können, dass du dabei bist. Dass unsere Liebe für immer ist.«

Oh, du lieber Gott. Lucy machte große Augen und zitterte, als sie all das hörte.

Es dauerte eine knappe Sekunde, bis ihr die Worte aus dem Mund flogen: »Ja, natürlich bin ich dabei.« Wie erstaunlich und verrückt wunderbar war das! »Woohoo!«, rief sie, warf die Arme um ihn und drückte ihn an sich, wobei sie es leider wieder einmal schaffte, seine noch nicht verheilten Rippen zu quetschen.

Wow, es ist ein Ja! Jack war begeistert und erleichtert, aber … »Autsch, die Rippen, Luce.«

»Oh Gott, ja, tut mir leid.«

»Nein, mir tut's leid. Ich sollte dich in meinen Armen herumwirbeln … und noch viel mehr. Bald, mein Liebling, wenn ich wieder voll leistungsfähig bin.« Er zwinkerte ihr frech zu.

»Auf jeden Fall. Für all das wird noch Zeit genug sein.«

Sie hatten alle Zeit der Welt. Zeit, um sich ihr Liebesleben, ihr Zuhause, ihr gemeinsames Leben einzurichten, Höhen und Tiefen zusammen zu erleben und wunderbare Abenteuer, auf Stürmen und Wellenkämmen zu reiten. Dann legte Jack ihr die Seeglas-Halskette um den Hals, und seine Finger zitterten ein wenig, aber nur vor lauter Glück.

Er griff nach der Champagnerflasche, die er den ganzen Weg den Berg hinaufgetragen hatte, und ließ mit einem breiten Lächeln, das sein Glück und seine Erleichterung spiegelte, den Korken knallen. Natürlich mit seiner typischen Barkeeper-Pose. »Frohes neues Jahr, Lucy. Ich kann es kaum erwarten, es mit dir zu verbringen. Hier und in Neuseeland und bei all den anderen Abenteuern, die noch kommen werden.« Er strahlte, während er den Champagner in die zwei Gläser einschenkte.

»Ach, Jack …« Lucy war überwältigt. »Frohes neues Jahr. Ich danke dir so sehr. Cheers, Liebling.« Sie hob ihr Glas und fühlte sich wie auf dem Gipfel der Welt. Nun ja, immerhin stand sie ja wirklich auf dem Gipfel eines Moorland-Hügels mit Blick auf die Cheviot Hills und die atemberaubende Nordseeküste ihres schönen Northumberland. Und hier war es genauso schön wie sonst wo auf dieser Welt.

»Auf uns! Cheers. Ich liebe dich, Lucy Brown.«

Die Worte erfüllten ihr Herz und ihre Seele.

»Ich liebe dich auch.«

Sie stießen mit den Gläsern an.

Wow, Champagner und eine gemeinsame Zukunft! Das war das beste Neujahrsgeschenk aller Zeiten.

– ENDE –

Jacks Gedicht

Du bist das Rauschen des Meeres,
Die Stille der Hügel,
Die Ruhe für meinen Sturm.
Mein Leben ist verwandelt, seit ich dich traf.
Du gibst mir Wurzeln, lässt mir meine Flügel.
Du bringst mich zum Lächeln und meine Seele zum Singen.
Die Leere in meinem Herzen füllst du aus,
Und von jetzt an reisen wir gemeinsam in die Welt hinaus.

REZEPTE AUS

DER WUNDERBARE FOODTRUCK IM SCHNEE

LUSCIOUS LIMONCELLO-FIZZ

(1 Glas – Nonnas Favorit!)

40 ml Limoncello
125 ml Prosecco
Ein Hauch von Zitronenschale

Den Limoncello auf den Boden eines Flötenglases gießen.
Mit gekühltem Prosecco auffüllen, vorsichtig umrühren und mit einer dünnen Zitronenschale garnieren.
Einfach perfekt!

TOFFEE-APPLE-COCKTAIL

25 ml Karamellsirup
25 ml Zimtsirup
100 ml Apfelsaft
40 ml Brandy oder Calvados oder Apfelschnaps
Apfelscheiben und/oder Zimtstange zum Garnieren

Den Brandy in ein Whiskyglas füllen.
Karamell- und Zimtsirup hinzufügen, dann den Apfelsaft. Umrühren.
Eine Apfelscheibe und Zimt zum Garnieren hinzugeben.
Kann auf Eis serviert werden, lässt sich aber auch vorsichtig erwärmen.
Lass es dir schmecken!

ALKOHOLFREIER APFELKUCHEN COCKTAIL

(Dank an Min von *Minnie's Mobiles*)

25 ml Karamellsirup
25 ml Zimtsirup
100 ml Apfelsaft
Sodawasser
Apfelschnitze (in Zitronensaft getaucht, damit sie nicht braun werden) und/oder Zimtstangen zum Garnieren

Ein Becherglas mit Eis füllen.
Karamell- und Zimtsirup hineingießen, danach den Apfelsaft.
Mit Sodawasser auffüllen.
Garnierung hinzufügen.
Genießen!

JACKS „MERRY CHRISTMAS"-GLÜHWEIN

(für 6 Personen)

750-ml-Flasche Rotwein
1 große Zimtstange
2 Sternanis
4 Nelken
250 ml Wasser
je 2 Streifen Zitronen- und Orangenschale
Orangenspalten zum Servieren
4 EL Zucker

Wein, Wasser, Gewürze, Zitronen- und Orangenschale und Zucker in einen großen Topf geben.
Auf kleiner Flamme etwa 10 Minuten erwärmen.
Vom Herd nehmen und weitere 30 Minuten ziehen lassen.
Zum Servieren noch einmal leicht aufwärmen.
In hitzebeständige Gläser oder Becher füllen und mit einer Orangenspalte dekorieren.

CLAVERHAM CASTLE IRISH COFFEE

150 ml frisch gebrühter schwarzer Kaffee
40 ml irischer Whiskey
½ Teelöffel brauner oder einfacher Zucker
2 Esslöffel Doppelrahm oder Sahne, leicht aufgeschlagen

Den heißen Kaffee in ein hitzebeständiges Glas (oder einen Becher) gießen.
Whiskey und den Zucker hinzugeben und rühren, bis er sich aufgelöst hat.
Die Sahne vorsichtig mit einem Löffel auf die Oberfläche laufen lassen. (Das ist einfacher als die traditionelle Art, sie über den Löffelrücken zu gießen.)
Nippen und genießen!

CRANBERRY-CRUSH-MOCKTAIL

125 ml Cranberrysaft
125 ml Sodawasser (oder Limonade)
Minze zum Garnieren

Ein Becherglas zur Hälfte mit zerstoßenem Eis füllen.
Etwas Cranberrysaft darübergießen und mit Sodawasser auffüllen.
Mit einem Zweig Minze garniert servieren. Erfrischend festlich.

LUCYS PIZZA „TURKEY AND TRIMMINGS"

Dies ist eigentlich Carolines Version des Rezepts,
nicht Lucys – denn Lucy würde ihren eigenen Teig machen
und San-Marzano-Tomaten verwenden.
Aber dieses Rezept geht schnell, ist einfach und sehr lecker!
Ergibt eine große Pizza, mit einem Beilagensalat
genug für zwei Personen.

1 Packung fertiger frischer Pizzateig (385 g oder ähnlich)
25 g gewürzte Butter (etwas weiche Butter mit Salz und Pfeffer würzen)
Tomatensoße: 150 g Passata, 3 frische, gehackte Salbeiblätter und 1 TL gehackte Petersilie zusammenrühren
150 g geriebener Mozzarella und 75 g geriebener Cheddar

Belag
gegarte Putenbrust (ca. 150 g); Mini-Bällchen/Häppchen vorgekochte Füllung (»Stuffing«); vorgekochte Würstchen im Speckmantel; rote Zwiebeln, in dünne Scheiben geschnitten; Preiselbeersoße (zum Garnieren)

Ofen auf 220 °C (Umluft 200 °C)/Gas Stufe 7 vorheizen.
Fertigen Teig zu einem großen Kreis oder Oval ausrollen (oder in Weihnachtsbaumform schneiden, wenn du eine richtige Show abziehen willst!) und auf ein Pizzabackblech (idealerweise) oder ein großes flaches Backblech legen. Mit Butter bestreichen und 6 Minuten backen, damit die Pizzaränder schon

etwas knusprig werden. Tomatensoße mit einem Löffel gleichmäßig darauf verteilen, sodass sie fast bis an den Rand reicht.
Die Hälfte des Käses darübergeben und dann die weihnachtlichen Beläge. Mit dem restlichen Käse bestreuen.
Weitere 10–12 Minuten backen, bis die Pizza golden und knusprig aussieht und der Käse geschmolzen ist.
Mit Preiselbeersoße beträufeln (optional). (Man kann die Cranberrysoße mit etwas Wasser mischen und erwärmen, damit sie flüssig wird).
Köstlich!

DRIFTWOOD'S BOOZY-BROWNIES

185 g ungesalzene Butter
185 g Zartbitterschokolade guter Qualität
90 g Mehl
45 g Kakaopulver
3 große Eier
275 g brauner Rohrzucker
150 g Schoko-Chunks (weiße Schokolade/Milchschokolade)
100 ml Baileys (oder »Alnwick Dark Rum«)

Den Ofen auf 160 °C/Umluft 150 °C/Gas Stufe 3 vorheizen. Eine quadratische Backform (20 cm) mit Antihaftbeschichtung einfetten und mit Backpapier auslegen.
Butter und Zartbitterschokolade zusammen schmelzen lassen, entweder vorsichtig in der Mikrowelle oder in einer Schüssel über heißem Wasser. Zum Abkühlen beiseitestellen.
Zucker in eine große Schüssel geben, die Eier aufschlagen und dazugeben. Eier und Zucker mit einem elektrischen Mixer auf höchster Stufe rühren, bis die Mischung dick und cremig wird. Die Masse ist fertig, wenn sie verblasst und ihr ursprüngliches Volumen etwa verdoppelt hat.
Den Baileys (oder anderen Alkohol) in die abgekühlte Schokoladenmischung rühren und vorsichtig unter die Eiermousse heben.
Kakao und Mehl vermischen, ein Sieb über die Schüssel mit der Eier-Schokoladen-Mischung halten und die Kakao-Mehl-Mischung hineinsieben, indem du das Sieb hin und her schüttelst,

damit die Oberseite gleichmäßig bedeckt wird. Kakao-Mehl-Mischung vorsichtig unterheben. Dann die Schoko-Chunks ebenfalls unterheben.

Den Teig in die Backform geben und 30–35 Minuten backen. Aus dem Ofen nehmen und mit einem Cocktailspieß in die Mitte stechen. Es darf noch ein wenig klebrig sein, denn beim Abkühlen wird das Ganze noch etwas fester.

In der Form abkühlen lassen, dann stürzen und in ca. 12 Quadrate schneiden.

NONNAS PANFORTE

(Mitteldinq zwischen Konfekt und Kuchen!)

Butter zum Einfetten
300 g ganze Mandeln, Haselnüsse und Pistazien, geröstet
50 g Sukkade (z. B. Orangeat, Zitronat), fein gehackt
250 g Trockenfrüchte, zerkleinert (Aprikosen und Datteln)
50 g Mehl
Gewürze: 1 Teelöffel Zimt, ¼ Teelöffel gemahlene Nelken und ¼ Teelöffel gemahlene Muskatnuss
125 g flüssiger Honig
150 g feiner Zucker
Puderzucker zum Bestäuben (1 gehäufter Esslöffel)

Eine Springform entweder mit gut gefettetem und bemehltem Backpapier oder mit essbarem Reispapier (was einfacher ist) auslegen.
Nüsse, Sukkade und Trockenfrüchte in eine Schüssel geben, das Mehl und die Gewürze darübersieben und alles vermischen.
Honig und Zucker in einem mittelgroßen Topf bei mittlerer Hitze erwärmen und 3–4 Minuten sprudeln lassen, bis der Zucker geschmolzen ist. Die heiße Flüssigkeit über die Früchte und Nüsse gießen und schnell umrühren.
Die Masse schnell in die Kuchenform kratzen und mit der Rückseite eines nassen Metalllöffels glätten.
Die benutzten Töpfe und Schüsseln sofort in heißes Spülwasser

stellen, da sie sehr klebrig sind und sich sonst schwer reinigen lassen.
Im Backofen bei 150 °C/Umluft 130 °C/Gas Stufe 2 für 35 Minuten backen.
Etwa 15 Minuten abkühlen lassen und dann mit einem Spachtel und/oder einem Pfannenwender aus der Form heben.
Das Backpapier entfernen (Reispapier kannst du natürlich dranlassen). Den Kuchen auf einem Kuchengitter vollständig abkühlen lassen und dann großzügig mit Puderzucker bestäuben. Zum Servieren in 12 Stücke schneiden.
Der Kuchen hält sich in einem luftdichten Behälter bis zu zwei Wochen. Am besten wickelt man jedes Stück in Backpapier ein.

Buon Natale!
Merry Christmas!
Frohe Weihnachten!

EIN BRIEF VON CAROLINE

Vielen Dank, dass du *Der wunderbare Foodtruck im Schnee* gelesen hast. Ich hoffe, es hat dir gefallen, Zeit mit Lucy und Jack und natürlich dem entzückenden Dackel Daisy zu verbringen und dabei mit dem Camper Ruby entlang der phänomenalen Küste und durch die Landschaft von Northumberland zu reisen. Hoffentlich hast du es dir mit diesem Roman richtig gemütlich gemacht, bei Glühwein, Cocktails und Mince Pies!

Wenn dir dieses Buch gefallen hat, melde dich gern bei mir oder schreib eine Rezension. Ich freue mich immer, wenn ich die Reaktionen meiner Leserinnen und Leser erfahre, und ein Kommentar oder eine Rezension versüßt mir den Tag und kann auch dazu beitragen, dass andere meine Bücher überhaupt entdecken.

Schau doch mal auf meinen Facebook-, Instagram- und Twitter-Seiten vorbei. Teile gern deine Neuigkeiten, Ansichten und Rezepttipps mit mir oder lies alles über meine Lieblingscocktails und meine neuesten Backwaren. Dort kannst du dir auch Jarvis (meinen wahnsinnig lieben Spaniel) angucken und mehr über die Dinge erfahren, die mich zu meinen Texten inspirieren. Es ist schön, neue Freunde zu finden, also lass uns in Kontakt bleiben.

Nochmals vielen Dank und alles Gute!
Caroline x

Facebook: /CarolineRobertsAuthor
Instagram: @carolinerobertsauthor
Twitter: @_caroroberts
Website: http://carolinerobertswriter.blogspot.co.uk

DANKSAGUNG

Jedes Buch wird von einem Team aus wunderbaren Helferinnen und Helfern auf seinem Weg begleitet.

Ich danke Mum und Dad dafür, dass sie immer für mich da waren, dass sie meine Liebe zum Lesen von klein auf gefördert und mich bei jedem Schritt auf meiner schriftstellerischen Reise mit Stolz unterstützt haben.

Großer Dank geht an meine talentierte Lektorin Charlotte Brabbin, die dieser Geschichte den letzten Schliff gegeben und sie zum Strahlen gebracht hat, und an das Team von One More Chapter und HarperCollins, die sie unterstützt und mit einem Lächeln in die Welt hinausgeschickt haben. Und natürlich danke ich meiner reizenden Agentin Hannah Ferguson: Vielen Dank für all deine Ratschläge und deine Hilfe.

Meine Freunde und vor allem die Mitglieder der *Romantic Novelists' Association* – ich freue mich immer über eure Unterstützung. Und ein Hoch auf alle, die helfen, meine Bücher bekannt zu machen: den *Chatton Village Store*, die Buchhandlungen (vor allem Forum Books im Nordosten Englands), die Bibliotheken (besonderer Dank geht an Michelle Watson von den *Northumberland Libraries*) und meine fantastischen

Leserinnen und Leser sowie die Buchblogger und -bloggerinnen, deren liebevolle Rezensionen und Kommentare mir immer wieder ein Lächeln aufs Gesicht zaubern.

Bei der Recherche für dieses Buch haben mir mehrere Menschen geholfen, die ihre Zeit opferten, um meine vielen Fragen zu beantworten. Vielen Dank an Min von *Minnie's Mobiles*, Graeme von *Fizz on the Tyne*, Richard von *Crusts and Castles* und Dr. Hannah Lee für die medizinischen Infos. Wenn ich etwas falsch verstanden habe, geht das allein auf meine Kappe!

Zu guter Letzt möchte ich mich bei meiner Familie bedanken: Richard, Amie, Harry, Toby und Rowan, danke, dass ihr meinen Traum, Autorin zu werden, unterstützt, auch wenn es dadurch zu Hause ziemlich hektisch zugeht. Danke für die vielen Tassen Tee, die Gläser Fizz, das Karamellgebäck – alles wichtiges Schreibfutter – und dafür, dass ihr meine Cheerleader seid.

Die besten Wünsche an euch alle
Caroline x